Nancy Reagin (Hrsg.)

Geschichte bei Twilight

Deutsch von Marlies Ferber

WILEY-VCH
WILEY-VCH Verlag GmbH & Co. KGaA

1. Auflage 2010

Alle Bücher von Wiley-VCH werden sorgfältig erarbeitet. Dennoch übernehmen Autoren, Herausgeber und Verlag in keinem Fall, einschließlich des vorliegenden Werkes, für die Richtigkeit von Angaben, Hinweisen und Ratschlägen sowie für eventuelle Druckfehler irgendeine Haftung.

Bibliografische Information der Deutschen Nationalbibliothek
Die Deutsche Nationalbibliothek verzeichnet diese Publikation in der Deutschen Nationalbibliografie; detaillierte bibliografische Daten sind im Internet über http://dnb.d-nb.de abrufbar.

Die englische Originalausgabe erschien 2010 unter dem Titel *Twilight and History* bei John Wiley & Sons, Inc., Hoboken, New Jersey.

Printed in the Federal Republic of Germany

Gedruckt auf säurefreiem Papier.

Satz TypoDesign Hecker GmbH, Leimen
Druck und Bindung Kösel, Krugzell
www.koeselbuch.de
Umschlaggestaltung Torge Stoffers Graphik-Design, Leipzig

ISBN: 978-3-527-50559-3

Für Seth, der mich zuerst überredete, *Twilight* zu lesen

Inhaltsverzeichnis

Geschichte und Twilight

Menschheitsgeschichte	***Twilight*-Geschichte***
	ca. 1000 v. Chr. Aro, Caius, Marcus und ihre Ehefrauen gründen die Volturi
551 v. Chr. Konfuzius wird geboren	
ca. 500 Die italienische Stadt Volterra wird gegründet	
ca. 400 Gautama Buddha, Gründer des Buddhismus wird geboren	
384 Aristoteles wird geboren	
ca. 30 n. Chr. Jesus von Nazareth wird gekreuzigt	
ca. 312 Kaiser Konstantin konvertiert zum Christentum	
453 Niederlage und Tod Attila des Hunnen	
	ca. 500 n. Chr. Krieg zwischen den Volturi und dem Rumänischen Zirkel

* Die meisten Jahreszahlen der *Twilight*-Ereignisse stammen aus den vier Teilen der Saga. Einige entstammen der persönlichen Korrespondenz zwischen Stephenie Meyer und den Gründern von Twilight Lexicon, die Letztere in ihrer Zeitleiste eingearbeitet haben (siehe www.twilightlexicon.com/?page_id=9). Eine Jahreszahl wurde dem Twilight Saga Wiki entnommen, siehe http://twilightsaga.wikia.com/wiki/Twilight_Saga_Wiki.

632
Tod des muslimischen Propheten Mohammed

ca. 1000
Kate, Tanya und Irina werden geboren und von ihrer »Mutter« verwandelt
Plage der Unsterblichen Kinder
Carmen und Eleazar werden in Spanien geboren

1095
Der erste Kreuzzug wird in Clermont ausgerufen

1347
Die Pest erreicht Europa

1436
Johannes Gutenberg erfindet die Druckerpresse

1492
Christoph Columbus erreicht die Neue Welt, Beginn der europäischen Besiedlung

ca. 1502
Beginn des transatlantischen Sklavenhandels

1517
Martin Luther initiiert die Protestantische Reformation

1640–1649
Englischer Bürgerkrieg

1642 oder 1643
Carlisle Cullen wird geboren

1657
Der italische Künstler Solimena wird geboren, der Carlisle und die Volturi gemalt haben soll

ca. 1665/6
Carlisle Cullen wird in einen Vampir verwandelt

ca. 1700
Ein Erdbeben und Tsunami verwüsten das Gebiet der Quileute; die große Flutwelle geht in ihre Überlieferungen ein

ca. 1720
Carlisle reist nach Italien und trifft die Volturi

ca. 1750
Beginn der Industriellen Revolution

1789
Beginn der Französischen Revolution

1810–1821
Mexikanischer Unabhängigkeitskrieg

kurz nach 1800
Benito schafft die Armee der Neugeborenen, die Kriege in Mexiko und anderswo anstiftet

1836
Samuel Colt lässt den Revolver patentieren

1844
Jasper Whitlock wird geboren

1848
Karl Marx und Friedrich Engels veröffentlichen das *Kommunistische Manifest*

1856
Die Quileute schließen mit der amerikanischen Regierung den Vertrag von Olympia

ca. 1856
Nahuel wird in Südamerika geboren

1861–1865
Amerikanischer Bürgerkrieg

1861
Jasper Whitlock tritt der Konföderierten-Armee bei und steigt schnell zum Major auf

1862
Jasper Whitlock wird verwandelt

ca. 1870
Die Ausbeute der Kautschukvorkommen in Brasilien boomt und verändert die gesamte Amazonas-Region

ca. 1875
Alexander Graham Bell entwickelt das Telefon

1889
Den Quileute wird ihr traditionelles Siedlungsgebiet an der Mündung des Quillayute Fluss am Pazifik, im Bundesstaat Washington, als Reservat zugesprochen

1895
Esme Platt Evenson wird geboren

1897
Bram Stokers *Dracula* wird veröffentlicht

1901
Edward Masen wird geboren
Mary »Alice« Brandon wird geboren

1914–1918
Erster Weltkrieg; Kriegseintritt der USA im Jahr 1917

1915
Emmett McCarty wird geboren
Rosalie Hale wird geboren

1918
Die Spanische Grippe tötet Millionen Menschen

1918
Edward erkrankt an der Spanischen Grippe und wird von Carlisle verwandelt

1920
Alice wird von ihrer Familie in eine Heilanstalt eingewiesen

1920er
Alice wird verwandelt

1921
Esme wird von Carlisle verwandelt

1928
Alexander Fleming entdeckt das Penicillin

1929
Beginn der Großen Depression

1933
Rosalie wird von Carlisle verwandelt

1935
Emmett wird von Carlisle verwandelt

ca. 1936
Carlisle und die Cullens ziehen erstmals nach Forks, Washington, und schließen ein Abkommen mit den Quileute

1939–1945
Zweiter Weltkrieg

1948
Alice findet Jasper Whitlock

1949
Ausrufung der Volksrepublik China

ca. 1950
Alice und Jasper finden Carlisle und werden Teil des Cullen-Clans

1960
Die Anti-Baby-Pille wird weithin erhältlich

ca. 1980
Rasante Entwicklung der Internet-Technologie

1986
Leah Clearwater wird geboren
Sam Uley wird geboren

1987
Bella Swan wird geboren

1990
Jacob Black wird geboren

1991
Zusammenbruch der Sowjetunion, Ende des Kalten Krieges

1992
Seth Clearwater wird geboren

2003
Die Cullens ziehen wieder nach Forks

2005
Bella Swan zieht nach Forks, trifft Edward Cullen, und nimmt die Freundschaft zu Jacob Black wieder auf

Dank – Jenen, die uns verwandelten

Es war eine Fangemeinde, die mich zuerst verwandelte und der dieses Buch den größten Dank schuldet. Durch das Eingebundensein in literarische Fangemeinden erfuhr ich die Freuden, eine imaginäre Welt zu erkunden und wie viel Spaß es macht, die Geschichte in und hinter jedem literarischen Werk, das den Leser zum Betreten einer eigenen Welt einlädt, zu enthüllen.

Eric Nelson und Connie Santisteban von Wiley zogen mich in ihren »vegetarischen« Hexenzirkel, sie schlugen dieses Buch vor und unterstützten seine Entwicklung mit großem Elan und stets gut aufgelegt. Lisa Burstiner und Alexa Selph trugen sehr zur Lesbarkeit des Buches bei und gaben mir Hilfestellung bei Details der *Twilight*-Welt.

Ich selbst verwandelte die Mitwirkenden, und ich danke allen von ihnen dafür, ihr großes Fachwissen und ihre Fantasie eingebracht zu haben.

Und wir alle schulden Stephenie Meyer großen Dank, deren Welt uns in ihren Bann zog und die uns so viel gab, worüber wir schreiben können.

Einleitung: Erstarrt in der Zeit

Nancy R. Reagin

»Weißt du eigentlich, in welchem Jahrhundert wir leben?«[1] Diese Frage stellt Bella Swan ihrem Edward in *Eclipse – Bis(s) zum Abendrot*, frustriert darüber, dass er sich in Sachen Brautwerbung unbedingt an die Regeln seiner eigenen Jugend halten will. Es ist eine gute Frage: Immer wieder in der *Twilight*-Saga verhalten sich die Figuren in einer Art und Weise, die zeigt, dass sie auf intellektueller Ebene vielleicht wissen, in welchem Jahrhundert sie sich gerade befinden, sich jedoch nicht immer darum scheren. Jeder Vampir ist in der Epoche erstarrt, in der er oder sie verwandelt wurde. »Du hältst mich für einen ... lebenden Stein – hart und kalt«, sagt Edward zu Bella und fährt fort: »Das ist wahr. Wir sind so, wie wir sind, erstarrt, und sehr selten erleben wir eine wirkliche Veränderung.« Alle Vampire haben eine einzigartige persönliche Geschichte, welche den unveränderlichen Kern ihrer Identität bildet.

Stephenie Meyers *Twilight*-Saga wurde zu einem Phänomen der Pop-Kultur, und das nicht nur wegen Edwards übermenschlich schönem Engelsgesicht und seinem perfekten Marmorkörper. Der italienische Romanautor Umberto Eco bemerkte, dass Filme und Romane, die eine große Zahl begeisterter Fans anziehen, tendenziell solche sind, die eine »vollständig eingerichtete Welt aufbieten«, sodass die Fans die Figuren zitieren und sich über die Details der Geschichte austauschen können, als wäre sie Teil ihrer eigenen Realität.[2] *Twilight* entspricht ganz klar dieser Beschreibung: Wir können uns in einer Welt verlieren, in der Werwölfe nichts ahnende Menschen vor heißhungrigen neugeborenen Vampiren verteidigen. Und während die Liebes-Dreiecksgeschichte von Vampir, Mensch und Werwolf/Gestaltwandler uns in ihren Bann zieht, ist das Universum von *Twilight* dem unseren sowohl ähnlich als auch unähnlich. Es ist eine ganze Welt, die bis ins kleinste Detail erdacht wurde, bis hin zu einem

Unterbau imaginierter Überlieferungen und Mythen für die Quileute und Vampire (die Bella im Internet ihres Universums erkundet), wie wir sie noch nirgends sonst gesehen haben: Vampire, die im Sonnenlicht glitzern anstatt zu Staub zu zerfallen, und Werwölfe, die sich von einem Moment zum anderen verwandeln können, ungeachtet des Mondzyklus'.

Doch der Reiz von *Twilight* liegt auch im reichen Gebrauch von historischen Ereignissen, mit denen eine detaillierte Hintergrundgeschichte für viele Figuren erschaffen wird.

Jeder der Vampire entstammt einer bestimmten Epoche und einem bestimmten Ort, er ist in dem Alter und in der Mentalität erstarrt, in der er verwandelt wurde. Jeder von ihnen bewegt sich durch die Jahrzehnte und Jahrhunderte und trägt dabei die Erfahrungswerte und inneren Einstellungen einer Generation in sich, die lange tot ist. Die Volturi stammen sogar aus einer Kultur, die Tausende von Jahren zurückliegt. Die Geschichte jedes Vampirs wird ein Teil dessen, was er im Hier und Heute verkörpert.

Jasper Hale ist ein Veteran der Konföderierten und wird es immer sein: Was erlebte er während des Bürgerkrieges und wie hat ihn das geformt? Carlisle Cullen wuchs unter englischen Puritanern und Hexenverfolgern auf und erlebte nicht nur die Zeit der Aufklärung im 18. Jahrhundert, sondern auch den größten Teil der US-amerikanischen Geschichte mit. Wie führten die politischen und religiösen Kämpfe seiner Jugend zu seinem ethischen Vampir-»Vegetarismus«? Was erlebte Alice Cullen in ihrer dunklen Zelle in der Irrenanstalt, das so schrecklich war, dass selbst die Verwandlung in einen Vampir ein willkommener Ausweg war? Inwiefern sind die Volturi wie andere mächtige Herrscherfamilien in der italienischen Geschichte? Und was genau *waren* im frühen zwanzigsten Jahrhundert überhaupt die Regeln der Brautwerbung, die Edward unbedingt befolgen will?

Bella betrachtet sich als modern, aber selbst sie ist das Produkt einer bestimmten Zeit und eines bestimmten Ortes. In einem Jahrhundert wird sie den Menschen um sie herum ebenfalls als altmodisch erscheinen. Man muss nicht Alice sein, um *diese* Entwicklung vorherzusagen. Carlisle hat es wahrscheinlich viele Male zuvor gesehen: Die Zeiten und Veränderungen gehen an den neugeborenen Vampiren vorüber, sie bewegen sich in ihnen, bleiben selbst aber »eingefroren« und unverändert, mit einer Weltsicht, die sich zunehmend von der Weltsicht der Menschen unterscheidet, unter denen sie leben. Edward weiß, dass dies auch Bella passieren wird, und er beantwortet eine ihrer Fragen von seinem Standpunkt aus, was sie ärgerlich findet: »In hundert Jahren, wenn du genug Durchblick haben wirst, um die Antwort wirklich zu verstehen, werde ich es dir erklären.« (*Eclipse – Bis(s) zum Abendrot*).

Aber dies gilt für beide Seiten. Seit den »Toden« der Cullens ist genügend Zeit vergangen, dass wir diejenigen sind, die »genug Durchblick bekommen« haben, um den Cullen-Zirkel, die Quileute, die Volturi und ihre Welten in einem neuen Licht zu sehen: in dem der Geschichte. Wenn wir sie vor den Hintergrund ihrer ursprünglichen historischen Kulturen setzen, zeichnen sich die Figuren von *Twilight* klar ab, und viele Details werden neu beleuchtet. Sie funkeln und glitzern in diesem neuen Licht, das auf sie fällt, und wir verlieben uns wieder ganz neu in die Welt von *Twilight*. Und jetzt verstehen wir sie sogar noch besser.

Erster Teil
Ihr grundlegendes Mensch-Vampir-Werwolf/Gestaltwandler-Dreieck: Bella, Edward und Jacob

I
»Ein Gentleman der alten Schule«?: Edwards imaginäre Geschichte

Kate Cochran

Edward Cullen ist der ideale Mann: »Interessant ... geistreich ... geheimnisvoll ... perfekt ... und schön ... und möglicherweise in der Lage, einen großen Van mit einer Hand anzuheben«, wie Bella vermerkt (*Twilight – Bis(s) zum Morgengrauen*). Seine mit Mühe und Not gezügelte Leidenschaft, das Ergebnis des Kampfes zwischen seiner völligen Hingabe zu einer Frau und seinem animalischen Verlangen, sie zu verzehren, wird im Zaum gehalten durch sein moralisches Gewissen und ist gefärbt durch das Geheimnis seiner Unnahbarkeit; die Tatsache, dass seine hundert Jahre alte Seele im Körper eines 17-Jährigen mit überlegenen physischen Kräften wohnt, ist nur ein Aspekt von Edwards Attraktivität. Die Figur von Edward ist die wohl fesselndste der *Twilight*-Saga und der Schlüssel zu ihrer Anziehungskraft, und sie spiegelt auch die fantasievolle Art wider, in der sich die Saga auf die Geschichte beruft.

Es sind nur wenige Details aus Edwards persönlicher Geschichte bekannt. Er wurde 1918 im Alter von 17 Jahren verwandelt, nachdem er sich mit der Spanischen Grippe angesteckt hatte und bevor er sich zur Teilnahme am Ersten Weltkrieg einschiffen konnte. Doch in ihm manifestieren sich nicht die Sitten der Verlorenen Generation, die in den 1920er-Jahren erwachsen wurde, auch nicht die einer unbestimmten Vergangenheit. Edward verkörpert vielmehr die altmodischen Eigenschaften der Byron'schen Helden des 19. Jahrhunderts aus Bellas romantischen Lieblingsromanen. Edward wird mit Mr. Darcy aus *Stolz und Vorurteil* verglichen, mit *Jane Eyres* Rochester und mit Heathcliff aus *Sturmhöhe;* er wird damit ganz allgemein zur Figur des viktorianischen Gentleman.[1] In einem Interview sagte Stephenie Meyer: »Edward ist die beliebteste [Figur], und ich denke, das ist so, weil er in mancher Hinsicht ein Gentleman der alten Schule ist, und in anderer Hinsicht ist er eine sehr moderne, sozusagen gequälte Seele. Obwohl, wissen Sie, wenn man zurückgeht zu Byron, es ist alles da.«[2] Eine Untersuchung von Edwards literarischen Vorfahren zeigt, dass die *Twilight*-Saga mehr durch Meyers Gespür für Literaturgeschichte gestützt ist als durch belegte historische Fakten. Bellas (und Meyers) fiktionale Helden manifestieren sich in Gestalt von Edward.

Imaginierte Geschichte: wie Literatur und Geschichte zusammenspielen

Der Begriff »imaginierte Geschichte« bezieht sich auf verschiedene Arten der Einflussnahme von Geschichte und Literatur aufeinander. Für Historiker kann sich der Begriff auf die Erschaffung von subjektiver Geschichte beziehen oder auf den Gebrauch von Fiktion zur Übermittlung historischer Fakten. Gavriel Rosenfelds Artikel »Why Do We Ask ›What If?‹: Reflections on the Function of Alternate History« (Warum fragen wir ›Was wäre gewesen, wenn?‹: Überlegungen zum Zweck von Alternativ-Geschichte) untersucht, wie einige Historiker subjektive Geschichte nutzen, speziell Überlegungen, inwiefern die Geschichte anders verlaufen wäre, wenn »die andere Seite« den Zweiten Weltkrieg gewonnen hätte, den Bürgerkrieg und die Amerikanische Revolution. Rosenfeld behauptet, der Wert der »alternativgeschichtlichen Spekulation« liege »in ihrer Fähigkeit, die Evolution des historischen Gedächtnisses zu beleuchten«. Das heißt, wenn wir überlegen, was hätte passieren können, nehmen wir dazu Stellung, welche Erinnerungen wir uns aussuchen.[3] Andere Historiker verwenden den Ausdruck »imaginierte Geschichte«, um zu beschreiben, wie sie literarische Bausteine und Stile verwenden, um Geschichte zu vermitteln. Wie Linda Orr in »The Revenge of Literature: A History of History« (Die Rache der Literatur: Eine Geschichte der Geschichte) erklärt, verwendeten Historiker vor der Mitte des 19. Jahrhunderts häufig fiktionale Geschichten, um Geschichte zu dokumentieren, obwohl sie in jüngerer Zeit danach streben, das Feld der Geschichte deutlich von dem der Literatur abzugrenzen. Orr untersucht die grundlegenden Anliegen der Geschichtsschreibung in Streitfragen wie Realismus, Voreingenommenheit, Quellenforschung und sprachlicher »Wahrheit«. Sie stellt jedoch fest: »Je mehr die Geschichte zur Wissenschaft drängt, desto mehr werden Literatur oder Geschichten zur Geschichte produziert«[4]), was unterstreicht, dass diese beiden Disziplinen untrennbar miteinander verbunden bleiben, auch wenn sie sich zu distanzieren versuchen.

»Imaginierte Geschichte« jedoch kann auch die Erschaffung einer imaginierten Vergangenheit anzeigen wie in der *Twilight*-Saga. Meyer benutzt die historischen Hintergründe als ein Mittel, ihre Vampir-Figuren voneinander abzugrenzen, was mit George Garretts Definition von »imaginierter Geschichte« übereinstimmt. Garrett erklärt in »Dreaming with Adam: Notes on Imaginary History« (Mit Adam träumen: Anmerkungen zur imaginierten Geschichte), dass Romanautoren die impressionistische Welt einer imaginierten Geschichte erzeugen, indem einfach die Details der heutigen Zeit weggelassen werden: »Wir arbeiten deshalb rückwärts, ziehen die Dinge ab, die wir gut kennen, um die Vergangenheit zu erreichen, in der sie weder bekannt noch vorgestellt waren, was den Eindruck eines vagen geschichtlichen Umfelds hinterlässt.«[5]) Und so, statt uns Details über den eigentlichen historischen Hintergrund jedes Vampirs zu geben (zum Beispiel Informationen über Carlisle Cullens Leben im England des 17. Jahrhunderts), deutet Meyer öfter nur an, dass die Vampire nicht aus dem 21. Jahrhundert stammen. Wenn zum Beispiel Bella eine Bemerkung über Edwards Sprechweise macht – »Ich konnte nie ganz den Fluss seiner perfekten, förmlichen Ausdrucksweise nachahmen. Es war etwas, das nur in einem früheren Jahrhundert aufgeschnappt werden konnte« –, gibt sie nicht genauer an, nach welchem »früheren Jahrhundert« Edward klingt (*New Moon – Bis(s) zur Mittagsstunde*).

Meyers Form von imaginierter Geschichte ist mit nostalgischen Gefühlen verbunden, besonders da ihre nicht näher bezeichnete Vergangenheit nur die Gegenwart ist, aus der die eher unangenehmen Aspekte entfernt wurden. Wir denken uns Nostalgie als eine Vorliebe für oder eine Sehnsucht nach Aspekten einer Vergangenheit, die jetzt verloren sind – Aspekten sowohl der gemeinschaftlichen als auch der persönlichen Vergangenheit. Zum Beispiel mag jemand Nostalgie verspüren für die eigene Kindheit (persönlich) oder für eine historische Epoche (gemeinschaftlich). Diese Vorstellungen von der Vergangenheit haben etwas Trübes, Unwirkliches; die mächtigsten Nostalgiegefühle erwachsen jedoch aus der Erinnerung an oder dem

Wunsch nach etwas, was niemals wirklich war, einer »Vergangenheit«, die sowohl sicher als auch leicht verstehbar scheint aufgrund ihrer Einfachheit und gemeinsamen Werte.

Bella stellt sich solch eine Vergangenheit für Edward vor, als sie über ihre Verlobung nachsinnt: »Ich sah dieselbe seltsame Vision von Edward und mir auf einer Terrassenschaukel, wobei wir Kleider aus einer anderen Welt trugen. Eine Welt, in der es niemanden überraschen würde, wenn ich seinen Ring an meinem Finger trüge. Ein einfacherer Ort, an dem Liebe auf einfachere Art definiert war. Eins plus eins gleich zwei.« (*Eclipse – Bis(s) zum Abendrot*) Sie selbst bezeichnet ihre Nostalgie für Edwards Vergangenheit als *Anne-auf-Green-Gables*-Rückblende[6], was zeigt, dass für Bella Edwards Vergangenheit dieselbe Art von imaginierter Geschichte ist, die Meyer verwendet: eine, die in der Literatur gründet.

Die verlorene Generation: Edwards historische Wurzeln

Aber was steuert Edward selbst zu seiner Geschichte bei? In der Saga wird wenig über Edwards Vergangenheit enthüllt. Die aufschlussreichste Äußerung bietet er während seines Versuchs, Bella zu überzeugen, ihn zu heiraten: »In meiner Welt war ich schon ein Mann. Ich war nicht auf Liebe aus – nein, dafür war ich viel zu begierig darauf, ein Soldat zu sein; ich dachte an nichts anderes als an die idealisierte Glorie des Krieges, die sie damals den angehenden Rekruten glauben machten.« (*Eclipse – Bis(s) zum Abendrot*) Edward bezeichnet den Wunsch, im Ersten Weltkrieg zu kämpfen, als seinen Hauptcharakterzug in der Vergangenheit. Doch seine Erinnerung an den Krieg wirft einige historische Widersprüche auf.

Edward bemerkt, dass damals eine »idealisierte Glorie des Krieges glauben« gemacht wurde. Sicherlich gab es während des Ersten Weltkriegs Propaganda im Überfluss: Sean Dennis Cashman erklärt, dass »amerikanische Propaganda von 1917 [den Ersten Weltkrieg als] den Großen Kreuzzug« bezeichnete.[7] Oft zeigte die amerikanische Propaganda dieser Zeit die Deutschen als blutrünstige Unmenschen, die sich an Unschuldigen gütlich tun und die Demokratie zerstören.[8] Edward erwähnt, dass die Propaganda sich an »potenzielle Wehrpflichtige« richtete. In der Tat ordnete Präsident Woodrow Wilsons Einberufungsgesetz von 1917 die Registrierung aller Männer im Alter zwischen einundzwanzig und dreißig Jahren an; diejenigen, die dann tatsächlich einberufen wurden, wurden per Lotterieziehung ermittelt. Cashman erwähnt, dass »bei drei Ziehungen insgesamt 23 908 576 Männer in den Vereinigten Staaten ermittelt wurden. Jedoch traten nur 6 373 414 den Dienst an«, teilweise wegen der Spontan-Hochzeiten vieler Wehrpflichtiger und der Kriegsdienstverweigerung überhaupt.[9] Edward wurde 1918 in einen Vampir verwandelt, nachdem die Einberufungen bereits stattgefunden hatten; daher muss er sich freiwillig gemeldet haben. Hinzu kommt, dass er 1918 erst siebzehn Jahre alt war, also muss er sein Alter falsch angegeben haben und behauptet haben, älter zu sein, um angenommen zu werden.

Wichtiger als die irreführende Andeutung, dass Edward 1918 ein angehender Wehrpflichtiger war, ist jedoch, wie wenig seine Anschauungen im Einklang mit gängigen Anschauungen anderer Mitglieder seiner Generation standen. Der Erste Weltkrieg gilt anerkanntermaßen als hochgradig desillusionierend für die damalige Generation. Der Schrecken des Krieges, die Perversion der Technologie, die Falschheit der Propaganda und die Entfremdung der Zivilbevölkerung erzeugten »Ironie, Prostest und Abscheu«.[10] Die Autoren, die in dieser Ära erwachsen wurden, wurden als »Die Verlorene Generation« bekannt, ein Begriff, der von Gertrude Stein geprägt wurde und dem in Ernest Hemingways Roman *Paris – Ein Fest fürs Leben* (*A Moveable Feast,* 1964) ein Denkmal gesetzt wurde. Malcolm Cowley, selbst als Mitglied der Verlorenen Generation bezeichnet, untersucht in seinem Aufsatz »Die Generation, die nicht verloren war« (»The Generation That Wasn't Lost«) John Dos Passos, William Faulkner, F. Scott Fitzgerald, Ernest Hemingway sowie Thomas Wolfe und schreibt, dass diese Autoren »mehr Erfahrungen miteinander gemein hatten als jede andere Schriftstellergeneration der amerikanischen Geschichte. Sie alle hatten durch die Erschütterung des Ersten Weltkriegs ihren festen Halt verloren, selbst wenn sie zu jung waren, um in der Armee zu dienen ... diese Schriftsteller hatten keine Heimat außer in der Vergangenheit, keine feststehenden Maßstäbe und waren in vielen Fällen orientierungslos.«[11] Da Stephenie Meyer imaginierte Geschichte in Form von literarischen Anspielungen verwendet, um Edwards Hintergrund zu illustrieren, wäre für sie sinnvoll, diese Ära, diese Autoren und ihre Figuren als Hintergrund für Edwards menschliches Leben heraufzubeschwören.

Jeder dieser fünf Autoren, mit Ausnahme von Wolfe, schuf Romane, in welchen sich die schrecklichen Auswirkungen des Ersten Weltkriegs spiegeln. Zum Beispiel enthält das Werk *Neunzehnhundertneunzehn* (1932) von Dos Passos, Teil seiner USA-Trilogie, die abschließende Geschichte »The Body of an American« (Die Leiche eines Amerikaners), welche die Geschichte eines im Ersten Weltkriegs gefallenen Soldaten erzählt. Faulkners *Soldatenlohn* (*Soldier's Pay*, 1925) erzählt die Rückkehr eines verletzten Soldaten in sein Zuhause in Georgia; Hemingways Auswanderer Jake Barnes in *Fiesta* (*The Sun Also Rises*, 1926) versucht, mit seiner Kriegsverletzung, die ihn seiner Männlichkeit beraubt hat, fertig zu werden. Und Nick Carraway, der Erzähler von F. Scott Fitzgeralds *Der große Gatsby* (*The Great Gatsby*, 1925) repräsentiert die Desillusionierung seiner Generation nach dem Krieg, als sein bereits schwacher Optimismus durch seine Erfahrungen in West Egg/New York, erschüttert wird. Cowley bemerkt über die Autoren der Verlorenen Generation: »Zuerst rebellierten sie gegen die Heuchelei ihrer Eltern und gegen die Vornehmheit amerikanischer Literatur. Als nächstes rebellierten sie gegen die edlen Phrasen, welche das Abschlachten von Millionen im Ersten Weltkrieg rechtfertigten.«[12)] Während Edwards Anwerbung im Ersten Weltkrieg jene von Dos Passos, Faulkner, Hemingway und Fitzgerald widerspiegelt und die bittere Erinnerung an seinen damaligen Enthusiasmus in den Kampf zu ziehen der Desillusionierung von deren Figuren ähnelt, gibt sein Temperament nicht wirklich die Rebellion der Verlorenen Generation wieder. Stattdessen erinnert Edwards »Altmodischkeit« viel mehr an die Eigenschaften eines viktorianischen Gentleman.

Der viktorianische Gentleman: ein weltlicher Heiliger

Edwards bemerkenswerteste Eigenschaften – emotionale und physische Zurückhaltung, ein starkes Moralbewusstsein, glühende Loyalität der Familie gegenüber sowie breit gefächerte Fertigkeiten – decken sich mit jenen eines viktorianischen Gentleman. James Eli Adams stellt fest, dass der viktorianische Gentleman oft als Mann portraitiert wird, dessen »moralisches Ideal« auf einer Art von »weltlicher Heiligkeit« gründet.[13] Obwohl es unvereinbar erscheinen mag, einen Vampir mit einem Heiligen zu vergleichen, rechtfertigen Edwards Selbstverleugnung und seine Entschlossenheit, Bella zu beschützen, insbesondere vor ihm selbst, den Vergleich. Edwards Zurückhaltung tritt am offensichtlichsten bei seiner körperlichen Beziehung zu Bella zutage: »Er begann, sich zurückzuziehen – das war seine automatische Antwort, sobald er fand, dass es zu weit gegangen war, seine reflexartige Reaktion, immer wenn er sich am meisten danach sehnte, weiterzumachen. Edward hatte die meiste Zeit seines Lebens damit verbracht, jede Art von körperlicher Befriedigung abzulehnen.« (*Breaking Dawn – Bis(s) zum Ende der Nacht*) Edward sagt Bella zwar, dass er sie begehrt, achtet aber sehr darauf, dass ihre Küsse nicht erotisch werden. Als Bellas Vater, Charlie, Bella zum Thema Sex zur Rede stellt, antwortet sie ihm: »Edward ist sehr altmodisch. Es gibt nichts, worum du dir Sorgen machen musst.« (*Eclipse – Bis(s) zum Abendrot*) Eigentlich ist es Bella, die sich »um nichts Sorgen machen muss«; Edward hat absolut die Kontrolle über ihre sexuelle Beziehung.

Bella versucht, Edward zum Sex zu überreden – »Findest du nicht, dass es irgendwie falsch herum ist?«, lachte er in mein Ohr. »Sollte es nicht traditionell so sein, dass ich dich überrede, und nicht umgekehrt?« (*Eclipse – Bis(s) zum Abendrot*) –, aber er besteht darauf, dass ihre gemeinsame Enthaltsamkeit entscheidend ist. Er sagt: »Meine Keuschheit ist alles, was mir geblieben ist«, da er so viele andere moralische Gesetze gebrochen hat, und er will sicherstellen, dass, auch wenn Bella entschlossen ist, ein Vampir zu werden, er nicht dafür verantwortlich ist, dass sie nicht in den Himmel kommt (*Eclipse – Bis(s) zum Abendrot*). Deshalb besteht er auf einer Hochzeit, bevor sie die Ehe vollziehen. Als Edward Charlie um Erlaubnis bittet, Bella zu heiraten, sagt er: »Wir werden im Herbst zusammen weggehen nach Dartmouth, Charlie ... ich würde das gern, na ja, auf die richtige Art tun. So bin ich erzogen worden.« (*Breaking Dawn – Bis(s) zum Ende der Nacht*)[14] Letztlich überwindet Bella ihre tiefe Zwiespältigkeit einer Heirat gegenüber zumindest teilweise, weil sie sich so verzweifelt danach sehnt, Sex mit Edward zu haben, was die unterschiedlichen Moralvorstellungen der beiden betont.

Edwards verschiedene Vorlieben und Fertigkeiten stimmen mit denen eines viktorianischen Gentleman überein. Er komponiert Musik und spielt Klavier, spricht mehrere Sprache, ist überaus belesen, hat zwei Mal Medizin studiert und bekommt sogar ein Omelett hin.

Edward führt sein vielfältiges Können auf seine einsamen Nächte zurück: »Es gibt einen Grund, warum ich der beste Musiker in der Familie bin, warum ich – neben Carlisle – die meisten Bücher gelesen habe, die meisten Fächer studiert habe, die meisten Sprachen fließend spreche … Emmett würde dich glauben machen, dass ich so ein Schlauberger bin wegen des Gedankenlesens, aber die Wahrheit ist, dass ich einfach eine Menge freie Zeit hatte.« (*Breaking Dawn – Bis(s) zum Ende der Nacht*) Interessanterweise ist Edwards Keuschheit also sowohl für seine sexuelle Zurückhaltung als auch für seine zahlreichen Fertigkeiten verantwortlich.

Im Einklang mit der »Standhaftigkeit und Männlichkeit« des viktorianischen Gentleman versucht Edward, Bella vor allen Gefahren zu schützen, darunter auch vor der Gefahr, dass er von Blutgier überwältigt wird und sie beißt.[15] Sein Beschützerverhalten lässt Edward sie häufig warnen: »Es ist nicht nur deine Gesellschaft, nach der ich mich sehne! Vergiss das nie. Vergiss nie, ich bin für dich gefährlicher, als ich es für jeden anderen bin.« (*Twilight – Bis(s) zum Morgengrauen*) Er ist ebenso wachsam anderen Arten von Gefahr gegenüber – Bellas außerordentlicher Ungeschicklichkeit, der Rache der nomadischen Vampire James und Victoria, der Bedrohung durch die Volturi, Tyler Crowleys außer Kontrolle geratenem Van, den Männern in Port Angeles, die Bella beinahe vergewaltigt hätten – was ihn dazu bringt, Bella als »Gefahrenmagnet« zu bezeichnen, obwohl er sich selbst für die meisten dieser gefährlichen Situationen die Schuld gibt. Edward sagt: »Ich bin wütend auf mich selbst … ich scheine nicht anderes zu können, als dich ständig in Gefahr zu bringen. Meine bloße Existenz gefährdet dich. Manchmal hasse ich mich wirklich. Ich sollte stärker sein.« (*Twilight – Bis(s) zum Morgengrauen*) Dieser Selbsthass setzt ihn ebenfalls voll und ganz in die Tradition des Byron'schen Helden.

Byron'sche Helden: Darcy, Rochester und Heathcliff

Der Byron'sche Held – basierend auf sowohl der Person des Autors George Gordon (Lord Byron) als auch auf seinen fiktionalen Figuren – ist ein grüblerischer, geheimnisvoller Mann, der intelligent, anspruchsvoll, gebildet, anziehend, charismatisch sowie sozial und sexuell dominant ist, andererseits auch isoliert von der menschlichen Gesellschaft, in düsterer Stimmung und anfällig für Wutanfälle.[16] Er hat oft eine problembelastete Vergangenheit und selbstzerstörerische Geheimnisse umgeben ihn. Von seiner Geliebten, Lady Caroline Lamb, stammt das berühmte Zitat, das Byron als »verrückt, böse und gefährlich zu kennen« beschreibt. Beispiele der jüngeren Vergangenheit für diesen Typus sind der Comic-Held Batman, Dr. Gregory House aus der Fernsehserie *Dr. House*, der verstorbene Schauspieler James Dean und der Rap-Künstler 50 Cent. Der Byron'sche Held wird manchmal als Antiheld bezeichnet wegen seiner negativen Eigenschaften.Tatsächlich vergleichen Sandra M. Gilbert und Susan Gubar ihn mit einem bezaubernden Monster wie John Miltons Satan in *Das verlorene Paradies* (*Paradise Lost*, 1667): »Er ist in vielerlei Hinsicht die Inkarnation von weltlicher männlicher Sexualität, leidenschaftlich, stark, erfahren, gleichzeitig brutal und verführerisch, teuflisch genug, um den Körper zu überwältigen und doch gefallener Engel genug, um die Seele zu bezaubern.«[17] Das Geheimnisvolle des Byron'schen Helden, seine Düsterheit und Sinnlichkeit lassen an Bellas Reaktion auf Edward auf ihrer Wiese denken: »Ich saß bewegungslos da, fürchtete ihn mehr als jemals zuvor. Ich hatte ihn noch nie so völlig befreit von dieser sorgsam kultivierten Fassade gesehen. Er war noch nie weniger menschlich gewesen ... oder schöner. Kreidebleich und mit großen Augen saß ich da wie ein Vogel, gefangen in den Augen einer Schlange.« (*Twilight – Bis(s) zum Morgengrauen*)

An mehreren Stellen der Saga erwähnt Bella, dass Edwards Schönheit furchterregend ist. Im Einklang mit Gilbert und Gubar, die den Byron'schen Helden mit Satan vergleichen, beschreibt Bella nicht nur, von Edward gefesselt zu sein, als sei sie »in den Augen einer Schlange gefangen«, sondern sie vergleicht ihn auch mit einem Engel, wenn auch einem bedrohlichen. Als sie versucht, ihn dazu zu bringen zu erklären, wie er sie vor Tylers Van gerettet hat, denkt Bella: »Ich lief Gefahr, von diesem fahlen, herrlichen Gesicht abgelenkt zu werden. Es war, als wenn man versuchte, den Blick eines Todesengels niederzuzwingen.« (*Twilight – Bis(s) zum Morgengrauen*) Später, als Alice Cullen mit Nahuel kommt, der die Konfrontation mit den Volturi zum Ende bringt, vergleicht Bella Edward wiederum mit einem furchterregenden Engel: »In seinem Gesicht glühte ein Ausdruck von Triumph, den ich nicht verstand – es war ein Ausdruck, den ein Todesengel tragen könnte, während die Welt in Flammen stand. Schön und furchterregend.« (*Breaking Dawn – Bis(s) zum Ende der Nacht*) In Edward offenbart sich also eine Art von übernatürlicher Anziehungskraft, sowohl in seiner beunruhigenden Schönheit als auch in seiner schrecklichen Macht.

Aber der Byron'sche Held ist nicht einfach wild, verführerisch und stark, er ist auch selbst ein Gequälter. Er bleibt sich seiner eigenen Fehler schmerzlich bewusst, selbst wenn er sie bei anderen verachtet; seine Selbstbeobachtung versetzt ihn oft in düstere Stimmung und führt zu selbstzerstörerischem Verhalten. Edwards Hang zur Selbstgeißelung weist klar auf die Qual eines Byron'schen Helden hin. Nirgends kommt dies klarer zum Vorschein als in seinem verzweifelten Versuch, in *New Moon – Bis(s) zur Mittagsstunde* Selbstmord zu begehen, nachdem er denkt, dass Bella sich aus Verzweiflung, von ihm verlassen worden zu sein, selbst getötet hat. Bei ihrer Rückkehr nach Forks konfrontiert Bella ihn mit seinen unangebrachten Schuldgefühlen: »Du kannst diese ... *Schuld* ... nicht dein Leben bestimmen lassen. Du kannst nicht die Verantwortung für die Dinge übernehmen, die mir hier passieren. Nichts davon ist deine Schuld, es ist einfach ein Teil davon, wie das Leben für mich ist. Ich weiß, es ist deine ... Natur, für alles die Schuld auf deine Schultern zu nehmen, aber das darf nicht zu solchen Extremen führen!« (*New Moon – Bis(s) zur Mittagsstunde*) Zwar versucht Edward nie wieder zu sterben, um seine Schuld zu kompensieren, doch seine Neigung zu Selbstreflektion und -kritik bleibt bestehen.

Einige der berühmtesten Byron'schen Helden der englischen Literatur sind wie Edward: Darcy, Rochester und Heathcliff. *Stolz und Vorurteil* und *Sturmhöhe* werden in der Saga nicht explizit erwähnt, aber es gibt offene und versteckte literarische Anspielungen auf Autoren, Texte und Figuren. Beispielsweise stößt Bella, als sie durch ihre Jane-Austen-Sammlung blättert, auf die Namen Edward Ferrars aus *Sinn und Sinnlichkeit* und Edmund Bertram aus *Mansfield Park,* was sie zu der Überlegung führt: »Gab es eigentlich keine anderen Namen im späten 18. Jahrhundert?« (*Twilight – Bis(s) zum Morgengrauen*) Obwohl nicht explizit in der Saga erwähnt, ist bemerkenswert, dass zwei Figuren aus *Sturmhöhe* Edgar und Isabella Linton heißen. Bei *Jane Eyre* ist Mr Rochesters Vorname Edward, und der Mädchenname seiner Frau Bertha ist Mason – Edward Cullens ursprünglicher Name war Edward Masen. Noch signifikanter als diese Namens-Anspielungen jedoch sind die Byron'schen Parallelen zwischen Edward, Darcy, Rochester und Heathcliff.

Darcy: erste Eindrücke

Fitzwilliam Darcy aus Jane Austens Roman *Stolz und Vorurteil* (1813) ist düsterer Stimmung, kühl, herablassend und neigt dazu, andere zu verurteilen. Trotzdem fasziniert er die Heldin, Elizabeth Bennet, die sich trotz seiner Unnahbarkeit zu ihm hingezogen fühlt. Seine Anziehungskraft erklärt sich teilweise durch seine Freundschaft mit Mr. Bingley, dessen naiver Enthusiasmus Freundlichkeit, Toleranz und Lebenslust auf Seiten von Darcy erkennen lässt. Sein Handeln, als Lydia und Wickham durchbrennen, sowie sein früheres Verhalten in seiner Beziehung zu Wickham empfehlen ihn als ehrbar, mitfühlend und umsichtig; auch scheint er vollkommen immun gegenüber der Schmeichelei und den Flirtversuchen von Caroline Bingley. Diese Eigenschaften machen ihn umso anziehender, da sie anfangs hinter seiner starken Zurückhaltung verborgen sind. Darüber hinaus enthüllt die Tatsache, dass seine positiven Eigenschaften sich hinter Unnahbarkeit verstecken, eine stark zurückgehaltene Leidenschaftlichkeit, die auf Elizabeth mit Sicherheit äußerst anziehend wirkt.

Der ursprüngliche Titel von *Stolz und Vorurteil* lautete *First Impressions* (Erste Eindrücke), ziemlich passend vor dem Hintergrund der falschen Wahrnehmung, die Darcy und Elizabeth beim ersten Treffen voneinander haben. Als Darcy bei dem Ball in Hertfordshire eintrifft, wird er gleich bewundert: »Mr. Darcy zog schnell die Aufmerksamkeit im Raum auf sich durch seine vornehme, große Figur, seine attraktive Erscheinung, seine noblen Gesichtszüge; und durch das Gerücht, das innerhalb von fünf Minuten nach seinem Eintreten die Runde machte, dass er zehntausend im Jahr zur Verfügung habe.«[18] Er verliert jedoch wegen seiner Kälte bald das gute Ansehen bei den Einheimischen: »Mit großer Bewunderung wurde er etwa die Hälfte des Abends angeschaut, bis seine Manieren seine Beliebtheit wieder abebben ließen: Denn man entdeckte, dass er stolz war, überheblich und ungesellig; und sein ganzes riesiges Anwesen in Derbyshire konnte seine äußerst unfreundliche, übelgelaunte Haltung nicht wettmachen.«[19] Wie Darcy macht auch Edward einen starken ersten Eindruck in der Cafeteria. Bella staunt sogleich über die Schönheit der Cullens, aber als sie sich nach Edward erkundigt, sagt Jessica: »Ja, klar, er ist hinreißend, aber verschwende nicht deine Zeit. Er verabredet sich nicht. Offensichtlich ist keines der Mädchen hier gut genug für ihn.« (*Twilight – Bis(s) zum Morgengrauen*) Sowohl Darcy als auch Edward werden also als emotional distanziert beschrieben.

Darcy beleidigt Elizabeth auf dem Ball. Als vorgeschlagen wird, dass er sie zum Tanz auffordere, sagt er (und sie hört es): »Sie ist passabel; aber nicht hübsch genug, um mich zu reizen; und ich bin momentan nicht in der Stimmung, jungen Damen Beachtung zu schenken, die von anderen Männern ignoriert werden.«[20] Seine hochmütige Zurückweisung erinnert an Edwards Verhalten, als Bella neben ihm im Unterricht sitzt: »Ich schaute noch einmal zu ihm hoch und bereute es. Er starrte auf mich herunter, seine schwarzen Augen voller Abscheu. Als ich vor ihm zurückwich, in meinen Stuhl zusammenschrumpfend, kam mir plötzlich der Ausdruck *wenn Blicke töten könnten* in den Sinn.« (*Twilight – Bis(s) zum Morgengrauen*) Natürlich reagiert Edward auf den überwältigenden Duft von Bellas Blut; gleichermaßen fühlt sich Darcy zu Elizabeth hingezogen: »Aber kaum dass er sich selbst und seinen Freunden klar gemacht hatte, dass es kaum etwas Schönes an ihrem Gesicht gab, begann er zu finden, dass es durch den wunderschönen Ausdruck ihrer dunklen Augen ungewöhnlich intelligent erschien. Dieser Entdeckung folgten einige andere, die ebenso beschämend waren.«[21]

Wie alle guten Byron'schen Helden verspüren Edward und Darcy Abscheu vor sich selbst, auch wenn er sich als Abscheu vor denjenigen ausdrückt, die sie lieben.

Vielleicht wegen der scheinbaren Abscheu, die ihnen entgegenschlägt, verbunden mit der Überlegenheit Darcys und Edwards in Hinblick auf sozialen Status, körperliche Anziehungskraft und Einkommen, können weder Bella noch Elizabeth glauben, dass sie begehrt werden. Zum Beispiel ist Elizabeth beunruhigt davon, »wie oft Mr. Darcys Augen auf sie gerichtet waren. Sie hätte sich nicht vorstellen können, ein Objekt der Bewunderung für einen so großen Mann zu sein … Dass sie seine Aufmerksamkeit auf sich zog, konnte sie sich letztlich nur so erklären, dass es bei ihr etwas gab, das falscher und tadelnswerter war als bei jeder anderen anwesenden Person.«[22] Auf der Wiese zweifelt Bella: »Er war zu perfekt ... Es war unmöglich, dass diese gottgleiche Kreatur für mich bestimmt sein konnte.« (*Twilight – Bis(s) zum Morgengrauen*) Als Edward und Darcy ihre Liebe gestehen, geschieht es in Worten der Kapitulation und Hingabe, was zeigt, wie tief das Begehren ist. Darcy sagt: »Vergeblich habe ich gekämpft. Es geht nicht. Meine Gefühle können nicht unterdrückt werden. Sie müssen mir erlauben, Ihnen zu sagen, wie leidenschaftlich ich Sie bewundere und liebe.«[23] Edward erklärt Bella: »Ich habe es satt zu versuchen, mich von dir fern zu halten.« Und: »Du bist jetzt das Wichtigste für mich. Das Wichtigste, das es für mich je gab.« (*Twilight – Bis(s) zum Morgengrauen*)

Rochester: Mein teurer Leser, ich heiratete ihn

Edward Rochester, der Held von Charlotte Brontës *Jane Eyre* (1847), empfindet keine Schuldgefühle dabei, Jane zu umwerben, obwohl er bereits heimlich verheiratet ist. Nachdem Jane von der Existenz von Rochesters erster Frau erfahren hat, der verrückten Bertha Mason, die in der Mansarde von Thornfield Hall gefangen gehalten wird, sagt er zwar: »Ich bin wenig besser als ein Teufel in diesem Moment.« Doch will er immer noch, dass Jane bei ihm bleibt, als seine Geliebte.[24] Am Ende des Romans jedoch, als Jane zurückkehrt und Rochester blind und von dem Feuer gezeichnet vorfindet, das Bertha und das Haus vernichtet hat, bringt er schließlich zum Ausdruck, dass er sich ihrer körperlich nicht mehr länger für würdig hält: »Ich bin nicht besser als die alte, vom Blitz getroffene Kastanie im Obstgarten von Thornfield ... Und welches Recht könnte diese Ruine haben, ein aufstrebendes Geißblatt zu bitten, seinen Verfall mit Frische zu bedecken?«[25] Diese Gefühle sind jedoch bemerkenswert kurzlebig, und er und Jane werden sogleich getraut. Statt von Schuldgefühlen gequält zu sein, wie viele Byron'sche Helden, leidet Rochester also hauptsächlich unter den Auswirkungen seines dunklen Geheimnisses, welches ihn mysteriös und furchterregend macht. Manchmal beschreibt Jane ihn als stolz, bitter, übellaunig, griesgrämig, herrisch. In der Tat sagt die Haushälterin Mrs. Fairfax, Rochester habe »schmerzliche Gedanken«.[26] Genau wie Edward zum Grübeln neigt, meist darüber, wie sein Vampir-Sein Bella gefährdet, so ist auch Rochester melancholisch, obwohl er nicht glaubt, dass er für sein dunkles Geheimnis Schuld trägt.

Nachdem Briggs die Hochzeit von Jane und Rochester unterbricht, erklärt Rochester die Umstände seiner Heirat mit Bertha Mason: dass er hereingelegt wurde, eine halb verrückte, betrunkene, fünf Jahre ältere Frau zu heiraten, die in ihrem karibischen Heim schnell Schande über ihn brachte; dass ihre fortwährende Existenz ihn davon abhielt, Liebe oder Gesellschaft zu finden, trotz der Tatsache, dass er sie in der Mansarde eingeschlossen hielt; dass er sich »behindert, belastet, verdammt« fühle.[27] Sicherlich erinnert Rochesters Isolation (obgleich unterbrochen durch einige Geliebte) an Edwards neunzig Jahre ohne eine Gefährtin: Beide fühlten sich verdammt zur Einsamkeit. Alice sagt zu Bella: »Edward ist schon beinahe ein Jahrhundert allein. Jetzt hat er dich gefunden. Du kannst nicht die Veränderungen sehen, die wir sehen, wir, die wir ihn schon so lang kennen. Denkst du, irgendjemand von uns will die nächsten hundert Jahren in seine Augen sehen, wenn er dich verliert?« (*Twilight – Bis(s) zum Morgengrauen*) Noch aufschlussreicher ist die Gleichsetzung der wahnsinnigen Frau, Bertha, mit Edwards Vampir-Sein: das dunkle Geheimnis des Byron'schen Helden. Als Jane Rochester von ihrer Vision einer Frau mit dem »feurigen Auge«, »schrecklichem Antlitz« und »schauerlichem Haupt« erzählt, die ihren Hochzeitsschleier zerreißt, sagt sie, die Vision erinnere sie »an das garstige deutsche Gespenst – den Vampir.«[28] Aber Janes Beschreibung von Rochester bei ihrer ersten, nicht vollendeten Hochzeit weist eine starke Ähnlichkeit mit Edwards äußerer Erscheinung auf. Sie bemerkt seine »flammenden und aufblitzenden Augen«, seine »blasse, harte, massive Stirn« wie »aus Marmor gehauen«, sein Gesicht wie »farbloser Stein«, und »Sein Auge, wie ich oft gesagt habe, war ein schwarzes Auge: Es gab jetzt ein gelbbraunes, nein ein blutiges Leuchten in seiner Finsternis.« All dies deckt sich mit dem Vampir-Erscheinungsbild von Edward.[29]

Vielleicht am interessantesten ist, wie Rochesters Versuche, die Frau, die er liebt, zu kontrollieren, denen von Edward ähneln. In Bezugnahme auf den Altersunterschied kümmern sich Edward und Rochester oft um Bella und Jane. Während Edward Bella 90 Jahre sowie den Vorteil des Gedankenlesens und die Kenntnis der Vampir-Welt voraus hat, sagt Rochester: »Ich beanspruche nur solche Überlegenheit, die aus zwanzig Jahren Altersunterschied und der Lebenserfahrung eines Jahrhunderts resultieren muss.«[30] Gilbert und Gubar beziehen sich auf »Rochesters liebende Tyrannei«;[31] Edward selbst bezieht sich auf diesen Ausdruck, als er Bella vor dem drohenden Besuch der nomadischen Vampire warnt: »Ich werde ein bisschen ... dominierend beschützerisch in den nächsten paar Tagen – oder Wochen – sein, und ich möchte nicht, dass du denkst, dass ich normalerweise ein Tyrann bin.« (*Twilight – Bis(s) zum Morgengrauen*) Aber man könnte anführen, dass Edward tyrannisch ist: Er bittet Alice in *Eclipse – Bis(s) zum Abendrot*, Bella für das Wochenende zu kidnappen: er will Bella in *Breaking Dawn – Bis(s) zum Ende der Nacht* zu einer Abtreibung zwingen; er verschwindet aus ihrem Leben in *New Moon – Bis(s) zur Mittagsstunde*, weil er denkt, es sei zu ihrem Besten. Dazu behandelt Edward Bella in allen Büchern manchmal, als wäre sie ein Baby, trägt sie in seinen Armen, wickelt sie in Decken ein, singt ihr Schlaflieder vor. Statt als Tyrannen könnte man ihn eher als Patriarch ansehen, er handelt eher, als wäre er ihr Vater und nicht ihr Freund. Dieser Dominanzwille ist sicherlich eines der Kennzeichen des Byron'schen Helden, ebenso wie das des viktorianischen Gentleman.

Schließlich gleichen Edward und Rochester sich in ihrer Hochachtung gegenüber den Objekten ihrer Liebe, die für sie das Allheilmittel gegen die Einsamkeit und Qual sind, die aus ihren dunklen Geheimnissen resultieren. Beispielsweise sind beide Männer erstaunt über den Zwang, sich den Objekten ihrer Zuneigung anzuvertrauen. Rochester sagt: »Seltsam, dass ich bei all dem dich als Mitwisserin wählen sollte ... aber du, mit deiner Anziehungskraft, Besonnenheit und Umsicht, du bist wie geschaffen dafür, Geheimnisse zu empfangen.«[32] Und Edward konstatiert: »Ich war darauf gefasst, erleichtert zu sein. Dass du über alles Bescheid weißt; keine Geheimnisse vor dir haben zu müssen. Aber ich habe nicht erwartet, mehr als das zu fühlen. Ich *mag* es. Es macht mich ... glücklich.« (*Twilight – Bis(s) zum Morgengrauen*) Der Byron'sche Held empfindet Erleichterung, wenn er seine Seele von schrecklichen Geheimnissen befreit; die absolute Ehrlichkeit der Geliebten gegenüber schmiedet eine untrennbare Verbindung.

Heathcliff: Ich kann nicht ohne meine Seele leben

Im Gegensatz zu Darcys anmaßendem Ego und Rochesters mürrischer Bevormundung ist Heathcliff aus *Sturmhöhe* (*Wuthering Heights*, 1847) von Emily Brontë nicht an die Regeln der »salonfähigen Gesellschaft« gebunden und deswegen absolut frei, seine Ergebenheit Cathy gegenüber unverhüllt zuzugeben. Von Anfang an als exotisch und unzivilisiert bezeichnet, ein Findling, der von Mr. Earnshaw nach Wuthering Heights gebracht wurde, verkörpert Heathcliff die Wildheit und die Sinnlichkeit des Byron'schen Helden. Mr. Linton nennt ihn »eine seltsame Erwerbung, die mein verstorbener Nachbar bei seiner Reise nach Liverpool machte – ein kleiner Lascar[33], oder ein amerikanischer oder spanischer Schiffbrüchiger«, während Nelly seine geheimnisvolle Vergangenheit romantisiert: »Du könntest gut ein verkleideter Prinz sein. Wer weiß, vielleicht war dein Vater der Kaiser von China, und deine Mutter eine indische Königin.«[34] Die Exotik, die Mr. Linton und Nelly Heathcliff beimessen, ist eine viktorianische Abkürzung für Wildheit, da sie ihrer Ansicht nach im Kontrast zur »Zivilisiertheit« des britischen Reichs stand. Und obwohl Heathcliff, inzwischen reich geworden, als Erwachsener zurückkehrt, sodass er schließlich Hindley Earnshaw auszahlt, notiert Nelly immer noch: »Eine halb zivilisierte Grausamkeit lauerte noch in den zusammengezogenen Augenbrauen und den Augen voll schwarzem Feuer, aber sie war unterdrückt; seine Umgangsformen waren sogar fein, durchaus ihrer Grobheit befreit, wenn auch zu ernst, um anmutig zu sein.«[35] Heathcliff, so scheint es, kann seine angeborene Wildheit nicht überwinden.

Heathcliffs Wildheit zeigt sich manchmal als Brutalität. Nach dem Tod Mr. Earnshaws von Hindley misshandelt und von Cathy verlassen, wird Heathcliff grausam und sogar monströs, als er Isabella Lintons Schoßhund tötet, nachdem Isabella mit ihm durchgebrannt ist, oder als er Linton, Catherine und Hareton verhöhnt. Edwards »Monstrosität« ist sein Vampir-Sein, gegen das er täglich ankämpft. Während Edward niemals die hemmungslose Grausamkeit von Heathcliff zeigt, gibt er etwas zu, das er selbst »eine typische Periode rebellischer Jugend« nennt, in der er Menschen mit kriminellen oder gar mörderischen Absichten jagte und tötete (*Twilight – Bis(s) zum Morgengrauen*). Er sagt jedoch: »Im Laufe der Zeit begann ich, das

Monster in meinen Augen zu sehen. Ich konnte mich vor der Schuld, so viele Menschenleben geraubt zu haben, nicht verstecken, egal wie gerechtfertigt es war.« Also kehrte er zu Esme und Carlisle und zu einem Leben als »Vegetarier« zurück (*Twilight – Bis(s) zum Morgengrauen*). Aber wie menschlich der Lebensstil der Vampire auch sein mag: Edward besitzt die rohen Kräfte, die erforderlich sind, um James, Viktoria und jeden anderen, der Bella Leid zufügen wollte, zu töten.

Die andere Seite der Wildheit des Byron'schen Helden ist also seine leidenschaftliche Bindung an seine Geliebte. Als Kinder sind Heathcliff und Catherine unzertrennlich, sie streifen gemeinsam durch die Moore und sind ganz offenbar ein Herz und eine Seele. Ihr vollkommenes Glück wird zerstört, als Cathy sich auf dem Landsitz Thrushcross Grange von einer Krankheit erholt und unter den Einfluss der überaus kultivierten Lintons gerät. Sie beschließt, Edgar Linton zu heiraten, obwohl sie Nelly gegenüber immer noch darauf beharrt: »Ich *bin* Heathcliff – er ist immer, immer in meinem Kopf – nicht als eine Freude, nicht mehr Freude, als ich mir selbst Freude bin – sondern als mein eigenes Selbst.«[36] Als Cathy im Sterben liegt, enthüllt Heathcliff die Tiefe seiner Empfindungen für sie. Als er in Cathys Krankenzimmer stürmt, berichtet Nelly: »Er knirschte mit den Zähnen vor Zorn zu mir, schäumte vor Wut wie ein tollwütiger Hund, zog sie mit gieriger Eifersucht an sich«, brüllte: »Sei immer bei mir – nimm jede Gestalt an – mach mich verrückt! Nur lasse mich nicht in diesem Abgrund, wo ich dich nicht finden kann! Oh, Gott! Es ist unsagbar! Ich *kann nicht* leben ohne mein Leben! Ich *kann nicht* leben ohne meine Seele!«[37]

Edward zitiert tatsächlich diese letzte Zeile, nachdem Bella ihm gegenüber Cathys Wehklage zitiert hat: »Wenn alles andere zugrunde ginge, und er bliebe, würde ich doch immer noch sein; und wenn alles andere bliebe, und er wäre vernichtet, die Welt würde zu einem gewaltigen Fremden werden.« (*Eclipse – Bis(s) zum Abendrot*) Tatsächlich ist *Sturmhöhe* der einzige von Bellas Romanen, der in allen vier Büchern der *Twilight*-Saga erwähnt wird, mit Ausnahme von *New Moon – Bis(s) zur Mittagsstunde*: eine merkwürdige Auslassung, da man anführen könnte, dass der Handlungsverlauf von *New Moon – Bis(s) zur Mittagsstunde* den von *Sturmhöhe* stärker spiegelt als die übrigen Bücher. Wie *Sturmhöhe* beginnt *New Moon – Bis(s) zur Mit-*

tagsstunde mit Edwards und Bellas sorglosem Glück, wobei das englische Hochmoor durch die Waldlichtung außerhalb von Forks ersetzt wurde. Als Edward Bella verlässt, ist sie am Boden zerstört und dreht durch, fährt waghalsig Motorrad und springt von Klippen. Doch sie stürzt zu seiner Vampir-Version eines Sterbelagers nach Volterra, angetrieben von ihrer gemeinsame Liebe. Und als Edward zu ihr zurückkehrt, ruft er aus: »Als ob es irgendeine Möglichkeit gäbe, dass ich existieren könnte, ohne dich zu brauchen!« (*New Moon – Bis(s) zur Mittagsstunde*) Bella jedoch sieht ihre Situation in *Eclipse – Bis(s) zum Abendrot* als ähnlich zur Handlung in *Sturmhöhe,* da sie genauso zwischen Jacob und Edward steht wie Cathy zwischen Edgar und Heathcliff.

Tatsächlich beginnt Edward sich in *Eclipse – Bis(s) zur Mittagsstunde* mit Heathcliff zu identifizieren. Obwohl er Heathcliff und Catherine zunächst als »grässliche Leute, die sich gegenseitig ihr Leben ruinieren« verunglimpft, bemerkt er später: »Je mehr Zeit ich mit dir verbringe, desto mehr scheine ich menschliche Gefühle nachvollziehen zu können. Ich entdecke, dass ich auf eine Art mit Heathcliff sympathisieren kann, die ich vorher nicht für möglich gehalten hätte.« (*Eclipse – Bis(s) zum Abendrot*) In der Tat wird Heathcliff von Nelly mit einem Vampir verglichen, wenn er nachts allein durch das Moor streift, und als Edward Bellas Ausgabe von *Sturmhöhe* nochmals liest, wird das Buch an einer Stelle offen liegen gelassen, an der Heathcliff seinen Rivalen Edgar Linton mit beinahe vampirischen Ausdrücken beschreibt: »Wäre er an meiner Stelle gewesen, und ich an seiner, obwohl ich ihn mit einem Hass hasste, der mir das Leben vergällte, nie würde ich die Hand gegen ihn erhoben haben ... nie hätte ich ihn aus ihrer Gesellschaft verbannt, solange sie diese wünschte. In dem Moment, in dem ihre Achtung ihm gegenüber aufhörte, würde ich ihm das Herz aus dem Leib gerissen und sein Blut getrunken haben!«[38] Edward sagt jedoch, er sympathisiert mit Heathcliff, weil er wieder menschliche Gefühle verstehen kann; wo Heathcliffs Antrieb darin besteht, zivilisierter zu werden, überwindet Edward seine Byron'sche Wildheit, indem er versucht, menschlicher zu werden.[39]

Sich Edwards Geschichte durch die Literatur vorstellen

Dieses Kapitel begann mit der Beobachtung, dass Stephenie Meyer als Mittel zur Beschreibung ihrer Vampir-Figuren imaginierte Geschichte in ihre *Twilight*-Saga einbaut. Laut George Garrett »heißt imaginierte Geschichte schreiben die menschliche Imagination zu feiern«, das heißt, »die Möglichkeit, sich das Leben und den Geist von anderen menschlichen Wesen vorzustellen, lebend oder tot.«[40] Für Meyer kam diese Imagination aus ihrem eigenen Gespür für Literaturgeschichte, und ihre Leseliste dürfte der von Bella ähneln: »Ich hielt meine Augen auf die Leseliste gerichtet, die der Lehrer mir gegeben hatte. Sie war ziemlich grundlegend: Brontë, Shakespeare, Chaucer, Faulkner. Ich hatte schon alles gelesen. Das war tröstlich ... und langweilig.« (*Twilight – Bis(s) zum Morgengrauen*) Die klassische Literatur, auf die Meyer sich beruft – wie *Stolz und Vorurteil*, *Jane Eyre* und *Sturmhöhe* – findet sich auf jedem amerikanischen Highschool-Lehrplan.

Weit entfernt davon, langweilig zu sein, modelliert Meyers imaginierte Geschichte jedoch durch literarische Verweise den perfekten Mann. In einem *Newsweek*-Interview wurde Meyer gefragt: »Edward ist so perfekt – Sie haben damit normale Männer für eine Menge Teenager ruiniert. Fühlen Sie sich schlecht deshalb?«, woraufhin sie antwortete: »Oh, ein bisschen, schätze ich. Ich wollte nur für mich selbst schreiben, ein Fantasiebild. Und das ist es, was Edward ist.«[41] Für Meyer, genau wie für die vielen *Twilight*-Fans, setzt sich das Fantasiebild des perfekten Mannes aus verschiedenen Byron'schen Helden zusammen. Auch wenn Edward viel später »geboren« wurde und in den 1920er-Jahren erwachsen geworden wäre, seine »wahre« Geschichte lässt sich in den viktorianischen Romanen des 19. Jahrhunderts finden.

2
Bella beißen: Vertragsverhandlungen, die Geschichte der Quileute und warum »Team Jacob« dazu verurteilt ist, zu verlieren

Judith Leggatt und Kristin Burnett

Verträge, Vertragsbedingungen und die Wiederverhandlung von Verträgen nehmen eine zentrale Stellung in Stephenie Meyers *Twilight*-Reihe ein. Schauplatz von Meyers Geschichte ist Forks, Washington, zwölf Meilen vom Reservat der Quileute und ihrer Siedlung La Push entfernt. Der Quileute-Stamm spielt eine wichtige Rolle in Meyers Geschichte. Tatsächlich ist ein Vertrag entscheidend für die Geschichte: derjenige, der ausgehandelt wurde zwischen dem Quileute-Stamm, einschließlich der Gestaltwandler, die sich in Wölfe verwandeln, wenn ihr Land bedroht ist, und den Cullens, »vegetarischen« Vampiren, die sich statt von Menschen von Tieren ernähren. Denn dieser Vertrag steht der Verwandlung Bellas in einen Vampir und damit einer Vervollkommnung ihrer Beziehung zu Edward im Weg. Der Vertrag grenzt Eingeborenenland von Vampirland ab und schreibt fest, dass der Stamm der Quileute die Identität der Cullens geheim hält und sich aus ihren Angelegenheiten heraushält, solange die Cullens nicht das Land der Quileute betreten und *niemals* einen Menschen beißen. Der Quileute Jacob Black, der Bella Swans zweite Liebe ist, beharrt nachdrücklich auf einer strengen Auslegung des Vertrags, um Bellas Verwandlung in einen Vampir zu verhindern und damit die Hoffnung auf eine gemeinsame Liebe aufrechtzuerhalten. Die letzten drei Romane der Tetralogie konzentrieren sich auf die schwierigen Verhandlungen zwischen beiden Gruppierungen.

In diesem Kapitel untersuchen wir, wie in der Saga die Geschichte der Beziehungen zwischen Eingeborenen und Neuankömmlingen dargestellt wird, sowohl durch die Dreiecksgeschichte von Bella, Edward und Jacob als auch durch den Vertrag zwischen Vampiren und Werwölfen. Der unruhige Frieden, der zwischen den Cullens und dem Volk der Quileute im ersten Buch der Saga existiert, entspricht ähnlichen Verträgen, die zwischen eingeborenen Amerikanern und den Siedler-Regierungen in Nordamerika geschlossen wurden, darunter der Vertrag von Olympia, unterzeichnet vom Quileute-Volk und den Vereinigten Staaten von Amerika im Jahr 1856. Die Verhandlung des übernatürlichen Vertrags und die drastischen Veränderungen, die dem Quileute-Volk aufgrund dessen aufgezwungen wurden, entsprechen nicht nur den typischen historischen Beziehungen zwischen den Quileute und amerikanischen Siedlern, sondern spiegeln auch in größerem Rahmen die gesetzlichen und kulturellen Beziehungen zwischen Eingeborenen und Nicht-Eingeborenen in ganz Nordamerika wider.

Der übernatürliche Vertrag bei *Twilight* stellt eine literarische Parallele zum historischen Vertrag von Olympia dar, und die Saga bietet eine Sichtweise, durch die dieser Vertrag, seine historische Bedeutung und die heutigen Implikationen und Deutungen solch einer Vereinbarung betrachtet werden können. Die heutigen und historischen Quileute erlebten den Vertrag grundlegend anders als die Quileute in Meyers Romanen. Dass der Vertrag zwischen den Cullens und dem Volk der Quileute von beiden Seiten respektiert wird, bildet einen starken Kontrast zur Vertragsgeschichte in den Vereinigten Staaten. Dass bundesstaatliche und staatliche Regierungen daran scheitern, die Grundprinzipien der Verträge zu befolgen, die sie in gutem Glauben aushandelten, ist ein fortdauernder Refrain in der amerikanischen Geschichte. Trotzdem gibt es eine wichtige Ähnlichkeit zwischen den historischen und fiktionalen Verträgen: Bei beiden ist der Transfer von Landbesitz das Ergebnis. In der *Twilight*-Saga repräsentiert Bella das Land, Jacob verkörpert das Quileute-Volk und Edward Cullen steht für die Neuankömmlinge.

Dass Bella zum Vampir wird und Edward heiratet und dass Jacob sich mit Bellas Wahl abfinden muss und gezwungen ist, seine Zuneigung auf den Sprössling einer Verbindung zu richten, die er so sehr abgelehnt hat, symbolisiert die Tatsache, dass Assimilation und Anpassung für das Quileute-Volk immer als notwendig angesehen wurden, um den Kontakt mit Nicht-Eingeborenen zu überleben. Jacob sagt zu Bella: »Ich war der natürliche Weg, den dein Leben genommen hätte … wenn die Welt so wäre, wie sie sein sollte, wenn es keine Monster und keine Magie gäbe.« (*Eclipse – Bis(s) zum Abendrot*) Genau wie Edward, der im natürlichen Lauf der Dinge gestorben wäre, bevor Bella geboren wurde, Bellas und Jacobs Beziehung vom Kurs abbringt, bevor sie beginnen kann, so führt auch die Eroberung Nordamerikas zur Verbannung und Zwangsumsiedlung eingeborener Völker in Reservate, die viel kleiner und oft weit entfernt von ihrem angestammten Land sind. Während Meyer ein positives, wenn nicht gar stereotypisches Bild des Quileute-Stamms und des Vertragsabschlusses als Mittel der Koexistenz präsentiert, führen die Konflikte in den Romanen und ihre Auflösung durch das Neuverhandeln der Verträge und durch die Schaffung einer aus verschiedenen Spezies bestehenden Familie zu einer Machtverlagerung vom Quileute-Stamm hin zu den Neuankömmlingen.

Verträge und die Formung eingeborener Identität

Verträge haben oft die Beziehungen zwischen den Vereinigten Staaten und den eingeborenen amerikanischen Völkern geformt. Von 1778 bis 1868, als der letzte entsprechende Vertrag in den Vereinigten Staaten unterzeichnet wurde, gab es 368 von der föderalistischen Regierung ratifizierte Verträge.[1)] Die frühen Verträge waren Vereinbarungen von »Friede und Freundschaft«, die sowohl territoriale Grenzen anerkannten als auch die Souveränität und Autonomie der eingeborenen amerikanischen Völker. Anfangs schloss die US-Regierung aus der Notwendigkeit heraus solche Verträge; sie war nicht in der Lage, einen Krieg zu führen, und Verträge waren das am wenigsten störende Mittel, Frieden zu erreichen und die Siedler abzusichern. In diesen frühen Jahrzehnten erkannten die Vereinigten Staaten die Rechte der Eingeborenen als eigenständige Völker an und behandelte sie als solche; 1832 gab es eine Neudefinition des Status eingeborener Amerikaner durch das Oberste Gericht, sie galten jetzt als einheimische abhängige Völker.[2)] Diese Gerichtsentscheidung wurde allerdings selten in die Praxis umgesetzt, und die ursprüngliche Absicht der Verträge bleibt Diskussionssache.

Als die nicht eingeborene Population wuchs und verfügbares Ackerland rar wurde, geriet das Vertragssystem in den Vereinigten Staaten unter zunehmenden Druck. Die Probleme der ungeheueren Ausweitung der Besiedlung des Westens durch Weiße und der Widerstand der eingeborenen Völker gegen diese Expansion wurden nicht durch die Verträge gelöst. Vielmehr nahmen während des ganzen 19. Jahrhunderts Gewalt und Wut zwischen Eingeborenen und Nicht-Eingeborenen zu. Zudem verhandelten die Vereinigten Staaten mehr und mehr aus einer Position überwältigender Stärke heraus und setzten deshalb immer stärker voraus, dass Rechte den eingeborenen Völkern nur aufgrund der Großzügigkeit der Neuankömmlinge gewährt wurden. Eigentlich, sowohl historisch als auch in den *Twilight*-Romanen, wollten beide Parteien Kämpfe vermeiden und waren zu Konzessionen bereit, um den Frieden zu erhalten.

In *Eclipse – Bis(s) zum Abendrot* erkennen die mündlich überlieferten Geschichten beider Parteien an, dass die überlegene Macht der Vampire den Vertrag für sie zur damaligen Zeit eigentlich unnötig machte, eine Annahme, die ebenfalls von den US-amerikanischen Verhandlungsführern in der zweiten Hälfte des 19. Jahrhunderts zugrunde gelegt wurde; historisch führte diese Annahme letztlich zum Tod des Vertragssystems. Das Ungleichgewicht der Machtbeziehungen änderte grundlegend die Zielsetzungen und -vorgaben der Verträge. Obwohl beide Seiten danach strebten, die bestmöglichen Bedingungen für sich selbst auszuhandeln, wurden die eingeborenen Völker von den Verhandlungsführern der US-Regierung als Hindernis für Fortschritt und Besiedlung angesehen, und Verträge wurden zu einem Mittel, den eingeborenen Gesellschaften europäisch-amerikanische Kultur aufzuzwingen, anstatt das Ergebnis von diplomatischen Verhandlungen zwischen souveränen Völkern zu sein. Weder die Cullens noch die US-Regierung gaben im Verhandlungsprozess irgendetwas auf; die Cullens waren bereits »Vegetarier«, sie änderten also ihre Lebensweise nicht, um sich an die Quileute anzupassen, und die Siedler-Regierung kam in den Besitz von großen Gebieten eingeborenen Landes, ohne zu teuren militärischen Lösungen greifen zu müssen.

Als Ergebnis hiervon bedeuteten diese Verträge eher ein Stehlen von Land, Bevormundung und Einverleibung als Frieden und Freundschaft, als gegen Ende der Vertragsabschluss-Ära in den USA die Verträge auf dem Gebiet der nordwestlichen Pazifikküste zustande kamen.[3] Von 1854 bis 1855 verhandelte der erste Gouverneur des Washington-Territoriums und Aufsichtsbeamte für Indianer-Angelegenheiten, Isaac I. Stevens, zehn Verträge mit den eingeborenen Völkern aus, die in Puget Sound, Neah Bay, Walla Walla und am Zusammenfluss der Flüsse Judith und Missouri im heutigen Montana lebten.[4] Diese Verträge leiteten die US-Indianer-Politik in der Region ein. Ureinwohner wurden in kleine Reservate gedrängt, wo die US-Regierung hoffte, sie zu Farmern machen, sie entsprechend der europäisch-amerikanischen Kultur- und Wertmaßstäbe erziehen und »kultivieren« und schließlich in die dominierende Gesellschaft eingliedern zu können.

1855 unterschrieb das Quileute-Volk des heutigen Nordost-Washington den Quinault-Fluss-Vertrag mit der Regierung des Washington-Territoriums. Im darauffolgenden Jahr unterzeichneten die Quileute den Vertrag von Olympia mit den Vereinigten Staaten. Die Quileute willigten ein, »auf all ihre Rechte, Ansprüche und Anteile an dem Land und Boden, das von ihnen bewohnt wird, aufzugeben und zu verzichten und an die Vereinigten Staaten abzutreten.«[5] Im Gegenzug wurde den Quileute 1889 ein Reservat zugestanden, das sich auf ihr traditionelles Siedlungsgebiet im südwestlichen Zipfel von Clallam County an der Flussmündung des Quillayute an der Pazifikküste des Staates Washington erstreckte. Sie behielten außerdem das Recht auf Versammlungen, auf das Jagen und Fischen in ihrem »regulären und gewohnten Terrain und Revier.«[6]

Diesem Vertrag zufolge war und ist das Quileute-Reservat das exklusive Eigentum des Volks der Quileute. Wie viele andere eingeborene Amerikaner haben die Quileute von Anfang an dafür gekämpft, ihr Land vor dem Zugriff nicht einheimischer Siedler und der Erschließung zu schützen. Das Quileute-Volk war gezwungen, gerichtlich zu klagen, um die Rechte zu garantieren und zu schützen, die es mit der Bundesregierung mehr als ein Jahrhundert zuvor vertraglich vereinbart hatte, ähnlich wie die Quileute-Figuren in den *Twilight*-Büchern sich in Wölfe verwandeln müssen, um ihr Land vor den Vampiren zu schützen. Während die historischen Quileute das Rechtssystem der Siedler akzeptieren und nutzen mussten – ein System, welches ihrer Lebensart fremd war –, um für ihre Rechte zu kämpfen, verändern die fiktionalen Quileute ihr Wesen in einem buchstäblicheren Sinn, werden zu übernatürlichen Wesen, um eine übernatürliche Bedrohung zu bekämpfen. Die Verbindung zwischen übernatürlichem und alltäglicherem Schutz wird deutlich durch die Tatsache, dass Sams Rudel daran interessiert ist, dafür zu sorgen, dass das Land sicher bleibt, und nicht nur vor Vampiren. Jacob erzählt Bella von einem Außenseiter, der in La Push war und »Meth[7] an die Kids verkaufte, und Sam Uley und seine Jünger haben ihn von unserem Land vertrieben. Es geht ihnen immer um *unser Land* und den *Stammesstolz.«* (*New Moon – Bis(s) zur Mittagsstunde*) Vampire symbolisieren die vielen historischen und gegenwärtigen sozialen und wirtschaftlichen Probleme, die als Folge der Kolonialisierung aufkamen, und die gestaltwandlerischen Quileute versuchen, ihr Volk vor diesen Problemen zu schützen.

In der von Meyer geschaffenen Romanwelt gibt es mehr Respekt für die Verträge, als historisch jemals existierte. Die Quileute und Cullens sind sich nicht nur immer der Vertragsbedingungen bewusst, sondern sie schätzen den Vertrag auch hoch genug, um flexibel zu sein, und sie benutzen Verletzungen des wortwörtlichen Vertragstextes nicht als Entschuldigung dafür, ihn als Ganzes aufzukündigen, selbst nach siebzig Jahren nicht. Nachdem zum Beispiel Jacob Bella erzählt hat, dass sein Volk die Cullens für Vampire hält – ein Geheimnis, das Jacob nicht enthüllt hätte, wenn er daran geglaubt hätte – halten die Cullens den Vertrag nicht für ungültig. Ebenso wenig glauben die Quileute später, dass Edward den Vertrag verletzt, als er Bella in einen Vampir verwandelt, da dies ihrem eigenen Wunsch entsprach. So erkennt Sam an, dass der »Geist des Vertrags unberührt ist. Sie stellen keine Gefahr für unser Volk dar, noch sind sie eine Gefahr für die Menschen von Forks. Bella Swan traf eine wohlbegründete Wahl, und wir werden unsere früheren Verbündeten nicht für ihre Wahl bestrafen.« (*Breaking Dawn – Bis(s) zum Ende der Nacht*) Der Respekt und die Flexibilität, die beide Seiten für den Vertrag zeigen, scheint auf den ersten Blick ein positiveres Modell für die Beziehungen zwischen Eingeborenen und Zugezogenen zu bieten, denn es steht im Kontrast zu dem Mangel an gutem Glauben bei den historischen Vertragsabschlüssen, der eingeborene Nordamerikaner durchgehend während des 19. und 20. Jahrhunderts gequält hat. Unglücklicherweise führen sowohl der fiktionale als auch der nicht fiktionale Verlauf zu denselben Ergebnissen: Verwandlung und Assimilation.

Verträge sind generell ein kontrovers diskutiertes Thema in den Vereinigten Staaten. Viele nicht eingeborene Menschen betrachten Verträge als ungerecht, da sie die Eingeborenen auf Kosten der Nicht-Eingeborenen bevorteilen würden.[8] Die Langlebigkeit und Bedeutung der Verträge ist kein Zufall, sondern das Ergebnis einer großen

Anstrengung auf Seiten der Eingeborenen, die dominierende Gesellschaft dazu zu zwingen, die Versprechen, die sie ihnen vor mehr als einem Jahrhundert gemacht hat, einzuhalten. Genau wie die Macht des Vertrags zwischen dem Volk der Quileute und den Cullens nicht in irgendeinem schriftlichen Dokument liegt, sondern in der Art und Weise, wie der Vertrag beiden Parteien unmittelbar im Gedächtnis bleibt, so liegt auch die Beständigkeit der Verträge an der pazifischen Nordwestküste und allgemein der Verträge in den ganzen Vereinigten Staaten in der Bewahrung der Verträge nicht nur in den US-Gesetzen, sondern vielmehr im Andenken der Menschen, die sie verhandelten und welche dic Verträge als dauerhafte Pakte zwischen Nationen ansehen.[9] Wie die Rechtshistorikerin Alexandra Harmon bemerkt, erinnert die Geschichte uns daran, »dass heutige Bedürfnisse, Vorstellungen von der Vergangenheit und dehnbare Rückerinnerungen unser Bemühen verkomplizieren oder sogar sabotieren könnten, in Erfahrung zu bringen, was wirklich vor Jahren passierte. Kurzum prüft die Geschichte unsere Fähigkeit, ihre Komplexität zu begreifen, ihre Paradoxe zu akzeptieren und die Vergangenheit für sich selbst und unabhängig von anderen Dingen zu verstehen.«[10] Ganz ähnlich argumentiert Sam: »Die Zeiten haben sich geändert, seit unsere Vorfahren den Vertrag schlossen«, und sowohl Sam als auch Jacob verhandeln neue Abmachungen mit den Cullens, die auf ihrem unterschiedlichen Verständnis der Geschichte und des Geists, in dem der Vertrag geschlossen wurde, gründen (*Breaking Dawn – Bis(s) zum Ende der Nacht*). Sowohl in der Geschichte als auch in den *Twilight*-Romanen haben die Verträge ein Eigenleben entwickelt, und die Bedeutungen von Verträgen wurden geformt und umgeformt, um sie den jeweiligen Lebensumständen und Bedürfnissen der Menschen anzupassen, die überzeugt waren, ein fest begründetes Interesse an dem Land, seinen Menschen und seinen Ressourcen zu haben. Die Neuaushandlung des Vertrags in der *Twilight*-Saga ist ein Beispiel für Vertragsbrüche und -umarbeitungen, die im Verlauf der Geschichte der USA stattgefunden haben.

Um zu verstehen, wie der Vertrag in der Saga Landrechte und die Identität der Quileute-Werwölfe ausformte, ist es notwendig zu verstehen, auf welche Weise die Vertragspolitik in den Vereinigten Staaten ein sich veränderndes Verständnis der eingeborenen Völker sowohl unter den Siedlern als auch, noch gefährlicher, unter den eingeborenen Völkern selbst markierte. Ein wichtiges Element des Assimilierungsprozesses, der in den Verträgen festgeschrieben wurde, war das Bemühen auf Seiten des Staates und seiner Bevollmächtigten, das politische System des Quileute-Volkes zu transformieren. Die staatliche Indianerpolitik verlangte, dass die Quileute von La Push eine eigene Verwaltung wählten. Das politische System von eingeborenen Völkern wurde mit der Absicht geändert, sie zu zwingen, europäisch-amerikanische Kultur und Werte zu übernehmen, die auf den Prinzipien von Individualismus und Kapitalismus gründeten. Die Bemühungen der staatlichen Beauftragten für Indianerfragen und der Missionare, den Indianern solche Veränderungen aufzuzwingen, waren nicht immer erfolgreich, und erbliche Stammeshäuptlinge spielten weiterhin eine zeremonielle Rolle in der Gesellschaft der Quileute.[11] Diese zeremonielle Bedeutung ergänzte den gewählten Rat, statt mit ihm zu konkurrieren. In gleicher Weise gibt es in Meyers Romanen einen gewählten Rat bei den Quileute, jedoch auch einen Stammeshäuptling: Billy Black.

Sobald die Gegenwart der Vampire die Verwandlung der jugendlichen Quileute in Werwölfe auslöst, wird Sam als Alpha des Rudels praktisch zum »Häuptling des ganzen Stammes«, trotz der Tatsache, dass Jacob von Ephraim abstammt. Zuerst verweigert sich Jacob seiner vererbten Stellung als Häuptling, teilweise weil er Erbansprüche an sich ablehnt. Doch als Sam seine Rolle als Alpha missbraucht und die anderen Wölfe zu seinen Sklaven macht, bricht Jacob aus der Gruppe aus und wird widerstrebend zum Anführer eines zweiten Rudels.

Ist Sams Verständnis der Alpha-Rolle ein traditionelles, so ist Jacobs Streben nach alternativen Lösungen charakteristisch für eine eher westlich-demokratische Herangehensweise. Bezeichnenderweise besagt Artikel 11 des Vertrags von Olympia, dass die Quileute »zustimmen, alle Sklaven, die jetzt von ihnen gehalten werden, freizulassen und danach keine anderen zu erstehen oder sich anzueignen.«[12] So untergräbt Sam also selbst die von ihm übernommene Rolle als Häuptling dadurch, dass er den Bedingungen des historischen Vertrags nicht gerecht wird. Zunächst scheint die Spaltung Jacob und sein Rudel heimatlos zu machen, während Sam und sein Rudel den Schutz des Reservats behalten. Diese Situation hält jedoch nicht lange an, und Jacob wird schnell zum Anführer des Quileute-

Volkes, als die Vampire Jacob, den ihnen nahestehenden Verbündeten, für die Rolle des Vermittlers zwischen den beiden Gruppen wählen, was Sams Macht, den Vertrag durchzusetzen und das Land zu schützen effektiv untergräbt und damit auch den Grund für die Existenz der Werwölfe. Als Edward Bella in einen Vampir verwandeln will, um ihr Leben zu retten, bittet er Jacob als »Ephraims Erben«, »von dem abzuweichen, was wir in unserem Vertrag vereinbart haben« (*Breaking Dawn – Bis(s) zum Ende der Nacht*). Bei dieser Neuverhandlung des Vertrags mit den Vampiren geschieht es, dass Jacob die Rolle des Anführers seines Volkes übernimmt. Jacob stimmt zu als »Ephraims Erbe, haben [die Vampire] [seine] Erlaubnis, [sein] Wort, dass dies den Vertrag nicht verletzt.Die anderen werden nur mir die Schuld geben. Du hattest Recht – sie können nicht leugnen, dass es mein Recht ist, dem zuzustimmen.« (*Breaking Dawn – Bis(s) zum Ende der Nacht*)

Der historische Vertragsprozess brachte oft neue Anführer hervor. Siedler suchten sich irgendeinen Verhandlungspartner aus, der am besten mit ihnen kooperierte und ihren Interessen diente, egal, in welchem Ansehen jene Individuen bei ihrem eigenen Volk standen.[13] Als ein Quileute namens Tommy Payne 1915 »den Antrag stellte, vom U.S.-Beauftragten für Indianer-Angelegenheiten als Häuptling anerkannt zu werden«, wandte sich beispielsweise der staatliche Indianer-Beauftrage für Neah Bay gegen diesen Antrag und argumentierte, dass »wenn jemand zum Häuptling bestimmt wird, er ein Indianer sein sollte, der Englisch spricht, liest und schreibt.«[14] Höchstwahrscheinlich war Payne jemand, mit dem nach Ansicht des Indianer-Beauftragten nicht leicht umzugehen sein würde. Tatsächlich arbeitete Payne 1931 mit dem Quileute-Rat daran, gegen Vertragsverletzungen zu protestieren und hatte sich sogar selbst zum Häuptling ernannt.[15] Ungeachtet dessen, ob Paynes Anspruch, die Quileute zu repräsentieren, gültig war, zeigt die Tatsache, dass das Amt für Indianer-Angelegenheiten das letzte Wort bei der Festlegung eines Häuptlings hatte, wie das Kolonialsystem die politische Zusammensetzung des Volkes verändert und unter seine Kontrolle gebracht hatte. Obwohl Stammesmitglieder vielleicht weiterhin die Autorität bestimmter erblicher Häuptlinge anerkannten, wurde die Fähigkeit dieser Häuptlinge, mit der Regierung zusammenzuarbeiten, zunehmend behindert durch die Weigerung des Staates, sie anzuerkennen oder mit ihnen zu verhandeln.

Nach den anfänglichen Veränderungen in der Zusammensetzung der Völker als Folge der Umsiedlung in Reservate nutzten eingeborene Amerikaner an der nordwestlichen Pazifikküste in der Zeit nach dem Zweiten Weltkrieg Verträge zunehmend als ein Mittel, um auf politische, soziale und wirtschaftliche Ungerechtigkeiten hinzuweisen und alternative Identitäten innerhalb der amerikanischen Gesellschaft für sich zu schaffen.[16)] Eingeborene Amerikaner begannen jetzt, sich selbst als »früheste Empfänger feierlicher US-Versprechen« darzustellen.[17)] Die Gerichte bestätigten daraufhin diese Zusagen und die Behauptung der eingeborenen Amerikaner, dass die Vereinigten Staaten von Rechts wegen verpflichtet seien, die in den Verträgen gegebenen Versprechen zu halten. Um diese Rechte jedoch geltend machen zu können, mussten eingeborene Amerikaner Anspruch auf eine bestimmte Stammesidentität erheben, denn die Gerichte erkannten nur die Rechte von staatlich bestätigten Gruppen an.[18)] Ein eingeborener Amerikaner zu sein reichte nicht aus; Gesetze und Politik der USA machten es erforderlich, dass eingeborene Amerikaner eine zweifache juristische Persona annahmen – eine als Individuum, das Indianer ist, und eine als Mitglied eines bestimmten Stammes.[19)] Auf diese Weise wurden die Kämpfe eingeborener Amerikaner darum, ihre Kultur und ihre Gemeinschaften zu erhalten, eng mit der Erhaltung von Verträgen und Reservaten verknüpft. Tatsächlich sind Reservat, Land, Natur, Umwelt und Verträge allesamt Begriffe, die in der heutigen nordamerikanischen Gesellschaft für »Indianertum« stehen. Tatsächlich hat die dominierende Gesellschaft eine Reihe von Klischees über die den eingeborenen Völkern innewohnenden Eigenschaften entwickelt, die sie auf die Verknüpfung mit Natur und Land reduzieren.

Die Vorstellung, die eigene Identität zu verändern, um zu überleben, nimmt in Meyers Romanen körperliche Form an, wo Jacob und die Quileute sich in Wölfe verwandeln, um ihr Land vor den Übergriffen der Vampire zu verteidigen, wobei gleichzeitig die Anwesenheit der Vampire ihre Identität verändert: »Das ist der Grund dafür, dass wir existieren – weil sie es tun.« (*New Moon – Bis(s) zur Mittagsstunde*) Ironischerweise müssen die Quileute, um sich selbst zu verteidigen, in eine Form mutieren, die sich völlig von ihrer vorherigen unterscheidet, auch wenn die Quileute-Legende beschreibt, dass die Quileute ursprünglich von Wölfen in Menschen verwandelt wurden.[20] Die Selbsterschaffung »des Indianers«, die einer Verteidigungsmaßnahme entspringt, ist in Meyers Romanen ganz offensichtlich. Die Quileute werden wiederholt mit ihrem Land assoziiert, und ihre Wolfsgestalt macht sie zu einem Teil der natürlichen Welt auf der Halbinsel von Olympia. Bellas Vater Charlie akzeptiert Billys Standpunkt, dass Sam und die anderen Quileute »den Wald besser kennen« als die Weißen in Forks (*New Moon – Bis(s) zur Mittagsstunde*).

Jacob argumentiert, dass kulturelles Überleben teilweise auf der Wolfsgestalt basiere: »Was ich bin, wurde mit mir geboren. Es ist Teil dessen, wer ich bin, wer meine Familie ist, wer wir alle als Stamm sind – es ist der Grund, warum wir immer noch hier sind.« (*Eclipse – Bis(s) zum Abendrot*) Hier zeichnet und definiert Jacob ein Bild seines Volkes im Gegensatz zu den Vampiren, die er als unnatürlich ansieht. Meyer stellt Werwölfe und Vampire wiederholt als Gegensätze dar. Am offensichtlichsten ist, dass Werwölfe »heiß« sind, während Vampire buchstäblich kalt sind. Diese Gegensätzlichkeit ruft mehr negative Klischees »des Indianers« hervor. Wo die Cullens gelernt haben, ihre Gefühle zu kontrollieren und ihren natürlichen Impuls zu unterdrücken, menschliches Blut zu trinken, stellen die Werwölfe eine Gefahr für diejenigen dar, die sie lieben, eine Gefahr, die durch die Narben verdeutlicht wird, die Emily von Sams Angriff auf sie davontrug. Diese Gefahr wird wiederholt im Liebes-Dreieck von Bella, Edward und Jacob betont. Edward versucht ständig, für Bellas Sicherheit zu sorgen, er kauft ihr sogar ein Auto mit »kugelsicheren Scheiben und viertausend Pfund starker Panzerung«, während Jacob ihr erlaubt, waghalsig zu sein und ihr das Motorradfahren beibringt (*Breaking Dawn – Bis(s) zum Ende der Nacht*). Wo Edward ständig die Kontrolle in der Beziehung behält und den von Bella gewünschten sexuellen Kontakt begrenzt, nötigt Jacob sich Bella zweimal auf, zuerst durch seine körperliche Stärke und dann durch Gaunerei. Negative Klischees, die Eingeborene als sorglos und leidenschaftlich darstellen und die Männer als sexuelle Räuber, allesamt aufrechterhalten in Literatur und Film, werden zu einem zwingenden Grund für Bella, Edward zu wählen und nicht Jacob.[21]

Ein anderes Etikett indianischer Identität, das im Gerichtswesen und in der Interpretation von Vertragsrechten verwendet wurde, ist die Bedeutung, die eingeborene Amerikaner mündlichen Überlieferungen beimessen. Wie bei den meisten eingeborenen Amerikanern liegt die Geschichte der Quileute mehr in den mündlichen Geschichten des Volkes begründet als in den schriftlichen Darstellungen der Neuankömmlinge. So führt Chris Morganroth III. aus: »Wenn Quileute-Erzählungen zusammengetragen werden, finden wir eine klare Chronologie der Stammesgeschichte, welche die Details der Beziehung der Quileute zu der Welt um sie bewahrt.«[22] Für den zeitgenössischen westlichen Rationalisten ist es einfach, viele der mündlich überlieferten Geschichten als Mythos abzutun, aber es gibt wissenschaftliches Datenmaterial, welches für die Wahrhaftigkeit dieser Geschichten spricht. Zum Beispiel bezieht Meyer sich zweimal auf die Geschichte der großen Flut, welche die Quileute überlebten, indem sie ihre Kanus an Bäume knüpften; dies ist eine wirkliche Geschichte, die von den Quileute erzählt wird, und jüngere geologische Arbeiten von Ruth Ludwin deuten darauf hin, dass es sich dabei um ein verhängnisvolles Erdbeben mit einem nachfolgenden Tsunami gehandelt haben könnte, das im Jahr 1700 auftrat.[23] In ähnlicher Weise fanden viele der ersten Begegnungen mit Europäern mit Opfern von Schiffsunglücken statt und wurden oft nur durch die mündlichen Geschichten der Quileute überliefert.[24]

Meyer stützt sich auch auf die Eingeborenen-Tradition mündlicher Überlieferung, um ihre Geschichte fesselnder zu machen und vielleicht auch, um ihr Realismus und Wahrheit zu verleihen. Wie der Kontakt mit Europäern, so sind auch die frühen Zusammentreffen von Quileute und den »cold ones« Teil einer mündlichen Überlieferung und werden von Generation zu Generation von den Stammesältesten wieder in Erinnerung gerufen, wenn die Situation es erfordert. In *Eclipse – Bis(s) zum Abendrot* erzählt Billy von den Ursprüngen der Quileute, den gestaltwandelnden Vorfahren, ihren frühen Konflikten mit Vampiren und von dem Vertrag mit den Cullens. Jacob erklärt Bella die Bedeutung dieser Erzählungen als Geschichte: »Es ist das erste Mal für Quil, und er hat die Geschichten noch nicht gehört. Na ja, er hat sie gehört, aber dies wird das erste Mal sein, dass er weiß, sie sind wahr. Das bringt einen Kerl tendenziell dazu, besser aufzupassen.« (*Eclipse – Bis(s) zum Abendrot*) Während es in der wirklichen Tradition der Quileute über die Schöpfungsgeschichte hinaus keine solchen Legenden gibt, demonstriert die Funktion dieser Geschichten in der *Twilight*-Saga als historische Geschehnisse, die als Mythen missverstanden wurden, die Bedeutung der mündlichen Überlieferung für das Volk der Quileute und ihre Anwendbarkeit auf die gegenwärtigen Umstände.

Schurkische Siedler und die Anfechtung der Verträge

Der Vertrag zwischen dem Volk der Quileute und den Vereinigten Staaten wurde nicht von allen Siedlern respektiert. Die Geschichte von Dan Pullen, der im Dorf der Quileute siedeln wollte und der ihm ursprünglich den Namen »La Push« gab, eine Verfälschung des französischen »La Bouche« in Bezug auf die Flussmündung, ist ein repräsentatives Beispiel für die Probleme, denen sich die eingeborenen Völker gegenüber sahen. Pullen war einer der ersten Siedler im Quileute-Territorium, er ließ sich 1872 nieder. Er entschied sich dafür, in der bereits etablierten Quileute-Gemeinschaft an der Flussmündung des Quillayute zu siedeln, »wobei er sich ausrechnete, dass er sie vertreiben könnte oder dass die Regierung sie in ein anderes Reservat umsiedeln würde.«[25] Im Jahr 1882 hatte er eine heftige Auseinandersetzung über das Land mit einem geistlichen Führer der Quileute, Doktor Obi. Die Regierungsakten aus dieser Zeit besagen, dass Obi, der in der Vergangenheit den Übergriffen von Weißen widerstanden hatte, einen Zaunabschnitt, der Pullens Besitz umgab, zerstörte und Pullen dann mit einem Knüppel attackierte, als dieser auspacken wollte. Obis Tochter erzählte eine ganz andere Geschichte. Sie behauptet, dass Pullen versucht hatte, Obi zu zwingen, sein Land zu verlassen, damit er selbst ein Anrecht darauf anmelden konnte; Pullen hatte bereits anderes Quileute-Land gestohlen. Als Obi sich weigerte umzuziehen, attackierte Pullen ihn.[26]

Doch es sollte anders kommen: Die Regierung durchkreuzte Pullens Pläne, auf dem von den Quileute bewohnten Land zu siedeln. Im Februar 1889 sprach die Regierung die Gemeinde von La Push den Quileute zu, die das Land schon seit Generationen bewohnten; im September desselben Jahres setzte Dan Pullen die 26 Häuser, aus denen La Push bestand, in Brand, als die meisten Stammesmitglieder bei Zusammenkünften an der Bucht Puget Sound waren. Damit vernichtete er alle Ornate, Masken und andere Gegenstände der Quileute, die noch aus der Zeit vor der weißen Besiedlung erhalten waren.[27)] Pullen ebnete das Gelände ein, säte Gras, errichtete einen Stacheldrahtzaun und drohte, jeden Quileute zu erschießen, der versuchte, sein Haus wieder aufzubauen. Die Quileute waren gezwungen, ihre Häuser am Strand zu bauen, beständig der Gefahr von Hochwasser, Stürmen und Springfluten ausgesetzt. Letztlich wurde Pullen der Anspruch auf das Land verwehrt, 1893 wurde ihm befohlen, das Land zu verlassen, 1898 schließlich wurde er zur Räumung gezwungen – beinahe 20 Jahre nachdem er versucht hatte, das Gebiet für sich zu beanspruchen.[28)]

Genau wie Pullen sich weigerte, den Vertrag anzuerkennen, und sich bei dem Versuch, die Quileute um ihr verbliebenes Land zu bringen, auf Schlupflöcher im System verließ, so verursachen auch die nicht vegetarischen Vampire wie Laurent, Victoria und die Volturi Spannungen im Vertrag zwischen den Quileute und den Cullens. Insbesondere Victoria nutzt die unruhigen Beziehungen zwischen den Quileute und den Cullens aus, um einer Gefangennahme zu entgehen und beide Parteien gegeneinander aufzubringen. Als sie von beiden Gruppen verfolgt wird, nutzt Victoria die Grenze zwischen dem Territorium von Vampiren und Quileute, um zu verschwinden, »als ob sie eine Landkarte studiert hätte.« (*Eclipse – Bis(s) zum Abendrot*) Ihre Strategie zwingt Emmett Cullen, über die Grenzlinie zu irren, was eine gewaltsame Reaktion von Paul provoziert, und die beiden Gruppen brechen die Jagd ab, um einander entgegenzutreten, was Victoria zumindest zeitweilig die Flucht erlaubt.

Ironischerweise zwingt sowohl im fiktiven Text als auch in der Geschichte das Verhalten von schurkischen Leuten die beiden Vertragsparteien zur Zusammenarbeit, um den Frieden zu erhalten. In beiden Fällen stärken die Siedler, indem sie auf die Seite der Quileute gegen andere europäische Amerikaner oder Vampire treten, ihre eigene Position, indem sie sich selbst als notwendige und gutwillig vermittelnde Instanzen präsentieren. Im Jahr 1885 schrieb W. L. Powell, der örtliche Indianer-Beauftragte von Neah Bay, an seinen Vorgesetzten über Dan Pullen:

> Er macht jede Menge Ärger, und wir können niemals Frieden unter den Indianern haben, bis er nicht entfernt ist ... Es erscheint mir ein Wunder, dass sie diesen Mann nicht getötet haben, und wenn alles, was ich über ihn höre, wahr ist, so denke ich, dass es gerechtfertigt wäre, wenn sie es täten.[29)]

Die örtlichen Indianer-Beauftragten setzten sich dafür ein, das Reservat bei La Push zu errichten und zu erhalten, statt die Quileute in das nahegelegene Quinault-Reservat umzusiedeln, und sie stellten sicher, dass Pullen jegliche Rechte an Reservat-Land verweigert wurden. Die Arbeit dieser Indianer-Beauftragten, die sich gegen die weißen Siedler auf die Seite der Quileute stellten, obwohl sie selbst auch Weiße waren, entspricht der Art, in der die Cullens ihren Vertrag mit den Werwölfen über ihre Bindung zu anderen Vampiren stellen. Carlisle Cullen untersagt Irina, die Werwölfe im Austausch für die Hilfe ihres Zirkels gegen die Neugeborenen-Armee zu verjagen, und er sagt zu Victoria: »Du hast uns mit einem gemeinsamen Feind versorgt. Du hast uns zur Verbündeten gemacht.« (*Eclipse – Bis(s) zum Abendrot*) Später versuchen die Volturi, den Vertrag zwischen den Werwölfen und den Cullens als Verrat und unvereinbar mit Vampir-Gesetz darzustellen.

Obwohl sowohl die Intentionen der Indianerbeauftragten von Neah Bay als auch die der Cullens ehrbar sind, ist ihre Großzügigkeit doch letztlich eigennützig, da sie die Quileute gegenüber Außenseitern verpflichten. Dieses Thema ist sowohl historisch als auch in Meyers Arbeiten präsent. Nach Meinung der Neuankömmlinge hatten die realen Quileute dankbar zu sein, dass ihnen eine Quadratmeile Land blieb, auf der sie immer schon gelebt hatten, und man ging davon aus, dass sie dem Amt für Indianerangelegenheiten für seine Großzügigkeit zu Dank verpflichtet waren. In Meyers Romanen sind die Werwölfe gezwungen, die Jagdpraktiken der anderen Gäste der Cullens zu tolerieren. Auch wenn die Morde jenseits der Grenzen passieren, geht es gegen die Natur der Werwölfe, Vampire zu tolerieren, die irgendwo Menschen töten. Die Cullens geben letztlich nichts auf für ihre zunehmende Vertrautheit mit den Werwölfen, stattdessen eignen sie sich Bella und ihr Kind an, ein Geschöpf beider Welten.

Rialto Beach und das erotische Dreieck: zeitgenössische Vertragskonflikte

Vertraglich garantierte Rechte und Ansprüche auf Land waren nicht vollständig geregelt, als die ursprünglichen Verträge unterzeichnet wurden. Der Problemkreis Landrechte ist und bleibt auch heute noch ein Anliegen der Quileute. Im Herbst 2005 beschlossen die Quileute, direkte Maßnahmen zu ergreifen, um einen 40 Jahre andauernden Grenzdisput mit dem Staat Washington zu beenden. Indem sie den Zugang zum zweiten Strand am Olympic State Park schlossen, hofften die Quileute, die Regierung dazu zu zwingen, sich mit dem Problem der nördlichen Grenzen am Rialto-Strand zu befassen, wo der Olympic National Park in das Land der Quileute eindringt. Die Wurzeln des gegenwärtigen Konfliktes liegen im Jahr 1910, als ein Sturm die Mündung des Flusses Quillayute, der die Grenze des Reservates markierte, verlegte und tatsächlich acht Morgen Quileute-Land abgeschnitten wurden.[30] Obwohl Präzedenzfälle besagten, dass die Grenze dort bleiben sollte, wo der Fluss zur Zeit der Einrichtung des Reservats floss, sprach die Bundesregierung die acht Morgen Land 1953 dem Olympic National Park zu; die Parkbehörde baute dann einen Parkplatz und Toiletten auf dem Land. Die Debatte über dieses Stück Land köchelte in der zweiten Hälfte des 20. Jahrhunderts vor sich hin, bis das Ganze 2005 seinen Höhepunkt erreichte, als zwei Quileute, die in der betreffenden Gegend Feuerholz sammelten, festgenommen und angeklagt wurden. Obwohl die Anklagen später fallen gelassen wurden, brachte dieser Vorfall, zusammen mit dem erhöhten Bewusstsein einer Tsunami-Gefahr in diesem Gebiet (mehr als die Hälfte des Reservates ist Überschwemmungsgebiet) die Quileute dazu, zu drastischeren Maßnahmen zu greifen. Sie verweigerten den Zugang zum sogenannten Second Beach, indem sie den Parkplatz und den Fußweg schlossen, die beide auf Quileute-Territorium liegen, um die Gegenpartei an den Verhandlungstisch zu zwingen. Die Gruppe war bereit, im Austausch für 789 Morgen Land oberhalb der potenziellen Tsunami-Zonen permanenten Zugang zum Second Beach und zu den acht umstrittenen Morgen Land vom Rialto-Strand zu gewähren. Das Gegenangebot der Parkverwaltung waren 274 Morgen Parkland.[31] Das Volk der Quileute und der Olympic National Park erreichten eine vorläufige Einigung erst im späten Juli 2009.[32] Dieser Streitfall dauerte also zu der Zeit, als Meyer schrieb, noch an.

Obwohl die Quileute-Figuren in Meyers Romanen diesen oder andere Grenzkonflikte mit amerikanischen Regierungsbehörden nie ausdrücklich erwähnen, ist die potenzielle Tsunami-Gefährdung, die zu Neuverhandlungen über die Reservatsgrenzen führte, den Gefahren ähnlich, die in der fiktiven Geschichte zunächst zu steigenden Spannungen und später zu einem besseren Verständnis zwischen Werwölfen und Vampiren führen. Während die Existenz von Bellas und Edwards Halbvampir-Kind Sam dazu bringt, den Vertrag für nichtig zu erklären, da er das Kind als Gefahr ansieht, schafft die Bedrohung, die von Laurent, Victoria, der Neugeborenen-Armee und den Volturi ausgeht, stärkere Bande zwischen den Werwölfen und den Cullens. Zum Beispiel führt die Gefahr der Neugeborenen-Armee Sam dazu, durch Jacob »einige Grenzen zu verlegen, sodass wir jeden fangen können, der Forks zu nahe kommt.« (*Eclipse – Bis(s) zum Abendrot*) Im weiteren Verlauf der Saga nehmen die Bedrohungen zu, und die Werwölfe, die im ersten Roman, *Twilight – Bis(s) zum Morgengrauen,* noch kein Faktor waren, bekämpfen im zweiten Buch, *New Moon – Bis(s) zur Mittagsstunde,* einen gemeinsamen Feind, jedoch getrennt von den Vampiren. Im dritten Buch, *Eclipse – Bis(s) zum Abendrot,* stehen sie Seite an Seite mit den Cullens und werden schließlich in *Breaking Dawn – Bis(s) zum Ende der Nacht* unter Jacobs Führung offiziell zu Verbündeten.

Während die Auseinandersetzung um den Rialto-Strand und die Bedrohung durch Tsunamis die wichtigsten Aspekte der fortwährenden realen Verhandlungen zwischen den Quileute und den Regierungen der Siedler waren, ist der Haupteinflussfaktor des Vertrages zwischen den Werwölfen und den Cullens die Beziehung zwischen Bella und Edward und Bellas Wunsch, von Edward in einen Vampir verwandelt zu werden. Solch eine Handlung würde die Bestimmungen des Vertrages verletzen, die besagen, dass die Cullens niemals einen Menschen beißen dürfen, sei es, um ihn auszusaugen oder um ihn in einen Vampir zu verwandeln. Da Bella in einen Vampir verwandelt werden will, würde der Geist des Vertrages zwar nicht verletzt werden, aber die Situation wird verkompliziert durch die Beziehung zwischen Bella und Jacob, denn Jacob möchte, dass sie ein Mensch bleibt und ihn zum Partner nimmt. Während romantische Beziehungen niemals tatsächlich in die historischen Verträge hineinspielten, wurde aber die Beziehung zwischen Eingeborenen, Neuankömmlingen und dem Land oft metaphorisch als romantisch aufgefasst. Kim Anderson bemerkt: »Sowohl in westlichen als auch in indigenen Bezugssystemen wurden eingeborene Frauen historisch mit dem Land gleichgesetzt.«[33] Das Land, zuerst als eine reiche Königin begriffen, wurde schnell mit dem Bild einer »Indianerprinzessin« assoziiert, sie war das Symbol für »jungfräuliches Land, bereit für die Ausschöpfung«, darauf wartend, dass der »europäische Mann Anspruch auf das ›neue‹ Gebiet erheben wollte.«[34] Aus diesem Grund ist die Geschichte von John Smith und Pocahontas ein Gründungsmythos Nordamerikas. In der *Twilight*-Reihe repräsentieren eingeborene Frauen jedoch nicht das Land, eine Auslegung, die durch die Tatsache ins Schwarze trifft, dass Leah Clearwater, die bedeutendste weibliche Quileute, fürchtet, dass sie unfruchtbar sein könnte.

Obwohl Bella definitiv keine Einheimische ist – in den Büchern wird ständig ihre extrem blasse Haut betont, einmal sogar im Kontrast zu Jacobs »rotgelber« Tönung – repräsentiert sie in der *Twilight*-Saga das Land. Sie beschreibt sich selbst zuerst als Haus (»Ich war eine leere Hülle. Wie ein leerstehendes Haus – verdammt – monatelang war ich vollkommen unbewohnbar. Jetzt ging es ein bisschen besser.« (*New Moon – Bis(s) zur Mittagsstunde*)), dann als ganzes Land: »Was diesen ganzen Feinde-Unsinn angeht, ich bin draußen. Ich bin ein neutrales Land. Ich bin die Schweiz. Ich lehne es ab, von Territorialkonflikten zwischen mythologischen Kreaturen betroffen zu sein.« (*Eclipse – Bis(s) zum Abendrot*) Trotz ihres Neutralitätsanspruchs deuten die gezielten und wiederholten Bezugnahmen auf Land und die Art, in der Jacob und Edward sie deutlich über die vertraglich festgelegte Grenze hin- und herreichen, dass sie mit dem Land und dem Vertrag, der es teilt, verbunden ist. Tatsächlich ist es ihre rechtmäßige Heirat mit Edward, als sie ein Vampir wird und ihr Wesen verändert, die den ursprünglichen Vertrag bricht, aber schließlich zu einer neuen und stärkeren Form dieses Vertrags führt, einem Vertrag, der die feste Teilung zwischen den beiden Gruppen aufweicht.

Der Moment, in dem Bella zu einem Vampir wird und in dem die Bedingungen des ursprünglichen Vertrags gebrochen werden, ist der Moment, in dem Jacob seine Zuneigung von Bella auf ihre neugeborene Tochter verlagert. Indem er dies tut, wird er zu einem Mitglied der erweiterten Cullen-Familie und bringt sein Rudel mit. Sams Rudel hat die neuen Bedingungen zu akzeptieren, nicht nur, weil Jacob ihnen zugestimmt hat, sondern auch, weil »das absoluteste aller Rudelgesetze besagt, dass kein Wolf jemals das Objekt der Prägung eines anderen Wolfs töten darf.« (*Breaking Dawn – Bis(s) zum Ende der Nacht*) Die Verschmelzung des Bruchs der Vertragsbedingungen mit Jacobs Veränderung weist verstörende Parallelen zum historischen »Übertragungs-Recht« auf, das geschaffen wurde, um die Grenzen zwischen den Gemeinschaften von Eingeborenen und Siedlern niederzureißen, vorgeblich, um sie gleichzustellen, doch in Wirklichkeit, um die Übernahme von Vertragsland zu ermöglichen. Ein Beispiel solcher Gesetzgebung ist das Allgemeine Parzellierungsgesetz (»General Allotment Act«) von 1887, besser bekannt als Dawes Act, das Reservatland unter einzelnen eingeborenen Männern aufteilte.[35] Während des späten 19. und frühen 20. Jahrhunderts sah die Regierung die Parzellierung von Reservatland an Einzelpersonen als Lösung für das »Indianerproblem« an und als das bestmögliche Mittel, Eingeborene vor landhungrigen Siedlern zu bewahren.[36] Ziel war es, die Ureinwohner zu autarken Individuen zu machen, welche die europäisch-amerikanischen kulturellen Bräuche und Werte spiegelten. In gleicher Weise beendete die »House Concurrent Resolution 108« von 1953 die staatliche Beaufsichtigung vieler eingeborener Stämme und Völker und machte sie ganz und gar zu Bürgern der Vereinigten Staaten, kündigte jedoch gleichzeitig die Rechte auf, die diese durch die Verträge erhalten hatten.[37] Das historische »Zugestehen des Wahlrechts« war vordergründig dazu geschaffen, den einheimischen Völkern die gleichen Rechte zu verleihen wie den Siedlern, aber tatsächlich führte es zum Verlust von Land und Rechten, die vom Vertrag garantiert wurden.[38] In der *Twilight*-Saga bedrängt Edward Jacob, der Änderung der Vertragskonditionen zuzustimmen, und Bella, die das Land repräsentiert, verliert alle romantische Bindung an Jacob und gehört jetzt ganz zu Edward.

Eine einfache Lesart der Umsetzung des erotischen Dreiecks in der *Twilight*-Saga würde nahelegen, dass der Sieg des kalten, rationalen, kontrollierten und blassen Edward über den heißblütigen, emotionalen, impulsiven, rotgelbhäutigen Jacob ein Signal dafür ist, dass Eingeborenenland übernommen und die eingeborenen Völker durch europäische Siedler verdrängt werden. Die Tatsache, dass die Saga damit endet, dass Jacob durch seine umstrittene Prägung auf Edwards und Bellas neugeborene Tochter in die Familie hineingebracht wird, deutet darauf hin, dass es etwas komplizierter ist. Das Kind, Renesmee, ist sogar schon vor ihrer Geburt mit Jacob verbunden: Alice Cullen kann den Fötus ebenso wenig sehen wie die Werwölfe, und das schnelle Wachstum des Kindes erinnert Bella an Jacob. Jacob behauptet, dass die Prägung Bella und ihn zum Teil derselben Familie mache, so wie Bella es immer wollte, und sie macht tatsächlich den Waffenstillstand zwischen den Quileute und den Cullens »stärker denn je. Oder bindender, abhängig von deinem Standpunkt.« (*Breaking Dawn – Bis(s) zum Ende der Nacht*) Selbst als der Roman eine Machtverlagerung von den Quileute-Werwölfen hin zu den europäischen und europäisch-amerikanischen Vampiren darstellt, deutet die neue Familie mit einer Mischung aus verschiedenen Spezies, die am Ende von *Breaking Dawn – Bis(s) zum Ende der Nacht* geschaffen ist, auf Wege, wie die Siedler sich Kultur und Identität der Eingeborenen zu eigen machten, um ihre Ansprüche auf das Land zu legitimieren.[39] Renesmee, Edwards und Bellas Mischlingstochter, halb Mensch, halb Vampir, besitzt dieselbe Anzahl von Chromosomen wie die Gestaltwandler der Quileute, was suggeriert, dass die Neuankömmlinge »einheimisch« wurden in dem Land, das sie jetzt bewohnen. Die schrittweise Legitimierung der Vampire in Forks durch Heirat und Neuverhandlung von Verträgen entspricht also dem allmählichen Vordringen europäischer Siedler an der nordwestlichen Pazifikküste vom späten 19. bis ins 21. Jahrhundert hinein.

3
CinderBella: *Twilight*, Märchen und der amerikanische Traum des 21. Jahrhunderts

Sara Buttsworth

> Forget Princess, I want to be
> a Vampire!
>
> *T-Shirt-Slogan, 2009*

Vorwort

Es war einmal ein dunkler Wald von tiefem Grün, in dem magische Kreaturen zugleich Beistand und Gefahr boten, Schutz und Gemetzel. Am Rande des Waldes lebte ein Mädchen mit einer Haut so weiß wie Schnee, einer köstlichen Röte auf ihren Wangen, dunklem Haar, das sich ihren Rücken hinunterkräuselte und einem Duft, der verlockender war als reife Äpfel. Das Mädchen, dessen Name »Schönheit« bedeutete, lebte im Exil mit ihrem Vater, für den sie das Haus versorgte und bereitwillig kochte und saubermachte. Sie las gern und hatte Füße, die nicht tanzen würden, und einen Geist, der gegenüber der Erforschung durch andere stumm blieb. Bella und ihr Vater waren nicht richtig arm, doch sie lebten nicht im Überfluss. Unvergleichlich wie sie war, hatte sie keine richtigen Freunde unter ihresgleichen. Stattdessen verliebte sie sich in einen Außenseiter – einen Prinzen, der das Gesicht eines Engels hatte, bestialische Gelüste und eine Haut, welche das Sonnenlicht besser reflektierte als jeder Schuh aus Glas. Bella befolgte nicht immer die Warnungen, im Wald niemals vom Weg abzukommen, und hatte deshalb Glück, mit den Wölfen befreundet zu sein, die dort lebten – Wächter des Waldes und der »Provinzstadt« Forks. Den Wölfen machte es nichts aus, dass Bella kein rotes Käppchen trug, aber sie sorgten sich, dass Bellas Blut weiterhin durch ihre Adern floss und ihren blassen Wangen die Farbe verlieh – und dass sie nicht zur nächsten Mahlzeit des schönen Prinzen würde.

Träume von Lämmern und Löwen

Die Romane (und Verfilmungen) der *Twilight*-Saga bedienen sich eines traumähnlichen Märchenreichs, in dem Horror und Romantik koexistieren. Bellas Streben nach ewiger Jugend und dem buchstäblichen Und-so-lebten-sie-glücklich-bis-in-alle-Ewigkeit folgt einer Tradition, die das Verhalten von jungen Frauen häufig und auf verschiedene Weise über die Jahrhunderte hinweg beeinflusst hat.

Diese Art der Überlieferung hat ihre Wurzeln in den Geschichten, die Bauern an ihren Feuerstellen erzählten. Die Geschichten begannen im 17. und 18. Jahrhundert viel formaler und didaktischer zu werden, als Charles Perrault und seine Zeitgenossen mündlich überlieferte Volksmärchen in literarische *contes des fées* (Märchen) für die aufkommenden Mittelschichten der glänzenden Salons der Pariser Gesellschaft verwandelten. Einmal schriftlich fixiert, wurden die Volksmärchen im 19. Jahrhundert entsprechend der Moralvorstellungen der Gebrüder Grimm umgestaltet und neu definiert. Ähnliches passierte vom 20. bis ins 21. Jahrhundert hinein, als sie durch die Disney-Studios weltweite Verbreitung fanden.[1)]

Die speziellen Eigenschaften von jungen Frauen wie Bella Swan haben sich über die Jahrhunderte verändert, zusammen mit dem jeweiligen kulturellen Kontext der Geschichten, in denen sie in Erscheinung treten und in denen sie verschiedene Fähigkeiten, Tugenden und Grade von Intelligenz zeigen. Im gesamten 20. Jahrhundert wurden die Heldinnen, selbst die resoluten neuerer Zeit, insbesondere unterstützt durch die weltweite Verbreitung von Disney-Filmen, immer belohnt für ihre Geduld, Passivität und blasse Schönheit, doch nie daraus errettet.

Stephenie Meyers Geschichten sind fesselnder Lesestoff von Anfang bis zum Ende, teilweise wegen des Märchen-Anklangs, der, weit davon entfernt, »zeitlos« zu sein, sehr aus *dieser* Zeit stammt. Bezüge auf Heldinnen und romantische Paare (sowohl zum Scheitern verurteilte als auch glückliche) außerhalb des volkstümlichen Reichs rund um die *Twilight*-Romane sind reichlich vorhanden: Die Werke von

Shakespeare, Emily Brontë und Jane Austen sind Bellas Lieblingslektüre. Aber Bellas Geschichte, mit ihrer Fokussierung auf vorehelichen Sex, Treue, Selbstaufopferung für ein ungeborenes Baby und die Frage, wie junge Frauen im »postfeministischen« Zeitalter »alles haben« können, macht Meyers Werk sehr stark zu einem Märchen des 21. Jahrhunderts.

Die *Twilight*-Romane machen sich eine Reihe von wichtigen Faktoren zunutze, die für Märchentexte typisch sind. Vielleicht ist der wichtigste Märchenfaktor, den Meyer benutzt hat, die umgestaltende Macht von »Überlebensgeschichte[n] mit Hoffnung.«[2] Wenn Figuren in Märchen die Herausforderungen, auf die sie stoßen, überleben, werden sie verwandelt und erlangen ihre Herzenswünsche. Von der persönlichen Wandlung, die von so vielen Märchen-Protagonistinnen durchlebt wird, bildet Meyers Heldin keine Ausnahme. Auch ist keine Gehirnakrobatik dazu nötig, Bellas Geschichte als eine »Überlebensgeschichte mit Hoffnung« zu sehen. Und so besteht das Dilemma bei der *Twilight*-Saga nicht in der Ähnlichkeit zu Märchen. Das Problem liegt vielmehr darin zu entscheiden, welchem Märchen die Saga am meisten ähnelt. Bruchstücke von *Schneewittchen, Aschenputtel/Cinderella, Die Schöne und das Biest* und *Rotkäppchen* sind allesamt in Meyers Werk vertreten, aber welche dieser Geschichte ist das bindende Element dieses Liebesromans?

Die Antwort auf diese Frage ist eine Geschichte in einer Geschichte. Das Märchen, das in diesen Büchern am offensichtlichsten zutage tritt, ist in Wirklichkeit der amerikanische Traum – eine weitere Geschichte von »Überleben mit Hoffnung«, die von Generation zu Generation weitergegeben und an sich wandelnde kulturelle Ideale und sozioökonomische Zusammenhänge angepasst wurde. Bella stammt aus der unteren Mittelschicht. Ihr Vater Charlie ist Polizeichef einer kleinen Stadt, und ihre Mutter Renée hat eine nicht näher bezeichnete Beschäftigung (abgesehen davon, Charlies und danach Phils Ehefrau zu sein), und ihre berufliche Ausbildung scheint, die frühe Heirat und Mutterschaft ihres eigenen Kindes vorwegnehmend, durch frühe Heirat und Schwangerschaft abgebrochen worden zu sein. Renée heiratete nicht »nach oben«, wie ihr vernachlässigter Sprössling Bella es tut, die durch Einheirat in die extrem wohlhabende Familie Cullen eine ganze sozioökonomische Bohnenranke nach oben klettert.

Bella hat vielleicht zu Beginn der Geschichte keine Lumpen getragen, aber am Schluss ist sie zweifellos unermesslich reich, sowohl in materieller Hinsicht als auch im Hinblick auf ihre Entfaltungsmöglichkeiten. Und in der gesamten *Twilight*-Saga tritt die amerikanische Überzeugung, dass die Vereinigten Staaten einzigartig unter allen Nationen sind, dass die USA anderen Regeln und einem Schicksal folgen, das sich von dem anderer Kulturen unterscheidet (das heißt, der Glaube an den »Exzeptionalismus« der Vereinigten Staaten auf der Weltbühne), eine Idee, die seit den Puritanern im Zentrum des amerikanischen Traums gestanden hat, klar zutage in ihrer Heldin, ihren Vampiren und ihren Werwölfen, diese Idee glitzert durch wie ein Diamant in der Sonne. Mehr als alles andere illustriert Bellas Geschichte jedoch, dass der amerikanische Traum für junge Frauen im frühen 21. Jahrhundert eine Spielart der Geschichte von *Cinderella* bleibt. Mit oder ohne Glasschuh, es ist die richtige Hochzeit, die ein Mädchen aus der dunklen Hütte im Wald in das sonnenbeschienene Schloss auf dem Hügel aufsteigen lässt.

Genau wie die Geschichten der alten Welt vom Hans, der durch eine handvoll magischer Bohnen zu Reichtum kommt, und vom armen Müllersohn, der dank des gestiefelten Katers schließlich die Königstochter heiratet, so postuliert der amerikanische Traum, dass gesellschaftlicher Aufstieg möglich und eine Realität ist. Jeder kann diesem Märchen entsprechend einmal Präsident werden – das heißt, wenn er ein Junge ist (und die Geschichte legt nahe, dass jene, die tatsächlich irgendeine Hoffnung auf Verwirklichung dieses Traums hatten, auch mit großer Mehrheit weiß waren, ungeachtet des gegenwärtigen Präsidenten). Was es für einen Mann bedeutet, seine Ziele zu erreichen, hat sich im Laufe der Zeit geändert; Puritaner neigten beispielsweise eher dazu, sich auf die Gemeinschaft zu konzentrieren und Gott nahe zu kommen, wohingegen sich Mitte des 20. Jahrhunderts der Schwerpunkt auf die Möglichkeit des Einzelnen auf Selbstverwirklichung verlagert hat. Der Traum von individuellem Erfolg dominiert seit dem späten 19. Jahrhundert und hat seitdem jede Untersuchung dazu, auf welche Weise Klassenzugehörigkeit, Rasse oder Geschlecht Erfolgshindernisse sein können, tendenziell behindert.[3)] Denn die Möglichkeit der Veränderung im Leben einer einzelnen Person, statt einer kollektiven Revolution, ist der Schlüssel zum Märchenreich des amerikanischen Traums. Viele der grundlegenden Märchen europäischen Ursprungs nähren diese utopische Sichtweise von individuellem, gemeinschaftlichem und nationalem Erfolg – wenn der Narr die Prinzessin heiraten und König werden kann, warum nicht Präsident werden? Der mythische Erfolg des »Jedermann« umgibt uns überall.

Aber was, wenn »man« ein Mädchen ist: Kann man Präsidentin werden oder wird man immer nur die First Lady sein? Der Cinderella-Mythos lebt und tanzt mit seinen Glasschuhen durch eine Fülle von literarischen und filmischen Texten, die im späten 20. und frühen 21. Jahrhundert in einem solchen Ausmaß produziert wurden, dass eine ganze »Prinzessinnen-Kultur« entstand.[4] Der amerikanische Traum wird immer weiter abgerufen und neu definiert, in Populärliteratur, gängigen Filmen bis hin zu den Reden und Aufsätzen nachfolgender US-Präsidenten, eingeschlossen Barack Obama (eines seiner Bücher trägt sogar den amerikanischen Traum im Titel: *Ein amerikanischer Traum. Die Geschichte meiner Familie*). Nur wie erreichbar ist dieses Ziel für junge Frauen? Die *Twilight*-Saga steht sehr in der Tradition dieser Aufstiegsmythen am Schnittpunkt zwischen alter und neuer Welt. Gespickt mit direkten und indirekten Märchenanspielungen und einer Verbeugung vor der ur-amerikanischen Freizeitbeschäftigung Baseball, besteht das Ende, das Bella erlaubt, »alles zu haben«, aus früher Heirat, frühem Tod und dem Erhalt ihrer Schönheit.[5] Bella erscheint in der *Twilight*-Saga durchgängig in vieler Hinsicht genauso ausdruckslos wie ihre Walt-Disney-Vorfahrinnen aus den 1950er-Jahren, und neben ihrem köstlichen Geruch ist es ihre Selbstlosigkeit (wie die von Belle und Cinderella vor ihr), die Edward, ihren Prinzen, anzieht.

Dieses Kapitel untersucht die *Twilight*-Romane im Kontext der Märchentradition, worunter auch der amerikanische Traum fällt, und beleuchtet, wie gut der Glasschuh passt. Die Analyse ist in zwei Teile unterteilt, der erste konzentriert sich auf den amerikanischen Traum, der zweite auf die Cinderella-Geschichten – wobei eine klare Trennung wohl nicht ganz möglich ist und es reichlich Anspielungen auf beide gibt. Die Figuren Carlisle und Edward illustrieren am besten einige der Veränderungen in der Tradition von Geschichten über den amerikanischen Traum. Und genau wie die männlichen Anführer der Cullens Musterbeispiele für die Verwirklichung des amerikanischen Traums sind, repräsentieren die Quileute jene, die ständig davon ausgeschlossen waren und es weiterhin sind. Der Cullen-Zirkel und Bella veranschaulichen die noch immer stark in der amerikanischen Kultur verankerte Idee, sich selbst als »anders« als andere Nationen zu sehen, nicht nur in ihren »artenübergreifenden« Beziehungen und ihrer »puritanischen« Ernährung, sondern auch in Bezug auf die europäische Vampir-Aristokratie, die Volturi.

Der zweite Teil der Untersuchung konzentriert sich mehr auf die weiblichen Figuren, besonders auf Bella, Esme und Rosalie, die allesamt Erbinnen des Vermächtnisses sind, das von ihren Märchen-Vorfahrinnen hinterlassen wurden – größtenteils Filmheldinnen des 20. Jahrhunderts. Beide Teile legen dar, wie die Familie Cullen (zu der Bella in Wirklichkeit von Anfang an gehört, beinahe als ob sie »dazu geboren« worden wäre, eine von ihnen zu werden) die verschiedenen Ideale individueller Moral für Männer und Frauen repräsentiert. Die Cullens stehen für individuellen Erfolg, für soziale Mobilität zwischen den Gesellschaftsschichten und die einzigartigen Aspekte der amerikanischen Kultur, also allesamt für die Träume, die im Herzen jeder amerikanischen Cinderella wohnen mögen (*Breaking Dawn – Bis(s) zum Ende der Nacht*).

Geschöpfe der Nacht: Verteidiger des Traums

Die Veränderungen, die im Märchen passieren, und die Verwandlungen, die ihre Helden durchlaufen, stellen oft etablierte Hierarchien auf den Kopf. Für den amerikanischen Traum ist diese Vorstellung, bei der ein Individuum ungeachtet seiner Herkunft oder struktureller oder sozialer Hindernisse zu Macht und Reichtum gelangen kann, genauso wichtig wie für seine Märchengeschwister. Der Narr kann für einen Tag, für ein ganzes Leben oder auch mehrere zum König werden, aber der Narr will nicht die soziale Ordnung loswerden, die ihn unterdrückt. Er will nur an ihrer Spitze stehen. Die Hierarchien der Gesellschaft bleiben im traditionellen Volksmärchen intakt, jemand, der anfangs ganz unten steht, schafft es durch harte Arbeit, Ausdauer und manchmal einfach Glück, weiter nach oben.[6] Man könnte es in mancher Hinsicht so sehen, dass die *Twilight*-Saga literarische Hierarchien kippt, da die Vampire nicht notwendigerweise die Bösen sind. Anstatt Sünde, Exzess und sexuelle Ausschweifungen zu zeigen – ein wichtiges Element traditioneller Vampir-Geschichten –, repräsentieren die Cullens Keuschheit, Moral und Selbstbeherrschung.[7] Interessanterweise streben die Cullens, die solch einen Bruch mit der literarischen Vampir-Tradition darstellen, aber nicht danach, die Vampir-Ordnung insgesamt umzustürzen. Wenn sie etwas gegen ihren großen materiellen Wohlstand hätten, würde dies ja auch ihre Fähigkeit gefährden, sich sowohl in der Welt der Vampire als auch in der menschlichen Welt zu bewegen (und abgesehen vielleicht von Carlisle würde keiner der Cullens auch nur im Traum daran denken, ihren sagenhaften Reichtum infrage zu stellen). Obwohl sie außerhalb vieler menschlicher Funktionssysteme leben, nutzen sie die Menschen zu ihrem Vorteil. Ähnlich wie die Puritaner, die einen Bruch mit den »Übeln« der Alten Welt suchten, aus der sie flohen, und eine Utopie in der Neuen Welt anstrebten, so repräsentieren die Cullens mit ihrem Familienvorstand Carlisle einen Bruch mit den Exzessen und Grausamkeiten des Vampirismus der Alten Welt. Die Neue Welt ist indessen immer noch der Ort, um sein Glück zu machen und durch harte Arbeit Zugang zu einem kleinen Stück Paradies zu erlangen, in dieser Welt und im Jenseits.

Lange bevor Thomas Jefferson im Jahr 1776 »Leben, Freiheit und das Streben nach Glück« in die Unabhängigkeitserklärung hineinschrieb, bevor Abraham Lincoln von einer Blockhütte ins Weiße Haus aufstieg und bevor Horatio Alger in den 1860er-Jahren mit seinen populären »Vom-Tellerwäscher-zum-Millionär-Romanen« jene glorifizierte, die hart arbeiteten und sich um andere kümmerten, hatten die Puritaner mit ihrer spartanischen Lebensweise und ihrer Hoffnung auf ein besseres Leben im Diesseits und im Himmel die Neue Welt erreicht. Der Kulturhistoriker Jim Cullen (nicht zu verwechseln mit Meyers Cullens) betont in seinem Buch *The American Dream: A Short History of an Idea That Shaped a Nation*, dass der freie Wille und die individuellen Wahlmöglichkeiten Schlüssel zu den Freiheiten seien, denen die Amerikaner immer einen hohen Stellenwert eingeräumt hätten. Er untersucht auch, inwiefern die Unabhängigkeitserklärung ihre Wurzeln in den Hoffnungen und Ängsten der Puritaner hatte, die mehr als ein Jahrhundert zuvor Nordamerika erreicht hatten.[8] Die Figur von Carlisle, dem »Vater« der Cullens, und seine Geschichte kann als geistesverwandt zu diesen Vorfahren der Gründungsväter betrachtet werden.

Indem Carlisle als jemand beschrieben wird, der als Sohn eines protestantischen Predigers des 17. Jahrhunderts geboren wurde, ruft Meyer Erinnerungen an die Puritaner hervor, deren religiöse Reformationsbewegung kleine Gruppen dazu inspirierte, vor der anglikanischen Kirche Englands zu fliehen und in den neuen Kolonien an der Ostküste Nordamerikas Freiheit vor Verfolgung zu suchen. Die Charakterisierung von Carlisles Vater als Anführer von Hexenverfolgern, die zu einer buchstäblichen Dämonisierung seines eigenen Sohnes führt, lässt die gesamte Familiengeschichte der Cullens in der Suche nach Freiheit vor Verfolgung wurzeln, da sie einem anderen Lebensstil nachgeht. Die puritanische Natur der Cullens wird zwar in den äußeren Zeichen von Reichtum, mit denen sie sich umgeben, nicht sichtbar, stattdessen jedoch durch etwas zum Ausdruck gebracht, das für ihre Persönlichkeiten grundlegender ist: ihre fastenähnlichen Ernährungsgewohnheiten. Es ist ihre Ernährungsweise und ihr Wunsch, Menschen als Persönlichkeiten und nicht als »Haustiere« oder »Snacks« zu behandeln, die sie von den Vampiren der Alten Welt unterscheidet – den Volturi und den meisten ihrer Nachfolger.

Indem er sich weigert, menschliches Blut zu trinken, gibt Carlisle ein Beispiel, welches die »nächtlichen Mäzene der Kunst«, Aro, Caius und Marcus, verwirrte; sie versuchten, »seine Aversion gegenüber ›seiner natürlichen Nahrungsquelle‹, wie sie es nannten, zu heilen.« (*Twilight – Bis(s) zum Morgengrauen*) Es ist unklar, was diese Versuche mit sich brachten. Wie auch immer, die Eindrücke, die in *New Moon – Bis(s) zur Mittagsstunde, Eclipse – Bis(s) zum Abendrot* und *Breaking Dawn – Bis(s) zum Ende der Nacht* von den Volturi vermittelt werden, lassen vermuten, dass, wenn ihre Nachsicht und Geduld Carlisle gegenüber geendet hätte, sie nicht gezögert hätten, Folter und Verfolgung einzusetzen, um seine Konformität zu erzwingen. Und so, in dem Gefühl, dass es keine Hoffnung darauf gab, seine »Religion« der Fürsorglichkeit und des Mitgefühls den Menschen gegenüber weiter auszuleben, statt ihnen das Leben auszusaugen, floh Carlisle aus dem Italien des 17. Jahrhunderts nach Amerika, begann ein einsames, verlängertes Leben und verwandelte schließlich drei Jahrhunderte später Edward auf dem Totenbett. Freiheit vor Verfolgung, eine »puritanische« Ernährungsweise und eine Fürsorgeethik, die Carlisle dazu bringt, nur jene zu verwandeln, die kurz vor dem Tod stehen (und die nicht zu seinem Gefolge, sondern zu Mitgliedern seiner »Familie« werden) – auf diese Weise spiegelt Meyer die Idee wider, dass Amerikaner (selbst wenn sie Vampire sind!) eine unter allen Nationen einzigartige Kultur haben, was für den amerikanischen Traum von grundlegender Bedeutung ist.[9] Mittels harter Arbeit und Selbstaufopferung bezwang Carlisle seine Gelüste in solchem Ausmaß, dass er, statt sich von den Menschen fernzuhalten, mitten unter ihnen leben und den verschiedenen Gemeinschaften, die er miterlebte, eine Stütze sein konnte. Wie er sagt, während er Bellas verletzten Arm in den einleitenden Kapiteln von *New Moon – Bis(s) zur Mittagsstunde* behandelt: »Wie bei allem im Leben, ich musste mich nur entschieden, was ich mit dem, was mir gegeben war, anfing.« (*New Moon – Bis(s) zur Mittagsstunde*)

Harte Arbeit und starke moralische Wertvorstellungen führten Carlisle zu einem Leben, auf das er stolz ist. Seine Ernährungsweise bedeutet, dass er die Ethik des Puritanismus aufrechterhält, aber sein Beruf und sein langes Leben lassen ihn trotz allem einen Luxus genießen, der nur durch großen Reichtum möglich ist. Der Politologe Cal Jillson behauptet, dass auch für die Quäker (eine ähnliche Glaubensgemeinschaft aus dem 17. Jahrhundert, die aus Europa geflohen war), genau wie für die Puritaner »Arbeiten, Sparen und Investieren zu Wohlstand führte und die Rolle einer Person in der Gemeinschaft aufwertete, denn das Gedeihen wurde als sichtbares Zeichen dafür genommen, dass jemand im Licht der Gnade Gottes lebte.« Aber es war genau dieser aus dem puritanischen Arbeitsethos erwachsende materielle Erfolg, der unausweichlich die kommunitaristische Betonung der frühen Gemeinschaften von Puritanern und Quäkern untergrub: Als sie wohlhabender wurden, hörten sie oft auf, so einfach zu leben, wie es ihre Gründer getan hatten.[10] Für den Cullen-Zirkel der Neuen Welt scheint es allerdings keinen solchen Konflikt zu geben. Exzess ist in der Vampir-Welt anscheinend hauptsächlich mit Nahrung verbunden.

Die subtilen Unterschiede in den Charakterisierungen von Edward und Carlisle verlagern *Twilights* amerikanischen Traum im Hinblick auf Werte, Hoffnungen und Sehnsüchte ins 20. Jahrhundert hinein. Carlisle repräsentiert individuellen Erfolg, ist aber auch der Gründer einer Gemeinschaft und ihr vollkommen verpflichtet. Wo Carlisles Einstehen für seinen kleinen Zirkel viel mit Glauben zu tun hat, gründet Edwards Verhalten auf Liebe und Loyalität – und seine Zuneigung kann schwanken, abhängig davon, mit welchem seiner Geschwister er interagiert und ob deren Verhalten mit seinem eigenen Verhaltenskodex übereinstimmt.[11)] Er ist viel eher ein Einzelgänger als Carlisle, und das macht Edward sehr zu einem Mann des 20. Jahrhunderts.

Edward wird 1918 zum Vampir, als die Spanische Grippe weltweit wütete und mehr Menschen tötete, als während der gesamten vier Jahre des Ersten Weltkriegs ums Leben gekommen waren. Edwards Leben vor seiner Vampir-Existenz ist skizzenhaft, aber er scheint einer wohlhabenden Familie der oberen Mittelklasse zu entstammen. Bevor er sich mit der Grippe angesteckt hatte, stand Edward kurz davor, in die Armee einzutreten (obwohl er höchstwahrscheinlich das Kriegsgetümmel knapp verpasst hätte, denn der Krieg war zu diesem Zeitpunkt fast vorüber). Nach seiner »Verwandlung« entdeckt Edward ein Talent zum Gedankenlesen und gibt, nach einem kleinen rebellischen Abstecher, sein Bestes, um Carlisles Beispiel Ehre zu machen. Hier sehen wir, wie ein Traum zum Vermächtnis wird, das von einer Generation zur nächsten weitergegeben wird. In Edwards Fall und im Fall von anderen Vampiren, die Freunde und Alliierte der Cullens sind, ist es die persönliche Unabhängigkeit, die um jeden Preis verteidigt wird, obwohl sie schließlich als Gemeinschaft zusammenkommen.

Edwards viele Gaben werden in allen vier Romanen betont, darunter seine Fähigkeit, Gedanken zu lesen, seine musikalischen Fähigkeiten, seine Entschlossenheit und sein Intellekt, der ihm hilft, eine Reihe von Abschlüssen in Medizin zu machen. Was Edward von seinen Brüdern und Schwestern trennt, und ihn vielleicht über sie erhebt, ist sein Gebrauch seiner zusätzlichen Zeit. Zum Beispiel sehen wir in *Breaking Dawn – Bis(s) zum Ende der Nacht*, als Charlie die frisch verwandelte Bella präsentiert wird, eine Familie, die nicht mehr so sehr daran interessiert ist, die Farce eines müdigkeitsbedingt langsam ausklingenden menschlichen Abends aufrecht zu erhalten: Während Emmett und Rosalie sich mit dem Bau eines gewaltigen Kartenhauses beschäftigen, kurzlebig und trivial, geht Edward zum Piano – was nicht nur Können, sondern auch Talent demonstriert. Edward ist das einzige der Cullen-Kinder, das mehr als ein flüchtiges Interesse für Bildung und Forschung zeigt, und seine Qualifikationen sind weit ehrwürdiger, als die Ausstellung der Schulabschluss-Kappen im *Twilight*-Film andeutet. Er muss nicht schlafen und arbeitet daher an der Vervollkommnung seiner Fähigkeiten und Interessen. Es ist seine Arbeitsethik und der Wunsch, die Talente, die er hat, zu nutzen statt sie zu vergeuden, die ihn zum perfekten Erben von Carlisles' Vermächtnis macht. Es ist nicht nur sein gutes Aussehen, das ihn zum Prinzen dieses amerikanischen Märchens macht: Es ist seine Moral, sein Intellekt und seine unerschütterliche Hingabe an den Lebensstil seiner Familie, die ihn in Bellas Augen krönen.

Sowohl Carlisle als auch Edward demonstrieren durch den von ihnen frei gewählten Lebensstil die Bedeutung des einzigartigen, individuellen Schicksals, das so wichtig für den amerikanischen Traum ist. Doch abgesehen von Ernährungsweise, Moral und harter Arbeit gibt es ein weiteres entscheidendes Element in den nationalen Mythen der Vereinigten Staaten.

Zu diesem Zweck würde ich gern einen kleinen Abstecher machen und eine Nebenfigur aus *Breaking Dawn – Bis(s) zum Ende der Nacht* näher betrachten, die nicht nur an die Gründungsväter und an den Geist der Unabhängigkeitskriege erinnert, sondern die auch eines der aktuellen Themen des amerikanischen Traums im 21. Jahrhundert veranschaulicht: individuelle Freiheit. Wir treffen Garrett, als die Cullens beginnen, ihre Freunde und Alliierten in Vorbereitung des drohenden Unheils in Form eines Besuchs der Volturi um sich zu scharen. Eine seiner ersten Äußerungen ist: »Die Rotröcke kommen, die Rotröcke kommen.« (*Breaking Dawn – Bis(s) zum Ende der Nacht*) Garrett nimmt uns mit zurück zu Paul Reveres berühmtem Mitternachtsritt, einem der am stärksten mythologisierten Ereignisse des amerikanischen Revolutionskriegs.[12)] Garrett wurde während des Revolutionskriegs zum Vampir, also zu einer Zeit der Erhebung gegen die Diktatur der alten Welt, als Amerika für Autonomie und Freiheit eintrat. Und Garrett greift die Volturi in seiner Rede an:

> »Die Volturi kümmert der Tod des Kindes nicht. Sie wollen vielmehr den Tod unseres freien Willens. ... So kommt, sage ich! Lasst uns nicht noch mehr verlogene Rationalisierungen hören. Seid ehrlich in euren Absichten, so wie wir es mit unseren sind. Wir werden unsere Freiheit verteidigen. Ihr werdet sie angreifen oder es nicht tun. Entscheidet euch jetzt,

> und lasst diese Zeugen hier sehen, um was es hier wirklich geht.« [...]
>
> Aro lächelte. »Eine sehr hübsche Rede, mein revolutionärer Freund.«
>
> Garrett hielt sich weiter bereit zum Angriff. »Revolutionär?«, knurrte er. »Wogegen revoltiere ich, wenn ich fragen darf? Bist du mein König? Wünschst du, dass ich dich Meister nenne, so wie dein kriecherischer Wächter?«
>
> »Friede, Garrett«, sagte Aro tolerant. »Ich wollte mich nur auf die Zeit deiner Geburt beziehen. Ich sehe, immer noch ein Patriot.«
>
> *Breaking Dawn – Bis(s) zum Ende der Nacht*

Garrett will nicht nur die aristokratische Anmaßung der Volturi aufdecken, sondern auch die skrupellosen Machtspiele, mit denen sie danach trachten, alle Talente ihrem Willen zu unterwerfen, um nach eigenem Gutdünken darüber zu verfügen. Wiederum beschwört Meyer damit ein Ereignis herauf, das wesentlich für die amerikanische Geschichtsmythologie geworden ist. Und weil Vampire beinahe nicht zu töten sind, rückt Garretts Antwort die Freiheit von Autokratie (und Aristokratie) in den Vordergrund der Geschichten von Meyers individuellen Vampiren. Auch hier wird wieder die Idee eines einzigartigen amerikanischen Schicksals deutlich. Es sind nicht nur unterschiedliche Ernährungsgewohnheiten, welche die Cullens von einigen ihrer Freunde aus der Alten Welt unterschieden, sondern der Wert, den sie individuellem Talent und individuellem freien Willen beimessen. Niemand wird gezwungen, dem Aufstand der Cullens gegen die Volturi beizutreten, und Talente werden nicht gegen Freunde gerichtet, ausgenommen für Trainingszwecke. Dies steht im scharfen Kontrast zu den »Wachen« der Volturi, die tatsächlich Aro, Caius und Marcus als Meister bezeichnen und deren Verstand und Talent durch die Talente von Vampiren wie Chelsea, die fähig ist, die Gefühle von Leuten füreinander zu ändern und die Bande zwischen ihnen zu schwächen, und von Jane, die anderen aus der Entfernung durch ihre Gedanken entsetzliche Schmerzen zufügen kann, ihren Meistern zu Willen sind.

Trotz unterschiedlicher Handlungsbögen für weibliche Figuren (dazu später mehr) verdeutlicht Meyer auch eine Distanz zwischen der Alten und der Neuen Welt in der Art und Weise, wie Frauen behandelt werden. Zwar gibt es Frauen mit aktiven Talenten im Gefolge der Volturi, aber diese »Gemahlinnen« werden nie mit Namen genannt und weichen den Volturi wie wertvolle, jedoch nutzlose Besitztümer bei der Konfrontation mit den Cullens nicht von der Seite. Die Frauen in der Cullen-Familie und ihre Freunde haben alle ihre eigenen Namen und ihre eigenen Talente – die sie gebrauchen, um das zu verteidigen, was ihnen am Herzen liegt. So sehen wir wieder einmal die Vampire der Neuen Welt, die sich denen der alten Welt entgegenstellen und die Macht und den Wert von freiem Willen und individueller Entscheidungsfreiheit demonstrieren.

Einzigartigkeit und besonderes Schicksal wird ebenfalls durch die Quileute-Wölfe veranschaulicht – sie sind nicht dieselben wie die Kinder des Mondes, die Marcus beinahe bis zur Ausrottung jagte. Ihr Bündnis mit den Vampiren von Forks ist beispiellos. Aber selbst in diesem Märchen handeln Jacob Black und sein Rudel außerhalb des magischen Reichs des amerikanischen Traums, ganz ähnlich wie eingeborene Amerikaner nach ihrer Souveränität strebten und von Chancen auf Ausbildung und materiellen Erfolg im kolonialen und postkolonialen Nordamerika ausgeschlossen waren. Die »Stadt auf einem Hügel«[13)] der Gründungsväter konnte nur deshalb entstehen, weil sie die eingeborenen Völker überwältigten.[14)] Noch heute kämpfen Eingeborene in den USA mit der Armut und den sozialen Problemen, die symptomatisch für viele Reservate sind und die sie von den Sachmitteln, der Gemeinschaft und den individuellen Erfolgen fernhalten, die der amerikanische Traum verspricht. Die alternativen Träume der eingeborenen Amerikaner von einer eigenen, selbstbestimmten Nation können nicht mit der dominierenden Vormachtstellung der Vereinigten Staaten koexistieren.

Die Quileute in Meyers Geschichte sind gebunden *an* ihre Rollen als Wächter – die äußerst wichtig ist – und *durch* die Grenzen des Reservates, ihres Territoriums. Während Jacob, der die Schule im Reservat schwänzt und sich als Automechaniker hervortut, ehrenwert, moralisch und geheimnisvoll ist, so ist er doch nie auf Augenhöhe mit dem wohlhabenden, weißen Edward aus der Oberschicht.

Während Bella mit Jacob flirten und für einen Moment mit dem Gedanken spielen mag, sie und er hätten zusammen sein sollen, wird Jacob doch nie der Prinz in ihrer Geschichte. Er ist nicht weiß, übernatürlich schön oder reich. Er kann ihr nicht kraft seiner Rasse, Spezies als Werwolf und durch seine sozioökonomische Position helfen, aufzusteigen, weder sozial noch finanziell; er kann ihr noch nicht einmal helfen, sich zu einem Wesen wie ihm selbst zu »entwickeln«, wie Edward es kann. Der amerikanische Traum mag der Schönen erlauben, sich mit dem Wolf anzufreunden, aber um den amerikanischen Traum zu leben (oder zu sterben?), der besagt, dass sie alles haben *kann,* muss sie das Biest/den Prinzen heiraten und selbst verwandelt werden.

CinderBella und ihre Schwestern

Wie Hänsel, der Brotstückchen im dunklen Wald verteilte, hat Meyer ihre Bücher mit Anspielungen auf Märchen gespickt. Schon das Cover von *Twilight* erinnert den Leser mit dem verlockenden roten Apfel an Schneewittchen.[15] Auch der Name Isabella Swan selbst ist eine Märchen-Referenz, der Vorname bedeutet in abgekürzter Form »Die Schöne«, und der Nachname erinnert an viele Geschichten, von der »Schwanenjungfrau« über »Die sechs Schwäne« bis zum »Hässlichen Entlein«. (Der Aspekt der Wandlung vom hässlichen Entlein zum schönen Schwan ist einer, den Bella für sich selbst in Anspruch nimmt, denn ihrer Meinung nach entfaltet sich das Potenzial der Schönheit, das in ihrem Namen ausgedrückt wird, erst in ihrem »untoten« Leben.) Aber was davon ist für unsere Märchenheldin der amerikanische Traum?

J. Emmett Winn verweist auf eine Reihe von Cinderella-Geschichten wie *Die Waffen der Frauen* (1988) oder *Pretty Woman* (1990), letzterer zufällig auch ein Disney-Film, als Beispiele für den anhaltenden Mythos des amerikanischen Traums.[16] Schön, fleißig und moralisch, (trotz Vivians Tätigkeit als Prostituierte in *Pretty Woman*): Die weiblichen Figuren, die Winn untersucht, sind über ihre Umstände erhaben und bereichern das Leben derjenigen, die sie umgeben. Doch für Winn ist auch die Tatsache offensichtlich, dass Cinderella-Geschichten eine spezifische feminine Ausprägung des amerikanischen Traums sind. Sei es die Darstellung von harter Arbeit, die große moralische Tugend oder die Verwandlung der Kleidung, alle diese Geschichten weisen auffallende Ähnlichkeiten auf. Selbst wenn die fragliche Frau eine angestrebte Karriere als Teil ihres neuen Lebens erreicht, so geschieht dies immer durch ihre Beziehung zu einem Mann. Während sich für Männer die Wege, ihre Träume zu verwirklichen, und sogar die Träume selbst, im Laufe der Zeit geändert haben, ist und bleibt es für die Frauen der Höhepunkt, sich den Prinzen an Land zu ziehen. Carlisle und Edward sind glänzende Beispiele für Männlichkeit und Fortschritt, wohingegen Bella als reif für ihr Alter beschrieben wird, was eine altmodische Heldin impliziert.

Die weiblichen Figuren der *Twilight*-Saga handeln entweder ehrenwert, womit sie ihr Schicksal akzeptieren, oder oberflächlich und egoistisch, was Kritik und irgendeine Art von Bestrafung nach sich zieht. In Bellas Geschichte und in jenen von Esme und Rosalie hallt das Erbe von Geschichten aus der Vor- und Nach-Perrault-Zeit nach. Am deutlichsten scheinen die weiblichen Figuren der Saga jedoch von den Disney-Produktionen des 20. Jahrhunderts beeinflusst zu sein. Meyers düstere Geschichten sind durchdrungen von der Sexualpolitik des 21. Jahrhunderts. Mit ihrem Fokus auf »Moral« auf Kosten von Bildung beziehungsweise ehrlichem Umgang mit Teenager-Sexualität sind sie in mancher Hinsicht konservativer als ihre Vorgänger aus dem 17. Jahrhundert.[17] Zwar mag Bella mit ihrem Wolf flirten, um an Informationen zu gelangen, und mit ihm ins Bett steigen, um sich aufzuwärmen, aber sie bleibt jederzeit vollkommen angezogen. Sie weist nur wenig Ähnlichkeit zum vor-Perrault'schen Rotkäppchen auf, das einen Striptease für den Wolf macht, bevor sie zur Hintertür flieht: Bellas Versuch in *Eclipse – Bis(s) zur Mittagsstunde,* im Kampf gegen Victorias Lakaien zu helfen, besteht aus Selbstaufopferung und Selbstverletzung, es gibt keine List.[18] Und während Edward zwar jede Nacht in ihr Zimmer klettert, bleibt alles Tun zwischen ihm und Bella sexuell aufgeladen, doch keusch. Anders als bei der Geschichte von Rapunzel gibt es keine Bestrafung für sexuelle Freizügigkeit und das Gebären von unehelichen Zwillingen für unsere Heldin des 21. Jahrhunderts – sie lässt ihr Haar nicht eher herunter, als bis sie anständig verheiratet ist.[19]

Als Bella zum ersten Mal Esme trifft, erinnert Esme sie an die Unschuld aus der Stummfilmzeit. Augenblicke später stellt Bella fest: »Es war wie die Begegnung mit einem Märchen – Schneewittchen im richtigen Leben.« (*Twilight – Bis(s) zum Morgengrauen*) Die Anspielung auf Stummfilme und Schneewittchen greifen zurück auf die ursprüngliche amerikanische Zelluloid-Cinderella, Clara Bow, in dem Film *It* (1927). Diese Anspielung, trotz der »Wellen von karamellfarbenem Haar«, überkreuzt sich genau mit Walt Disneys erstem abendfüllendem Zeichentrickfilm, *Schneewittchen und die sieben Zwerge,* von 1937. Sowohl Betty Lou, die Figur, die Clara Bow verkörperte, als auch das Disney-Schneewittchen wissen, »eines Tages wird mein Prinz kommen«, beide haben ein blasses Aussehen und beide haben ein herzförmiges Gesicht, das von einem Pagenkopf umrahmt wird. Aber es gibt einige Unterschiede, die es sich anzuschauen lohnt. Clara Bows »It-Girl« ist der klassische Backfisch der 1920er-Jahre, einer Zeit der Frivolität, in der schamlos Wohlstand zur Schau gestellt wurde und Unsicherheit über die Veränderungen im sexuellen Verhalten und der Rolle der Frau nach dem Krieg vorherrschte. Der »It«-Faktor, das gewisse Etwas, bezieht sich auf Sexualität. Als die Röcke kürzer wurden, Frauen das Wahlrecht bekamen und mehr und mehr Frauen berufstätig wurden, umfasste Clara Bows Portrait von Betty Lou sowohl die Genusssucht als auch die Ängste der Ära.[20)] Trotz der gravierenden Veränderungen, die stattfanden, war das Ideal, das von Hollywoods Traumfabrik präsentiert wurde, immer noch Heirat, selbst in einem Film wie *It.* Trotzdem, das flatterhafte, manipulative und sexualisierte Verhalten von Betty Lou, trotz des Cinderella-Endes, das impliziert, dass sie ein »gutes Mädchen« war, deutet darauf hin, dass Esme letztlich viel mehr Disneys Schneewittchen gleicht.

Carlisle ist Esmes Prinz, und sein »Kuss« rettete ihr nach ihrem Selbstmordversuch, den sie nach dem Tod ihres Kind unternahm, das Leben. Esme beschäftigt sich mit Architektur und der Restaurierung von Möbeln und Gebäuden, aber dies wird eher als Hobby beschrieben, im Unterschied zu Carlisle, der seiner »Berufung« folgt. Das Interesse für Häuser ist eine Erweiterung des Verständnisses von Esme als Hausfrau und Nestbereiterin, ganz ähnlich wie Disneys Schneewittchen, das bei der Hausarbeit fröhlich vor sich hin pfeift und sich schreckliche Sorgen macht, dass die Zwerge keine Mutter haben. Und das Cottage, das Esme für Bella und Edward entwirft, stammt auch geradewegs aus *Schneewittchen* oder aus Disneys *Dornröschen* von 1959. Esmes Mutterinstinkte und ihre Fähigkeit zu Liebe und Hingabe sind es, die sie zur idealen Gefährtin für Carlisle machen. Sie liebt ihre »Kinder« hingebungsvoll trotz der Bedrohung, die es bedeutet, ein Menschenmädchen in ihrer Mitte zu haben; es würde ihr nichts ausmachen, wenn Bella »ein drittes Auge und Schwimmhäute an den Füßen« hätte, solange sie Edward glücklich macht (*Twilight – Bis(s) zum Morgengrauen*). Während Esme das (nicht schlagende) Herz der Familie Cullen sein mag, ist Carlisle der Kopf der Familie und gibt ihren Lebensstil vor.

Am Ende der Großen Depression markierte *Schneewittchen*, dessen Prinzessin Esme so auffallend ähnelt, den Beginn von Walt Disneys Dominanz als oberster Verkäufer von Märchen und Träumen – und das nicht nur für das amerikanische Publikum. Walt Disney selbst steht repräsentativ für den amerikanischen Traum im frühen 20. Jahrhundert: Nachdem er sich am eigenen Schopf aus dem Sumpf gezogen hatte, baute er seinen Erfolg in den 1930er-Jahren auf, als Not und Verzweiflung das Schicksal so vieler waren, und wurde schließlich zum obersten Kontrolleur und Diktator des »glücklichsten Ortes auf der Welt«.[21)] Für viele Leute, die im 20. und 21. Jahrhundert aufwuchsen, *ist* Disney die Hauptquelle für Märchen. Dieses durch und durch amerikanische Filmstudio und Medienunternehmen hat Geschichten, die aus Europa kamen, neu verpackt in die ganze Welt gesendet – eine Art von umgekehrter Kolonialisierung der Fantasie. Oft als der »große Zensor« bezeichnet, »entsteht Disneys Markenzeichen, die Unschuld, auf Basis einer systematischen Zensierung von Gewalt, Sexualität und politischem Kampf«, spült sie aus, wo sie in früheren Versionen dieser Märchen präsent gewesen waren.[22)] Aber wie Naomi Wood darlegt, war das »blitzsaubere« Gefühl der Disney-Texte ein Teil der »amerikanischen Lüsternheit, die so reizvoll und akzeptabel für das Publikum war.«[23)]

Sicherlich repräsentieren die »klassischen« Disney-Prinzessinnen in *Schneewittchen*, *Cinderella* und *Dornröschen* schöne Heldinnen, die sich durch hervorragende Leistungen im häuslichen Bereich und wunderschöne, glockenhelle Singstimmen empfehlen – ganz wie es dem »weiblichen Ideal« der Mitte des 20. Jahrhunderts entspricht. Cinderella hegt Seifenblasen-Wünsche und empfängt passiv die Geschenke ihrer guten Fee. Sie findet nicht selbst Mittel und Wege, um auf den Ball zu kommen, sondern es sind ihre pelzigen Freunde, die sich an die Arbeit machen und ein Kleid für sie schaffen, mit dem sie sich auf dem Ball sehen lassen kann. Sie ist schön und blond – und ausdruckslos. Ihre Identität wird eingangs durch ihre untergeordnete Position innerhalb ihrer Familie beschrieben, am Ascheplatz, später dann ist sie als »Frau« des Märchenprinzen festgelegt. Ihre Träume beschränken sich darauf, am Arm von jemandem emporgeführt zu werden, um fortan nicht mehr Sklavin in einem Haushalt zu sein, sondern einem anderen vorzustehen – wobei keiner der Haushalte ihr gehört. Disneys *Cinderella* von 1950 muss nicht namentlich erwähnt werden, um in *Twilight* präsent zu sein, aber eine direkte Anspielung verknüpft die beiden Texte miteinander. Der Zauber von *Cinderellas* guter Fee schimmert durch, als Carlisle mit Jacob über dessen DNA spricht:

> »Die Abweichung deiner Familie von den Menschen ist viel interessanter. Beinahe magisch.«
>
> »Bibbidi-Bobbidi-Boo«, murmelte ich. Er war genau wie Bella mit all dem magischen Müll.
>
> *Breaking Dawn – Bis(s) zum Ende der Nacht*[24)]

Meyer lässt Jacob eine weitere Prinzessinnen-Anspielung machen. Er vergleicht Rosalie, zu der er eine wenig freundschaftliche Beziehung hat, mit Dornröschen, im Englischen *Sleeping Beauty* genannt, also Schlafende Schönheit: »Der Ausdruck auf Rosalies Gesicht machte deutlich, dass ich keinem von ihnen willkommen war. Ich fragte mich, warum schlaflose Schönheit überhaupt ein Bett brauchte. War sie so besitzergreifend mit ihren Requisiten?« (*Breaking Dawn – Bis(s) zum Ende der Nacht*)

Rosalies lange blonde Haare und ihre atemberaubende Schönheit, selbst unter den engelsgleich aussehenden Vampiren, verstärken die Verbindung zum Zeichentrickfilm von 1959. Rosalie selbst bezeichnet ihre Geschichte als fehlgeschlagenes Märchen.

Berühmt für ihre äußerliche Schönheit, war Rosalie die Tochter einer aufstrebenden Mittelschichtfamilie in den 1930er-Jahren, einer Familie, die nie die Auswirkungen der Großen Depression zu spüren bekommen hatte. Während die Hales wohlhabend waren, legt ihre Stellung im Bankengeschäft nahe, dass ihr materielles Wohlergehen auf Kosten anderer ging, die in den Notzeiten der frühen 1930er-Jahre alles verloren. Die Hales erfüllten zwar als materiell aufstrebende Familie einen Teil des amerikanischen Mythos, aber eben nur zum Teil, es fehlte die andere Anforderung von moralischer Stärke und

Hilfsbereitschaft.[25] Träume von Reichtum ohne den Wunsch oder die Fähigkeit, das Leben derjenigen, die einen umgeben, zu verbessern, sind leere Träume. Und in *Twilight* wird die Prinzessin solcher Träume, Rosalie, ähnlich substanzlos gezeichnet. Rosalie versucht Bella in *Eclipse – Bis(s) zum Abendrot* zu erklären, warum Bella weiterhin menschlich bleiben sollte. Für Rosalie war die Verwandlung in einen Vampir mehr Bestrafung als Belohnung: eine Bestrafung für eine oberflächliche Existenz, die durch wenig mehr als gutes Aussehen und hohe Ansprüche flankiert wurde. Das Märchen, das im Leben versprochen worden war, endete in einer Gruppenvergewaltigung:

> »Dies war alles, wovon sie geträumt hatten. Und Royce schien alles zu sein, von dem ich geträumt hatte. Der Märchenprinz, der gekommen war, um mich zur Prinzessin zu machen. Alles, was ich gewollt hatte, und doch war es nicht mehr, als ich erwartet hatte. Wir waren verlobt, noch ehe ich ihn zwei Monate kannte.«
>
> *Eclipse – Bis(s) zum Abendrot*

Schönheit ist in vielen Märchen eine potenzielle Falle, und ohne das moralische Zentrum aufopfernder Hingabe einer wahren Märchenheldin bleibt Rosalies Unglück in ihrem Leben nach dem Tod bestehen.

Es wäre falsch zu unterstellen, dass Disneys Heldinnen sich nicht im Laufe der Zeit geändert hätten, selbst wenn letztlich das Happy End, die Erfüllung durch Heirat, beibehalten wurde. Arielle (*Die kleine Meerjungfrau*, 1989) und Belle (*Die Schöne und das Biest*, 1991), die beiden Prinzessinnen, die hauptsächlich den Reiz von Disneys Zeichentrick-Märchen für eine neue Generation begründeten, hoben sich von ihren süßen, den Putzmop schwingenden Vorgängerinnen deutlich ab. Beide Heldinnen sind, was ihre intellektuelle Neugier und ihre im Vergleich zu Cinderella viel größere Tapferkeit und Handlungsbereitschaft angeht, feministisch angehaucht. Letztlich heiraten aber auch sie für den sozialen Aufstieg, entkommen dem Meer und »diesem provinziellen Leben«, und ihre Träume von neuen Ideen und Erfahrungen verblassen mit dem Küsschen am Ende. Die Frauen in den *Twilight*-Romanen zeigen ebenfalls feministische Züge, sowohl historische als auch zeitgenössische. Wäre das anders, hätten sie einfach keinen Reiz für das Publikum des 21. Jahrhunderts. Aber auch sie halten den Blick auf den Preis ehelichen Glücks gerichtet.

Zum Beispiel scheint Rosalies ganze Existenz sich darum zu drehen, schön zu sein – aber es gibt ironische Anspielungen auf ihre Fähigkeiten als Automechanikerin, in den Büchern wie im Kinofilm. Das ist mehr als nur eine Stichelei über das Missverhältnis einer schönen Blondine, die unter einem Auto hervorkriecht. Da hallen Fähigkeiten nach, die Rosalie sich gut während des Zweiten Weltkriegs angeeignet haben könnte, als in einer Zeit nationalen Notstandes den Frauen gesagt wurde (von einer Frau, die ebenfalls Rosie hieß): »We can do it!« Frauen wurden ermuntert, typisch männliche Fertigkeiten zu erwerben und deren Jobs zu übernehmen, bevor ihnen nach Ende des Krieges wieder nahegelegt wurde, in die Küche zurückzukehren.[26] Aber technisches Know-how wurde von diesen strahlenden Frauen nie ernstlich erwartet, sie wurden nachsichtig behandelt, weil sie es niemals wirklich für den Beruf brauchen würden, anders als Jacob, dessen gesellschaftliche Stellung und ethnischer Hintergrund in diesen Schilderungen Kenntnisse eines »Handwerks« eher nötig scheinen lässt als das Streben nach einem akademischen Beruf.

Bella wird dem Leser ebenfalls als ein Mädchen vorgestellt, die das Leben in der Sonne, das sie liebte, opferte, damit ihre pflichtvergessene Mutter ihrem eigenen Glück nachstreben konnte. Das Glück von Renée selbst dreht sich um die Wiederverheiratung mit einem Baseballspieler einer unbedeutenden Liga, was ihren ganz eigenen Zugang zum amerikanischen Traum durch »die amerikanische Lieblingsbeschäftigung« darstellt. Bella zieht daraufhin in die dunkle und schaurige Atmosphäre der Stadt, in der ihr Vater Leiter der Polizeidienststelle ist, doch wie so viele Märchenväter ist er zwar freundlich, aber meist abwesend. Bella singt zwar nicht bei der Hausarbeit, aber sie übernimmt die Rolle der Hausfrau für ihren Vater ganz ähnlich wie ihre Vorgängerin aus dem Jahr 1950 es für die sieben Zwerge tat. Dass Edward ihre Gedanken nicht lesen kann, ihr Kopf leer scheint, wirft ein Rätsel auf, und es ist eines der Dinge, die ihn anziehen. Nebst Hingabe, Schönheit und Selbstaufopferung ist die weibliche Stille oft und in vielen Märchen präsent und war über viele Jahrhunderte hinweg sowohl eine Bestrafung für junge Frauen und ein Merkmal, das männliche Märchenhelden anzog.[27] Dass sie ihre Gedanken und das Geheimnis der wahren Natur der Cullens für sich behält, diese Schweigsamkeit ihres Geistes wird am Schluss zu einer Gabe, da Bellas Ausdruckslosigkeit, ihr »Schutzschild«, zu einem Mittel werden, ihre ganze Familie vor den Spielen der Volturi zu schützen.

Bella spielt mit dem Gedanken an ein Studium, aber die Universität ist für sie nur ein Instrument, um das einzige Ziel zu erreichen, das sie je klar ausdrückt – mit Edward zusammenzubleiben. Bevor ihre Beziehung mit Edward fester geworden ist, erfahren wir, dass Bella arbeitet, um ihren mageren College-Etat aufzustocken, und später erfahren wir, dass sie sich an einer Universität in Alaska beworben hat (hauptsächlich weil sie dies als List verwenden könnte, ihre eigene Verwandlung in einen Vampir zu verstecken). Jedoch wissen wir nie, was sie gern studiert hätte oder welchen Beruf sie gern ergriffen hätte. Ganz ähnlich wie Belle in *Die Schöne und das Biest* passt Bella nicht richtig in das »provinzielle« Forks. Wie Belle artikuliert auch Bella ihre Sehnsüchte nach »mehr« nicht deutlich, und dieses »mehr« scheint bei beiden Schönen durch die Wahl für ihre Biester erfüllt zu sein.

Die Schöne und das Biest erschien in Frankreich in der ersten Hälfte des 18. Jahrhunderts und enthält klare Anzeichen für Klassenkampf und die Bestrebungen der Kaufleute nach Statussymbolen der Aristokratie.[28)] Das Märchen gehört zu dem von Volkskundlern als »Cinderella-Zyklus« bezeichneten Geschichten und folgt dem gewohnten Verlauf von weiblicher Selbstaufopferung und Hingabe, die schließlich durch Heirat belohnt wird. Der Disney-Text »bereinigte« die Klassenkonflikt-Elemente, trotz der offensichtlichen sozio-ökonomischen Unterschiede zwischen Belle und dem Biest. Auf diese Weise und indem Belle auf eine Art gekleidet wurde, die an die Kinoversion des originär amerikanischen Märchens *Der Zauberer von Oz* erinnerte, wurde aus »Die Schöne und das Biest« ein wirklich amerikanisches Märchen, das in die »klassenlose« Gesellschaft des Mythos vom amerikanischen Traums hineinpasst.

Die Vor-Vampir-Bella weist immer wieder teure Geschenke zurück – ein Teil ihrer »Moral« besteht aus der Zurückweisung der Statussymbole, welche die Ungleichheit zwischen ihr und Edward hervorheben. Neben dem Beruf ihres Vaters gibt es noch andere Indikatoren für die gesellschaftlichen Unterschiede zwischen Bella und den Cullens, die sich durch alle *Twilight*-Romane hindurchziehen. Wie bei jeder Cinderella ist Bellas Garderobe vor der Heirat dürftig und wird gelegentlich ergänzt von der guten Fee Alice. Der Beruf und das Einkommen von Bellas Vater bedeuten, dass das Haus, in dem sie leben, klein und schäbig ist, und ihr steht nur antiquierte Kommunikationstechnologie zur Verfügung. Bellas Auto ist ein alter Chevy-Truck, der zwar sicher ist, aber weder so stilvoll noch so schnell ist wie irgendeines der Fahrzeuge aus der Garage der Cullens. »CinderBella« beschwert sich nie über ihre Lebensumstände, und das macht zum Teil ihren Reiz aus. Doch wo sie noch vor ihrer Hochzeit heftig dagegen protestiert, dass die Extravaganz der Cullens auf sie ausgedehnt wird, hat sie nach der Heirat keinerlei Bedenken mehr, vom Wohlstand der Cullens zu profitieren, besonders, wenn dies bei ihrer Verwandlung vom Menschen in einen Vampir hilfreich sein kann.

Fazit: Welchen Preis hat der Glasschuh?

Die *Twilight*-Saga ist in großem Maß eine Geschichte mit einer moralischen Botschaft und einem Märchen-Ende. Es ist auch eine »Überlebensgeschichte mit Hoffnung«, welche die Prämissen und Versprechen des amerikanischen Traums in allen seinen Ausformungen, sowohl männlichen als auch weiblichen, aufruft und wiederholt. Die Cullens repräsentieren Moral, Wohlstand und die einzigartigen Eigenschaften der Vampire der Neuen Welt vom 17. Jahrhundert bis in die Gegenwart. Sie strengen sich sehr an, ihr Geheimnis zu bewahren, zusammenzubleiben und ihre »vegetarische« Diät beizubehalten. Bella bringt Opfer für das Glück ihrer Familie und beschwert sich nie über ihr eingeschränktes Los. Ihre Selbstlosigkeit und ihr Charakter – sie ist ein »gutes Mädchen« –, lassen sie im Vergleich zu Darstellungen von jungen Frauen zeitgenössischer Populärkultur als außergewöhnlich erscheinen. Sie ist auch ein außergewöhnlicher »neugeborener« Vampir – selbst für ihre Familie in der neuen Vampir-Welt. Aber all die Dinge, die Bellas Geschichte zu einer außergewöhnlichen Vampir-Geschichte machen, machen sie zu einer eher gewöhnlichen Cinderella. Abgesehen von ihrem Ziel, zu einer Cullen zu werden, hat sie keine weiteren Ambitionen, und anders als Carlisle und Edward ist es für sie wenig wahrscheinlich, dass sie ihren eigenen Weg gestalten wird. Nach der Hochzeit von Edward und

Bella mag es zwar noch zum großen Kampf kommen, bei dem Bella ihre Familie aktiv verteidigt, doch fällt der Vorhang nach einem Kuss für alle Ewigkeit.

Edward tut das, was in Meyers Saga nur Mythen über Vampire sind, mit einem Lachen ab. Doch die »Wahrheiten«, die durch das amerikanische Märchen vermittelt werden, bleiben bestehen. Moralische, gute, kleine Mädchen können Prinzen heiraten und durch diese Heirat fähiger werden, schön bleiben und müssen sich nie Sorgen machen über den Balanceakt zwischen Beruf und Kinderbetreuung – aber nur, wenn sie sich dem unterwerfen, was auch immer die Gesellschaft als moralisch und gut vorgibt, und nur wenn sie Heirat als ultimatives Happy End akzeptieren. Bella erfüllt den Selbstaufopferungs-Quotienten, der von einer Märchenheldin erwartet wird, in den zahlreichen Konfliktszenarien, in denen sie sich selbst dem Schicksal als Opfer darbietet in dem Versuch, diejenigen, die ihr nahe sind, zu retten. Sie ist oft egoistisch und zügellos, aber immer selbstaufopfernd, wenn es um diejenigen geht, die sie liebt. Bella arbeitet schwer, bleibt Jungfrau bis zur Hochzeit und lehnt eine Abtreibung ab, selbst als ihr eigenes Leben durch die Schwangerschaft in Gefahr ist. Und sie wird belohnt: In der äußersten Wunscherfüllung entkommt Bella den Qualen des Alterns in einer Gesellschaft, die vorgibt, Wissen zu ehren, aber in Wirklichkeit gebannt und verzaubert vom flüchtigsten aller glänzenden Spielzeuge ist – von der Jugend. Der T-Shirt-Spruch *Forget Princess, I want to be a Vampire* fasst eine ganze Kultur zusammen, deren Ideal des »Alles-Haben-Wollens« im Konflikt steht mit der Realität von Einkommensunterschieden und fehlender Gleichberechtigung, die immer noch die amerikanische Gesellschaft charakterisieren. Jedes »Und wenn sie nicht gestorben sind, so leben sie noch heute« hat seinen Preis, und der Preis, den Bella bezahlt, ist ihr Leben.

4
Um Edward Cullen werben: Werbungsrituale und Ehe-Erwartungen in Edwards Jugend

Catherine Coker

Wie Bella Swan Edward Cullen wahrnimmt, ist durch literarische Einflüsse gefärbt, besonders durch *Sturmhöhe* und die Romane von Jane Austen, außerdem durch das, was sie für die kulturelle Norm für junge Paare zu Beginn des 20. Jahrhunderts hält: Stippvisiten auf der Veranda und frühe Heirat. Wenn Edward und Bella sich wirklich im frühen 20. Jahrhundert kennengelernt hätten, wären sie jedoch in sich wandelnde Muster für soziales Verhalten und Geschlechterrollen verstrickt gewesen: Das Kennenlernen und Umwerben wäre wahrscheinlich ganz anders, als Bella es sich vorstellt. Dieses Kapitel beleuchtet Bellas Annahmen in Bezug auf die Vergangenheit, und inwiefern diese durch ihre Lesegewohnheiten gefärbt sind. Dazu werde ich untersuchen, wie die Annäherung zwischen den Geschlechtern im Amerika des 20. Jahrhunderts wirklich ablief und inwiefern diese Informationen unsere Kenntnis von Edward und Bella bereichern.

Der Einfluss der Romantik

Die romantische Annäherung von Edward Cullen und Bella Swan wird auf eine eigentümlich literarische Art präsentiert. In allen *Twilight*-Bänden liest Bella häufig Romane und Dramen, darunter die Werke von Jane Austen (wie *Mansfield Park* und *Stolz und Vorurteil*), Emily Brontë (*Sturmhöhe*) und Shakespeare (*Romeo und Julia*). Diese literarischen Werke dienen allgemein als Vergleich zur Handlung in Bellas Welt. Zum Beispiel färben die parallelen Handlungsverläufe von Romeo und Julia, deren Liebe dem Untergang geweiht ist, und von Edward und Bella in *New Moon – Bis(s) zur Mittagsstunde,* als Edward Bella verlässt, unsere Erwartungen, was mit Bella und Edward passieren wird. Ähnlich versorgen uns die Gesellschaftsromane Austens, wenn verglichen mit Bellas und Edwards eigenen Interaktionen, indirekt mit einem Verständnis dafür, warum Bella und Edward sich so oft missverstehen oder es nicht schaffen, miteinander zu kommunizieren, und warum Bella ihre übernatürlichen Freunde anders als ihre menschlichen behandelt. Indem sie Bella als frühreifen Bücherwurm darstellt, der es leichter findet, sich mit fiktionalen Charakteren zu identifizieren als mit echten, beschreibt Meyer sie als Leserin. Damit wird sie auch zur Stellvertreterin für die Leserinnen von Meyers eigenen Werken: Mädchen mit Büchern, die über ein Mädchen mit Büchern lesen. Bella und Edward selbst gesellen sich für viele Teenager-Leserinnen zum klassischen Kanon der Liebespaare in der Literatur, neben Elizabeth Bennet und Mr. Darcy.

Bella und Edward werden auch zu ihren eigenen Kritikern, wenn sie durchweg in den *Twilight*-Büchern über diese Romane diskutieren und Äußerungen über ihre Parallelen zu literarischen Figuren wie Catherine und Heathcliff in *Sturmhöhe* machen:

> »Die Figuren sind schreckliche Leute, die sich gegenseitig ihr Leben zerstören. Ich weiß nicht, wie Heathcliff und Cathy auf eine Stufe mit Paaren wie Romeo und Julia oder Elizabeth Bennet und Mr. Darcy gekommen sind. Das ist keine Liebesgeschichte, es ist eine Hassgeschichte.«
>
> »Du hast ein paar erhebliche Probleme mit den Klassikern«, blaffte ich.
>
> »Vielleicht weil ich nicht von Antiquitäten beeindruckt bin.« Er lächelte. ... »Was gefällt dir daran?«
>
> [...] »Ich bin nicht sicher«, sagte ich. ... »Ich glaube, es hat mit der Unausweichlichkeit zu tun. Dass nichts sie schlussendlich auseinanderbringen kann – nicht ihr Egoismus oder seine Bosheit, noch nicht einmal der Tod ... Ihre Liebe ist ihre einzige Eigenschaft, die alles ausgleicht.«
>
> »Ich hoffe, du bist vernünftiger – sich in jemanden verlieben, der so ... bösartig ist.«
>
> »Es ist ein bisschen spät für mich, mir Sorgen darüber zu machen, in wen ich mich verliebe«, stellte ich klar.

»Aber trotz der Warnung, ich scheine es doch ganz gut hinbekommen zu haben.«

Eclipse – Bis(s) zum Abendrot

Für viele Leser ist diese Passage fast schon ein Meta-Kommentar zur Saga. Viele Kritiker sehen Edward in einem extrem negativen Licht: wegen seines beinahe krankhaften Kontrollzwangs, seiner Besessenheit von Bella und wegen seiner Beziehung zu einem Mädchen, das etwa neunzig Jahre jünger ist als er. Es ist jedoch vielsagend, dass er sich in dieser Textpassage selbst mit Heathcliff vergleicht, einer literarischen Utopie, und auch ein Buch des frühen 19. Jahrhunderts als »Antiquität« bezeichnet. Damit erklärt er implizit, dass er sich selbst ebenfalls für antiquiert hält, obwohl er im frühen 20. Jahrhundert geboren wurde. Damit wird »Geschichte« zu etwas, das für Bella und Edward, aber auch für den Leser in weiter Entfernung liegt, zu Geschehnissen, die nicht nur längst Vergangenheit sind, sondern die in einem fremden Land passiert sind. Diese Distanzierung funktioniert beim Leser ganz ähnlich wie die bekannte Witzelei »Für Amerikaner sind hundert Jahre eine lange Zeit, und für Europäer sind hundert Meilen ein langer Weg« bei Reisenden funktioniert: als Kürzel zum Verständnis für kulturelle Unterschiede. Im Fall von Bella und Edward sind die kulturellen Unterschiede das Ergebnis des Verstreichens der Zeit, einer Generationenkluft zwischen der Zeit, als Edward ein junger Mann war, und Bellas Gegenwart. Bella liest Edwards menschliche Identität (den »historischen Edward« von 1918) ständig als eine exotische Persönlichkeit, die sie idealisiert, abgegrenzt von dem Mann, den sie kennt. Sie hat auch Tagträume mit einer idealisierten, historischen Version ihrer selbst, die sie diesem menschlichen Edward an die Seite stellen würde, und das gibt ihrer Beziehung die einfachere, romantische Geschichte, nach der sie sich sehnt.

Bellas literarischer Geschmack und ihre Unterhaltungen mit Edward beeinflussen auch ihren jugendlichen Glauben an Romantik und das Umwerben. Wenn sie über sich und Edward nachdenkt, konzentrieren sich ihre inneren Überlegungen auf ewige Einheit und Vollkommenheit. Ihre unkritische Betrachtungsweise der Klassiker ignoriert die Geschichten, die diese erzählen: Romeo und Julia haben eine vollkommene Liebe, weil sie innerhalb einer Woche nach ihrer ersten Begegnung sterben; Cathy heiratet Edgar Linton und nicht Heathcliff; wenigstens bei Elizabeth und Darcy endet es mit einer glücklichen Hochzeit, doch wie bei den meisten Liebesgeschichten *endet* diese Geschichte auch mit der Hochzeit. Die meisten Leser des 21. Jahrhunderts finden daher Bellas Interpretation dieser Geschichten problematisch: Sie denkt nicht über eine berufliche Karriere nach oder über eine Einkommensquelle. Sie macht sich keine Gedanken über Kinder, bis sie schon verheiratet und schwanger ist. Der Gedanke an die Zukunft ist auf eine Angst vor dem Altwerden beschränkt – genauer gesagt nicht auf die Angst vor dem Tod, sondern davor, nicht mehr länger 17 zu sein. Ihr 18. Geburtstag löst die Krise aus, in der Edward Bella vorübergehend verlässt. Als die beiden wieder zusammenkommen, will er Bella heiraten, was sie aus oberflächlichen Gründen, die später erörtert werden, anfangs ablehnt. Bella sieht das Leben also als ausgedehnte Adoleszenz an, eine Sichtweise, die in Konflikt steht mit der Vorstellung einer berufstätigen Frau, die Finanzen und Haushalt einer Familie regelt und anderweitig mit Angelegenheiten des »wirklichen Lebens« beschäftigt ist. Bella ist durch Romantik vom wirklichen Leben beurlaubt.

Bellas Sichtweise tritt am klarsten zutage, wenn sie sich vorstellt, wie es gewesen wäre, im frühen 20. Jahrhundert von Edward umworben zu werden:

> Ich sah mich selbst in einem langen Rock und einer Spitzenbluse mit hohem Kragen, mein Haar am Kopf hochgesteckt. Ich sah Edward, er sah schneidig aus in einem hellen Anzug, er hielt einen Strauß Wildblumen in seiner Hand und saß neben mir auf einer Verandaschaukel. Ich schüttelte den Kopf und schluckte. Ich hatte gerade wieder eine meiner *Anne-auf-Green-Gables*-Rückblenden.
>
> *Eclipse – Bis(s) zum Abendrot*

Diese literarische Rückblende ruft eine spezielle Reaktion bei Lesern hervor, die den Querverweis erkennen. L. M. Montgomerys Roman *Anne auf Green Gables* erschien im amerikanischen Original im Jahr 1908 und ist heute Teil des literarischen Kanons Heranwachsender in den USA. Im Mittelpunkt der Geschichte steht Anne Shirley, die im Alter von elf Jahren als Adoptivtochter eines älteren Geschwisterpaars auf eine Farm kommt. Das Buch und seine Fortsetzungen begleiten Anne durch ihre Jugend, Erziehung, Heirat und ihr weiteres Leben. Die Reihe schließt mit dem Ende des Ersten Weltkriegs, als Anne sechs erwachsene Kinder hat. Da Edward genau zur selben Zeit zum Vampir wurde (1918), enthüllt Bellas gedankliche Verknüpfung dieser Kindheits-Romane mit ihm wiederum ihre jugendlichen Erwartungen an die romantische Liebe – die Art von Romantik, in der es Sex gibt, der jedoch verschleiert ist; bei der es ein Minimum an emotionalen und körperlichen Beschwernissen oder Geldsorgen gibt und immer ein Happy End. Es überrascht wenig, dass Meyers eigene Romane auch genau in diese Richtung gehen, sie konzentrieren sich mehr auf Bellas und Edwards Werbungsrituale als auf die anderen Handlungsstränge, bis der letzte Band sich dann hauptsächlich um ihre emotionale und körperliche Beziehung dreht.

Im letzten Buch, *Breaking Dawn – Bis(s) zum Ende der Nacht*, heiraten Bella und Edward und vervollkommnen ihre Liebe. Da die Saga immer noch als Jugendbuchreihe gilt, blendet Meyer die Bettszenen selbst aus, obwohl die körperlichen Auswirkungen der beiden Male, in denen Bella und Edward Sex haben – darunter Bellas blessierter Körper – ausführlich beschrieben werden. Edward weigert sich, wieder mit Bella zu schlafen, bis sie selbst ein Vampir geworden ist, und so ist die Hochzeitsreise bald durch emotionale und körperliche Frustration aufgeladen. Die Spannung eskaliert, als Bella entdeckt, dass sie schwanger mit einem Halb-Vampir ist, der alarmierend schnell wächst. Edward drängt Bella, den unnatürlichen Fötus abzutreiben, und sie weigert sich – eine Entscheidung, die bei Lesern wie auch Kritikern für kontroverse Diskussionen sorgte. Bella schenkt einer Tochter, Renesmee, das Leben und Edward verwandelt Bella in einen Vampir, um ihr nach einem chaotischen Reißzahn-Kaiserschnitt das Leben zu retten. Der Rest des Romans konzentriert sich auf Bellas Anpassung an den vampirischen Lebensstil und auf die politischen Machenschaften anderer Vampire. Die Geschichte endet mit der Wiederherstellung des Friedens und damit, dass Bella und Edward sich mit ihrer Familie auf ein behagliches »Für immer und ewig« einrichten.

Der Ort der Brautwerbung im 20. Jahrhundert

Ganz zu Beginn des 20. Jahrhunderts fand die Brautwerbung in der mittleren und oberen Gesellschaftsschicht unter den wachsamen Augen der Familienmitglieder statt, oft im Haus der Frau. Dort wurde erwartet, dass die Frau den Mann unterhalten würde, ihm Tee und Snacks anbot, sich in leichter Plauderei mit ihm erging und vielleicht ihre Fähigkeiten in Gesang und Musizieren zeigte. Die Erfindung und Verfügbarkeit des Automobils änderte dies: Es wurde Mode, »auszugehen«, besonders wenn man in einer städtischen Umgebung mit leichtem Zugang zu Kinos, Tanz- und Speiselokalen lebte. Da Männer eher über ein festes berufliches Einkommen verfügten, oblag es ihnen, für die Unterhaltung bei diesen Treffen zu sorgen.

Ein beliebter Witz aus den 1920er-Jahren handelt von einem jungen Mann, der ein Stadtmädchen fragt, ob er sie besuchen dürfe. Als er ankommt, so die Pointe, hatte sie »ihren Hut auf«, was bedeutet, dass sie bereit war, mit ihm auszugehen, statt mit dem jungen Mann zu Hause zu bleiben. Der Witz spielt mit den unterschiedlichen Erwartungen der Geschlechter: Ein Junge kommt zu einem Mädchen und erwartet, von ihr etwas zu Essen zu bekommen und unterhalten zu werden, merkt aber, dass das Mädchen genau dasselbe von ihm erwartet! So entsteht überraschend und auf unwahrscheinliche Weise durch die Örtlichkeit des Treffens Gleichberechtigung in der neuen Welt der Verabredungen.[1)] In *New Moon – Bis(s) zur Mittagsstunde* wird diese Veränderung der Bräuche lebendig, als Bella und Jacob und ihre Freunde zu einem Kino außerhalb von Forks fahren, um den neuesten Horrorfilm anzuschauen: Sie kaufen Tickets und Essen (wobei die Jungen für die Mädchen bezahlen) und fahren in eine andere Stadt, um sich zu amüsieren.

Im Gegensatz dazu sind die Sitten für Verabredungen und Beziehungen des späten 20. und frühen 21. Jahrhunderts zwar ebenso komplex, aber weniger geradlinig. Frauen, die nach wirtschaftlicher und sexueller Gleichberechtigung streben, beschäftigen sich oft mit Fragen, die ihre Großmütter nie stellten – oder zumindest nie öffentlich stellten. Wer ruft wen an, um sich zu verabreden? Wenn beide Parteien arbeiten, wer sollte dann die Rechnung für den Abend bezahlen? Und was ist mit Themen wie Verhütung und Familienplanung, Zusammenleben vor der Ehe und so weiter und so fort, bis zum Gehtnichtmehr? Viele Arten von Büchern (Belletristik, Selbsthilfe-/Ratgeberbücher und wissenschaftliche Studien) haben versucht, die üblichsten Praktiken zu analysieren, aber die eigentlichen Antworten scheinen eher dem Einzelnen selbst überlassen zu sein. Trotzdem gibt es einige Verhaltensmuster, die unterschieden werden können: Erste Verabredungen finden tendenziell außerhalb des Zuhauses statt, beispielsweise im Restaurant oder Kino. Wenn ein angenehmer Grad von Intimität erreicht wurde, wird sich das Paar zu Hause treffen. »Ich werde das Abendessen kochen« ist für viele ein Angebot außergewöhnlicher Intimität in einer Zeit, in der viele geschäftige Menschen sich von Fast Food, Tiefkühlkost, Lieferdiensten beziehungsweise Speisen zum Mitnehmen ernähren. Außerdem sind Menschen, die sich mithilfe der neuen Partnersuche-Webseiten verabreden, gewarnt, sich aus Sicherheitsgründen immer zuerst an einem öffentlichen Ort zu treffen, nicht zuletzt auch, damit das Treffen unproblematisch und schnell beendet werden kann, falls es nicht gut läuft.

Diese Entwicklung der Verabredungskultur ist von besonderer Bedeutung in Meyers Saga. Bellas und Edwards Verabredungen folgen zuerst einem zeitgemäßen Drehbuch. In *Twilight – Bis(s) zum Morgengrauen* führt Edward Bella in ein italienisches Restaurant, nachdem er sie vor Straßenräubern gerettet hat; er bestellt Pilzravioli und Limonade für sie und zahlt die Rechnung. Später verbringen sie draußen gemeinsam ihre Zeit – seine körperliche Offenbarung seiner vampirischen Kräfte findet auf einer sonnigen Wiese statt. Nachdem sie sich gegenseitig ihre Liebe offenbart haben, verbringen Edward und Bella die meiste Zeit gemeinsam bei ihr oder ihm zu Hause, wobei sie oft umgeben sind von Familienmitgliedern, die sie überwachen, wenn auch aus unterschiedlichen Gründen. Charlie Swan beobachtet Edward mit demselben Argwohn, welchen die meisten Väter demjenigen gegenüber hegen, der ihre Teenager-Tochter in eine Liebesbeziehung verstrickt hat. Im Gegensatz dazu rührt die Aufmerksamkeit der Cullens für Bella aus ihren übernatürlichen Fähigkeiten – sie können nicht anders, als sich des einzigen menschlichen Wesens im Haus sehr bewusst zu sein. Außerdem wollen sie Bellas körperliche Unversehrtheit sicherstellen – zuerst, weil sie die Gegend nicht verlassen wollen, wenn Edwards Beziehung zu Bella auf irgendeine Weise katastrophal schief läuft, und später, weil sie sich wirklich um Bella als Familienmitglied sorgen.

In den späteren Büchern jedoch wird Edwards und Bellas Werbung altmodischer, wobei beinahe die ganze Beziehung, wenn sie nicht gerade in der Schule sind, zu Hause stattfindet. Edward guckt mit Charlie im Fernsehen Sport, wenn er im Haus der Swans ist; er spielt Klavier für Bella, wenn sie bei den Cullens sind. In der Nacht schleicht Edward sich in Bellas Zimmer und »schläft« (keusch) bei ihr, ohne Charlies Wissen. Dieses Vorgehen ist ähnlich dem »Bündeln« oder »Abwarten«, wie es manchmal im kolonialen Amerika des 18. Jahrhunderts praktiziert wurde. Ein Teil eines Liebespaares wurde in eine Decke eingenäht oder fest eingewickelt, um vor der Ehe neben dem anderen zu schlafen; manchmal wurde ein Holzbrett zwischen den beiden angebracht. Es wurde angenommen, dass das Paar körperlichen Kontakt suchen würde (Teenager-Hormone haben sich schließlich in den letzten beiden Jahrhunderten nicht geändert!), aber eingeschränkt genug sein würde, nicht »bis zum Letzten« zu gehen, da sie nur einen Raum entfernt von den schlafenden Eltern waren. Das Ziel war, dem Paar vor der Hochzeit Intimität zu ermöglichen und sicherzustellen, dass sie zueinander passten, ohne dass es wirklich zu Geschlechtsverkehr kam. In den *Twilight*-Romanen wird natürlich der Geschlechtsverkehr nur durch Edwards eisernen Willen und seine Moralvorstellungen aus dem frühen 20. Jahrhundert verhindert.[2] Bella präsentiert sich als modernes Mädchen, das gern die nächsten Schritte einer Beziehung zu ihren Bedingungen übergehen würde. Ihrem Wunsch wird erst nach Erfüllung von Edwards Bedingung entsprochen: einer Heirat.

Im Wesentlichen haben wir hier also ein Paar, dessen Werbungsrituale immer weiter in der Zeit zurückgehen, je mehr ihre eigene Beziehung voranschreitet. Als Edward und Bella vertrauter miteinander werden, unternehmen sie mehr Aktivitäten zusammen in ihrem jeweiligen Zuhause, statt zusammen auszugehen. Statt mit Bella Restaurants oder Kinos zu besuchen, nimmt Edward sie mit zu seiner Familie nach Hause. Die beiden gelangen schon sehr früh zu dem einvernehmlichen Schluss, dass sie zu ewiger Liebe füreinander bestimmt sind, obwohl Edward (nach eigenen Aussagen ein Masochist) zunächst versucht, Bella abzuschrecken. Das frühe Heiraten und Kinderkriegen reflektiert die Normen eines vergangenen Zeitalters und nicht die der Gegenwart – Normen, von denen Bella zunächst eigentlich alles andere als begeistert war.

Geschlechtsspezifische Erwartungen und gegensätzliche Wünsche

Wegen der recht unterschiedlichen kulturellen Erwartungen, die Bella und Edward jeweils mit ihrer Liebe verbinden, stehen sie vor einem Konflikt, wie es mit ihrer Beziehung weitergehen sollte. Edward will die Hochzeit; Bella will einfach nur mit Edward *zusammen sein.* Es gibt Gründe für Bellas Widerstand der Ehe gegenüber: Ihre Eltern heirateten jung und waren schnell geschieden. Noch wichtiger ist jedoch, dass Bella nicht *so ein Mädchen* sein will:

> »Eine, die gleich von der Highschool weg heiratet wie irgendeine kleinstädtische Hinterwäldlerin, die von ihrem Freund geschwängert wurde! Weiß du, was die Leute denken würden? Hast du mitbekommen, in was für einem Jahrhundert wir leben? Die Leute heiraten einfach nicht mit achtzehn! Keine klugen Leute, keine verantwortungsbewussten, reifen Leute! Ich wollte nicht so ein Mädchen sein. Ich bin so nicht.«
>
> *Eclipse – Bis(s) zum Abendrot*

Bellas Gehässigkeit und Verachtung für *so ein Mädchen,* das Mädchen, das sie nicht sein will, kommen aus tief verwurzelten Erwartungen der Mittelschicht. Ihre Stadt, Forks, steht für die Mittelschicht überall in Amerika: Die Highschool-Schüler haben allesamt Autos, statt die öffentlichen Verkehrsmittel zu benutzen; die Eltern aller Schüler haben offenbar feste Anstellungen, und die Schüler selbst haben auch Jobs. Die örtliche Oberschicht besteht in erster Linie aus den Cullens selbst, von denen jeder ein auffallendes Auto fährt und Designer-Kleidung trägt, trotz der Tatsache, dass nur der Patriarch, Carlisle, erwerbstätig ist.

Bella selbst gehört zur unteren Mittelschicht. Ihr Vater, Charlie, ist Leiter der Polizeidienststelle, der immer seinen Funkstreifenwagen fährt und kein eigenes Auto besitzt. Die stärksten sozialen Verbindungen bestehen zur Familie Black aus dem nahe gelegenen Quileute-Reservat. Werden Bellas Besitztümer beschrieben, so wird gewöhnlich betont, dass es alte oder abgelegte Stücke sind: der gebrauchte Truck, der von Billy Black generalüberholt wurde, und das Motorrad, das von Jacob Black wiederhergestellt wird; der Computer mit einem Wählleitungs-Modem, während die meisten Internetnutzer über Hochgeschwindigkeitsverbindungen verfügen; abgenutzte Taschenbücher und gemütliche, schäbige Quilts. Bella hat neben der Schule einen Job, und nachdem sie ihr Leben lang für ihre pflichtvergessene Mutter gesorgt hat, ist sie es gewohnt, sorgfältig über die täglichen Ausgaben Buch zu führen. Im Gegensatz dazu sind die Cullens (mit Ausnahme von Carlisle, dem Arzt der Stadt) alle gut gekleidet, gehen keiner bezahlten Beschäftigung nach und sind dem Anschein nach verschwenderisch. Bella vermerkt oft für sich, wie teuer die Dinge sind, mit denen die Cullens sich umgeben – und sie sind wirklich teuer. Ohne zu zögern kaufen sie sich gegenseitig neue importierte Luxuswagen als Geschenke; Carlisle schenkte seiner Frau Esme eine südamerikanische Tropeninsel (mit einem möblierten Haus obendrein). Bellas unausgesprochene Sorge hinsichtlich dieser Klassenunterschiede tritt klarer hervor, als sie davorsteht, die Familie Cullen offiziell kennenzulernen.

> »Schau, ich versuche wirklich nicht darüber nachzudenken, was ich gerade im Begriff bin zu tun, also können wir dann gehen?«, fragte ich.
>
> »Und du machst dir Sorgen, nicht weil du gleich in ein Haus voller Vampire gehst, sondern weil du denkst, diese Vampire werden dich nicht akzeptieren, stimmt's?«
>
> »Das ist richtig«, antwortete ich sofort.
>
> *Twilight – Bis(s) zum Morgengrauen*

Obwohl Meyer nicht so viele Worte darüber verliert: Bella findet es leichter, sich in der übernatürlichen Welt von Vampiren und Werwölfen zu bewegen, als ein Teenager-Mädchen aus der unteren Mittelschicht in einem wohlhabenden Haushalt zu sein. Meyer beschreibt seitenlang Bellas Befürchtungen, mit ihren Klassenkameraden in sozialen Kontakt zu treten, darüber, dass sie keine richtigen Freunde hat und es vorzieht, ihre Zeit mit Lernen oder Lesen zu verbringen, statt Kontakte zu Gleichaltrigen zu knüpfen.

In den späteren Büchern sorgt Bella sich auch, genug Geld für das Studium zusammenzusparen, und schreckt davor zurück, dass die Cullens ihr die Ausbildung an einer Elite-Universität bezahlen. Es wird zwar nicht ausgesprochen, ist jedoch angedeutet, dass Bella sich weniger wert fühlen würde, wenn sie die Großzügigkeit der Cullens annähme.

Bella ist in einer Lage, in der sie beweisen muss, dass sie Edwards würdig ist, ganz ähnlich wie die Heldinnen der romantischen Liebesgeschichten aus dem 19. Jahrhundert, die sie so bewundert. Sie muss »rassische« und soziale Grenzen überwinden – die Highschool-Cafeteria mit ihren Cliquen, die übernatürliche Schichtenbildung von Mensch, Werwolf und Vampir, sogar die Vampir-Hierarchien der »vegetarischen« Cullens, der traditionellen Vampir-Nomaden und der Volturi – um mit ihrem Geliebten zusammen zu sein. Zusätzlich stattet Meyer Bella mit einem Verhalten aus, das im frühen 20. Jahrhundert traditionell männlich gewesen wäre: ihre Rolle als sexueller Aggressor zum Beispiel, genau wie ihr Widerstand gegenüber einer Heirat trotz ihrer Absicht, eine feste Bindung mit Edward einzugehen, ihre Arbeit außerhalb des Hauses und ihre Fokussierung auf Finanzen. Sie übernimmt sogar die männliche Rolle, einer emotionalen Verstrickung mit Edward zu widerstehen, hauptsächlich, weil sie überzeugt ist, dass sie seiner, so wie sie ist, nicht würdig sein kann. Ein Großteil dieser Überzeugung existiert nur in ihrem eigenen Kopf – sowohl Edward als auch Jacob machen ihr immer wieder Komplimente wegen ihrer Intelligenz, ihrem Mut und ihrer Schönheit: Für sie sind soziale Klassen und Geld viel weniger wichtig als diese Eigenschaften, die Bella in höchstem Maße besitzt. Trotz alldem fühlt sie sich minderwertig. Sie erwirbt erst Selbstvertrauen, nachdem sie Mutter geworden ist und bereit ist, jeden Kampf zu kämpfen, der nötig ist, um das Leben ihres Kindes zu retten.

Genau wie Bella Eigenschaften zeigt, die traditionell als männlich angesehen werden, wirken Edwards Aktivitäten im häuslichen Bereich – Klavierspielen, das Lesen und Musikhören in der Freizeit – feminisierend. Bellas endlose Kommentare über seine vollkommene körperliche Schönheit, genau wie die Beschreibungen seines Körpers, der wie Stein oder Diamanten sei, machen ihn buchstäblich zum Objekt. Edward wird zu dem Objekt, das Bella für sich gewinnen und dessen sie würdig sein muss – Edward muss umworben werden.

Andere Leben in anderen Universen

Da wir wissen, wie Edwards und Bellas Annäherung sich im 21. Jahrhundert abspielte, denke ich, sollten wir uns dieselbe Frage stellen, die Bella stellt: Wie hätte ihr Leben ausgesehen, wenn sie das normale Leben von Teenagern zu bestimmten Zeitpunkten in der Geschichte geführt hätten? Darauf würde ich gern einige mögliche Antworten geben, wobei ich den historischen Kontext verschiedener Perioden nachzeichne – was zeigt, wie ihre Beziehung von den gesellschaftlichen Strömungen und Ereignissen jeder Periode beeinflusst gewesen wäre. Die spezifische Zeit und der Ort des Umwerbens, und auch wie Bella sich die romantische Annäherung vorstellt, wirft ein Licht darauf, wie Meyer in ihrem Werk Bezüge auf die Geschichte nutzt: Indem sie Geschichte in weite Entfernung rückt (als »Antiquität«, ähnlich Bellas historischen Liebesromanen), so deutet sie damit an, dass Bellas und Edwards eigenes Werben »außerhalb der Zeit« stattfindet. Indem wir wieder echte historische Elemente in die Saga zurückbringen, gelangen wir zu einer »Lektüre gegen den Strich« des Textes. Die Medien- und Populärkulturforscher Henry Jenkins und John Tulloch verwenden den Begriff »Lektüre gegen den Strich«, um einen Vorgang zu beschreiben, bei dem ein Text im Wesentlichen gegen sich selbst gelesen wird (etwas, das viele Fans im eigenen Kopf tun), um »die vielen wichtigen Fragen über ideologische Macht der Massenmedien und die Beziehung zwischen ›Betrachter und Betrachtetem‹ zu untersuchen.«[3]

Wir haben bereits beobachtet, wie die Klassen- und Geschlechtszugehörigkeit sich auf Bellas und Edwards Interaktionen und auf ihre Beziehung auswirken. Indem wir eine Lesart »gegen den Strich« von Bellas und Edwards romantischer Annäherung schaffen und ihre Interaktionen mit echten historischen Details vergleichen, werden wir die Darstellung von Bella und Edward umschreiben, sodass sie echte historische Details anstatt der Charakteristika und Klischees der meisten Liebesgeschichten widerspiegeln. Zum Beispiel deutet in der Saga von Stephenie Meyer Bellas Widerstand, *so ein Mädchen* zu sein, trotzdem an, worin das Ganze letztlich kulminiert, nämlich dass Bella genau das wird, was sie nicht sein will (verheiratet, schwanger), aber auch genau das, was sie sein will (ein schöner Vampir). Dies ist das »richtige Ende« für die Protagonistinnen in Bellas heißgeliebten

Liebesgeschichten – die am Schluss oft verheiratet und glücklich sind – ausgenommen natürlich der Vampir-Teil.[4] Im Folgenden möchte ich gern aufzeigen, wie Meyers Welt die Werte einiger gänzlich verschiedener Welten widerspiegelt, und auch den möglichen Ausgang von Situationen, mit denen Bella und Edward hätten umgehen müssen, wenn sie in einer anderen historischen Zeit gelebt hätten.

Das Jahr 1918 und die Goldenen Zwanziger: ein kurzer historischer Exkurs

Das frühe 20. Jahrhundert war eine turbulente Zeit in Amerika. 1918, als Edward im Alter von 17 Jahren starb, wütete die Spanische Grippe in großen Teilen der Welt. Die Vereinigten Staaten waren ein Jahr zuvor in den Ersten Weltkrieg eingetreten, und der Konflikt sollte erst spät im Jahr 1918 enden. Die Prohibitionsbewegung hatte starken Auftrieb und gipfelte ein Jahr später darin, dass Verkauf, Herstellung und Vertrieb von Alkohol verboten wurden. Die Frauenwahlrechts-Bewegung war auf ihrem Höhepunkt, und zwei Jahre später wurde der 19. Zusatzartikel zur Verfassung ratifiziert, der Frauen das Wahlrecht einräumte. Frauen hatten während des letzten halben Jahrhunderts beschränkten Zugang zu höherer Bildung gehabt, doch viele Oberschulen und Universitäten waren immer noch rein männlich. Die Geschlechter wurden oft gesellschaftlich getrennt, obwohl die Kluft sich zu schließen begann.

Innerhalb zweier weiterer Jahre würden die Goldenen Zwanziger echte Veränderungen in Bezug auf das Erscheinungsbild von Frauen und ihre Rolle mit sich bringen. Die sogenannten *Flapper* – eine neue Generation junger Frauen, die kurze Röcke und Haare trugen und als keck und frech galten – tanzten und rauchten in dunklen Jazz-Clubs, und der Ausdruck *Flapper* wurde von einem umgangssprachlichen Wort für einen couragierten Teenager zu einer Abkürzung für einen emanzipierten und hedonistischen Lebensstil. Geburtenkontrolle war möglich, Kondome verfügbar, obwohl es oft schwierig war, Informationen darüber zu bekommen. Die ersten Romane von Ernest Hemingway und F. Scott Fitzgerald wurden in diesem Jahrzehnt veröffentlicht, und sie behandelten Themen wie vorehelichen Sex, den

Horror des Ersten Weltkriegs und die hässliche Seite der Klassen- und Geschlechterbeziehungen.

Auf der Verandaschaukel sitzen: der Remix von *Anne auf Green Gables*

Wenn Bella und Edward etwa zu Beginn des 20. Jahrhunderts geboren worden wären, könnte ihr Leben so ähnlich ausgesehen haben, wie Bella es sich zuweilen vorstellt: Ihre Fantasievorstellung war einigen Beziehungen von Paaren dieser Generation sehr ähnlich. Eine historisch realistische Version ihrer Geschichte hätte sein können, dass Bella und Edward, so sie zur Mittelschicht gehörten, in einer Kleinstadt außerhalb Chicagos gelebt hätten.

Es ist 1918 und die Spanische Grippe erscheint wie ein Alptraum, der in einer anderen Welt passiert. Die beiden werden davon nicht berührt, obwohl Edward die Bilder in den Kino-Nachrichten sieht. Er sieht auch, was in Übersee passiert – und er sehnt sich danach, Soldat zu werden, kann sich aber nicht dazu überwinden, seine Familie gerade jetzt zu verlassen. Und dann ist da noch Bella, an die er denkt. Sie und ihre Familie gehen nicht ins Lichtspielhaus, um die Filme zu sehen, aber er erzählt ihr darüber, wenn sie gemeinsam auf der Verandaschaukel vor dem Haus sitzen. Im folgenden Jahr heiraten die beiden in aller Stille und feiern das Ende des Krieges. Edward studiert Medizin, als Bella mit ihrem ersten Baby schwanger wird. Nachdem Renesmee geboren ist, besorgt Edward stillschweigend Verhütungsmittel, und Bella wartet mehrere Jahre bis zum nächsten Kind, dieses Mal wird es ein Junge. Die Jahre vergehen; ihr Sohn wird 1944 eingezogen, aber er nimmt nicht an den schlimmsten Kämpfen des Zweiten Weltkriegs teil. Renesmee heiratet in den Nachkriegs-Feierlichkeiten – ihr eigener Sohn wird eingezogen werden, um im Vietnam-Krieg zu kämpfen. Edward und Bella sterben beide friedlich in den späten Siebzigern, nachdem sie aus der Entfernung zwei sexuelle Revolutionen und zwei Weltkriege beobachtet haben.

Edward Masen und der Flapper: ein Remix von Nicht-so-ein-Mädchen

Wenn Edward und Bella ihre späte Teenager-Zeit inmitten Chicagos verbracht hätten, ergäbe sich ein anderes, ebenso realistisches Szenario. Wenn sie ein für mondäne Stadtbewohner typisches Leben geführt hätten, könnte sich ihre Geschichte ganz anders abgespielt haben.

Bella ist immer noch entschlossen, niemals *solch ein Mädchen* zu werden, und zum Entsetzen ihrer Eltern lässt sie sich einen Bob schneiden und verlässt in jungen Jahren das Elternhaus. Edward trifft sie bei einer Tanzparty, zu der seine Kommilitonen ihn mitschleppen. Er ist hingerissen und verwirrt, als er auf Bella trifft, einen Trägertop-Traum in Blau; inmitten von Rauch und Alkohol der Prohibition tanzt er die Nacht mit ihr durch. Sie heiraten hastig, als klar wird, dass Renesmee eine Realität ist, und lassen sich genauso hastig scheiden, als es wegen schlechter medizinischer Versorgung zu Komplikationen kommt und sie Renesmee verlieren. Edward und Bella sehen sich nicht wieder.

So ein Mädchen, Ja und Nein: ein Remix der 1950er-Jahre

Interessanterweise stellt Bella sich die Zeit ihrer romantischen Annäherung nur im frühen 20. Jahrhundert und im frühen 21. Jahrhundert vor. Wie hätten die ersten Verabredungen der beiden ausgesehen, wenn sie genau zwischen diesen beiden Zeitpunkten stattgefunden hätte?

In den 1950er-Jahren hätte Bella *so ein Mädchen* sein wollen – die meisten jungen Frauen dieser Zeit wollten es. Sie hätte unbedingt heiraten und Kinder haben wollen, weil ihr oft gesagt wurde, dass dies das Leben sei, das junge Frauen wollen. Bellas Wunsch nach Ehemann und Kind ist unbestimmt. Erst als sie Edward kennenlernt, weiß sie ganz genau, wie ihr Ehemann sein soll. Wie viele andere junge Erwachsene dieser Zeit heiraten Bella und Edward gleich nach der Highschool. Bella verbringt ein Jahr am College, bevor sie das Studium abbricht, um Renesmee zu bekommen; Edward bleibt an der Uni und macht mehrere Abschlüsse. Bella und ihre Eltern (Charlie und Renée sind noch immer verheiratet, wenn auch nicht sonderlich glücklich) sind begeistert, als er zu »Dr. Masen« wird.

Bella und Edward haben mehrere Kinder. Bella bleibt zu Hause und kümmert sich um sie, während Edward viel arbeitet. Als alle Kinder die Schule besuchen, weiß Bella nicht mehr so recht, was sie mit sich anfangen soll. Schließlich beschließt sie, zurück zur Uni zu gehen und ihren Abschluss zu machen; sie hatte es immer geliebt, sich mit englischer Literatur zu beschäftigen. Edward stimmt widerstrebend zu, macht sich aber manchmal laut Gedanken darüber, was die Kinder ohne ihre Mutter tun sollen. Noch lauter macht er sich Gedanken darüber, als Bella beschließt, auch noch ihren Doktor zu machen. Bella ist eine von einer Handvoll Studentinnen in ihrem Studiengang: Einige Professoren verhalten sich ihr gegenüber mit offenkundiger Herablassung. Zu Hause sagt Edward, er unterstütze das, was sie »zu ihrem eigenen Vergnügen« tue, obwohl Bella das Schreiben einer Dissertation über Jane Austen nicht unbedingt als vergnüglich bezeichnen würde.

In den frühen 1970er-Jahren lassen sie sich scheiden. Bella bringt die Kinder morgens zur Schule, arbeitet den Tag über, macht den Kindern abends das Essen und schreibt in der Nacht. Sie besucht an den Wochenenden eine Selbsterfahrungsgruppe und erkennt nach vielen Jahren, dass sie zwar *so ein Mädchen* sein wollte, das ihren Mann glücklich machen will und alles für ihn und ihre Kinder opfert, sie es aber nicht ist. Sie ist stattdessen *so eine Frau* – die es geschafft hat, selbst glücklich und erfolgreich zu werden, trotz der Widerstände von allen Seiten. Sehr wenige können das von sich sagen, und sie ist stolz.

Das stagnierende Zeitalter: ein Remix des 21. Jahrhunderts

Wenn Bella und Edward sich genau zum Zeitpunkt und am Ort der *Twilight*-Saga getroffen und ihre Annäherung einfach geschlechts- und gesellschaftsspezifische Normen dieses Jahrzehnts widergespiegelt hätten, wäre es noch einmal anders gewesen:

Es ist das 21. Jahrhundert. Edward Masen ist ein normaler Teenager in Forks/Washington, auch wenn seine Eltern Doppelverdiener sind und die Familie wohlhabender ist als Bella und ihr Vater. Die beiden Schüler zeichnen sich durch ihre überdurchschnittlichen akademischen Fähigkeiten aus und sitzen in Kursen oft nebeneinander; schnell werden sie als Einheit angesehen. Bella verliert ihre Unschuld nach dem Abschlussball an der Highschool an Edward. Ihre Beziehung verpufft, als sie an getrennte Universitäten gehen – sie, um Literatur zu studieren, während er Vorbereitungsseminare für das Medizinstudium belegt. Beide gehen eine Reihe von Liebesbeziehungen ein; Edward heiratet kurz vor Beendigung seines Studiums und lässt sich zwei Jahre später scheiden. Als beide Anfang Dreißig sind, nehmen Edward und Bella durch Facebook wieder Verbindung miteinander auf und beginnen zögerlich, sich wieder zu verabreden. Wie es diesmal enden wird, bleibt unbekannt …

Fazit: »Sie hatte ihren Hut auf …«

Wenn die bisherigen Szenarien eher komplizierter und weniger glücklich waren, als es die meisten Leser von Meyers Romanen erwarten würden – nun, so ist das nun mal, und das ist halt der Unterschied zwischen richtigem Leben und Büchern. Halten wir jedoch fest, dass sich zwar keine dieser Geschichten auf den vollkommenen Bund fürs Leben, aber doch auf Menschen konzentriert, die versuchen, ihren Weg im Leben zu machen, und denen es vielleicht gelingt – zumindest für sich selbst. Im Grunde boten die Werke von Austen, Brontë und Shakespeare ebenfalls eine »Lektüre gegen den Strich« in Bezug auf ihre eigenen Jahrhunderte – Zeiten, als die Liebe über Klassenunterschiede hinweg (zum Beispiel die gesellschaftliche Kluft zwischen Jane Eyre und Mr. Rochester), fast so unwahrscheinlich war wie die einer junge Frau zu einem Vampir.

Eines, was all diese Annäherungen der Liebenden gemeinsam haben, ist die Vorstellung, dass die Liebe aufgrund der Entschlossenheit einer jungen Frau alle Hindernisse überwindet. Bellas Entschlossenheit, Edward für sich zu gewinnen, schließlich seiner würdig zu sein (in ihren eigenen Augen) und ihn zu *haben* ist Ausdruck einer Leidenschaftlichkeit, die für viele das übersteigt, was man als akzeptables Verhalten einer Schülerin/Schulabgängerin bezeichnen könnte, und es heizte Kritik und kontroverse Diskussionen über die Buchreihe an. Wenn wir die Umstände jedoch umdrehen würden und sagen, dass Bella *niemals* Edwards würdig sein könnte, weil es ihr (und hier kann der Leser unter vielen Punkten einen auswählen) an Schönheit, Klasse, Bildung, Sex-Appeal, Reichtum oder anderen natürlichen oder übernatürlichen Fähigkeiten fehlt, würden die Leser sich einem solchen Ende nicht widersetzen und wieder alternative eigene Versionen anbieten, um die aufgebrachte Leserschaft zu besänftigen? Bella ist vieles, aber bestimmt keine passive Zuschauerin.

Zum Schluss sollten wir noch einmal zu dem alten Witz über die Frau zurückkehren, die »ihren Hut aufgesetzt« hatte, als der Mann, mit dem sie verabredet war, zur Tür herein kam. Der Ablauf einer bestimmten Annäherung zwischen einem Paar stützt sich oft auf Erwartungen, genau wie das Genießen eines Buches für den Leser. Bella erwartet bestimmte Handlungen und Verhaltensweisen in ihren Liebesromanen; Edward hat seine eigenen Erwartungen, was die Brautwerbung angeht, sie haben sich während seines sterblichen Lebens im frühen 20. Jahrhundert und im Laufe seines übernatürlichen, bis ins 21. Jahrhundert hineinreichenden Lebens gebildet. Die Leser von Stephenie Meyers Saga haben auch Erwartungen, wie diese Figuren handeln sollten, ob diese Erwartungen nun auf romantischer Fiktion basieren oder auf den sozialen Normen einer bestimmten historischen Ära. Aus all diesen Gründen werden unsere Erwartungen von Meyer selbst unterwandert – was vielleicht ein Streich ist, den sie uns spielt.

Zweiter Teil
Etwas Familiengeschichte: Der Cullen-Zirkel

5
Jasper Hale, der älteste lebende Veteran der Konföderierten

Elizabeth Baird Hardy

Noch Jahre nach dem Ende des Amerikanischen Bürgerkriegs 1865 versammelten sich viele Veteranen der Nordstaaten und der Konföderierten dieses blutigsten Konfliktes des Landes oft, um ihre lang vergangenen Streitigkeiten beizulegen, sich an die gemeinsamen Kämpfe zu erinnern und ihre schwindende Anzahl zu betrauern, bis sie schließlich alle »den Fluss überquert« hatten, um ihre Kameraden zu treffen, die im Kampf gefallen oder einer Krankheit im Feldlager erlegen waren. Jeder dieser Männer wurde von einem Krieg geformt, der, besonders für die Konföderierten, ein Erlebnis von Verlust und Leid darstellte, welches sie verändert hat. Für Major Jasper Whitlock aus Texas war der Krieg zwischen den Nord- und Südstaaten nur einer von zwei Kriegen, der seine eigentümliche Existenz veränderte.

Trotz der Tatsache, dass Jasper, eindeutig die schillerndste Figur von Stephenie Meyers Familie Cullen, ein erfundenes Geschöpf ist, ist seine Rolle als Konföderierten-Veteran tief verwurzelt in den wirklichen historischen Erfahrungen von Männern, die unter der Konföderierten-Flagge kämpften und von denen sehr viele starben. Jasper besucht in der Kleinstadt Forks die Highschool, wobei er vorgibt, ein 18-jähriger Pflegesohn von Dr. Carlisle Cullen zu sein; in Wirklichkeit ist er ein kampferprobter Vampir mit einer Frau, einer Reihe von höheren Universitätsabschlüssen und einer langen Erfahrung im erfolgreichen Fälschen von Urkunden, was seiner Wahlfamilie dabei geholfen hat, seit mehr als fünfzig Jahren ihre wahre Identität geheim zu halten. In vielerlei Hinsicht jedoch ist er weder ein Teenager des 21. Jahrhunderts noch ein erfahrener moderner Erwachsener. Er ist ein Veteran aus den 1860er-Jahren und zeigt Eigenschaften, die für die große Mehrheit der Konföderierten-Soldaten typisch sind, genau wie er unter einigen ihrer Sorgen und Nöte leidet. Nur kann Jasper, der im Teenager-Alter eingefroren bleibt, nicht altern und über seine

Jahre im Dienst der Konföderierten hinauswachsen, wobei der Krieg in einen ganz anderen Krieg überging; so ist für ihn der Krieg ein allgegenwärtiger Einfluss, obwohl er eine zerbrechliche menschliche Erinnerung ist.[1] Wenn wir den Bürgerkrieg verstehen, wie Jasper ihn erlebt haben mag, kann uns das helfen, seinen Charakter besser zu verstehen und auch seine emotionalen Kämpfe, seine Interessen und seine Einstellungen. Es hilft auch dabei, zu beleuchten, wie sehr sein »anderer« Krieg dem Krieg glich, den er als menschlicher Soldat kennengelernt hatte.

Es gab zwar keine spezielle »Gattung« des Konföderierten-Soldaten, aber der durchschnittliche Mann in der Südstaaten-Armee war ein junger Farmer mit wenigen oder bescheidenen wirtschaftlichen Mitteln; er besaß keine Sklaven, und es war wahrscheinlicher, dass er an einer Krankheit starb als durch feindliche Schüsse und Granaten. Nur wenige besaßen eine fesche graue Uniform, stattdessen trug der Durchschnitts-Südstaatensoldat seine eigenen Sachen aus Wolle, Leinen oder Baumwolle, bestehend aus Hemd, Unterhemd, Hosen, Unterhosen, Hosenträger und Jacke. Sein Hut war wahrscheinlich derselbe, den er bei der Farmarbeit trug oder wenn er in die Stadt ging. Seine Familie schickte ihm wahrscheinlich die Sachen, die er brauchte, besonders als der Konföderierten-Armee der Proviant ausging. Wenn er eine Uniform besaß, dann sah sie wahrscheinlich ganz anders aus als die eines Kameraden. Jeder Staat, und sogar Regimenter ein und desselben Staates, hatten andere Ausrüster und verwendeten ihre eigenen Muster, und die Offiziere ließen sich ihre Uniformen selbst schneidern. So mochten selbst jene Männer, die von der Armee ausgehändigte Kleidung trugen, nicht »uniform« erscheinen. Die Regimentsflaggen, unter denen diese Männer kämpften, zeigten eine ähnliche Mannigfaltigkeit der Muster, nur wenige kämpften unter der umstrittenen Konföderierten-Flagge, welche die Amerikaner des 21. Jahrhunderts als »typische« Südstaaten-Flagge ansehen (auch »Stars and Bars« genannt).

Jeder Soldat war natürlich ein Individuum. Männer waren im 19. Jahrhundert durchschnittlich kleiner, als sie es heute sind, aber Wehrpässe offenbaren, dass viele Konföderierten-Soldaten wie Jasper größer als 1,80 m waren. Obwohl einige ihr »Zeichen« machten, als sie sich bei der Armee verpflichteten und statt ihrer Unterschrift ein »X« setzten, weil sie weder lesen noch schreiben konnten, waren andere lese- und schreibkundig. Gesellschaftliche Stellung und geografische Herkunft hatten auch einen Einfluss auf die jeweiligen Erfahrungen einzelner Soldaten. Die meisten jungen Rekruten waren von den Kriegsgeschichten ihrer Väter und Großväter inspiriert, aber die spezifischen Geschichten waren je nach Region unterschiedlich; in Staaten wie Georgia oder North Carolina und South Carolina könnten es Erzählungen aus der Amerikanischen Revolution oder dem Krieg von 1812 gewesen sein. Für Texaner wie Jasper, die aus einem Staat kamen, der seit weniger als zwanzig Jahren zur Union gehörte, stammten jene inspirierenden Geschichten wahrscheinlich aus dem jüngsten Mexiko-Krieg, in dem so viele Kommandanten des Amerikanischen Bürgerkriegs ihre Kampferfahrung erwarben. Obwohl sich die Soldaten also individuell stark voneinander unterschieden, gab es aber gemeinsame Erfahrungen, die von Hunderttausenden sehr realen Konföderierten-Soldaten und einem sehr faszinierenden fiktionalen Vampir gemacht wurden.

Weil die Mädchen zuschauen

Der Konföderierten-Soldat wurde oft schlecht gemacht, weil die Öffentlichkeit die Gründe, aus denen einzelne Soldaten sich zur Armee verpflichteten, mit den Ursachen für den Krieg als solchen durcheinanderbrachte. Während die Gründe für den Amerikanischen Bürgerkrieg komplex, verwickelt und kontrovers sind, dachte der durchschnittliche Soldat der Konföderierten wenig an Sklaverei oder Zölle, während er unterschrieb oder sein Zeichen machte, seine Eintrittsprämie kassierte und eingemustert wurde. Er mag eine vage Vorstellung von Staatsrechten oder ein Gefühl von moralischer Empörung über »Old Abe Lincoln« und seinen Aufruf an die südlichen Truppen gehabt haben, die Rebellion in South Carolina »abzustellen«, aber für die meisten jungen Männer, die sich als Soldat einschrieben, war der Krieg keine politische Chance, sondern eine persönliche.

Die Motivation der Soldaten änderte sich an verschiedenen Punkten während des Krieges. Als Jasper – zu jung, um zu dienen – 1861 hinsichtlich seines Alters lügt und Soldat wird, zeigt er einige der häufigsten Motivationen der ersten Rekruten, bevor die Konföderierten-Armee hastig versuchte, die Toten zu ersetzen, die auf den

Schlachtfeldern einst so unbedeutender Orte wie Antietam und Chancellorsville geblieben waren. Er war nicht der einzige, der eine List anwandte: Sowohl im Norden als auch im Süden verfielen junge Männer auf clevere Tricks, um das Hindernis ihres zu jugendlichen Alters zu umgehen. Der Bürgerkriegs-Historiker James R. Robertson berichtet: »Weil 18 das minimale Rekrutierungsalter war, schrieben viele Jungen, die noch nicht alt genug waren, ›18‹ auf ein Stück Papier, schoben es sich in den Schuh, und wenn sie vom Rekrutierungsoffizier nach ihrem Alter gefragt wurden, antworteten sie wahrheitsgemäß: ›Ich bin über achtzehn.‹«[2] Die Konföderierten begannen 1862 Gesetze zur Wehrpflicht in Kraft zu setzen, die viele Soldaten dazu zwangen, sich freiwillig zu melden, um sich selbst und ihren Familien die Schande zu ersparen, zum Wehrdienst eingezogen zu werden. Tatsächlich warb der Gouverneur von Jaspers Heimatstaat Texas 1863 für die Idee, dass alle jungen Männer im Alter von 16 Jahren und darüber rekrutiert werden sollten.[3]

Während des späteren Kriegsverlaufs schloss die Rekrutierung mehr Soldaten ein, die älter, sesshaft und von dem Gefühl erfüllt waren, ihre Häuser und ihre Familien schützen zu müssen. Die erste Welle von Rekruten, von denen einige Kompanien bildeten, noch bevor ihre einzelnen Staaten sich von der Union losgesagt hatten, war noch primär von Abenteuerlust geprägt gewesen.[4] Diese romantischen, naiven jungen Männer wie Jasper gingen in erster Linie wegen des Nervenkitzels und der Aufregung, die der Krieg versprach, zur Armee. »Der beherrschende Drang vieler Freiwilliger war der Wunsch nach Abenteuer.«[5] Sie erwarteten, dass der Krieg kurz sein würde, ein einziger glorreicher Kampf, in dem sie die Unionskräfte vernichtend schlagen und als Helden heimkehren würden. Wie Jaspers jüngerer Adoptivbruder Edward eine Generation später waren sie besorgt, dass der Krieg enden könnte, bevor sie die Chance gehabt hätten, mitzukämpfen. Und so gingen Jasper und Tausende von Jungen und jungen Männern wie er in den Krieg, um ein Abenteuer zu erleben, um die Welt zu sehen und, natürlich, weil die Mädchen zuschauten.

Frauen als Rekrutierungsinstrumente einzusetzen war eine schamlos effektive Praxis, besonders im Frühstadium des Krieges. In einem späteren Stadium waren die Rekruten möglicherweise durch den Wunsch motiviert, ihre Frauen und Freundinnen zu beschützen, oder sogar durch den Sold, den sie zu deren Unterstützung nutzen konnten, aber die ersten Freiwilligen wurden oft durch hübsche Mädchen bei örtlichen Rekrutierungsveranstaltungen ermutigt. Diese jungen Damen kleideten sich patriotisch, präsentierten Flaggen, die aus ihren eigenen Seidenkleidern gemacht waren und tischten oft großartige Abendessen für die Männer auf, die einwilligten, der Armee beizutreten. Diese Taktik setzte ganz klar auf Schönheit und Sexualität, beliebte Werbemittel, alles zu verkaufen von Alkohol bis hin zu Autos, aber es sprach auch etwas an, das tiefer ging: die besondere Sentimentalität des Konföderierten-Soldaten, speziell im Hinblick auf »das schwache Geschlecht«.

Ein sehr flüchtiger Überblick über die populären Liedtitel der 1860er-Jahre offenbart die tief sentimentale Einstellung gegenüber Frauen, die in der Populärkultur dieser Ära zum Ausdruck kommt. Männer dieser Zeit gingen mit ihren Gefühlen oft sehr expressiv um, selbst wenn sie nicht so begabt wie Jasper waren, und Soldaten in Nord und Süd liebten diese Lieder und das darin idealisierte Frauenbild. Von traurigen Liedern wie »Aura Lee« und »Loreena« bis hin zu mitreißenden Märschen wie »The Girl I Left Behind Me« (Das Mädchen, das ich zurückließ), die Lieder, die von den Jungs in Blau und Grau geliebt wurden, spiegeln die Bedeutung der Inspiration durch Frauen in ihrem Leben wider. Zusätzlich zu ihrem augenscheinlichen Charme repräsentierten Frauen oft die Heimstatt, häusliche Sicherheit und all die Annehmlichkeiten des heimatlichen Herdes, was sehr anziehend war für einen Mann, der fern seiner vertrauten Umgebung war, vielleicht zum ersten Mal in seinem Leben. Und so war die gepriesene Dame, die in den Liedern und Gedichten, welche von den Soldaten geliebt und manchmal auch selbst komponiert wurden, nicht unbedingt seine Liebste; seine Mutter war der Kristallisationspunkt vieler Lieder, vom Lieblingslied der Föderalisten »Just Before the Battle, Mother« (Kurz vor der Schlacht, Mutter; womit die Konföderierten-Truppen fröhlich Unionisten-Feiglinge verhöhnten) bis »Do They Miss Me at Home?« (Vermissen sie mich zu Hause?). So konnte jede Frau, vom taufrischen Mädchen bis zur sanftmütigen Matrone, als Objekt der Zuneigung und Nostalgie in der Populärkultur dieser Periode präsentiert werden, eine Sicht auf Frauen, die von vielen Soldaten des Bürgerkriegs ganz klar akzeptiert wurde. Sie waren tendenziell eine hochsentimentale Bande, und die Soldaten trugen Locken ihrer Liebsten, Fotos, abgegriffene Briefe und andere Erinnerungsstücke im Heerlager und im Kampf mit sich herum. Sie bettelten um Briefe von ihren Müttern, Ehefrauen, Schwestern und Liebsten, und manche wachten so eifersüchtig über den Inhalt dieser Sendungen, dass sie sie oft vor dem Kampf verbrannten, um, falls sie im Kampf starben, einen feindlichen Soldaten davon abzuhalten, ihre persönliche Korrespondenz in ihrer Tasche zu finden und zu lesen. Jasper, mit der ihm eigenen Empfänglichkeit für Stimmungen und Gefühle, würde zweifellos überaus stark so empfunden haben.

Der junge Major Whitlock war nicht immun gegenüber weiblichem Charme, was ihn zugrunde richtete, und seine ritterliche Art gegenüber dem anderen Geschlecht ist eine Eigenschaft, die er mit in sein neues Leben als Unsterblicher hineinbringt. Als er auf der Straße zwischen Houston und Galveston anhält, um zu sehen, ob drei bleiche, reizende Damen Hilfe brauchen, handelt Jasper aus einem tief verwurzelten kulturellen Gebot heraus, das »schwächere« Geschlecht zu beschützen: »Ich nahm an, dass sie Nachzügler wären und stieg sogleich ab, um ihnen meine Hilfe anzubieten.« (*Eclipse – Bis(s) zum Abendrot*) Konföderierten-Soldaten wurden in der Populärkultur manchmal als Ritter einer früheren Zeit dargestellt, und Jasper diente nicht lang genug in der Armee, um den Krieg auf sein entschieden unromantisches Ende zuschaudern zu sehen, der die überlebenden Veteranen von solcherart Vorstellungen gründlich befreite. Spät im Jahr 1862, als Galvestons Frauen und Kinder evakuiert wurden, glaubten viele Offiziere immer noch, dass sie sich ritterlich verhalten sollten. Ihre Vorstellungen des Rittertums gründeten nicht in der tatsächlichen historischen Wirklichkeit, sondern eher in einer idealisierten mittelalterlichen Welt, wie sie in den höchst beliebten Romanen von Sir Walter Scott aus dem frühen 19. Jahrhundert präsentiert wird. Gebildete Soldaten waren eher vertraut mit diesen romantisierten Helden und ihren tollkühnen Taten; so sahen sie sich auch eher selbst in der Rolle des Ritters als die weniger gebildeten Männer, die sie kommandierten, doch auch ein Mann, der nicht lesen konnte, hatte wahrscheinlich schon Geschichten gehört, die seine Rollenvorstellungen von Edelmännern und ihren Damen prägten. Obwohl Jasper eine Ahnung davon hat, in welcher Gefahr er sich befindet, ist er doch durch seine Kultur und seine Erziehung im Umgang mit Frauen darauf programmiert, Frauen als schutzbedürftige

Objekte anzusehen, nicht als Gefahr für ihn oder für andere. »Mir war nicht beigebracht worden, Frauen zu fürchten, sondern sie zu beschützen.« (*Eclipse – Bis(s) zum Abendrot*) Ritterlich bietet Jasper Maria, Nettie und Lucy seine Hilfe an. Es ist das Letzte, was er als menschliches Wesen tut.

Trotz der verheerenden Auswirkungen seiner kulturellen Prägung fährt Jasper sogar in seinem unsterblichen Leben fort, wie ein ritterlicher Südstaatensoldat zu handeln. Er bleibt Maria loyal zugetan, wie ein Ritter seiner Edelfrau, selbst als er des Krieges müde wird, in den sie ihn verwickelt hat. Seine Ergebenheit ihr gegenüber, erwachsen aus seiner menschlichen Natur, hat einen mächtigen Einfluss auf ihn, aber seine Sentimentalität befreit ihn schließlich aus ihren Fängen. Bei Peters Weigerung, die neugeborene Charlotte zu vernichten, hätte Jasper sie beide töten sollen, aber er lässt sie fliehen, was eher die Handlung eines sentimentalen Mannes des 19. Jahrhunderts ist als die eines Vampir-Kriegers. Er geht später mit ihnen fort, fähig, sich Marias Einfluss zu entwinden, hauptsächlich, weil sein erhöhtes emotionales Bewusstsein ihre Pläne aufdeckt, ihn zu vernichten und weil er, wie so viele seiner Kameraden, sich nach Frieden und einer Ruhepause vom Krieg sehnt. Er will ein Zuhause – das Reich, das im 19. Jahrhundert von Frauen dominiert wurde.

Jaspers sentimentale Einstellung gegenüber Frauen tritt am klarsten in der Beziehung zu seiner geliebten Alice zutage. Sie ist ganz offensichtlich fähig, sich selbst zu verteidigen, und doch verspürt er ständig das Bedürfnis, sein »schreckenerregendes kleines Monster« vor Unheil zu bewahren (*Eclipse – Bis(s) zum Abendrot*). Er sorgt sich überaus um seine Partnerin, beugt sich, »seine Körperhaltung beschützerisch«, über sie, als James' Zirkel näherkommt (*Twilight – Bis(s) zum Morgengrauen*). Alice belügt ihn, was ihre Überlebenschancen in Volterra angeht, weil sie weiß, dass er ritterlich zu ihrer Rettung herbeieilen und dabei sterben würde. Sie nennt ihn einen »überfürsorglichen Dummkopf«, weil er versucht, sie aus dem Kampf fernzuhalten, und dabei selbst verletzt wird. Er wird alles tun, um seine Geliebte zu beschützen: Er wird sogar J. Jenks in Angst und Schrecken versetzen und damit zum Schweigen bringen oder Carlisles Entscheidung ablehnen, die Kapitulation eines Feindes zu akzeptieren. Obwohl er später seiner neuen Schwägerin gegenüber fürsorglich und liebenswürdig auftritt, ist er beim entscheidenden Familientreffen in *Midnight Sun* bereit, Bella zu töten, sollte ihr Leben das von Alice gefährden, und er gibt letztlich nur aufgrund von Alices Beharrlichkeit nach.

Die Ironie, die in seiner Verteidigung der zähen kleinen Alice liegt, ist auch historisch begründet. Weiße Frauen wurden in dieser Zeit, besonders im Süden, wo sie seltener Fabrikarbeiterinnen oder andere unabhängige Lohnverdienerinnen waren, in der Volkskultur als schutzbedürftige Wesen dargestellt. Sicherlich war einigen Frauen solcher Schutz willkommen; aber andere, besonders jene in ländlichen Gegenden an der Grenze, waren vollkommen fähig, auf sich selbst aufzupassen und ihre Farmen und ihre Kinder zu versorgen, Aufgaben, an denen sie sich schon lange vor Beginn des Krieges beteiligt hatten. Sehr wenige weiße Frauen im Süden räkelten sich auf Veranden herum und tranken Julep.[6)] Als der Krieg sich hinzog, übernahmen sie mehr und mehr die Aufgaben ihrer Väter, Brüder, Ehemänner und Söhne und erfüllten so ironischerweise die Doppelrolle, den Platz eines Mannes zu übernehmen und seine Arbeit zu tun, während sie andererseits immer noch als die zarten Wesen angesehen wurden, für die er kämpfte und freudig starb, um sie zu beschützen.

Zelten heute Nacht

Das eintönige Alltagsleben des gewöhnlichen Konföderierten-Soldaten trug zweifellos zu der Idealisierung des anderen Geschlechts bei; das Lagerleben war alles andere als glamourös und nur sporadisch aufregend. Das Leben in der Armee während des Bürgerkriegs kann man am besten als lange Perioden von Langeweile beschreiben, die von kurzen Momenten absoluten Grauens unterbrochen wurden, und das alles mit leerem Magen oder Mahlzeiten aus harten Keksen und verdorbenem Fleisch. Nach seinem Eintritt ins Heer wäre Jasper in eine Kompanie gesteckt worden, wahrscheinlich gemeinsam mit anderen Kameraden, die er aus seiner Gemeinde kannte, da die meisten Rekruten gemeinsam mit ihren Familienmitgliedern, Freunden und Nachbarn dienten. Zwar gab dies den Männern ein stärkeres Gefühl von Zuhause in der Armee, aber es hatte auch eine Reihe von Nachteilen. Da Männer aus einzelnen Familien und Gemeinden gemeinsam in derselben Einheit dienten, konnte ein verheerender Angriff jedes männliche Mitglied einer Familie oder Gemeinde auslöschen. Zudem war die Gefahr, ein Kriegstrauma zu erleiden, erhöht, wenn unter den Kameraden, die ein Soldat verlor, auch Familienmitglieder und Freunde aus der Kindheit waren; und wenn einige Individuen für sich entschieden, dass sie von der Armee genug hatten und desertieren wollten, nahmen sie vielleicht all ihre Gefährten mit. Wenn das Desertieren glückte, ließen sie ihre Regimenter unterbesetzt zurück, aber wenn sie gefangen wurden, konnten sie erschossen werden, was sich noch dramatischer auf ihre Heimatgemeinden auswirkte, als wenn sie im Kampf gefallen wären.

Sobald die Kompanie gebildet worden war, wurden die Männer in ein Ausbildungslager geschickt, um den Drill, das Marschieren (oder bei der Kavallerie, das Reiten in speziellen Formationen) und das Abfeuern ihrer Waffen zu erlernen. Camp Lubbock lag nahe bei Jaspers Heimatstadt Houston, aber es gab viele Schulungslager im ganzen Staat, in welche Truppen geschickt werden konnten.[7)] Nach Abschluss der Ausbildung wurde die neue Kompanie offiziell in den Dienst der Konföderierten eingemustert. Jasper scheint nur in Texas gedient zu haben, oder er wurde dorthin zurückgeschickt für die anfangs erfolglose Verteidigung Galvestons durch die Konföderierten. Dies mag anzeigen, dass er ein Mitglied einer Staatsmiliz war, die nur in Texas diente und nicht offiziell Teil der regulären Konföderierten-Armee war, aber da er sich selbst als Konföderierten-Offizier bezeichnet, scheint das unwahrscheinlich. Andere Truppen konnten weiter ins Feld geschickt werden. Eine der vielen Ärgernisse der Konföderierten-Soldaten war die Tatsache, dass sie der Armee beitraten, um ihre Häuser zu beschützen, aber häufig gezwungen wurden, weit entfernt von zu Hause in anderen Staaten zu kämpfen.

Während die Soldaten auf einen Kampf oder einen Marschbefehl warteten, verbrachten sie ihre Zeit im Lager. Für Bürgersoldaten, die zuvor lange Tage auf Farmen gearbeitet hatten oder einer anderen Erwerbstätigkeit nachgegangen waren, stellte das Lagerleben eine schwierige Anpassungsleistung dar. Die endlose Routine des Drills diente teilweise dazu, unerfahrenen Rekruten zu Soldaten zu machen, aber sie gab ihnen auch etwas zu tun. Die Soldaten dachten sich eine Vielzahl von Ablenkungen aus; nicht alle davon wurden jedoch von ihren Vorgesetzten stillschweigend geduldet. Einige Männer beschäftigten sich mit ehrenwerten Bestrebungen wie religiösen Versammlungen, Musik, Lesen oder sogar Tanzen, aber andere gingen dem Glücksspiel nach, erzählten sich gegenseitig Lügengeschichten oder trugen untereinander Kämpfe aus. Einige der gängigen Freizeitvergnügen waren Jaspers Lieblingsbeschäftigungen, die er in seinem Leben als Unsterblicher beibehielt. Bell Wileys grundlegender Text über das Leben der Konföderierten, *The Life of Johnny Reb*, berichtet detailliert von einigen Arten der Unterhaltung, die von Soldaten ausgeübt wurde: »Neben der Musik fand Johnny Reb häufiger und befriedigender Abwechslung im Sport als vielleicht in allem anderen. Wenn Freizeit und Wetter es zuließen, strömten die Soldaten in großer Anzahl hinaus, um Baseball zu spielen.«[8] Die »großartige amerikanische Lieblingsbeschäftigung«, der Jasper mit seiner Adoptivfamilie in *Twilight – Bis(s) zum Morgengrauen* nachgeht, könnte auch sein Lieblingssport gewesen sein, als er noch Jasper Whitlock war. Wie die Familien-Version der Cullens hatte auch das Bürgerkriegs-Baseball oft seine eigenen merkwürdigen Regeln, abhängig von der Anzahl der Mitspieler und ihren Fähigkeiten. Die Schneeballschlachten und Ringkämpfe, die Jasper mit seinem Bruder Emmett gerne veranstaltet, spiegeln ebenfalls Bürgerkriegs-Interessen. Obwohl Jasper womöglich wenig Gelegenheit hatte, Schnee zu sehen, als er in Texas war, hielten Soldaten, die in Einsatzgebieten weiter nördlich stationiert waren, oft epische Schneeballschlachten ab und bauten mit Steinen oder Eis gespickte Geschosse. Ringkämpfe waren ebenfalls ein beliebter Zeitvertreib, sie befriedigten dazu noch den Hang der Nichtkombattanten zu Geldwetten. Jasper ist ebenfalls eine Spielernatur, so wettet er mit Emmett, wie viele Menschen Bella nach ihrer Verwandlung töten wird.

Zwei weitere erbauliche Freizeitbeschäftigungen, denen Bürgerkriegs-Soldaten alltäglich nachgingen, waren Schach und Lesen. Schach war eines der vielen Spiele, mit denen sich die eher nachdenklichen, umsichtigen Soldaten messen konnten, aber sie hatten es wahrscheinlich nicht mit den Problemen zu tun, denen sich Jasper später gegenüber sieht, als er mit seiner hellseherischen Gefährtin Alice Schach spielt oder mit seinem adoptierten Bruder Edward, der Gedanken lesen kann.[9] Bella berichtet von ihrem Schachspiel mit Jasper: »Er hat mich vernichtend geschlagen.« (*Eclipse – Bis(s) zum*

Abendrot) Sie ist eine der wenigen Leute, die keinen unfairen Vorteil ihm gegenüber haben.

Jasper ist auch eine akademisch gebildete Person. Als die Cullens für kurze Zeit Forks verlassen, setzt er sein Studium der Philosophie an der Cornell-Universität fort, was nicht sein erster akademischer Abschluss sein wird. Viele Bürgerkriegs-Regimenter hatten ihre eigenen Reisebibliotheken, und Lesestoff war eines der Dinge, nach denen Soldaten am häufigsten verlangten, wenn sie nach Hause schrieben. Alles, von Magazinen bis hin zu populären Romanen von Dickens, wurde gierig verschlungen, doch der populärste Text war definitiv die Bibel.

Natürlich bestand das Leben in einer Armee des 19. Jahrhunderts nicht nur aus Spaß und Spiel. Der Kampf im Bürgerkrieg war eine entsetzliche Erfahrung, und Männer, die sich selbst einst für mutig gehalten hatten, hielten manchmal nach jeder sich bietenden Fluchtmöglichkeit Ausschau. Da das Desertieren mit Exekution bestraft werden konnte, verlegten schlauere angehende Deserteure sich aufs Fälschen und stellten sich selbst die Papiere für Fronturlaub aus oder Pässe, die ihre Abwesenheit von der Armee entschuldigten. Die weniger Schlauen übertrieben es allerdings. Von einem Soldaten heißt es, er habe sich einen Fronturlaub von 1 000 Tagen gewährt und das Ganze sogar dreist mit »General Robert E. Lee« unterzeichnet.[10)] Als Mitglied der Familie Cullen ist Jasper für all ihre illegalen Dokumente zuständig, er arbeitet mit einem Fälscher aus Seattle zusammen, um Geburtsurkunden, Führerscheine, Sozialversicherungskarten und andere notwendigen Artikel für Leute zu beschaffen, die nicht altern und häufig neue Identitäten brauchen. Vielleicht geht auch dieses Interesse am Fälschen zurück auf seinen Dienst bei den Konföderierten und hat seitdem angehalten, genau wie seine Vorliebe für bestimmte Hobbys. Obwohl Jasper sagt, dass er nie abergläubisch war oder an Geistergeschichten geglaubt hat, mag die gängige Lagerbelustigung, sich gegenseitig Lügengeschichten zu erzählen, ihn auf ein Leben der Lüge und Täuschung vorbereitet haben.

Das Klappern der Musketen

Das Gefecht war für den normalen Bürgerkriegs-Soldaten eine so lebensverändernde Erfahrung, dass jene, die sie aushielten, oft um Worte rangen, um die Brutalität und den Horror, den sie miterlebt hatten, auszudrücken. Jaspers anderer Krieg, als Leutnant für die machthungrige Maria, war ein grausamer, wilder, aber er mag sich nicht so sehr unterschieden haben von den Kämpfen, die von sterblichen Konföderierten erlebt wurden. In vielerlei Hinsicht mag der Südliche Vampir-Krieg für ihn eine lebenslange Erfahrung dessen gewesen sein, was seine Soldaten-Kameraden in den verbleibenden Jahren des Bürgerkriegs aushalten mussten. Als Jasper Bella seine Kriegsnarben zeigt, ist sie entsetzt, obwohl sie mit ihrem menschlichen Sehvermögen nicht in der Lage ist, das Muster seiner Biss-Abdrücke zu sehen. »Was ist mit dir *passiert?*«, fragt sie (*Eclipse – Bis(s) zum Abendrot*). Krieg jeder Art zeichnet Soldaten, und Jasper ist keine Ausnahme.

Der erste Kampf von Galveston, den Jasper als ein Scharmützel bezeichnet, war nur einer von vielen dramatischen Episoden in der Bürgerkriegsgeschichte des entscheidenden Seehafens von Texas, der bei Ende des Krieges der einzige offene Hafen war, der noch in Händen der Konföderierten war. Obwohl Jasper nie Kämpfe auf berühmten Schlachtfeldern wie Gettysburg oder Shiloh miterlebte, war der erste Kampf von Galveston Teil einer komplexen Reihe von Ereignissen. Am 2. Juli 1861 lief der Dampfer *South Carolina* der Union vor der Küste von Galveston ein, um die Blockade der südlichen Häfen einzuleiten. Einen Monat später feuerte dasselbe Schiff in eine Menge von Zivilisten, die sich am Festland versammelt hatten, um dabei zuzusehen, wie Geschützgruppen der Konföderierten vom Land aus ein weiteres Schiff der Nordstaaten versenkten. Ein Mann wurde getötet und brachte einen »allgemeinen Exodus unter den Bürgern und Geschäftsinhabern« in Gang. »Viele ... flohen für die Dauer des Konflikts nach Houston.«[11)] Nicht jeder hatte die Inselstadt jedoch verlassen, denn als das Bombardement der Union am 4. Oktober 1862 ernstlich begann, unternahm ein Botschafter einen Gang nach Canossa zur Flottille der Nordarmee und bat um einen Waffenstillstand, damit Frauen, Kinder und Nichtkombattanten evakuiert werden konnten. Er ließ auch einige Andeutungen über Gelbfieber fallen, um

Galveston weniger einladend erscheinen zu lassen. Interessanterweise wurde der Hauptteil dieser Verhandlungen offenbar von einem sehr überzeugenden, aber ungenannten Major geführt.[12)] Den Konföderierten wurden vier Tage gewährt, um Frauen und Kinder aus der Stadt zu entfernen. Da der Waffenstillstand nie offiziell schriftlich niedergelegt wurde, sahen die Konföderierten jedoch keinerlei Grund, nicht auch andere Dinge aus der Stadt zu bringen: Truppen, Nahrung, Vorräte, Waffen und eigentlich alles andere, was von irgendeinem Wert war. In diesem Wegfluss von Zivilisten, Vieh und Material ist es nicht überraschend, dass ein Offizier wie Jasper, mit seiner auf natürliche Weise beruhigenden Präsenz, gute Dienste leisten konnte. Zu der Zeit, als Galveston von den Konföderierten zurückgewonnen wurde, in deren Händen es für die Dauer des Krieges bleiben würde, hatte sein menschliches Leben bereits geendet. Sein eigener Krieg jedoch fing gerade erst an.

Ein steiler Aufstieg

Zum Großteil wegen seiner einzigartigen Gaben wird Jasper schnell in den Rang eines Offiziers der Konföderierten-Armee befördert. Er weiß, dass er seinen kometenhaften Aufstieg in den Rang eines Majors hauptsächlich dem verdankt, was sein Vater »Charisma« nannte und was er später als seine verborgene Gabe erkennt, Gefühle zu manipulieren. Seine Beförderung an älteren Männern mit mehr Erfahrung vorbei mag nicht nur ein Ergebnis dieser Gabe sein. Solch ein eindrucksvoller Aufstieg auf der Karriereleiter war in der Armee nicht ungewöhnlich. In den frühen Tagen des Krieges, als beide Armeen darauf aus waren, Offiziere für Horden neuer Freiwilliger zu finden, wurden Männer mit Erfahrung in der regulären Armee, in der Staatsmiliz oder sogar mit Erfahrung aus dem Mexiko-Krieg in Dienst genommen, aber sie waren bei Weitem zu wenige, und Offizierspatente wurden oft aus einer Vielzahl von Gründen vergeben, die nichts mit Kompetenz zu tun hatten.

Ein militärischer Rang konnte als Belohnung für politische Gefälligkeiten vergeben werden; einige potenzielle Offiziere hatten mächtigen finanziellen Einfluss, der sie zu attraktiven Kandidaten machte, selbst wenn sie nicht in gerader Linie marschieren oder eine Waffe abfeuern konnten. Einige Männer wurden befördert, weil sie, wie Jasper, schlichtweg sympathisch waren. William C. Davis konstatierte fehlende Einheitlichkeit bei den Methoden der Offiziersauswahl: »Am Ende verwendeten beide Regierungen eine Menge von Mitteln zur Offiziersauswahl. Die Regel des Tages lautete, dass es keine strikte Vorgehensweise gab. Die Politik bestand einfach darin, einem Mann ein Patent zu geben, egal, welche Mittel zum Erfolg führten.«[13] Während die Patente von hochrangigen Regimentsoffizieren vom Gouverneur des Staates genehmigt werden mussten, erlangte ein Major wie Jasper seinen Rang in einer Art und Weise, die gut geeignet war, beliebte Leute in Befehlspositionen zu setzen: »In einer Nation, die leidenschaftlich demokratisch war, die Berufssoldaten nicht völlig vertraute und die immer lautstark die Fähigkeiten und das Urteil des ›einfachen Mannes‹ pries, hatten Freiwilligenregimenter ... die lang gehegte Tradition, ihre Offiziere selbst zu wählen.«[14] Gewöhnlich wählten die Männer der einfachen Dienstgrade ihre Hauptmänner, welche dann unter sich den Regimentsmajor auswählten, genau wie den Oberst und den Oberstleutnant; die letzten beiden wurden dann zur Befürwortung vorgestellt. Solch ein System arbeitete zweifellos zugunsten des unwiderstehlichen Jasper, aber es führte auch zu Problemen in der Führungsstruktur. Um die Schmach zu lindern, Kompanien dazu zu zwingen, über den im ursprünglichen Rekrutierungsvertrag vorgesehenen Endtermin hinaus in der Armee zu bleiben, gestattete die Konföderierten-Regierung häufig die Neustrukturierung der Kommandogewalt und die Wahl neuer Offiziere. Unglücklicherweise bedeutete dies manchmal, dass kompetente, aber strenge Offiziere nicht wiedergewählt wurden und charismatische, aber dienstunfähige Männer ihre Positionen übernahmen.

Jasper scheint ein guter Offizier gewesen zu sein, aber viele andere, die dank ihres Charismas im Rang aufstiegen, waren nicht so kompetent. Vetternwirtschaft und Charisma brachte vielen schlecht qualifizierten Männern die Verantwortung für Truppen ein, mit deren Führung sie überfordert waren. »Das simple Bedürfnis nach mehr Offizieren in aller Eile ... brachte jeden Monat unausweichlich unerprobte und ungeübte Männer in Hunderte von offenen Stellen.«[15] Solche Offiziere waren nicht nur ein Ärgernis für die Armee, sondern sie waren geradezu gefährlich und brachten die Männer, die unter ihrem Kommando standen, mehr in Gefahr als diejenigen, gegen die sie kämpften. Jasper ist, obwohl seine Beförderung eher auf seiner Persönlichkeit als auf seinen Fähigkeiten beruhte, ein fähiger Militärführer. Zur Zeit von *Eclipse – Bis(s) zum Abendrot* lag sein letzter richtiger Krieg ein halbes Jahrhundert zurück, doch er übernimmt ganz selbstverständlich die Rolle des Kampfausbilders und bringt seine Fähigkeiten und Erfahrungen bei der Vorbereitung der Cullens so gut zur Anwendung, dass sie und das Wolfsrudel von La Push Victorias Armee gewandt schlagen. Jedes Mitglied der Familie Cullen hat bestimmte Kenntnisse und Fähigkeiten, die der Gruppe helfen, und Jaspers Expertenwissen als Soldat ist einer seiner Beiträge, ein Expertenwissen, das er der ehrgeizigen Maria mit ihrem Streben nach Rache und Machtausdehnung nicht so gern überlassen hat.

Jaspers militärische Fähigkeiten sind für Maria wertvoll, und obwohl Jasper sich zuerst über das in ihn gesetzte Vertrauen freut, fordern seine Pflichten schnell einen emotionalen Tribut. Um Jasper, den schnellsten und stärksten in ihrer Neugeborenen-Armee, davon abzuhalten, alle anderen jungen »Rekruten« zu töten, überträgt Maria ihm die Verantwortung für sie, »als ob ich befördert worden wäre.« (*Eclipse – Bis(s) zum Abendrot*) Die Vampir-Kriege und die einzigartige Art, in der Maria ihre erfolgreiche Kampagne durchführt, spiegeln in Wirklichkeit den historischen Bürgerkrieg in Amerika wider. Wie der wirkliche Bürgerkrieg sind die Vampir-Kriege Kämpfe um die Kontrolle über Territorien, von Jasper als »Herdenländer« bezeichnet. Sie sind auch Kämpfe, in denen erfolgreiche Generäle wie Maria innovative und ausgetüftelte Methoden nutzen, um den Erfolg sicherzustellen. Zu Beginn des Amerikanischen Bürgerkriegs nutzten Truppen noch napoleonische Taktiken: Zwei in geraden Linien aufgestellte Armeen schossen über ein offenes Feld hinweg aufeinander. Neuere Technologie bei den Feuerwaffen machten solch ein Vorgehen zu reinem Selbstmord. Gegen Ende des Krieges hatte sich der Grabenkrieg entwickelt, und Kommandanten, die effektive und unverbrauchte Strategien nutzten, waren oft diejenigen, die den Sieg für sich beanspruchen konnten. In genau solcher Art und Weise nutzt Maria Jasper, um ihren neuen Plan auszuführen: An die Stelle von offenen Blutbädern zwischen Zirkeln und ihren außer Kontrolle geratenen Neugeborenen setzt Maria, mit Jaspers Hilfe, eine ausgebildete, leistungsfähige Armee von neuen Vampiren ein, ganz ähnlich wie ein Bürgerkriegs-Ausbildungslager Farmerjungen und Ladenbesitzer zu kompetenten Soldaten umformte.

Natürlich liegt letztlich die Ironie sowohl bei der wirklichen als auch bei der fiktionalen Armee darin, dass diese Soldaten geopfert werden müssen, um militärische Ziele zu erreichen. General Lee erklärt so unvergesslich in Michael Shaaras bahnbrechendem historischen Roman *The Killer Angels*: »Um ein guter Soldat zu sein, muss man die Armee lieben. Aber um ein guter Offizier zu sein, muss man bereit sein, den Tod dessen anzuordnen, was man liebt.«[16)] Dies ist genau der innere Kampf, den sowohl die tatsächlichen Kommandanten im Bürgerkrieg als auch Jasper mit sich ausmachen müssen, denn sobald Jasper Marias gut funktionierende Neugeborenen-Kampfeinheit geschaffen hat, führt er sie in Kämpfe, in denen sie häufig vernichtet werden: »Sie waren wie Bauern beim Schach, sie waren entbehrlich.« (*Eclipse – Bis(s) zum Abendrot*) Als die Neugeborenen nicht mehr länger stark genug sind, um ihren Zwecken zu dienen, beauftragt Maria Jasper damit, sie zu töten. Echte Bürgerkriegs-Kommandanten schlachteten ihre Männer nicht so vorsätzlich ab, aber die erfolgreichsten Kriegsführer waren unglücklicherweise jene, die in der Lage waren, ihre Männer als Werkzeuge zu betrachten, die sie zum Erreichen größerer Ziele benutzen und möglicherweise zerstören konnten. Ulysses S. Grant von der Union, der fähig war, seine Soldaten unbarmherzig an undurchdringliche Kampflinien zu stellen, ist deshalb derjenige, der sich als erfolgreicher General Ruhm erwarb, und nicht etwa George McClellan, der seine Armee so sehr beschützte, dass er es kaum je zu Feindkontakt kommen ließ. McClellans Einstellung war angeblich für Präsident Lincoln Anlass zu der Stichelei, wenn General McClellan keine Pläne habe, die Armee einzusetzen, wolle er sie »ausborgen«.[17)] Männer unter dem Kommando von McClellan waren zweifellos sicherer, während jene, die unter Grant kämpften und starben, eine größere Gewinnmarge zwischen Tod und Sieg hatten.

Der andauernde Schatten

Unausweichlich erfuhren viele der Kommandeure, die ihre Truppen zum Erreichen ihrer Ziele so effizient nutzten, langfristige emotionale Nachwirkungen. Sowohl die Offiziere als auch die Männer in den einfachen Reihen erlebten emotionale Zustände, die von milden Formen von Depression bis zu dem reichten, was heute als schwere posttraumatische Belastungsstörung (Abk: PTBS; engl.: Post-Traumatic Stress Disorder, kurz: PTSD) diagnostiziert werden würde. Obwohl »die Diagnose von PTBS erst ab 1980 offiziell gestellt wurde«, ist es wahrscheinlich, dass Soldaten in jedem Krieg der Menschheitsgeschichte an einer Form dessen gelitten haben, was abwechselnd »Kampfmüdigkeit«, »Kriegsneurose«, »Schützengrabenschock« oder einfach als ein schlimmer Fall von Melancholie bezeichnet wurde.[18)] Im Bürgerkrieg wurden wahrscheinlich an PTBS leidende Soldaten oftmals als Simulanten oder Fahnenflüchtige angeklagt. Neuere Studien weisen darauf hin, dass es für jüngere Soldaten wie Jasper wahrscheinlicher war, gefechtsinduzierte psychische Probleme zu bekommen.[19)] Lange nach dem Krieg können solche Männer durch ihre Gefechtserlebnisse Symptome entwickeln, die von Angststörungen bis hin zu ausgewachsenen Halluzinationen und Flashbacks reichen. PTBS war für die Außenwelt viel weniger deutlich erkennbar als die katastrophalen körperlichen Wunden, die viele überlebende Soldaten davontrugen. Die Feuerwaffen der damaligen Zeit machten Amputationen zur notwendigen Routine und so war ein Veteran, dem ein oder mehrere Gliedmaßen fehlten, ein alltäglicher Anblick. Wie der mit Narben überzogene Jasper trugen die Bürgerkriegs-Veteranen sichtbare Zeichen ihrer Kampfzeit davon, aber die psychischen Narben waren oft weitaus schmerzhafter als die körperlichen.

Bürgerkriegs-Veteranen zeigten auch häufig Symptome von Depression. Jasper leidet, besonders bevor er Alice trifft, unter mehreren PTBS-zugehörigen Symptomen sowie unter akuter Depression. Teilweise rührt seine Depression zweifellos aus seiner unfreiwilligen Verwandlung. Erzwungene Bürgerkriegs-Soldaten litten häufig unter Depressionen, bei denen die offensichtlichen Ursachen (den Tod sehen, Konfrontation mit der eigenen Sterblichkeit, Verlust von Freunden und Familienmitgliedern und ein Gefühl von Hilflosigkeit) sich mit der Tatsache vermischten, dass sie gegen ihren Willen zum Wehrdienst gezwungen worden waren.

Es war auch, wie man vermuten könnte, bei Weitem wahrscheinlicher, dass Wehrpflichtige desertierten, so wie Jasper es schließlich tut, als er herausfindet, dass er nicht als Marias Feldmarschall und

Scharfrichter in einer Kampfzone leben muss. Und doch ist Jasper, selbst nachdem er dem Kampf entflohen ist, Opfer der Depression. Er sehnt sich so sehr nach Glück, dass er Bella geradezu auf die Nerven geht, weil er sich ständig in ihrer Nähe herumtreibt, um das Glück zu genießen, das sie ausstrahlt. Lebenslange Depression war nicht ungewöhnlich bei Bürgerkriegs-Veteranen. Die Konföderierten mussten auch mit der Tatsache fertig werden, dass sie geschlagen worden waren und häufig durch die politischen Maßnahmen zum Wiederaufbau entrechtet wurden. In Jaspers Fall wird die Depression durch seine natürliche Empfindsamkeit erschwert und durch die Tatsache, dass er – im Gegensatz zu seinen menschlichen Kampfgefährten, deren Militärzeit höchstens fünf Jahre betrug – beinahe 18 Jahre lang in einem hässlichen Krieg kämpft. Selbst nachdem er Maria verlassen hat und mit Peter und Charlotte reist, ist Jasper deprimiert und bricht schließlich aus, um allein zu sein. Seine Beziehung zu Alice verändert ihn, aber er ist immer noch ernster und trauriger als seine Brüder, ohne Frage gekennzeichnet durch seine Kampferlebnisse als Mensch und als Vampir.

Jasper ist ein Krieger. Obwohl das nur eine Facette seines komplexen Charakters ist, so ist es in vieler Hinsicht doch das, was ihn ausmacht und wie er sich selbst sieht. Wie Tausende von anderen Konföderierten-Veteranen hat er darum gekämpft, sich ein Leben nach der Militärzeit aufzubauen, aber der Hall der Kanonen verfolgt ihn noch lange, nachdem sie bei der Kapitulation der Konföderierten bei Appomattox im April 1865 zum Schweigen gebracht wurden. Während Jaspers frühere Feinde und Kameraden aus dem Bürgerkrieg nur noch in Erinnerungen weiterleben, in zerbröckelnden Briefen und verblichenen Fotografien, lebt Jasper tatsächlich weiter fort, seine Erfahrung als Konföderierter ist in seiner Erinnerung verankert und wird immer seinen Charakter beeinflussen und die Art und Weise, wie er in bestimmten Lebenslagen und auf andere Personen reagiert. Ob er sich als Teenager Jasper Hale ausgibt, als Erwachsener Jasper Cullen oder Vampir-Supersoldat Jasper, tief in seinem stummen Herzen bleibt er immer Major Jasper Whitlock der Konföderierten-Armee, ein Mann, dessen seltsame Reise durch dieselben Erfahrungen umgeformt wurde, welche auch das Leben seiner seit Langem toten Feinde und Freunde der 1860er-Jahre verändert haben.

6
Smoky Mountain Twilight: Die Appalachen-Wurzeln von Emmett McCarty Cullen und seiner Familie

Elizabeth Baird Hardy

Einigen Menschen erscheinen die Berge der Appalachen mit ihren endlosen Felsgraten und imposanten Gipfeln, ihren wegelosen Wäldern und ihrem Wildreichtum furchteinflößend, sogar gefährlich. Andere finden die alte Bergkette, die sich im nördlichen Alabama erhebt und den ganzen Weg bis nach Nova Scotia hinaufläuft, bis sie in den Ozean abfällt, bezaubernd schön, ihren Charme beinahe unwiderstehlich. Der Dichter James Still verkündete: »Ich werde diese Berge, die mich gefangen halten, nicht verlassen.«[1] Solch ein Paradox gilt auch für die Familie Cullen, die von Stephenie Meyer für ihre *Twilight*-Saga geschaffen wurde. Auch die Cullens sind sowohl extrem gefährlich als auch extrem verführerisch, genau wie die Berge, die sie einst bewohnten und in denen ein Familienmitglied seine gesamte menschliche Existenz verbrachte. Obwohl Emmett McCarty sein Leben in den Appalachen hinter sich ließ, um sich der Familie Cullen anzuschließen, ist er noch in vieler Hinsicht ein Produkt dieser Umgebung und ihrer komplexen Kultur. Er verkörpert und widerspricht gleichzeitig in vielen Punkten Klischeevorstellungen, die, mehr oder weniger zutreffend, über Jahrhunderte hinweg über die südlichen Appalachen und deren Bewohner verbreitet wurden. Eigentlich finden sich bei allen Cullens einige Aspekte der Appalachen-Kultur, was vielleicht aus der Zeit herrührt, die sie inmitten der nebligen Höhlen und Buchten der Berge verbracht haben.

Die »gefangen haltenden« Berge

Um den Mann zu verstehen, der Emmett war, und ebenso den Vampir, der er ist, ist es wichtig, die Landschaft zu verstehen, in der er die ersten zwanzig Jahre seines Lebens verbracht hat und die Kultur, die ihn geformt hat. Emmett stammte ursprünglich aus Gatlinburg/Tennessee, heute eine beliebte Touristenstadt, einst jedoch nur eines von vielen Städtchen, die im großen Appalachen-Gebiet verstreut waren.[2)] Emmetts Berge, die Smokies, sind eigentlich Teil der Unaka-Kette des Appalachen-Gebietes, und sie haben den Namen »Smoky« (also »rauchig«) von den Nebeln, die häufig über dieser Region hängen, ein Name, der besser passt als »Appalachen«, eine Verfälschung des Namens eines Stammes eingeborener Amerikaner, der Appalachee, aus dem nördlichen Florida.[3)] Im Laufe der Jahre wurde der Nebel, der über den Bergen liegt, volkstümlich auf alles Mögliche zurückgeführt – von Tieren, die Schmutz aufwühlen, über die Geister von eingeborenen Amerikanern bis hin zu Schwarzbrennereien. Ungeachtet der meteorologischen oder übernatürlichen Gründe für den Nebelschleier ist es leicht zu sehen, warum er das Gebiet für die Cullens so anziehend machte. Mit dem Nebel, der Feuchtigkeit und den Wolken, welche die Appalachen-Berge bedeckten, weist dieses Gebiet eine starke Ähnlichkeit zum düsteren kleinen Forks/Washington auf. Selbst die Vegetation ist ähnlich, die Appalachen rühmen sich einer erstaunlich mannigfaltigen Flora, von alpinen Tannen bis hin zu tropischen Farnen.

Wegen des wilden Terrains und der eingeborenen Völker, welche die Region als Jagdgebiet für sich reklamierten, wurden die Appalachen nur sehr langsam durch Europäer besiedelt. Obwohl die Briten die koloniale Besiedlung hinter dem Bergkamm des Blue Ridge verboten und später eingeborene Völker ermunterten, sich gegen jene zur Wehr zu setzen, die den Erlass verletzten, kamen die weißen Siedler trotzdem. Manche schlossen sogar ihre eigenen Verträge ab, wie die Abkommen von 1772, die zwischen den Cherokee und der Watauga-Gesellschaft in dem Gebiet zustande kamen, das heute Tennessee heißt. In ähnlicher Weise haben Carlisle Cullen und seine Familie 1936 mit dem Quileute-Stamm im Pazifischen Nordwesten ihren eigenen Vertrag entwickelt. Sie hätten genau solch einen Pakt mit den wenigen verbliebenen Eingeborenen der Appalachen schaffen können, wenn sie während ihres Aufenthalts in den Smoky Mountains ein paar Jahre zuvor irgendwelche getroffen hätten, aber in den 1930er-Jahren waren beinahe alle von ihnen seit hundert Jahren verschwunden; die Cherokee, der dominierende Stamm in der Gegend, war von der US-Regierung im Zuge des schicksalhaften sogenannten

Trail of Tears, des Pfades der Tränen, zwangsumgesiedelt worden, aber viele Elemente der Cherokee-Kultur klingen in der Region nach. Kleine Überbleibsel des Stammes sind noch in und um die Stadt Cherokee/North Carolina vorhanden, nahe Emmetts Heimat Sevier County/Tennessee.

Wie Emmetts menschliche Familie waren die meisten frühen Siedler schottisch-irisch. Die Besiedlung der Berge war erstaunlich vielfältig, aber dem Historiker und Autor Tyler H. Blethlen zufolge »geben selbst die niedrigsten Schätzungen von schottisch-irischer Abstammung zu, dass dies die größte einzelne Gruppierung in den Appalachen war, und als solche spielte sie eine mächtige Rolle in der kulturellen Prägung der Region.«[4] Im Streben nach religiöser und politischer Freiheit wie auch danach, Land zu besitzen und in Ruhe gelassen zu werden, richteten die frühen Siedler sich in Buchten und Tälern ein, wo sie ohne störende Eingriffe von äußeren Autoritäten oder Einmischungen neugieriger Nachbarn ihre Kinder aufziehen und das Land bewirtschaften konnten, ebenso wie die Cullens später die Ruhe und Abgeschiedenheit der Berge suchten. Sowohl nach der Amerikanischen Revolution als auch nach dem Krieg von 1812 wurden amerikanische Soldaten oft mit staatlichen Zuteilungen von abgelegenen Grundstücken in den Bergen bezahlt.

Die ersten Siedler von Gatlinburg, Emmetts Heimatstadt, waren offenbar eine Witwe, Martha Jane Huskey Ogle, und ihre Familie im Jahr 1807. Nachfahren der ursprünglichen Siedler verblieben in der Gegend, die Namen von Straßen und Geschäften zeugen davon. Emmetts fiktionale Familie besteht auch in Sevier County fort, mit mehreren wirklichen Familien dieses Namens sowohl in Gatlinburg als auch in Sevierville. Ironischerweise betreibt ein Zweig der Familie McCarty heute vor Ort ein Bestattungsinstitut. Sieht man die überfüllten Straßen und Bürgersteige des heutigen Gatlinburg, würde man kaum für möglich halten, dass die ursprüngliche Besiedlung ein Prozess war, der sich über mehrere Generationen hinzog, als die Familien wuchsen und sich weiter hinauf über die Steilhänge und in die engen Täler der Region ausbreiteten und dabei kleine Besiedlungsnester schufen, die von Farmern und ihren Familien bewohnt wurden, die in engen verwandtschaftlichen Verhältnissen und Gemeinschaften verwoben waren.[5] Die Menschen in den Appalachen lebten zwar einigermaßen abgeschieden, aber nie völlig isoliert. Tatsächlich durchliefen die Appalachen zu Emmetts Zeit in den 1930er-Jahren bereits radikale und anhaltende Veränderungen.

Der Klang der Axt, das Pfeifen der Eisenbahn

Die ersten Jahrzehnte des 20. Jahrhunderts brachten entscheidende Veränderungen für die Region. Die Appalachen, die Emmett gekannt hätte, wären ganz anders gewesen als die, welche seine Urgroßeltern besiedelt hatten. Über Generationen hinweg hatten die Menschen, die in den Bergen lebten, sich an das Klima und die geografische Struktur der Gegend angepasst, jedoch selbst wenig bleibende Auswirkungen auf die Berge gehabt. Um 1935 jedoch zeigten die Wälder, welche die Berge bedeckten, bereits die Auswirkungen der großen Kastanien-Braunfäule, die um die Mitte des Jahrhunderts diese mächtigen Bäume allesamt vernichtet hatte, die einst die Appalachen-Bewaldung dominierten. Die Wälder schrumpften auch durch zunehmendes Interesse an der Forstwirtschaft. Ab dem späten 19. Jahrhundert ermöglichte die Eisenbahn die Ausbeutung vieler wertvoller Ressourcen, von der Kohle aus den Gebieten von Ridge and Valley sowie dem Cumberland Plateau bis hin zu dem Nutzholz, das die alten Berge jahrhundertelang bedeckt hatte. Als die Holzressourcen anderswo zu schrumpfen begannen, gerieten die Berge in den Fokus wirtschaftlicher Interessen, und das Holzfällen wurde von einer saisonbedingten Beschäftigung, die von Farmern betrieben wurde und bei der sie bestimmte Bäume für ihren eigenen Bedarf und für ein zusätzliches Einkommen fällten, zu einer größeren kommerziellen Angelegenheit, die in den Händen von externen Investoren lag. Während die Menschen in den Bergen ihr Land in rechtlich fragwürdigen Transaktionen verkauften oder verloren, fasste die Industrialisierung weiter Fuß in der Gegend und brachte Holzgewinnungs- und Bergwerksbetriebe mit sich sowie die Eisenbahn zu ihrer Unterstützung. Emmett wuchs also in einer Welt auf, in der ökonomische Kräfte von außen sowohl die Kultur in den Appalachen als auch die Berge selbst beeinflussten und sowohl positive als auch negative Möglichkeiten und Einflüsse mit sich brachten.

Wenn Farmer sich von ihrem Land getrennt hatten, wurden sie häufig in einem der produzierenden Gewerbe angestellt, welche die

Region umgestalteten. So wurden die Leute in den Bergen zu Holzfällern oder Bergarbeitern – Beschäftigungen, die gefährlich und oft entwürdigend waren. In der Bergregion, in der Emmett zu Hause war, gibt es keine Kohle, aber er und seine Familie hätten in einem der vielen Holzgewinnungsunternehmen von Ost-Tennessee angestellt sein können. Obwohl diese Arbeit »Bargeld« einbrachte, schnitt sie den Bergbewohner von verwandtschaftlichen Gruppen und traditionellen Bräuchen ab und beschäftigte ihn mit der großräumigen Zerstörung der Wildnis, die er einst gepflegt hatte. Hinzu kam, wie Michael William beobachtet, dass »der zwischen Auf- und Abschwung pendelnde Wirtschaftszyklus der Holzindustrie letztlich jene, die von Löhnen abhängig wurden, ärmer denn je machte.«[6] Wenn sie weder einen Job noch Land hatten, suchten die Leute aus den Bergen ihr Glück manchmal anderswo, verließen ihre geliebten Berge, um sich in Klein- und Großstädten als Bauarbeiter zu verdingen, während andere blieben und versuchten, ihre Würde und ihren traditionellen Lebensstil beizubehalten.

Die Holzindustrie hatte auch verheerende Auswirkungen auf die Wälder selbst. Besucher des Great Smoky Mountains National Park finden gewöhnlich, dass die Wälder unberührt, beinahe wie Urwälder aussehen, aber viele Bäume sind relativ jung und wurden angepflanzt, nachdem die Verwüstung durch die Abholzung die Berghänge kahl und ungeschützt vor Erosion zurückgelassen hatte. Die Veränderungen, die der Wald durchmachte, sowohl durch die Menschen als auch durch die Verluste, die durch die Kastanien-Fäule entstanden, trugen maßgeblich zum Niedergang eines der symbolträchtigsten Tiere der Region bei – eines Tieres, das für die Geschichte von Edward Cullen von großer Bedeutung ist. Heute werden Parkbesucher häufig mit dem Anblick von einem oder mehreren Schwarzbären belohnt, die neben dem Highway entlang trotten oder sogar, zum Schrecken der Parkbediensteten, Mülleimer plündern, aber im frühen 20. Jahrhundert war die Bären-Population laut der Zeitschrift *National Wildlife* gefährlich zurückgegangen: »Wissenschaftler mutmaßen, dass nur noch ein paar wenige Bären in den Hochebenen des [Great Smoky Mountains] Parks übrig waren, als der Kongress ihn 1934 schuf.«[7] Der Schwarzbär, der sich hauptsächlich von Kastanien ernährt, war ein wichtiges Mitglied der verschiedenen biologischen Verflechtungen in den südlichen Appalachen gewesen. Das Überleben der frühen Siedler war davon abhängig gewesen, zusätzlich zum Getreideanbau die vielen Arten von Wild zu jagen und Tiere zu töten, die ihnen oder ihren kärglichen Anbaupflanzen gefährlich waren. Bären, die begierig Obstplantagen plünderten oder Gärten leerten, wurden gejagt, selbst noch, nachdem ihre Anzahl so weit reduziert war, dass sie keine Bedrohung mehr darstellten. Die Bärenjagd entwickelte sich zu einem Zeitvertreib, mit dem man sich gleichzeitig Nahrung beschaffen und ein Problem beseitigen konnte. Bärenjäger züchteten voller Stolz Hunde wie den Plott Hound speziell für die Bärenjagd, und in jeder Berggemeinde gibt es Geschichten von legendären Bärenjägern.

Es ist nicht ganz klar, ob Emmett gerade auf Bärenjagd war oder nur zur falschen Zeit am falschen Ort, als er angegriffen wurde. Er war allein, und obwohl einige Bärenjäger es vorziehen, allein zu jagen, selbst heute noch, ist die Bärenjagd normalerweise ein Teamsport.[8)] Bei der Bärenjagd des frühen 20. Jahrhunderts verfolgte der Jäger einen Bären mehrere Tage lang, was ihn in eine ähnliche Lage brachte wie Emmett, der so isoliert war, dass nur Rosalie, hundert Meilen von dort entfernt, wo die Cullens lebten, seinen Kampf hören konnte. Langwierige Verfolgungen waren notwendig geworden, nachdem die Bärenpopulationen so stark reduziert worden war. Schwarzbären können zwar leicht mehrere hundert Pfund Gewicht erreichen, doch viele von den Bären, die im frühen 20. Jahrhundert gejagt wurden, waren eher klein. Offensichtlich hatte Emmett nicht so viel Glück, da sein Bär größer als er war. Emmett scheint weder eine Feuerwaffe noch Bärenhunde bei sich gehabt zu haben, die von jedem Bärenjäger in den Appalachen verwendet wurden. Allerdings kann man sich in Anbetracht von Emmetts Persönlichkeit, die ständig auf einen Nervenkitzel aus ist, leicht vorstellen, dass er sich dem Bären mit bloßen Händen gestellt haben könnte, einfach um der Herausforderung willen.

Ein »echter« Mann der Berge?

In vieler Hinsicht scheint Emmett dem Klischeebild eines Mannes der Berge zu entsprechen: körperlich kräftig, zu Gewalt neigend, leidenschaftlich und immer für einen guten Spaß zu haben (besonders auf Kosten anderer). Das Durchschnittsbild des Menschenschlags in den Appalachen ist ein kontroverses und leidvolles Thema, besonders für die Leute in den Bergen selbst, die sich oft grausen beim Anblick von Hinterwäldler-Cartoons, mit denen Souvenir-Läden und Restaurants in der ganzen Region geschmückt sind. Viele wissenschaftliche Studien wurden in den letzten paar Jahrzehnten zu diesen immer noch wild wuchernden Stereotypisierungen durchgeführt, aber das hat die Tendenz von Medien und Massenkultur nicht ausmerzen können, die Menschen der Berge als »anders« darzustellen: manchmal als komisch, oft als gefährlich, aber immer als »nicht wir«. Der Historiker Jeff Biggers beobachtete: »Keine andere Region wurde von den Massenmedien so verdreht dargestellt.«[9)]

Auch die Cullens kämpfen gegen Mythen und Fehlwahrnehmungen an. Vieles von dem, was Bella Swan im Internet über Vampire herausfindet, stellt sich für die Cullens und ihresgleichen als unzutreffend heraus, und selbst die Wahrheit wurde verdreht, wie ihre Aversion gegen das Sonnenlicht, die als Unverträglichkeit ultravioletter Strahlung interpretiert wurde. Auch die Menschen in den Appalachen werden fortwährend mit Unwahrheiten und Übertreibungen belegt, da sogar präzise Beobachtungen ihrer Kultur oft verfälscht interpretiert werden. Beispielsweise waren die meisten Bergfamilien wie die Emmetts meist sehr kinderreich. Dies ist bei beinahe allen landwirtschaftlich tätigen Völkern der Fall, und hat den Hintergrund, dass viele Hände der Arbeit bald ein Ende machen, wurde dahingehend verdreht, die Bergbevölkerung als triebhaft darzustellen.

Schon in den 1820er-Jahren kamen Touristen in die Berge, um die frische Luft und das angeblich heilsame Wasser zu genießen. Genau wie die Touristen kamen auch die »Kolorit«-Schreiber, die nach Material für ihre Arbeit suchten. Es gab Spekulationen, dass es vielleicht eigentlich diese Schriftsteller waren, welche die Appalachen als eigenständigen und gesonderten Ort »erfunden« haben. Sie halfen sicherlich dabei, das öffentliche Bild von den Bewohnern dieser Region zu prägen. Der Typus des Appalachen-Bewohners landet leicht am einen oder anderen Ende des Klischee-Spektrums: Am positiven Ende ist da der genügsame, künstlerische Bewahrer der Vergangenheit, der ein einfaches, aber spirituell erfülltes Leben in enger Verbindung mit der Natur lebt und der ein gesundes, ehrliches Amerika verkörpert, das nirgendwo sonst existiert. Am anderen Ende der Skala steht der verkommene, ausländerfeindliche, ignorante Hinterwäldler, ein Produkt aus Inzest und Krankheit, zu Trunkenheit und Gewalt neigend und mit mehr krimineller Energie ausgestattet als mit der Motivation, irgendetwas zu tun, das eine Anstrengung erfordert. Diese Klischeebilder sind beide erniedrigend und hoffnungslos übertrieben, und doch wurden sie beide uneingeschränkt von der amerikanischen Kultur angenommen und tauchen immer wieder in Filmen, Cartoons und Romanen auf.[10]

Schriftsteller und Fotografen suchten bewusst nach bestimmten Typen, die ihre Vorstellungen der Region und ihrer Menschen bestärken würden. »Bilder-Männer«, die zu Besuch kamen, bestanden oft darauf, dass die Menschen, die sie fotografierten, sich die Schuhe auszogen, bevor sie mit der alten Waschwanne posierten, die niemand mehr benutzt hatte, seit Großmutter ihre Waschmaschine gekauft hatte. Als Bayard Wooten, eine der ersten professionellen Fotografinnen der USA, die Aufnahmen für Muriel Early Sheppards eindringliches, aber umstrittenes Werk *Cabins in the Laurel* 1935 kreierte, in demselben Jahr, in dem Emmett und Rosalie sich trafen, sandte sie »Bergleute zurück in ihre Häuser, falls sie in Kleidung erschienen, die sie in Geschäften gekauft hatten, damit sie einfache, selbstgefertigte Kleider aus Wolle oder Flachs anzogen ... und um die selbstgemachten Töpfe zu finden und die gekauften, in Gebrauch befindlichen damit zu ersetzen.«[11] Die Realität passte nicht zu dem feststehenden Bild, also wurde sie ausgemustert. Ted Olsen berichtet in *Blue Ridge Folklife*: »Im frühen 20. Jahrhundert war das negative Klischeebild der Menschen in den südlichen Bergen – nunmehr allgemein mit dem Etikett ›Hinterwäldler‹ versehen – fest in der allgemeinen Vorstellung verwurzelt.«[12]

So fest ist dieses Bild in den Massenmedien etabliert, dass sogar Individuen aus anderen Teilen der Vereinigten Staaten als »Hinterwäldler« betrachtet werden, wenn sie mit diesem Typus verbundene Merkmale zeigen. Zum Beispiel stammte das ursprüngliche, kultige »Hinterwäldler«-Paar, Ma und Pa Kettle, deren Auftritt in dem Film *Das Ei und ich* von 1947 zu einer Reihe von Ableger-Filmen führte und den Ruhm des noch bekannteren Clampett-Clans aus der Fernsehserie *The Beverly Hillbillies* beeinflusste, nicht aus den Appalachen und noch nicht einmal aus dem Ozark-Plateau der Clampetts. Es ist ein ironischer Zufall, dass sie tatsächlich von der Olympic-Halbinsel im Staat Washington stammten, wohin die Cullens 1936 zogen, kurz nachdem sie Emmett »adoptiert« hatten.

Jene, die danach strebten, die Berge zu bewahren, begrüßten und förderten das Bild des »typischen« Menschenschlags der Appalachen ebenfalls. Eine der wichtigsten Stimmen, die sich für die Errichtung des Great Smoky Mountains National Park erhoben, war die von Horace Kephart. Seine bahnbrechende Studie *Our Southern Highlanders* zeigte die Schönheit und Verschiedenartigkeit der von ihm beobachteten Menschen in den Appalachen, half aber auch, das verzerrte Bild des Appalachen-Menschen zu zementieren, das immer noch weithin akzeptiert wird.[13] Die Smoky Mountains waren von einer Vielzahl von Familien bewohnt, bevor für die Gründung des Parks ihr Land gekauft und ihre Häuser abgerissen wurden. Doch die einzigen Behausungen, die erhalten oder rekonstruiert wurden, sind meistenteils solche, welche die Wahrnehmung der »Bergmenschen« als Farmer aus einer anderen Zeit verstärkten, die Blockhütten bewohnten. Dieses charmante und nostalgische Bild mag zwar populär sein, aber es ist nicht ganz richtig.[14] Emmett und seine große menschliche Familie könnten genauso gut in einem Fachwerkhaus wie in einer urigen Holzhütte gelebt haben, und sie könnten statt Selbstversorgungs-Farmer auch Ladenbesitzer gewesen sein, besonders da der Park wirtschaftlichen Aufschwung nach Gatlinburg und in andere Städte der Umgebung brachte. Zwar hätten die McCartys wohl zu den meisten Mahlzeiten Maisbrot und Schweinefleisch gegessen, doch wären sie auch in der Lage gewesen, Nahrungsmittel und andere Produkte zu erstehen, die damals im ganzen Land allgemein erhältlich waren.

Das Hinterwäldler-Image setzt sich aus mehreren ausgeprägten, häufig zitierten Komponenten zusammen. Um zu untersuchen, inwiefern Emmett und die anderen Cullens diese Erwartungen erfüllen, ist es nützlich, sich die verschiedenen Elemente getrennt voneinander anzuschauen, wovon einige ganz klar tatsächlich kulturelle Merkmale sind, wenn auch von den Medien übertrieben oder fehlinterpretiert. Wie alle Menschen, seien es nun Appalachen-Bewohner oder andere, ist Emmett ein Individuum, und die Art und Weise, wie er kulturelle Klischees verstärkt oder widerlegt, ist Ausdruck seiner eigenen einzigartigen Persönlichkeit. Außerdem zeigen die anderen Mitglieder der Familie Cullen viele Merkmale der Appalachen-Bewohner, unabhängig von ihrer Herkunft.

Für sich bleiben

Es gibt reichlich Geschichten von Bergmenschen, die vor den ersten Autos, die sie sahen, davonrannten oder auf sie schossen. Obwohl solche Berichte auf Tatsachen gründen mögen, werden sie nicht nur deshalb immer wieder erzählt, weil sie witzig sind, sondern auch, um die Anschauung zu betonen, dass Bergbewohner völlig von der Außenwelt abgeschnitten sind. Solch totale Isolation wurde häufig übertrieben dargestellt als eine Rechtfertigung sowohl für Philanthropie als auch für Ausbeutung, aber in Wahrheit waren die meisten Menschen in den Appalachen nicht isolierter als andere Amerikaner in ländlichen Gegenden. 1933 wurden die Menschen, die dort lebten, wo bald der Shenandoah National Park entstehen sollte, als »beinahe völlig vom Strom des modernen Lebens abgeschnitten ... nicht aus dem 20. Jahrhundert« beschrieben.[15)]

Doch jüngste archäologische Untersuchung der Häuser, die von der Parkverwaltung nach der Zwangsräumung oder Umsiedlung der Bewohner zerstört wurden, förderte in Geschäften gekaufte Spielzeuge, importiertes Tischgeschirr sowie Wasser- und Medizinflaschen zutage. Das Klischeebild des isolierten Bergbewohners war benutzt worden, um die Inbesitznahme ihres Landes für den Park zu rechtfertigen, aber die Fundstücke erzählen eine andere Geschichte. In diesem Fall, wie in vielen anderen, wurden die Bergbewohner als isoliert lebend erklärt, selbst wenn sie regelmäßig beim Versandhandel bestellten, ein Modell T von Ford fuhren[16)] und nur ein paar Meilen vom Einkaufsladen und der Post entfernt lebten. Diese fiktionalisierte Isolation passt auch zu der unterstellten Fremdenfeindlichkeit der Bergbewohner. Wie die meisten Leute waren die Appalachen-Bewohner in der Vergangenheit misstrauisch gegenüber dem Fremdartigen, und wenn man bedenkt, welche Auswirkungen Industrialisierung und Holzfällung auf ihre Region hatten, ist es nicht schwierig zu erkennen, warum.

Emmett war sicherlich nicht völlig isoliert in seinem menschlichen Leben. Gatlinburg war in den 1930er-Jahren eine aufblühende Stadt, und Emmett hatte wie andere Amerikaner damals wohl Zugang zu den meisten der neuen Bequemlichkeiten und Bezugsquellen. Obwohl einige zeitgenössische soziologische Studien behaupten, dass die Bergbewohner keine organisierte Religion besaßen, bezeichnet

Emmett Rosalie als seinen Engel und Carlisle als Gottvater. Er erwähnt auch Predigten, die er über die vergebende Natur Gottes gehört hat.[17] Tatsächlich gab es, trotz der in die Appalachen entsendeten Missionare, viele Gemeinden mit seit Langem etablierten Kirchen, beispielsweise die White Oaks Baptist Church in Gatlinburg, gegründet 1835. Auch hat Emmett keine Angst vor dem Unbekannten. Als er Bella seine Geschichte erzählt, bemerkt er, dass die anderen Vampire erstaunt waren, dass ihm seine Verwandlung in eine mythische Kreatur nie wirklich etwas ausgemacht hat und er mit seiner seltsamen neuen Wirklichkeit leicht zurechtkam. Entgegen den Klischeevorstellungen über die Appalachen-Bewohner ist Emmett auch nicht argwöhnisch gegenüber »Außenseitern«: Seine geliebte Rosalie kommt aus New York, und trotz Rosalies Bedenken ist er sehr nett zu Bella und nimmt sie freundlich in die Familie auf. Er macht gern neue Erfahrungen, freut sich auf eine Reise an den Amazonas, um sich mit einer Anakonda zu messen, und nimmt Rosalie auf einer ihrer vielen Hochzeitsreisen mit nach Afrika.

In der komplizierten Scharade als Menschen spiegeln alle Cullens jedoch den heiklen Balanceakt zwischen Isolation und kultureller Verbindung, den wir in der Geschichte der Appalachen gesehen haben. Obwohl sie sich in der menschlichen Welt sehr wohl fühlen, bleiben sie doch für sich, so wie viele Bergfamilien, welche die gleiche Kleidung, Musik und andere Verlockungen der Massenkultur genossen, dabei aber immer noch in Buchten und Niederungen weit ab von den ausgetretenen Wegen lebten. Die Trennung der Cullens von der weiteren Welt ist selbstgewählt, um ihr Geheimnis zu wahren, und jene Bergbewohner, die von der Leitkultur aufgrund ihrer Isolation oft bemitleidet wurden, lebten häufig auch bewusst zurückgezogen. Doch während die Cullens aus einem ähnlichen Sinn für Selbsterhaltung heraus handeln wie die Bergbewohner, wollen sie zusätzlich auch die Menschen vor ihrer Anwesenheit beschützen.

Sie kämpfen mit Worten

Trotz ihrer Höflichkeit sind die Cullens gefährlich, und auch die Menschen der Appalachen mussten, egal wie kultiviert sie waren, gegen das Image des gewalttätigen Bergbewohners ankämpfen. Kein stereotypischer »Mountain Man« ist ohne ein Gewehr komplett, eine Tatsache, die für Hochschulen mit »Mountaineer«-Maskottchen zu Problemen führte. Das Gerät, das einst für den Selbstschutz und zur Nahrungsbeschaffung von zentraler Bedeutung war, wurde jetzt zu einem Symbol für die Gewalttätigkeit der Bergbewohner. Es liegt eine Ironie darin, dass durch genau die äußeren Mächte, welche die öffentliche Wahrnehmung der Bergbewohner als brutale Kerle förderten, die mit ihren Winchester-Gewehren in den Büschen lauerten, dieses Bild tatsächlich zu einer sich selbst erfüllenden Prophezeiung wurde. Der Amerikanische Bürgerkrieg begann außerhalb der südlichen Appalachen, und wenige der größeren Kämpfe wurden in der Nähe dieses Gebietes ausgetragen, aber die Soldaten beider Armeen stellten den Bergbewohnern nach, und der Krieg diente manchen Soldaten auch als Entschuldigung für Diebstahl und Niedertracht.

Obwohl die Gewalt anderswo entstand, schwärte sie in den Appalachen weiter, und aus Gründen der Selbstverteidigung nahm die Gewaltbereitschaft der Bergbewohner zu. Daraufhin wurden sie bald als von Natur aus feindselig angesehen.[18)] Später begannen industrielle Mächte, miteinander um die Ausbeutung der Ressourcen der Region zu wetteifern. Auch dabei kam zuweilen Gewalt auf, wenn Arbeiter von außen eingeführt wurden, was kulturelle Spannungen erzeugte, verschlimmert durch wirtschaftlichen und sozialen Druck. Einige der berühmt-berüchtigten Fehden in der Region wurden sogar von Familien mit unterschiedlichen Visionen über die industrielle Zukunft ihrer Gemeinden begonnen.[19)] Die mit der Industrialisierung entstehenden Holzfäller-Lager und Kohlestädte wurden ebenfalls zu Brutstätten der Gewalt. Keine dieser Feinheiten spiegelt sich in der pauschalen Unterstellung wider, dass die Bergbewohner von Natur aus gewaltbereit seien.

Emmett entspricht einigen Klischeevorstellungen vom Appalachen-Bewohner. Er ist ständig auf einen Kampf aus; er drückt seine Enttäuschung darüber aus, als es so aussieht, dass er doch keine Chance bekommen wird, gegen Demetri zu kämpfen, und er genießt Wettstreit jeder Art, von Ringkämpfen mit Jasper über das Jagen der größtmöglichen Beute bis dahin, dass er den Quileute-Alliierten Kampftechniken demonstriert. Beim Bezwingen eines Bären geht es ihm nicht ums Überleben, sondern ebenso sehr um Unterhaltung. Als Edward Emmett darauf aufmerksam macht, dass er nicht mit seiner Nahrung zu kämpfen braucht, antwortet Emmett: »Klar, aber mit wem soll ich denn sonst kämpfen? Du und Alice, ihr mogelt, Rose will ihr Haar nie durcheinander bringen, und Esme wird böse, wenn Jasper und ich uns *richtig* aufeinander stürzen.« (*Midnight Sun*)

Gewalt, in seiner sterilisierten, »sicheren« modernen Erscheinungsform, den Wettkampf-Sportarten, ist ein wesentlicher Teil von Emmetts Charakter. Er genießt alle Spiele und Sportarten, sowohl als Zuschauer als auch als Teilnehmer. Der gewaltige Fernseher der Cullens und die große Anzahl von Programmen versorgen ihn mit einer großen Vielfalt an professionellem Sport. Zusätzlich zum Lieblingssport der Cullens, Baseball, bittet Emmett Edward, sich der Familie bei etwas anzuschließen, was ein besonders gewaltsames Football-Spiel sein muss, und er und Jasper spielen »Schach, wobei sie acht verbundene Bretter verwendeten ... und ihre eigenen komplizierten Regeln.« (*Midnight Sun*) Besonders frustrierend muss es für Emmett sein, in seiner Rolle als Highschool-Schüler seine unglaublichen körperlichen Fähigkeiten beim Sportunterricht herunterzuspielen: »Absichtlich zu verlieren ging gegen seine persönliche Philosophie.« (*Midnight Sun*) Emmett fühlt sich zu jeder Art von Wettbewerb, ob gewaltsam oder nicht, hingezogen, vielleicht weil er ihm erlaubt, seine Instinkte zu kontrollieren und seine aggressiven Neigungen in positive Bahnen zu lenken.

Anders als einige seiner Familienmitglieder hat Emmett gelegentlich in seinem Bekenntnis zur Ernährungsweise der Cullens geschwankt. Während Carlisle und Rosalie nie menschliches Blut gekostet haben, ist Emmett manchmal »vom rechten Weg abgefallen« und hat Menschen gejagt. Doch wird er nie als wirklich böse gezeichnet, sondern neigt zur Körperlichkeit, weil er sein Talent ungeheurer Stärke gern benutzt. Obwohl er das bei Weitem furchteinflößendste Mitglied seiner Familie ist, gleicht sein verspieltes Wesen die Bedrohung wieder aus. Wie der Bär, mit dem er so oft in Verbindung gebracht wird, kann Emmett sowohl eindrucksvoller Räuber als auch verspielter Komiker sein.

Einen Spaß einstecken

Obwohl Bergbewohner oft die Zielscheibe von Witzen der Massenkultur waren, hören sie normalerweise gern einen guten Witz, besonders auf Kosten jener, die sich selbst anderen gegenüber überlegen fühlen. Dieses »Einebnen« ist unterhaltsam und drückt gleichzeitig die Abneigung der Bergbewohner gegenüber jenen aus, die sie bevormunden und ausnutzen wollen. Williams schreibt: »Eine Ader für Schadenfreude scheinen viele zu haben, die in der Region leben.«[20] Die Menschen der Appalachen benutzen auch manchmal Humor, um sich selbst auf Normalmaß zurückzustutzen und Pathos zu vermeiden, wenn ihnen Komplimente gemacht werden und sie diese mit sich selbst herabwürdigenden, humorvollen Bemerkungen beiseite wischen. Humor wird im Familien- und Freundeskreis der Bergbewohner benutzt, um diejenigen, die man liebt, davor zu bewahren, sich selbst zu wichtig zu nehmen.

Genau wie Emmett Bella schonungslos auf den Arm nimmt, so haben die Appalachen-Leute Humor oft als Form der Zuneigung verwendet, was zu der bekannten Behauptung führte: »Wenn wir dich nicht liebten, würden wir dich nicht piesacken.« Emmetts Frotzeln ist sicherlich eine seiner hervorstechendsten Eigenschaften; und indem er andere aufzieht und seine Späßchen mit ihnen treibt, macht er sich selbst weniger furchteinflößend. Als er und die restliche Familie überlegen, sich den Vampiren in Seattle zu stellen, ist Emmetts enthusiastischer Kommentar dazu: »Lasst uns gehen. Ich langweile mich zu Tode.« Das ist einerseits ein Wortspiel, da er »untot« ist, andererseits ein Kunstgriff, seinem Wunsch zur Zerstörung anderer die Bedrohung zu nehmen (*Eclipse – Bis(s) zum Abendrot*). Seine Zuneigung zu Bella findet fast immer im Humor Ausdruck, besonders als sie noch sterblich und unbeholfen ist. In *New Moon – Bis(s) zur Mittagsstunde*, als Emmett den Raum für einen Augenblick verlässt, bittet er sie: »Bitte tue nicht irgend etwas Lustiges, während ich weg bin«, weil er sie so unterhaltsam findet (*New Moon – Bis(s) zur Mittagsstunde*). Bella stellt fest: »Er fand meine bizarren menschlichen Reaktionen wahnsinnig komisch ... oder vielleicht war es einfach die Tatsache, dass ich so oft hinfiel, die er so lustig fand.« (*Twilight – Bis(s) zum Morgengrauen*) In echter Appalachen-Art bringt Emmetts Frotzelei Bella dazu, sich akzeptiert und geliebt zu fühlen statt gedemütigt.

Komm rein und setz dich!

Ironischerweise portraitiert dasselbe Appalachen-Klischee, das die Bergleute als gewaltbereit und fremdenfeindlich zeichnet, sie auch als gastfreundlich und großzügig, als Menschen, die sich freuen, einen völlig Fremden zu bewirten und darauf bestehen, dass er über Nacht bleibe. Horace Kephart behauptete, dass die Bergleute, die er während seines Aufenthalts im frühen 20. Jahrhundert in den »Smokies« kannte, ihn trotz seines Außenseiter-Status willkommen hießen. Er selbst und seine Besitztümer waren immer sicher und unbehelligt, da er unter dem Schutz seiner Gastgeber und Freunde in den Bergen stand. »Außenseiter«, eingeschlossen Lehrer, Missionare und Ärzte, waren oft überrascht, wie bereitwillig sie in den angeblich »rückständigen« Gemeinschaften aufgenommen wurden. Da solche Besucher Fähigkeiten und Dienstleistungen mit sich brachten, welche die Bergbewohner respektierten und brauchten, wurden sie normalerweise mit Ehrerbietung und Gastfreundlichkeit behandelt.

Obwohl Carlisle seine Erfahrungen als Arzt in den Appalachen nicht erwähnt, ist es wahrscheinlich, dass er dort sehr willkommen geheißen wurde, denn im frühen 20. Jahrhundert gab es viele Gemeinden in der Region, die zur Unterstützung der bereits in der Region praktizierenden Ärzte Mediziner anwarben, die moderne Behandlungen und neueste chirurgische Techniken mitbrachten.

Während die meisten Menschen in den Appalachen sich gegen Almosen sträubten und es ablehnten, bevormundet zu werden, stellten sie selbst für ihre Gemeinden oft Ärzte und Erzieher ein. Siedlungs-Schulen wie die Pi Beta Phi School, die 1912 in Emmetts Heimatstadt Gatlinburg errichtet wurde, boten in Gemeinden mit beschränkten Möglichkeiten Volksbildung, und die Bewohner arbeiteten schwer, um das benötigte Land zur Verfügung zu stellen und Lehrer zu bezahlen: Sie wollten sicherstellen, dass sie diese von außen kommenden Experten bezahlten und nicht Nutznießer der Freundlichkeit anderer waren.

Die Bergbewohner, mit ihrem Widerstand und ihrer Abneigung gegenüber Almosen, haben gleichwohl anderen gern gegeben. Auch bei den Cullens ist diese scheinbare Widersprüchlichkeit zu beobachten, sie sind allesamt großzügig, begonnen bei Edward mit seinen aufwendigen und großzügigen Geschenken bis hin zu Esmes

Wunsch, heimatlose Werwölfe zu speisen und einzukleiden. Andererseits sind sie selbstgenügsam, bitten Außenstehende ungern um Hilfe und ziehen es vor, sich nur aufeinander zu verlassen.

Ein Bär mit sehr wenig Verstand

Der Wunsch nach besserem Zugang zu Bildung und Gesundheitsfürsorge zeigt auch, dass die Menschen der Berge oft Verbesserungen sowohl für den Geist als auch für den Körper anstrebten. Fraglos ist Emmett körperlich sehr präsent, so sehr, dass Charlie, als er ihn mit Edward verwechselt, sich sofort Sorgen um Bella macht. Als Bella später ihren neuen Schwager zum Armdrücken herausfordert, zögert sie dann doch: »Er war einfach so *riesig.*« (*Breaking Dawn – Bis(s) zum Ende der Nacht*) Die körperliche Stärke ist der Bestandteil seiner menschlichen Persönlichkeit, den Emmett mit in sein unsterbliches Leben gebracht hat. Sie erlaubt ihm, seiner Familie als furchterregender Wächter zu dienen und Rosalie bei ihrem Hobby zu assistieren, Autos instand zu halten – als ihr Wagenheber. Der mächtig starke Mann der Berge ist eine Figur, die hauptsächlich durch Legenden über wirkliche Männer der Berge, Daniel Boone und Davy Crockett, in den Fokus der Volkskultur gelangten und bei denen es häufig um Ringkämpfe mit Bären und andere übermenschliche Heldentaten ging. Als die Durchschnittsgesellschaft sich mehr vom körperlichen Überlebenskampf entfernte, wurde der ungestüme Mann der Berge mehr denn je zu einer reizvollen Figur.

Wie dem auch sei, es wird gewöhnlich angenommen, dass der starke Mann der Berge mehr Muskeln als Hirn hat. Mit beschränktem Zugang zu Bildung und jeder Menge schwerer Arbeit, um seine Muskeln aufzubauen, wird der Mann der Berge im Allgemeinen als jemand mit sehr viel Körper und sehr wenig Intellekt portraitiert. Zunächst scheint Emmett genau in dieses Klischee hineinzupassen mit seiner erstaunlichen Körperkraft und dem Fehlen von augenfälligem intellektuellen Ehrgeiz. Bella hält ihn für »so mutig und gedankenlos, dass er nie das kleinste bisschen vorsichtig war.« (*Eclipse – Bis(s) zum Abendrot*) Er zieht Ringkämpfe ganz klar dem Lesen vor, doch Emmett ist kein Dummkopf. Er ist es, der vorschlägt, dass die Freunde der Cullens, die sich ihnen gegen die Volturi angeschlossen haben, vielleicht zu ihren gemeinsamen Kontrahenten sprechen können, statt Zuflucht in Gewalt zu suchen. Trotz seines natürlichen Wunsches nach Wettstreit begreift Emmett die Macht der Verhandlung, und dies wird für die ganze Familie Cullen und ihre Verbündeten tatsächlich die Rettung. Er erkennt auch den Wert von Bellas Plan, dem Tracker James zu entgehen.

Im Gegensatz zu Edward kann Emmett rational erkennen, was getan werden sollte. Seine praktische, oft fröhliche Beurteilung von Situationen lässt ihn als klugen und geschickten Denker erscheinen, der alles andere als ein »doofer Sportler« ist. Einer der Augenblicke, in denen sich seine Cleverness am besten zeigt, ist der, als er umsichtig die Fernseh-Übertragung eines Football-Spiels der University of Florida nutzt, um die Spannung aufzulösen, als Charlie Renesmee und die drastisch veränderte Bella zum ersten Mal sieht. Indem er Charlie mit ihrem gemeinsamen Interesse für Sport ablenkt, lindert er subtil die Spannung des Augenblicks und bringt Charlie dazu, sich beim Anfeuern seines Teams wohlzufühlen. Emmetts Verstand ist eindeutig ebenso leistungsstark, wie seine Muskeln es sind.

Düsternis, Schwermut und Agonie

Die Menschen der Appalachen werden allgemein als fatalistisch portraitiert, eine Eigenschaft, die vielleicht mit der Betonung auf Vorherbestimmung zusammenhängt, die ein Merkmal des Calvinismus war, einer Form des frühen Protestantismus, die unter den ersten schottisch-irischen Siedlern der Appalachen verbreitet war. Emmett jedoch ist ein ewiger Optimist, er konzentriert sich immer auf das Positive, besonders in scheinbar ausweglosen Situationen wie bei der Konfrontation mit den Volturi in *Breaking Dawn – Bis(s) zum Ende der Nacht*. Er ist nicht entmutigt oder niedergeschlagen: »Nichts hat Emmett je bekümmert.« (*Eclipse – Bis(s) zum Abendrot*) Edward attestiert, dass Emmett »nicht nachtragend ist«, und er hält sich nie damit auf, sich selbst oder andere wegen ihrer Fehler zu kritisieren (*Midnight Sun*). Als Edward andeutet, dass Bella bei ihrer ersten Jagd auf Menschen losging, zuckt er nur kurz die Schultern und macht keine große Sache daraus.

Dafür ist die kleine Alice – aus dem tiefen Süden – eine Fatalistin, die aus ganzem Herzen glaubt, dass das, was sie sieht, auch passieren wird. Ihr Jasper, mit seiner Erwartung, dass Bella mit den »Regeln« Probleme haben wird, ist auch fatalistisch, sogar zunächst frustriert, als Bella außergewöhnliche Selbstbeherrschung zeigt. So zeigen interessanterweise ausgerechnet die beiden Cullens, die nicht aus den Bergen stammen und die nicht mit der Familie in den Appalachen gelebt haben, am stärksten die »typische« Bergbewohner-Mentalität des »Weltuntergangs«-Fatalismus.

Hinzu kommt, dass Rosalie der Champion der Familie im Nachtragendsein ist. Während Emmett die Herausforderung genießt, sich James und später Demetri vorzunehmen, geht es ihm nicht so sehr um Rache als vielmehr darum, eine Chance wahrzunehmen, das zu tun, was er am besten kann: seine Familie zu schützen und seine überlegene Stärke zu beweisen. Rosalie hat zwar nie Menschen getötet, um sich von ihnen zu ernähren, aber sie hat die Männer, die sie nach der brutalen Gruppenvergewaltigung sterbend zurückließen, zu Tode gefoltert, wobei es ihr nicht nur um Gerechtigkeit, sondern auch um den Genuss ihrer Rache ging. Selbst siebzig Jahre später nährt sie noch ihren Groll gegen jene, die ihr Leben ruinierten. Emmett hasst es zwar, irgendjemandem gegenüber im Kampf unterlegen zu sein – dem Bär, Jasper, Bella – und will immer eine Revanche, aber nicht, weil er nachtragend wäre, sondern weil er beweisen will, dass er immer noch der Größte und Stärkste ist. Rosalie sieht alles durch eine dunklere Brille und ist damit ähnlich fatalistisch, wie es den Menschen der Appalachen zugeschrieben wird, wenn sie behauptet: »Meine Geschichte ... hat kein Happy End – aber welche von unseren Geschichten hat das? Wenn wir ein Happy End gehabt hätten, dann lägen wir jetzt alle unter Grabsteinen.« (*Eclipse – Bis(s) zum Abendrot*)

Im Gegensatz dazu ist Emmett unerschütterlich und genauso glücklich in seinem Vampir-Leben, wie er es in jedem anderen gewesen wäre. Und doch weist seine positive Anschauung und Zukunftserwartung, auch wenn sie die allgemeine Vorstellung vom Bergbewohner als mürrischem Fatalisten widerlegt, auf einen anderen Aspekt des Bergbewohner-Typus: Kindlichkeit. Edward bezeichnet Emmett als »solch ein Kind«, und die Menschen der Appalachen wurden normalerweise wie Kinder behandelt, unfähig, ihre eigenen Angelegenheiten zu regeln oder mit ihren eigenen Ressourcen umzugehen und damit bedürftig nach »Rettung« durch den Mainstream der Gesellschaft (*Midnight Sun*). Obwohl Emmett sicherlich jungenhaft ist, ist er ein vollkommen unabhängiges, lebenstaugliches Individuum, das nicht gerettet werden muss und nur wenig Bedürfnis nach irgendjemand anderem als seiner geliebten Rosalie und seiner adoptierten Familie hat.[21]

Blut ist dicker als Wasser

Der Familienzusammenhalt der Appalachen-Bewohner wurde sowohl als Tugend gepriesen sowie auch als überzeichnetes Stammesgefühl verhöhnt. Die engen Besiedlungsmuster und Verwandtschaftsbeziehungen in der Region führten zu eng miteinander verbundenen Familiengruppen, und der emeritierte Professor Loyal Jones vom Berea College stellte fest: »Die Familie ist die Funktionseinheit der Berge. Sie ist erweitert, weit verstreut, besteht aus Individuen mit unterschiedlichem Naturell, doch sie wird zusammengehalten durch Zuneigung, Bindung und Tradition.«[22] Solch eine Beschreibung passt auch gut zu den Cullens, bei denen nur einige »durch Blut und Gift verbunden« sind, die jedoch alle loyal zueinander halten.

Während enge Familienbindungen sicherlich kein exklusives Merkmal der Appalachen-Bewohner sind, ist die Art und Weise, wie diese Bindungen in den Appalachen und in der Familie Cullen funktionieren, bemerkenswert ähnlich. Carlisle machte Emmett, den letzten Menschen, den er verwandelte, in den Appalachen zum Vampir. Da Emmett seinem großen menschlichen Clan entrissen ist, tritt er einer gleichermaßen eng verbundenen Gruppe bei, deren Mitglieder wiederholt füreinander kämpfen und sich aufopfern. Trotz ihrer sehr unterschiedlichen Persönlichkeiten und Ansichten leben die Cullens die meiste Zeit zusammen, nur mit gelegentlichen Unterbrechungen. In der Geschichte der Appalachen-Kultur errichteten frisch verheiratete Paare ihre Häuser oft in der Nähe der anderen Familienmitglieder, was ihnen Unabhängigkeit und Privatsphäre erlaubte, aber noch genug Nähe für gegenseitige emotionale und materielle Unterstützung. Die Cullens verfahren ebenso, Rosalie und Emmett leben in ihrem eigenen »Loslösungs-Haus«, um den Rest der Familie nicht mit dem Ausleben ihrer jugendlichen Leidenschaftlichkeit in Verlegenheit zu bringen. Bellas und Edwards Cottage folgt ebenfalls diesem Modell. Hinzu kommt, dass die Cullens ein Netzwerk von »erweiterter Familie« haben, der gegenüber sie loyal sind, vom Denali-Clan über die Quileute-Wölfe bis hin zu Bellas menschlicher Verwandtschaft. Trotz aller Meinungsverschiedenheiten und Missverständnisse streben die Cullens danach, diese Verbindungen aufrechtzuerhalten. Sie wollen jene schützen, die sie lieben – was in Bellas Schutzschild in *Breaking Dawn – Bis(s) zum Ende der Nacht* sehr schön zum Ausdruck kommt – und verhalten sich damit ganz so, wie es jede traditionelle Familie tun würde.

Wie wir es immer gemacht haben

Die Kultur der Appalachen hat sich jahrhundertelang im Spannungsfeld der beiden entgegengesetzten und miteinander verbundenen Einflüsse von traditionellem Denken und Modernität bewegt. Alle Bewohner der Region sind davon beeinflusst, sei es bewusst oder unbewusst, und die Cullens, Emmett eingeschlossen, bilden keine Ausnahme. Der Traditionalismus konzentriert sich auf die Vergangenheit, beschäftigt sich damit, alles so zu belassen, wie es einst war, oder zumindest wie es in unserer oft idealisierten Vorstellung der Vergangenheit gewesen ist. Er konzentriert sich auch nicht auf das Ich, sondern auf die Familie oder Gemeinschaft; so mag ein Mensch der Berge seine persönlichen Ambitionen zum Wohl der Familie opfern. Zeit ist nach traditioneller Weltsicht zyklisch, mit jedem Jahr wiederholen sich dieselben grundlegenden Muster und Rhythmen. Aus den Fasern der alltäglichen Arbeit entsteht das Gewebe des Lebens. Im Gegensatz dazu hat die Moderne eine lineare Auffassung von der Zeit: Man arbeitet bis zum Ende des Tages, bis zum Ende der Woche, bis zur Rente, und dann hat man Freizeit, wobei die Arbeit scharf vom Rest des Lebens abgegrenzt wird. Eine moderne Weltsicht zelebriert auch die Veränderung um der Veränderung willen. Im Fokus steht der Einzelne, nicht die Gruppe oder die Familie.

Die meisten Appalachen-Bewohner, sowohl in früherer Zeit als auch in der Gegenwart, mussten sich entscheiden, ob sie diese

Einflüsse gutheißen oder ihnen widerstehen, und trotz der allgemeinen Annahme, dass die Bergbewohner allesamt Traditionalisten sind, ist die Waagschale zumeist ausgewogen. Beispielsweise würden einzelne Menschen sich dafür entscheiden, die Vergangenheit ihrer Familien hoch zu halten, während sie andererseits nach Karrierechancen Ausschau halten, die für sie persönlich lohnend sind, doch für die Gruppe keine Bedeutung haben. Auch die Cullens stehen im Spannungsfeld dieser Einflüsse und streben für sich persönlich nach einer Ausgewogenheit. Jedes Familienmitglied hat die meisten menschlichen Erinnerungen verloren, und Alice hat überhaupt keine mehr. Rosalies Entschlossenheit, ihre menschlichen Erinnerungen festzuhalten, besonders an das grauenhafte Verbrechen, das an ihr begangen wurde, zeugt von einer traditionellen Weltanschauung. Sie weigert sich, jene Erinnerungen loszulassen, und sie verstärken ihre Verbitterung. Carlisle hat einen viel ausgeglicheneren Zugang zur Vergangenheit, indem er Andenken an sein menschliches Leben gesammelt hat, aber nicht an der Vergangenheit kleben bleibt. Jeder Cullen ist so eingefroren, wie er oder sie im Leben war und ist damit gleichsam die Essenz des Traditionalismus, aber sie alle haben sich aus den vielen Zeitperioden, die sie erlebt haben, viele Eigenschaften angeeignet, sich weiterentwickelt. So genießt Edward, obwohl er viele Verhaltensweisen und Moralvorstellungen aus seiner Herkunftszeit, dem frühen 20. Jahrhundert, beibehält, auch moderne Sportautos und Musik.

Die Auffassung der Cullens von der Zeit spiegelt ebenfalls eine Vermischung von Traditionalismus und Moderne wider. Es liegt ein Sinn für die Linearität der Zeit darin, wie sie der modernen Routine von Schule und Arbeit in ihrem vorgetäuschten Menschsein nachgehen, aber Meyers Vampire haben eine andere Vorstellung von der Zeit als Menschen: Mitglieder des alten Volturi-Geschlechts »zählen Jahre, wie Menschen Tage zählen.« (*New Moon – Bis(s) zur Mittagsstunde*) Für die Cullens ist die Zeit hauptsächlich zyklisch mit den immer wiederkehrenden Standortwechseln und dem Eindringen in eine Gemeinschaft nach der anderen, was ihnen ein unauffälliges Leben erlaubt. Während sie die weniger interessanten Elemente ihrer menschlichen Scharade aufteilen, wie Highschool-Arbeiten für die jüngeren Cullens, ist ihre Auffassung von Arbeit als Berufung viel traditioneller. Carlisles medizinische Tätigkeit ist nicht einfach nur ein Job, mit dem er die Familie unterhält, sondern sie macht seine Persönlichkeit aus und bestimmt deshalb die Entwicklung der Familie. Mit so viel Zeit und ohne die Notwendigkeit zu schlafen entdeckt jeder Cullen seine oder ihre eigenen Interessen, erwirbt Wissen und strebt nach akademischen Abschlüssen, die eher dem persönlichen Wachstum dienen, als dass damit ein lineares Ziel oder beruflicher Gewinn erreicht werden soll.

Die familienorientierte Weltsicht der Cullens ist stark traditionell geprägt, da die Individuen füreinander einstehen, kämpfen und sich opfern. Die ganze Familie gibt in Forks alles auf, um sich Edwards törichtem Wunsch anzupassen, Bella dadurch zu beschützen, dass er sie verlässt. Und sie bereitet sich nach Bellas Verwandlung erneut darauf vor, den Ort zu verlassen, so wie sie es im Laufe der Jahre häufig getan hat, wenn ein Einzelner einen »Fehltritt« gemacht hat oder die Familie um ein neues Mitglied erweitert wurde. Sie sind bereit, füreinander zu sterben, denn die Familie zu beschützen ist für sie weit wichtiger als das Überleben des Einzelnen.

Obwohl die Cullens allesamt weit gereist sind und das meiste dessen erlebt haben, was die Welt zu bieten hat, sind sie immer noch Produkte der Umgebung, in der ihr Leben jeweils begann. Emmett ist ein ganz eigenes, einzigartiges Individuum, doch er ist auch ein Mann, dessen Charakter und Einstellungen die Gebräuche, die Geschichte und die irrigen Meinungen seiner menschlichen Kultur reflektieren, einer Kultur, die er mit jenen teilt, die er liebt. Es ist merkwürdig, dass die Cullens offensichtlich nicht in die Appalachen zurückgekehrt sind, obwohl sie zur Olympic-Halbinsel und zu anderen Orten nach einer angemessen Zeit sehr wohl zurückkehrten. Vielleicht war Emmett der wild wuchernde Tourismus zuwider, der seine Heimatstadt ununterscheidbar von jedem anderen überfüllten, über-kommerzialisierten Urlaubsort gemacht hat. Vielleicht erscheinen Schwarzbären ihm nach all jenen viel größeren Grizzlys nicht mehr so attraktiv. Vielleicht hat sich Emmett, dem es immer so wenig ausmachte, das Alte zurückzulassen und seinen Weg weiterzugehen, weiterentwickelt. Obwohl nur Emmett seiner Herkunft nach der einzig wahre »Appalache« ist, fungieren alle Cullens häufig als Bergbewohner, unabhängig davon, wo sie leben. Sie bewohnen nicht mehr länger die gefangen nehmenden Berge von James Still, vielmehr klingen die Berge und ihre menschliche Kultur in den Cullens selbst nach.

7
Lieber verwandelt als »kuriert«?: Alice und die Heilanstalt

Grace Loiacono und Laura Loiacono

Durch die gesamte *Twilight*-Saga hindurch ist Alice Cullen eine heitere und freundliche Erscheinung, die Bella von Anfang an mit großer Herzlichkeit begegnet. Sie ist eine kleine Fee mit einer energiegeladenen und übersprudelnden Persönlichkeit. Edward Cullen erklärt, dass Alice »ihre eigene Art hat, die Dinge zu sehen«, als er Bella Swan einen Einblick in die Ursprünge von Alices ständigem Enthusiasmus und ihrer Offenheit gibt (*Twilight – Bis(s) zum Morgengrauen*). Alice ist fähig, Bella zu akzeptieren und bietet ihr unmittelbar die Freundschaft an, statt wie die anderen Mitglieder der Familie Cullen vorsichtig zu sein. Alices Fähigkeit, sogar unvollständige Bilder der Zukunft zu sehen, erhält ihre Familie, Bella eingeschlossen, am Leben oder zumindest in Sicherheit. Ein zusätzlicher Bonus ihrer Gabe ist, dass sie es Alice erlaubt hat, selbst als neugeborener Vampir ein Gewissen zu behalten, wenn die meisten anderen in einen unkontrollierbaren Blutrausch verfielen. Man kann sicher sagen, dass Alice ein unschätzbares Mitglied des Cullen-Clans ist. Die Cullens wären ohne sie verloren, und Bella wäre mehr als einmal tot gewesen.

Zieht man in Betracht, welch ein Gewinn Alice für die Cullens ist, so ist es schockierend, dass Alice, geboren als Mary Alice Brandon, ihrer menschlichen Familie eine solche Last war, dass sie sich dafür entschieden, sie in einer psychiatrischen Anstalt zu verstecken. Aber es ist wahr: Mary Alice Brandons Leben endete allein und isoliert in einem Irrenanstalts-Zimmer mit einem Tod, der so traumatisch war, dass sie sich an nichts mehr aus ihrem menschlichen Leben erinnert. Alices Vater beschloss 1920, sie in eine Irrenanstalt zu geben, zu einer Zeit, als es bei der Behandlung von Geisteskranken weniger um Mitgefühl ging, sondern mehr darum, sie wegzusperren und die unerwünschten Personen der Gesellschaft zu »kurieren«. Die Geschichte von Alice lässt uns nachdenken über die Geschichte des Missbrauchs einiger der verletzlichsten Mitglieder der Gesellschaft.

Irrenhäuser und Heilanstalten

Die Heilanstalten in Alices Jugend waren trostlos und dunkel, ganz ähnlich den Tollhäusern des 18. und frühen 19. Jahrhunderts. Die Gründer der ersten Heilanstalten hatten gute Absichten, aber es wurde sehr schnell offensichtlich, dass die Einrichtungen, die für die Behandlung von geistigen Krankheiten errichtet worden waren, nur der Abschiebung der von der Gesellschaft unerwünschten Personen dienten, sodass die feine Gesellschaft und das alltägliche Leben nicht durch ihre störende Präsenz belastet würden. Die Behandlung von Menschen in solchen Anstalten war brutal und demütigend. Patienten wurden in schmutzigen Zellen in Ketten gelegt, und es war ein Nachmittagsvergnügen der eher makabren Art für die Öffentlichkeit des 18. Jahrhunderts, sie zu besichtigen. Weit verbreitete Ansichten in dieser Ära förderten solch harte Behandlung. Charlotte Brontës *Jane Eyre* gibt einen aufschlussreichen Einblick, wie »wahnsinnige Frauen« in dieser Periode angesehen waren: Im Roman wurde Mrs. Rochester vor ihrem Mann in der Dachstube versteckt, weil sie »verrückt« war, wobei eine grobe und ständig betrunkene Frau ihre Aufseherin und Gesellschafterin war. Aber die Hauptfigur Jane Eyre findet nichts weiter dabei, dass eine Frau, die als geisteskrank gilt, eingesperrt und von der Öffentlichkeit und ihrem Ehemann ferngehalten wird. Dies war auch die Art von Behandlung, die Alice durch ihre Familie erfuhr, als sie in eine Anstalt für Geisteskranke gesteckt wurde.

Mediziner waren an diesen Orten nicht dazu da, um zu helfen. Sie waren da, um die Patienten einzuschüchtern, sodass sie leichter kontrolliert werden konnten. Die Geisteskranken sollten »gebrochen« und gebändigt werden wie wilde Tiere. In den medizinischen Anstalten war man sich im späten 18. und frühen 19. Jahrhundert einig, dass »Bändigung« das Ziel der Behandlung war, wobei dies entweder durch schmerzhafte Therapien, Einschüchterung oder Demütigung erreicht wurde. Man glaubte, dass Verständnis und Mitgefühl Leute verhätschelte, die nur eine feste Hand oder sogar Einschüchterung begreifen konnten.[1)]

Die Einstellung gegenüber den Geisteskranken veränderte sich vorübergehend während des 19. Jahrhunderts, obwohl die Verbesserungen nicht anhaltend waren. Die Herangehensweise in der Mitte des 19. Jahrhunderts, zuerst vorgestellt von Phillipe Pinel während der Französischen Revolution und von dem Quäker-Arzt Thomas Kirkbride in den Vereinigten Staaten, lässt sich mit dem Ausdruck »moralische Behandlung« zusammenfassen. Die Idee, die Geisteskranken fürsorglich zu behandeln und ihnen ihre Würde zu lassen, wurde zuerst von den Quäkern im frühen 19. Jahrhundert entwickelt. Gegen Mitte des 19. Jahrhunderts fand die Idee viel Anklang, und in den Vereinigten Staaten gab es mehrere Einrichtungen, sowohl private als auch öffentliche, die für sich in Anspruch nahmen, Patienten eine »moralische Behandlung« angedeihen zu lassen.[2)]

Die moralischen Behandlungseinrichtungen hatten enge Vorgaben, wie viele und welche Art von Patienten sie aufnahmen. Die maximale Patientenzahl betrug 250, um eine optimale Betreuung zu gewährleisten. Die Einrichtungen verfügten über Gärten, um den Patienten frische Luft, Ruhe und Gelegenheit zu körperlicher Ertüchtigung zu geben. Die Pfleger galten als fürsorgliche Elternfiguren. Intellektuelle Stimulation war ebenfalls ein wichtiger Teil der Behandlung, oft in Form von Gesprächen und Beschäftigung. Ein Leistungsprinzip sorgte für Belohnung derjenigen, die sich gut verhielten, und für gewaltlose Maßregelung der Unruhestifter. Es wurde jede Anstrengung unternommen, die Patienten davon zu überzeugen, dass sie nicht unheilbar zerbrochen waren; sie wurden als Brüder behandelt und als vernünftige Wesen, die sich erholen konnten und wieder zu produktiven Mitgliedern der Gesellschaft werden konnten. Diese Heilanstalten waren humaner und offensichtlich erfolgreich, aber sie hatten keinen dauerhaften Bestand.[3)]

Die moralische Behandlung lief gegen die Mauer der Medizin an und verlor. Gegen Ende des 19. Jahrhunderts wurde Geisteskrankheit abermals als eine körperliche Krankheit angesehen, die medizinische Behandlung erforderte, nicht Freundlichkeit. Den Todesstoß erhielt die moralische Behandlungsweise in der Tat, als Neurologen aus dem Bürgerkrieg zurückkehrten und argumentierten, dass die Patienten, die unter »Geistesstörungen« litten, eine auf »harter Wissenschaft« beruhende Behandlung nötig hätten. Diese enthusiastischen Ärzte zerstörten die Bewegung für moralische Behandlung. Geisteskrankheit galt wieder als ein mentales Leiden, das nur durch scharfes medizinisches Eingreifen geheilt werden konnte.[4]

Die Anzahl von Menschen, die in Heimen für Geisteskranke eingekerkert wurden, explodierte in den letzten Jahrzehnten des 19. Jahrhunderts. Gut gemeinte Versuche eines Heimleiters oder Pflegers konnten sich in der überfüllten und trostlosen Umgebung dieser neuen Heime für Geisteskranke nicht durchsetzen. Diese Einrichtungen setzten medizinische Therapien als vorrangige Behandlungsmethode ein und machten die Psychiatrie abhängiger von der Allgemeinmedizin. Für Dienstleistungen und Annehmlichkeiten wurden rasch die Budgets gestrichen, da der Bedarf an grundlegenden Gütern des täglichen Bedarfs, um die große Zahl von neuen Patienten zu behandeln, die Bedeutung der moralischen Behandlung untergrub. Das Personal und die Verwaltung der Anstalten im späten 19. Jahrhundert »biederten« sich gewöhnlich nicht den Bedürfnissen der Patienten an, stattdessen wurden die Bediensteten aufgrund ihrer Bereitschaft ausgewählt, niedrige Löhne für schwere Arbeit zu akzeptieren. Als neue medizinische »Behandlungen« aufkamen und das Mitgefühl verschwand, wurden die Sitten in Anstalten für Geisteskranke wieder rau.[5]

Die Lebensqualität der Patienten in den Anstalten nahm ab, während ihre Anzahl stieg. Einrichtungen, in denen einst bequem für 50 Patienten gesorgt wurde, mussten Jahre später ihre Dienstleistungen stark ausdehnen, um 400 Patienten zu beherbergen. Diese dramatische Zunahme der Anstaltspopulation wurde durch die Veränderungen in der Regelung von Familienangelegenheiten im frühen 20. Jahrhundert verursacht. In früheren Zeiten waren Mitglieder aus der Mittel- und Oberschicht wie Mrs. Rochester, die als geistesgestört galten, normalerweise zu Hause bei ihren Familien festgehalten worden, wo die Betreuung durch Familienmitglieder gewöhnlich intimer und persönlicher war. Aber gegen Anfang des 20. Jahrhunderts wurden kranke Verwandte zunehmend als Kanal angesehen, durch den die Ressourcen der Familie abflossen. Sie waren lästig, untragbar und eine Belastung für das emotionale Wohlergehen der Familie.[6] Anstalten für Geisteskranke wurden gleichzeitig auch durch einen Zustrom neuer Patienten aus Gefängnissen und Armenhäusern belastet. Dies führte zu Überfüllung in gewaltigem Ausmaß und zu einer noch größeren Belastung für das bereits angeschlagene und überarbeitete Anstaltspersonal. Zu der Zeit, als Alice von ihren Eltern in ein Heim für Geisteskranke gegeben wurde, waren diese Heime genauso überfüllt, wie es die Irrenhäuser des 18. Jahrhunderts gewesen waren.[7)]

Die öffentliche Diskussion über Geisteskranke veränderte sich ebenfalls: Früher waren diese Patienten als Unannehmlichkeit für ihre Familien betrachtet worden, aber nun wurden sie als echte Gefahr für die Allgemeinheit abgestempelt. Die neue Wissenschaft der Eugenik, die während des späten 19. Jahrhunderts aufkam, behauptete, dass die Geisteskranken Träger einer »krankhaften Erbanlage für Schwachsinn« seien; wenn es diesen Menschen erlaubt sei, sich zu reproduzieren, würden sie angeblich die Gesundheit zukünftiger Generationen von Amerikanern zerstören. Diese »Wissenschaft« unterteilte Menschen erfolgreich in zwei Kategorien: in die eugenischen (mit gutem Erbgut) und in die kakogenischen (mit schlechtem Erbmaterial, die angeblich fehlerhaftes »Erbgut-Plasma« besaßen). Jeder, der in letztere Kategorie fiel, entzog der Gesellschaft Zeit, Raum und Ressourcen. Diese Menschen wurden im Wesentlichen als Zeitbomben betrachtet, die »entschärft« werden mussten, indem man sie von anderen isolierte.[8)]

Die Eugenik sorgte auch für einen Mantel der Scham, der sich um Geisteskrankheit legte. Verrücktheit bei einem Familienmitglied bedeutete nun auch eine mögliche Verrücktheit bei allen oder bei den Nachkommen, da Geisteskrankheit als Ergebnis des genetischen Verfalls des Keimplasmas über Generationen hinweg angesehen wurde und auch andere Verwandte Träger sein konnten. Wahrscheinlich war dieses Argument die Rechtfertigung für Alices Familie, sie einzukerkern. Ihre Familie sah sie vermutlich als Peinlichkeit an: ein schwachsinniges Kind, unbrauchbar durch Generationen genetischen Verfalls, dessen Existenz etwas wenig Schmeichelhaftes über die »genetische Gesundheit« von ihnen allen unterstellte. Ihr Vater hielt es wahrscheinlich für nötig, seine Tochter zu verstecken, damit ihre Krankheit, und die dadurch verursachte Peinlichkeit, sich nicht ausbreitete.[9)]

Die Eugenik warb für zwei Strategien, um die angeblich »genetisch fehlerhaften« Patienten zu isolieren. Erstens sollten die Verrückten sterilisiert werden, um sie an der Fortpflanzung zu hindern. Bis 1933 hatten alle Staaten der USA Ehen zwischen Menschen, die als schwachsinnig galten, für ungesetzlich erklärt, da angenommen wurde, dass diese ihre Krankheiten an ihre Kinder weitergeben würden. Der Glaube, dass Geisteskrankheit auf einem genetischen Defekt in der Familie beruhte, brachte die Angst mit sich, dass der Makel von einer Generation an die nächste weitergereicht werden würde. Die Geisteskranken wurden deshalb als echte Gefahr angesehen. Die Gesetze jedoch nützten nicht viel, da sie schwierig durchzusetzen waren. Die Geisteskranken in Nervenheilanstalten zu schleppen (die zweite Strategie), war ein effektiverer Weg, ihr Verhalten zu kontrollieren und ihnen die Freiheit zu nehmen, selbst zu entscheiden und zu wählen. Es hielt sie auch von der Fortpflanzung ab und damit von der Verbreitung von »fehlerhaftem Erbgut-Plasma«. Die Eugenik und ihre Anhänger plädierten dafür, dass die Geisteskranken in Anstalten bleiben sollten, bis sie nicht mehr im fortpflanzungsfähigen Alter wären. Andere befürworteten sogar die Zwangssterilisierung von Geisteskranken, die in mehreren amerikanischen Staaten praktiziert wurde.[10)] In den Anstalten wurden die Patienten wie Tiere behandelt, um die Kosten für die »genetisch gesunde« Mehrheit minimal zu halten, und dies war wahrscheinlich die Umgebung, die Alice antraf, als sie von ihrem Vater in die Irrenanstalt gesteckt wurde.

Eingeliefert werden

Irrenanstalten waren im frühen 20. Jahrhundert unerbittliche Orte. Die Einrichtungen waren überfüllt, das Personal überarbeitet. Die Patienten waren von ihren Familien isoliert und schutzlos Behandlungen unterworfen sowie anderen Verfahren, die der Anstaltsdisziplin dienten. Adriana P. Brinckle war Insassin einer Irrenanstalt gegen Ende des 19. Jahrhunderts. Sie erinnert sich: »Ich sah eine harmlose Patientin, die apathisch auf einem Heizrohr saß, die angegriffen und geschlagen wurde, weil sie nicht arbeitete. Eine Krankenschwester schlug sie nieder, dann schrie sie, von mörderischer Raserei erfasst, nach einer weiteren, und gemeinsam schlugen sie auf die unglückliche Kreatur ein, bis sie grün und blau war.«[11)]

Angesichts der Realitäten des Lebens in einer Irrenanstalt sollte man zweifellos annehmen, dass es eine schwierige Entscheidung gewesen sein muss, jemanden in eine Anstalt zu stecken, und keine, die leicht getroffen wird. Zumindest würden wir heute erwarten, dass es bürokratische Überprüfungen und eine große Menge Papierkram bedeuten würde. Aber in Alices Jugend mussten viele Menschen, insbesondere Frauen, erfahren, dass dies nicht der Fall war.

Das Verständnis von Geisteskrankheit war damals oberflächlich, und verschiedene Krankheiten wurden häufig durcheinandergebracht. Es gab (und gibt) auch sexuelle Befangenheiten bei der Diagnose von Geisteskrankheiten. Als Alice jung war, wurden bei Frauen allgemein leichter psychische Krankheiten diagnostiziert und sie wurden deshalb eher in eine Anstalt gesteckt.[12)]

Von Frauen erwartete man, dass sie die Männer perfekt ergänzten und Eigenschaften hatten, die Männern fehlten. Auf den ersten Blick scheint Alice alle Eigenschaften zu besitzen, die dem Idealbild einer perfekten, funktionalen Frau entsprachen, wie ihr Zeitalter sie definierte. Die damalige Gesellschaft erwartete, dass Frauen immer glücklich und munter sein sollten. Gleichzeitig sollten sie geduldiger sein als Männer und mehr Mitgefühl haben. Jede Abweichung von diesem Leitbild wurde von der Gesellschaft, in der Alice lebte, als mentale Störung angesehen. Frauen oder Mädchen, die versuchten, unabhängig zu werden oder etwas anderes zu sein als eine perfekte Ehefrau, Mutter oder Tochter, wurden verurteilt, da sie gegen ihre Natur handelten. So leicht war es damals, für verrückt erklärt zu werden.[13)]

Als Grund dafür, seine Tochter in ein Irrenhaus zu stecken, reichte schon ein Freund, den die Familie nicht mochte, oder ein Büchergeschmack, der das Mädchen nach Ansicht der Familie zu eigensinnig und zu intellektuell machte. Das passierte Jonika Upton, die in das Nazareth-Sanatorium eingeliefert wurde. Sie trug stets Proust mit sich herum und hatte einen Künstler als Freund. Als Antwort darauf steckte ihre Familie sie in eine Anstalt für intensive Schockbehandlung. Sie war ganz anders als die Tochter, die ihre Familie gewollt und erwartet hatte, also schickte sie sie in eine Anstalt, um »gefestigt« zu werden. Zu der Zeit, als sie entlassen wurde, hatte sie keine Erinnerung mehr an den »unpassenden« Freund und hatte das Interesse an ihren früheren intellektuellen Bestrebungen verloren.[14)]

Aus Sicht ihrer Eltern hätte Alice in ihrem menschlichen Leben die »perfekte« Tochter und Schwester sein können, wenn sie nur nicht hellsichtig gewesen wäre. Ihre lebhafte, vor Temperament übersprudelnde Persönlichkeit hätte garantiert, dass sie den Erwartungen ihrer Gesellschaft an eine Frau entsprochen hätte. Aber ihre hellseherische Gabe brachte ihr einen Freifahrtschein in die Irrenanstalt ein. Wenn Alice in der *Twilight*-Saga in die Zukunft sieht, ist ihr Verhalten weit entfernt von dem, was wir als »normal« ansehen würden: Ihre Augen sind auf kein bestimmtes Ziel gerichtet und sie starrt ins Leere auf etwas, das nur sie selbst sehen kann. Bella beschreibt Alices Gabe in *Eclipse – Bis(s) zum Abendrot* folgendermaßen: »Der leere Blick ihrer Augen sagte mir, dass sie etwas sah, das ganz anders war als die profane Imbissbuden-Szenerie, die uns umgab, aber etwas, das auf seine eigene Weise ganz und gar genauso real war. Etwas, das kam, etwas, das bald passieren würde.« Szenen wie diese würden ausreichen, um alle Eltern in Sorge zu versetzen, besonders wenn sie in dem Glauben erzogen worden waren, dass Talente wie das von Alice nicht existieren oder nicht existieren sollten. Die Visionen rücken Alice verständlicherweise in den Fokus der Aufmerksamkeit. Wenn sie sich darauf konzentriert, in die Zukunft zu sehen, rollt Alice sich zusammen und schaukelt vor und zurück, ein Anblick, den die meisten Eltern des frühen 20. Jahrhunderts ziemlich beunruhigend gefunden hätten.

Für Alices Familie muss es gewirkt haben, als ob Alice ständig in Zustände geistiger Verwirrung gefallen wäre. Wenn sie schließlich in das Hier und Jetzt zurückkehrte, dann mit Warnungen und einer Kenntnis der Zukunft, die ihrer Familie unbegreiflich und tatsächlich verrückt erschienen sein musste. Selbst die engagiertesten Eltern hätten ihr Verhalten nicht verstanden und Alices Familie war anscheinend recht konventionell. Ihre Beschreibung von ihnen impliziert, dass sie wahrscheinlich zur Mittelschicht oder zur oberen Mittelschicht gehörten, aber nicht »Teil der tonangebenden Gesellschaftsschicht« waren (*New Moon – Bis(s) zur Mittagsstunde*). Alice hätte nie die nette, süße, durchschnittliche (nicht hellsichtige) Tochter sein können, die ihre eher biedere Familie haben wollte. Alices Familie wertete ihre Visionen als Anzeichen von Geisteskrankheit und als Ablehnung ihrer gebührlichen Rolle als pflichtbewusste Tochter.

Alice konnte ihre Visionen nicht stoppen und sie konnte sie nicht ignorieren. Es erschien ihrer Familie als mutwillige Rebellion, als Alice nicht aufhören konnte, Dinge zu sehen, die nicht zu sehen waren, zumindest nach Ansicht ihrer Familie. Dieser Rebellion musste hart begegnet werden, bevor sie sich ausbreitete und (in einer Gesellschaft, in der die Eugenik sehr einflussreich war) den sozialen Status und den Ruf der ganzen Familie, genetisch »gesund« zu sein, zerstörte. Die Verrücktheit eines Familienmitglieds implizierte einen Defekt bei allen und einen Makel in der Familiengeschichte. Ein geistig krankes Familienmitglied zu haben, belegte die ganze Abstammung einer Familie mit einem Makel, war eine Quelle der Peinlichkeit und sorgte für öffentliches Gespött.

Während des späten 19. und frühen 20. Jahrhunderts war die Definition von »Verrücktheit« definitiv durch das Geschlecht des Patienten beeinflusst. Vor dem Ersten Weltkrieg war die Hysterie die Krankheit der Wahl, wenn Anstaltsärzte Frauen diagnostizierten. Heranwachsende Mädchen wurden weitaus häufiger als hysterisch angesehen als heranwachsende Jungen oder erwachsene Frauen.[15)]Mädchen, die als hysterisch bewertet wurden, hatten üblicherweise einen starken Willen, waren leidenschaftlich und kühn. Ihre Eltern neigten dazu, ein hohes Ausmaß an weiblicher Wohlerzogenheit zu erwarten und versuchten, jeden Aspekt des Lebens ihrer Töchter zu kontrollieren. In solch einer Familie mochte der Freiheitsdrang der Tochter zu hysterischen Zusammenbrüchen führen, da diese ihr ein gewisses Ausmaß der Kontrolle über ihr eigenes Leben gaben, und auch über ihre Familie. Die Lebensqualität der ganzen Familie hing von den nervösen Zusammenbrüchen und Wutanfällen der kranken Verwandten ab, was bedeutete, dass sie oft den Wünschen des kranken Mädchens nachgaben, während sie ihre Probleme vor der äußeren Welt versteckten.[16)]

Alices Weigerung, ihre »Anfälle« zu stoppen, stellten die Machtposition des Vaters innerhalb der Familie infrage. Das Familienleben der Brandons drehte sich wahrscheinlich bald nur noch um die Sorge, dass Alice einen Anfall bekommen könnte, oder um den Wunsch, ihre Anfälle vor anderen zu verbergen. Der einzige Weg für die Familie, die Welt wieder in Ordnung zu bringen, bestand darin, die Tochter an einen Ort zu bringen, an dem sie kuriert oder zumindest versteckt werden konnte.

Während der 1920er-Jahre wurde Schizophrenie immer mehr zu einer Geisteskrankheit, die mit Frauen in Verbindung gebracht wurde. Schizophrene wurden durch ihren leeren Blick und auditive Halluzinationen und Sinnestäuschungen charakterisiert. Obwohl die Krankheit keine rein weibliche Krankheit gewesen sein kann (wir wissen heute, dass Männer und Frauen gleichermaßen an ihr leiden), wurde die Schizophrenie während dieser Zeit mit weiblichen Charaktereigenschaften und Rollen in Verbindung gebracht.[17)] Zu Alices Unglück glich ihr Verhalten aufs Haar dem Verhalten von jemandem, der an der Krankheit litt. Ihre Visionen und die Leere, die sie in ihren Augen verursachten, sowie ihr Gesichtsausdruck während der Visionen hätte für die Ärzte dieser Zeit die Diagnose und Einweisung in eine Anstalt zu einer einfachen Sache gemacht.

Man könnte meinen, dass für die Einweisung einer Frau in eine Anstalt für Geisteskranke irgendwelche Beweise vonnöten gewesen wären, dass die Frau tatsächlich wahnsinnig war oder zumindest unfähig, für sich selbst zu sorgen. Aber dies war nicht immer der Fall. Während des gesamten 18. und 19. Jahrhunderts entsprach der gesetzliche Status von Frauen dem von Kindern: Sie standen unter der Vormundschaft (und gesetzlichen Kontrolle) ihrer Väter oder Ehemänner. Dies änderte sich erst langsam während Alices Jugend. Ein Mädchen konnte also ohne weitere Beweise, dass sie dorthin gehörte, in eine Anstalt gesteckt werden. Eine Frau musste nur für »schwierig« gehalten werden, und ihr Ehemann oder Vater oder die Familie allgemein konnte sie für verrückt erklären. Anstalten wurden als Mittel benutzt, die Auflehnung einer Tochter (oder sogar einer Ehefrau) unter Verschluss zu halten. Die Rebellion erklärten Familie oder Ärzte als Symptome eines Nervenzusammenbruchs, wenn sich keine weiteren, passenderen Symptome zeigten. Wenn bereits rebellisches Handeln ein Zeichen für Krankheit war, hatte Alice keine Chance.[18)] Sie konnte die Tatsache nicht verbergen, dass sie sehr offensichtliche, allgemein anerkannte Symptome psychischen Leidens zeigte.

Selbstbehauptung und Freiheitsstreben einer Tochter konnten also Gründe sein, sie in eine psychiatrische Anstalt zu stecken und sie gegen ihren Willen dort festzuhalten. Sogar ein Mädchen mit einer »annehmbaren« Persönlichkeit und ohne soziale Schwierigkeiten konnte wegen des »Verbrechens« in eine Irrenanstalt gesteckt werden, nicht zur Familie zu passen, wenn ihre Verwandten dies so entschieden. Edith Lancaster wurde im späten 19. Jahrhundert in eine private Nervenheilanstalt namens Priory in England eingewiesen, weil sie sich dafür entschied, mit ihrem Geliebten zusammenzuleben, ohne ihn zu heiraten. Die Diagnose ihres Arztes lautete, Edith leide an »Über-Bildung« und ihr Widerwille, eine traditionelle Ehefrau zu sein, mache sie »unfähig, für sich selbst zu sorgen.«[19] Elizabeth T. Stone wurde von ihrer Familie 1840 in die Anstalt McLean in Charlestown eingewiesen, weil ihre Religion sich von der ihrer Familie unterschied. Obwohl sie keine anderen Symptome von Geisteskrankheit zeigte als den Übertritt zu einer anderen christlichen Glaubensgemeinschaft, brachte ihre Familie sie durch einen Trick dazu, eine Anstalt zu betreten und hielt sie dort ohne ihre Zustimmung grundlos gefangen. Nach den Angaben Stones diagnostizierte noch nicht einmal der Anstaltsarzt eine Geisteskrankheit bei ihr. Sie bemerkt bitter: »Er wagt nicht zu sagen, dass es keine Krankheit gibt, dass nur meine Religion anders ist als die meiner Familie und dass er deshalb angeheuert wurde, mich für verrückt zu erklären, um mich meiner Freiheit zu berauben und damit man mit mir in einem Gefängnis experimentieren konnte.«[20]

Andere Frauen wurden durch ihre Ehemänner der Geisteskrankheit bezichtigt und eingeliefert. Alice Bingham Russells Ehemann ließ sie einliefern, um vollständige Kontrolle über ihr Eigentum zu erlangen. Er brachte sie wegen Geisteskrankheit mehrmals vor Gericht, bis sie für schuldig befunden wurde und gegen ihren Willen in die Anstalt kam.[21] Wenn eine Frau unachtsam oder für einen Augenblick nicht ganz auf der Höhe war, konnte das genügen, um ein ganzes Leben der Vernunft zu verderben, und war sie erst eingeliefert, wurde sie schnell zu einem Nichts. Russell beobachtete traurig: »Bei deiner Einlieferung bist du ohne gesetzliche Rechte, denn du bist gesetzlich tot, und wenn du arglistig eingeliefert wurdest und sich niemand einmischt, der Einfluss hat, kann das lebenslänglich bedeuten.«[22]

Jemanden einzuliefern war im Wesentlichen ein Weg, ihn oder sie außer Gefecht zu setzen und die Existenz dieser Person zu tilgen. Und wenn der Patient weiter insistierte, er sei gesund, so wurde das nur als Beweis für die Angriffslust des Verrückten gewertet. Es gab Zeiten, in denen gewaltsame Einweisungen sogar als Scheidungsmethode angewendet wurden, wenn der Ehemann seine Frau einweisen ließ, damit er eine andere heiraten konnte.[23]

Gegen den eigenen Willen hinter Anstaltsmauern gebracht zu werden, war nicht so schwierig, wie es hätte sein sollen. Es war sogar noch leichter im Fall eines Mädchens wie Alice, das mit einer Gabe ausgestattet war, die niemand verstand. Ihre Familie mag den sturen Eigensinn, mit dem Alice Dinge für wahr erklärte, die nicht wahr sein konnten, ungehorsam und verrückt erschienen sein. Oder vielleicht beschloss die Familie einfach, dass Alice krank war und der Pflege in einer Anstalt bedürfe. Ihre Freiheit war der Preis, den Alice dafür zahlte, anders zu sein.

Kontrolle von Menschenmassen und frühe Therapien

Als die Zahl der Menschen, die in Nervenheilanstalten untergebracht waren, während des späten 19. Jahrhunderts rasch zunahm, wurde die Kontrolle der Massen geisteskranker Menschen zu einem größeren Problem. Die Patienten waren gegenüber der Anstaltsleitung in der Mehrzahl und das Bewahren der Kontrolle ein heikler Prozess. Die wichtigste Aufgabe des Anstaltspersonals war es, die Patienten unter Kontrolle zu halten und sie wenn nötig zu disziplinieren. Aufseher und Arbeiter in der Anstalt hatten bewährte Mittel an der Hand, die Patienten gehorsam zu halten, die schnell und kostengünstig waren, aber es war ein hässliches Geschäft, Menschen unter Kontrolle zu behalten, die sich nicht selbst kontrollieren konnten. Die Anstalt benutzte eine Vielzahl von schrecklichen Methoden, um ihre Patienten ruhigzustellen und gefügig zu machen.

Die erste Strategie, die in Anstalten angewendet wurde, um die in ihnen untergebrachten Patienten zu kontrollieren, war ziemlich offensichtlich. Eigentlich schien sie auf den ersten Blick beinahe harmlos: Jeder Anstaltspatient erhielt einen strengen Stundenplan. Jede Minute des Tages, vom morgendlichen Aufwecken bis zum Nachtschlaf, war ausgearbeitet. Die Patienten wussten, wann sie geweckt würden, wann die Medikamente ausgeteilt wurden, wann die Behandlungen verabreicht wurden und wann sie schlafen würden. Die Stundenpläne kontrollierten den Fluss der Menschen und setzten die Patienten auf den Stundenplan des Aufsehers. Dieselbe Methode wurde benutzt, um Menschen in Armenhäusern sowie Gefängnisinsassen zu kontrollieren. Jane Hillyer, eine Patientin in einer Irrenanstalt, beschreibt die Auswirkungen eines Stundenplans: »Die wenigen Gewohnheiten des alltäglichen Lebens, die mir geblieben waren, wurden zerrissen durch eine neue und strikt erzwungene Routine, die keine Verbindung mit irgendeiner Lebensphase hatte, die ich je gekannt hatte.«[24)]

Die Uhr immer im Blick haltend, stumpften die Patienten ihrem eigenen Zeitempfinden gegenüber beinahe völlig ab. Sie brauchten sich keine Gedanken um alltägliche Arbeiten und Tätigkeiten zu machen, da sie ihnen abgenommen wurden.[25]

Wenn die Kontrolle über die Zeit der Insassen nicht ausreichte, um sie gefügig zu machen, wurden Methoden wie Arretierung und Züchtigung vom Anstaltspersonal angewendet. Die Patienten in Nervenheilanstalten wurden oft körperlich gezüchtigt. Kate Lee, eine Anstaltspatientin im Jahr 1900, erinnerte sich, dass sie Frauen sah, die von zwei Wärtern gewürgt wurden, um sie zu züchtigen.[26] Sie sah eine andere Frau, die mit einem Bettlaken an einen Stuhl festgebunden worden war.[27] Insassen wurden auch in ihren Betten gezüchtigt. Jane Hillyer erinnerte sich: »Mir waren die Hände gebunden; meine Füße waren mit einer geschickt geknüpften Schlinge am Fußende des Bettes festgebunden.«[28] In *Twilight – Bis(s) zum Morgengrauen* heißt es, dass Alice aus einer dunklen, isolierten Zelle befreit wurde, wo sie für lange Zeit von dem Vampir gehalten wurde, der sie verwandelte. Sie war so lange Zeit »in diesem dunklen Loch« gewesen, dass sie noch nicht einmal die qualvollen Schmerzen der Verwandlung in einen Vampir bemerkte (*Twilight – Bis(s) zum Morgengrauen*).

Alice wurde isoliert gehalten, aber es gab noch mehr grausame Bestrafungen für ungehorsame Insassen. Eigentlich war es verboten, Patienten zu schlagen, aber solange die Patienten keine sichtbaren Blutergüsse davontrugen, wurde dieses Verbot üblicherweise missachtet. Manchmal wurde ein Patient von hinten mit einem nassen Handtuch oder einem Kissenbezug gewürgt, bis er oder sie wieder unter Kontrolle war. In anderen Fällen wurde der Patient mit einem harten Stück Seife, das in eine Socke gesteckt wurde, bewusstlos geschlagen.[29] Die Geisteskranken wurden als minderwertiger angesehen als Kriminelle und als einer humanen Behandlung unwürdig. Fenster wurden verbarrikadiert und Türen abgeschlossen, und in überfüllten Anstalten schliefen die Patienten überall dort, wo sich auch nur ein winziges Fleckchen finden ließ.[30]

Wenn ein strenger Zeitplan die Patienten nicht genug abstumpfte und sie auch mit Schlägen nicht unter Kontrolle zu bringen waren, dann wurden andere Mittel angewendet, um die Ordnung aufrechtzuerhalten. Es wurden Beruhigungsmittel verabreicht. Diese beruhigenden, jedoch gefährlichen Drogen wurden als Mittel verwendet, Patienten unmittelbar ruhigzustellen und sie in ihren kleinen Zellen einschlafen zu lassen. Die medikamentöse Ruhigstellung konnte auch durch das Festbinden der Patienten in ihren Betten oder durch die Unterbringung in Gummizellen begleitet werden.[31)] In den Jahren vor dem Ersten Weltkrieg waren Sedativa Teil der ersten Welle der Drogentherapien. Sie hatten den doppelten Effekt, dass sie die Patienten sofort beruhigten und in Perioden verlängerten, tiefen Schlafes versetzten. Medikamente wie Morphium wurden, bevor man herausfand, dass sie hochgradig süchtig machen, unkontrollierbaren Patienten verabreicht, um ihnen und ihren Pflegern einen Augenblick künstlichen Friedens zu geben.

Chloralhydrat, zur damaligen Zeit weitaus bekannter unter dem Namen Mickey Finns, kam in Nervenheilanstalten oft zum Einsatz, weil es leicht dosiert und oral verabreicht werden konnte. Andere Medikamente, wie Apomorphin, ließen einen manischen Patienten für bis zu einer Stunde erbrechen, bis er oder sie erschöpft in Schlaf fiel.[32)]

Barbiturate kamen in den 1920er-Jahren sehr stark in Gebrauch, weil sie es dem Patienten erlaubten, nach ihrer Einnahme tief zu schlafen und am nächsten Morgen erfrischt aufzuwachen. Ärzte, die Mittel erforschten, um Geisteskrankheit zu heilen, begannen damit zu experimentieren, Patienten mit diesen Medikamenten in Tiefschlaf zu versetzen, und die Ergebnisse galten zunächst als vielversprechend. Letztlich kam man jedoch von Barbituraten ab, weil sie ein großes Todesrisiko für den Patienten darstellten.[33)]

Anstaltsärzte vermuteten auch, dass warme Bäder eine heilende und beruhigende Wirkung hätten, und sie füllten Anstaltsräume mit Badewannen für die »Hydrotherapie«, von der behauptet wurde, sie habe eindrucksvolle Erfolge gebracht. Diese Therapien leiteten sich eigentlich von älteren Methoden ab, Unruhe stiftende Patienten zu bestrafen oder müde zu machen.[34)] Die offenkundig brutalste der Hydrotherapien war die »Therapie des Ertrinkens«. Der Patient wurde in eine sargähnliche Kiste gesteckt, deren Deckel mit Löchern versehen war, und dann in einen Wasserbehälter getaucht, bis es keine sichtbaren Luftbläschen mehr gab. Manchmal wurde die Person mit den Kopf zuerst untergetaucht, bis ihre Lungen völlig luftleer waren. Ärzte stellten die These auf, dass der Patient, sobald er von einem

Nahtoderlebnisse wieder auferstehe, »frisch von Neuem beginnen könne.«[35]

Warmbäder-Varianten wurden zusätzlich zur traditionellen Version verwendet. Bei der »Nadeldusche« traf der Wasserstrahl den Patienten mit sehr hohem Druck. Anstaltsärzte glaubten, diese Therapie stimuliere das Herz. Eine andere Form der Hydrotherapie, als »Feuchtpackung« tituliert (oder auch »Kältepackung«) schrieb vor, den Patienten in ein feuchtes Tuch einzuwickeln, ihn oder sie mit einer Wolldecke zu bedecken und dann für Stunden an ein Bett zu binden. Die feuchten Tücher zogen sich beim Trocknen enger um die Patienten, und durch die Isolierung der Körperwärme fühlten die Patienten sich unerträglich heiß.[36] Diese Therapie wurde von Margaret Isobel Wilson in den 1930er-Jahren als eine Bestrafung beschrieben: »Die Kältepackung galt einigen als eine der schrecklichsten Qualen. Es graute ihnen davor. Schon die Drohung damit machte sie friedfertig und hielt sie ruhig.«[37] Nach der Behandlung mit der Kältepackung fühlte sich der Patient erschöpft genug, um schlafen zu gehen.

Frühe Behandlungsformen von Geisteskrankheit waren außerordentlich vielfältig, schlicht weil niemand wirklich wusste, wie und warum Geisteskrankheit entstand. Ein Anstaltsleiter, Henry Cotton, versuchte Geisteskrankheit sogar zu heilen, indem er den Patienten die Zähne zog! John Talbout und Kenneth Tillotson experimentierten damit, Menschen über Tage hinweg in eine Art Winterschlaf fallen zu lassen, indem sie ihre Körpertemperatur um zehn bis zwanzig Grad absenkten.[38] Aus moderner Sicht überwogen die Risiken dieser Therapien normalerweise den Nutzen, den man sich von ihnen versprach. In der Tat wirkten sie mehr als Folter denn Behandlung. Und doch konnte ein Patient zur Zeit von Alices Jugend jeder von ihnen unterworfen werden.

Schocktherapien

In *Twilight – Bis(s) zum Morgengrauen* enthüllt James Bella eine Vergangenheit, an die Alice selbst sich nicht erinnert. Indem er das tut, erörtert er die Realität der Irrenanstalten im frühen 20. Jahrhundert und die Behandlung von Geisteskrankheiten während der Zeit, als Alice Patientin war. Er sagt: »In den 1920er-Jahren waren es die Irrenanstalt und die Schockbehandlungen. Als sie ihre Augen öffnete, stark mit ihrer frischen Jugend, war es, als ob sie nie zuvor die Sonne gesehen hätte.« (*Twilight – Bis(s) zum Morgengrauen*) Irrenanstalten entließen die Patienten nicht so schnell, wie sie sie empfingen, und schwere Geisteskrankheit schien immer mehr ein hoffnungsloser Fall zu sein. Menschen, die eingewiesen wurden, gesundeten nur selten, und die Verwahrung in Anstalten erschien als das Beste. Das Aufkommen von Schocktherapien ist vor diesem Hintergrund immer überfüllterer Anstalten und schlechter »Heilungsraten« zu sehen.[39] Nach Jahren ohne Verbesserungen und mit geringen Heilungserwartungen brachten diese Therapien einen Hoffnungsschimmer, dass Geisteskrankheit geheilt werden könne. Die medizinische Logik hinter der Behandlung lautete, dass Anfälle oder ein herbeigeführtes Koma das kranke Hirngewebe zerstören und dadurch die Geisteskrankheit geheilt würde. Die Risiken für den Patienten waren jedoch sehr hoch und die Behandlung selbst eine Höllenqual.[40]

Die erste der Schocktherapien war die Insulin-Schocktherapie, zuerst vorgestellt von dem Wiener Psychiater Manfred Sakel in den 1920er-Jahren. Er beobachtete, dass, wenn er Süchtige in ein tiefes, hypoglykämisches Koma versetzte, diese nach der Gabe einer Notfall-Dosis von Glukose in einem klaren, vernünftigen Zustand erwachten. Solch ein Koma ist sehr gefährlich, und wenn es nicht äußerst gut überwacht wird, kann es tödlich sein. Sakel experimentierte damit: Er versetzte psychotische Patienten absichtlich in ein Insulin-Koma und hoffte, dass sie ausreichend gesundet daraus erwachen würden, um entlassen zu werden. Doch eine einzelne Insulinschock-Behandlung reichte in seiner Schockwirkung nicht aus, um irgendwelche merklichen Ergebnisse zu bewirken. Die Patienten mussten zwanzig bis sechzig Mal über einen Zeitraum von mehreren Monaten geschockt werden, um die Ergebnisse zu bewirken, die Sakel anstrebte. Wie gefährlich die Untersuchungen Sakels auch schienen, sie zeigten offenbar Wirkung, da er behauptete, dass die meisten Teilnehmer an seiner Studie am Ende geheilt waren oder sich ihr Zustand gebessert hatte.[41]

In der Realität war die Behandlung jedoch schrecklich riskant. Bei Diabetikern ist ein hypoglykämisches Koma eine Warnung vor dem bevorstehenden Tod, und Patienten in künstlich hervorgerufenem Koma konnten leicht in den Tod übergleiten.[42] Der Patient wurde zwanzig Minuten bis zu einer Stunde in Koma gehalten und dann durch eine Einspritzung von Glukose wiederbelebt.[43] Lenore McCall beschrieb die Erfahrung:

> Ich will nicht wiederkommen. Ich starre auf die Mauer neben mir, und Übelkeit überkommt mich. Sie lassen mich jeden Tag wiederkommen, Tag für Tag, zurück aus dem Nichts. Die Übelkeit, der Geschmack von Blut in meinem Mund, meine Zunge ist rau. Der Knebel muss diesmal abgeglitten sein.[44]

Das Erwachen aus dem Koma war ebenso würdelos wie demütigend. Die Patienten, die aus dem Insulin-Koma erwachten, erlebten beinahe ein zweites Säuglingsalter, verloren die Fähigkeit zu sprechen und selbstständig zu essen.[45] Sie vergaßen oft ihre Erwachsenenzeit und glaubten, dass sie noch Kinder seien, die zur Schule gehen müssten. Krankenschwestern dienten dann als Ersatzmütter für Insulinschock-Patienten. Die Insulin-Injektionen ließen den Patienten sich elendig fühlen und bereit, Tröstung aus jeder Richtung anzunehmen, wie kränkelnde Kinder, die eine tröstende Mutter brauchten. Eine einzige Schockbehandlung reichte jedoch nicht aus, um eine dauernde Veränderung im Verhalten des Patienten zu bewirken. Die Person kehrte über die infantilen Stadien wieder zu ihrem »verrückten« Verhalten zurück. Nach mehreren Behandlungen jedoch waren die erkrankten Teile des Gehirns beschädigt. »Geheilte« Patienten interessierten sich nach der Behandlung nicht mehr für ihre früheren Leidenschaften und waren emotional distanzierter, während sie nach außen hin umgänglicher erschienen. Diese Veränderung – der sogenannte Nutzen der Insulinbehandlung – kam zustande, weil das Insulin-Koma einen Sauerstoffmangel im Gehirn bewirkte, wodurch Gehirnzellen abstarben. Die Insulinbehandlung sorgte auch für mehr Ruhe in den Anstalten, da Betten mit komatösen Patienten gefüllt wurden. Insulinbehandlungen wurden bis in die 1950er-Jahre hinein benutzt, um Schizophrenie zu behandeln, aber die große Mehrzahl der mit Insulinschocks behandelten Patienten wurde rückfällig.

Schlussfolgerung: Lieber verwandelt als »kuriert«?

Die »Behandlungen«, die psychisch Kranken im frühen 20. Jahrhundert aufgezwungen wurde, scheinen mehr eine Folter als eine Therapie gewesen zu sein. Patienten beschrieben Elektroschocks, die in den psychiatrischen Kliniken während der 1940er-Jahre eingeführt wurden, als ein Gefühl, als ob sie lebendig brennen würden oder sich inmitten einer Explosion befänden. Die Behandlungen waren auch schädlich, was gerade der Grund dafür war, dass man dachte, sie hätten funktioniert: sie schädigten das Gehirn des Patienten.

Während des 19. und des frühen 20. Jahrhunderts konnte ein Patient in eine Nervenheilanstalt verschleppt oder geprügelt oder ausgetrickst werden, um sich der Einweisung in eine Anstalt und der dortigen Behandlung zu unterwerfen. Es spielte keine Rolle, wie er oder sie an das Bett im Hospital gekommen war. Es wurde auch allgemeine Praxis, insbesondere gegen Mitte des 20. Jahrhunderts, Elektroschock-Behandlung als Disziplinierungsmethode zu benutzen. Patienten, die sich schlecht benahmen, bekamen mehr Volt ab. Obwohl es nicht die einzige Form von Schocktherapie ist, sind Elektroschocks die Form der sogenannten Krampftherapie, die heute am bekanntesten ist. Elektroschocks wurden durch die Schläfenlappen des Gehirns gejagt, was zu Krampfanfällen des ganzen Körpers führte und den Patienten in Bewusstlosigkeit sinken ließ. Nach jeder Behandlung brauchte das Gehirn des Patienten Wochen, um wieder normal zu funktionieren. Die Patienten waren hilflos und desorientiert. Vielleicht noch erschreckender ist die Tatsache, dass die intellektuellen und kritischen Fähigkeiten des Patienten ebenfalls reduziert wurden.[46)] Dies ist eine nicht sehr überraschende Fortsetzung dessen, was bei der Hydrotherapie in früheren Jahren passiert war. Während der Jahre, als die Hydrotherapie die vorherrschende Behandlungsmethode war, wurden Patienten, die sich schlecht benahmen, öfter und für längere Zeit in Bäder gesteckt und unter die Dusche gestellt. Durchweg wurden in dieser Periode alle Behandlungen gleichermaßen dazu verwendet, Patienten zu kontrollieren und zu bestrafen, wie sie zu »kurieren«.

Auch Alice könnte hereingelegt oder zwangsweise in die Anstalt gebracht worden sein. Ihre besondere Gabe konnte von ihrer Umgebung leicht als Schizophrenie missdeutet werden, und ihre Eltern haben sie vielleicht schnell einweisen lassen, um die »Schande« solch armseligen »Erbgut-Plasmas« in ihrer Familie zu kaschieren. Einmal in der Anstalt, könnte Alice vielen dieser Behandlungen unterworfen worden sein, da die meisten während der Zeit, in der sie dort gefangen gehalten wurde, gängige Praxis waren. Es wundert wenig, dass die Höllenqualen und die extreme Hitze, die mit der Verwandlung in einen Vampir einhergehen, wie James in *Twilight – Bis(s) zum Morgengrauen* erklärt, von Alice kaum bemerkt wurden, denn sie hatte schon so lange in Schmerz und Dunkelheit gelebt. Als Alice verwandelt war, muss es sich für sie ähnlich angefühlt haben wie für Bella nach ihrer Verwandlung: »Ich sah nicht aus wie das Holzkohle-Brikett, als das ich mich fühlte ... Jede Zelle in meinem Körper war zu Asche gemacht.« (*Breaking Dawn – Bis(s) zum Ende der Nacht*) Aber Alice, bereits so lange in unerträglichen Qualen gefangen, nimmt das entsetzliche Erlebnis der Verwandlung kaum wahr. Was ihre menschlichen Aufseher ihr bereits angetan hatten, war viel schlimmer sogar als das Gift eines Vampirs.

8
Carlisle Cullen und die Hexenverfolgungen im puritanischen London

Janice Liedl

Im England des 17. Jahrhunderts ging der Sohn eines Predigers einer kurzlebigen Karriere als Hexenjäger nach, er suchte nach unnatürlichen Kreaturen, die sich zwischen den gottesfürchtigen Leuten in Stadt und Land versteckt hielten. Der Name dieses Mannes war nicht Carlisle Cullen, sondern Matthew Hopkins. Im Gegensatz zum Patriarchen des Cullen-Clans hatte Hopkins keine Vorbehalte, was die eingeschlagene Karriere betraf. Matthew Hopkins hatte den Ruf, Englands »oberster Hexenverfolger« zu sein. Während der Englische Bürgerkrieg seinen Höhepunkt erreichte, erwarb er sich bei der letzten großen Hexenjagd Englands Ruhm, indem er Hunderte von Menschen, größtenteils Frauen, in den Tod schickte.

Carlisle Cullen hat mit dem fanatischen Hexenjäger Hopkins nicht viel gemein, selbst bevor der Biss eines Vampirs ihn verwandelte. Von einem mürrischen Witwer aufgezogen, der seinen puritanischen Glauben und die Hexenverfolgung über die Interessen seines Sohnes setzte, standen für Carlisle Vernunft und Mitgefühl an erster Stelle. Carlisle lehnte die puritanische Religion und die extremistische Weltanschauung seines Vaters ab. Die Geisteshaltung seines Vaters war bereits im Rückgang begriffen zu der Zeit, als Carlisle zum Erwachsenen wurde. Carlisle hielt sich stattdessen an einen Verhaltenskodex, der mehr den intellektuellen Strömungen seiner eigenen Generation entsprach. Mitten in der Zeit der wissenschaftlichen Revolution und in den frühen Jahren der Aufklärung geboren, lehnte Carlisle den religiösen Fanatismus seines Vaters ab, zugunsten der Vernunft und des Glaubens an die Güte Gottes, was mehr den Vorstellungen seiner eigenen Generation entsprach. Carlisles Erziehung im London des 17. Jahrhunderts sagt viel aus über den Mann und Vampir, zu dem er wurde.

»Das London meiner Jugend«

Carlisle Cullen wurde um das Jahr 1642 oder 1643 geboren und war der Sohn eines Predigers und dessen Frau. Wie es damals vor dem Aufkommen moderner Desinfektionsmittel und Antibiotika bei etwa einer von zwanzig Geburten vorkam, starb die Mutter im Kindbett. Dass Carlisle seine Kindheit überlebte, war reines Glück: Die Kindersterblichkeit war hoch in dieser Zeit; eines von fünf Kindern starb noch vor seinem fünften Geburtstag. Die Londoner Luft galt für junge und schwache Menschen als gefährlich, und die Stadt war wegen der schlechten Abwassersysteme und Überbevölkerung Keimstätte einer erstaunlichen Anzahl von Infektionskrankheiten. In seinen ersten Lebensjahren wird Carlisle von einer Amme versorgt worden sein, einer Frau, die kürzlich ihr eigenes Kind entwöhnt hatte und deshalb in der Lage war, den Waisenjungen zu stillen und ihn zu ernähren. Für den kleinen Jungen war die Amme in seinem Leben das, was einer Mutterfigur am Nächsten kam. Es muss schlimm für ihn gewesen sein, sie gehen zu sehen, als sein Vater entschied, dass er zu alt sei für die Kinderfrau. Bis zu diesem Zeitpunkte könnte sie mit dem jungen Carlisle auf dem Land bei einer Pflegefamilie gelebt haben oder im Londoner Zuhause seines Vaters. Genau diese Stadt ist es auch, die Carlisle als »das London meiner Jugend« charakterisiert, also scheint es wahrscheinlich, dass Carlisle seine frühe Kindheit und Jugend im Herzen der Metropole verbrachte.

Auf den ersten Blick scheint eine Stadt des 17. Jahrhunderts wenig Ähnlichkeit mit einem modernen Stadtzentrum zu haben. Es kommt uns wie der Blick in ein seltsames Fantasie-Land vor, als Edward Cullen Bella Swan ein kleines Ölgemälde zeigt: »Eine Miniatur-Stadt voll mit steil geneigten Dächern, mit dünnen Spitzen auf verstreuten Türmen. Ein breiter Fluss füllte den Vordergrund aus, von einer Brücke überquert, bedeckt mit Gebilden, die wie winzige Kathedralen aussahen.« (*Twilight – Bis(s) zum Morgengrauen*) Mit fantasievollen Worten und sehr überzeugend beschreibt Bella hier das London des Bürgerkriegs, wie es von damaligen Zeitgenossen gesehen wurde, überzeugend beschrieben. Mehrere berühmte Panoramen haben die Stadtansicht zu jener Zeit festgehalten, und sie entsprechen genau dem, was Bella sah. Die Themse wurde als Hauptader für den großstädtischen Handels- und Personenverkehr in so gut wie jedem Bild Londons markant im Vordergrund abgebildet. Schiffe segelten aus Europa, Amerika und dem Fernen Osten in die Docks des Londoner East Ends, beladen mit Tennisbällen, Lakritz, feiner Seide und Gewürzen. Fähren und Handelsschiffe schlängelten sich den breiten Fluss hinauf und hinunter, den unweit vom Tower of London die alte London Bridge überspannte. Bellas Beschreibung der Brücke als anscheinend mit winzigen Kathedralen bedeckt ist überraschend zutreffend, denn unter den vielen Gebäuden, welche die massiv gebaute Brücke beinahe ausfüllten, waren Wohnhäuser, Geschäfte und Kapellen.

Wie war es, im London des 17. Jahrhunderts heranzuwachsen, besonders als Sohn eines Pfarrers? Die Cullens, Vater und Sohn, lebten im Kirchendomizil, das heißt im Pfarrhaus. Jeden Sonntag hielt Carlisles Vater in seiner Pfarrkirche vor der Gemeinde eine Predigt. Carlisle wird die Gottesdienste seines Vaters besucht haben, zunächst unter den sorgsamen Blicken eines Hausbediensteten. Als er heranwuchs, wird man vom Sohn des Pastors erwartet haben, allen Bewohnern in der Nachbarschaft als Beispiel für gutes Verhalten zu dienen. Strenge Kirchenmänner wie Carlisles Vater werden auch Sport oder sonstige Freizeitaktivitäten am Sonntag generell verboten haben, ausgenommen waren nur fromme Beschäftigungen wie das Bibellesen. Aber an den anderen Tagen der Woche mag Carlisle mit anderen Kindern der Gemeinde gespielt haben.

Die Gemeinde wird zwischen 50 und mehr als 200 Haushalte umfasst haben. Als Teil einer Pastorenfamilie wird Carlisle, verglichen mit vielen anderen Londonern, mit relativ vielen Annehmlichkeiten aufgewachsen sein. Wie andere Kirchenmänner wurde auch Carlisle vom Zehnten unterstützt: einer von jedem Gemeindemitglied entrichtete Steuer in Höhe von 10 Prozent des Einkommens. Abhängig von der Größe und dem Wohlstand der Gemeinde wird dieser Zehnte als jährliches Einkommen zwischen 21 Pfund und mehr als 100 Pfund betragen haben (in heutiger Währung wären dies etwa 40 000 bis 160 000 Euro).[1)] Dies zu einer Zeit, in der ein Bauarbeiter etwa 10 Pence am Tag und ein Hausdiener 2 Pfund im ganzen Jahr verdiente (Kost und Logis wurden zur Verfügung gestellt), aber das Einkommen eines Gentleman selten unter 1 000 Pfund sank. Wie gut situiert die Gemeinde und der Pfarrhaushalt auch gewesen sein mögen, Carlisle wird nicht zur Londoner Elite gehört haben: Der Sohn eines Pfarrers mochte genauso gebildet sein wie der eines Gentleman, aber er würde sich weder so gut kleiden noch so gut leben können, wie es die Reichen in solchen Palästen wie Somerset House oder Arundel House taten.

Edward erzählt uns nie, welchen Teil Londons die Cullens als ihre Heimat bezeichneten. Carlisle wird wahrscheinlich in einer der 109 Gemeinden aufgewachsen sein, die sich vom Nordufer der Themse ausbreiteten (die Südseite, bekannt als Southwark, wurde erst 1551 offiziell in die City of London aufgenommen und blieb noch viele Jahre ein Stiefkind der Stadtpolitik). London war im 17. Jahrhundert eine »Boomtown«. Die Stadt wurde von einer wachsenden Einwanderungswelle getragen: Männer und Frauen vom Land kamen auf der Suche nach Arbeit und Chancen nach London. Mit einer Einwohnerzahl, die für 1650 auf 350 000 geschätzt wird, wuchs London schneller als der Rest Englands und war die drittgrößte Stadt in ganz Europa. London war dabei auch eine Brutstätte für Krankheiten und Gewalt, und zwar in solchem Ausmaß, dass in den Gemeinden Londons jedes Jahr mehr Menschen begraben als getauft wurden. Trotzdem wuchs die Bevölkerung wegen der Menschen, die aus dem Land und aus kleineren Städten nach London zogen, während des ganzen Jahrhunderts durchweg an. Mit einem beständigen Zustrom von Neuankömmlingen in einer Stadt, die berüchtigt für Gefahren und Krankheiten war, hätte ein Vampir-Zirkel leicht unvorsichtigen Neuankömmlingen aufgelauert haben können, ohne dass es jemand mitbekam.

Viele Menschen drängten sich immer noch innerhalb der traditionellen Grenzen der Stadt, die sich vom Tower im Osten bis zum Stadttor Newgate im Osten erstreckte. Zum Süden hin bot die London Bridge einen bequemen Übergang nach Southwark, wo Gefängnisse, Prostituierte, Schauspieler und Theater in großer Zahl vorhanden waren. Nordwärts endeten die alten Stadtmauern beim Moorgate, aber zu Carlisles Zeit war London schon weit über diese alten Grenzen hinausgewachsen, hatte sich in alle Richtungen ausgebreitet und war im Stadtzentrum auch in die Höhe gewachsen. Holzhäuser, eines an das andere gebaut und die schmalen Straßen überragend, verdrängten das Licht. Es gab viele schmale Gassen, in denen man sich verstecken konnte, und neuere Gebäude ruhten auf mittelalterlichen, sogar auf römischen Fundamenten. Man kann sich London als ein Netzwerk von beinahe durchgehend miteinander verbundenen Gebäuden vorstellen, das von Shadwell im Eastend bis zu Whitehall in der Nähe von Westminster Abbey und Westminster Palace reichte, außerhalb der Stadtgrenzen.[2)]

Welche Nachbarschaft er auch sein Zuhause genannt haben mag, Carlisle wird unter den sorgsamen Augen der Gemeindemitglieder der Pfarrei seines Vaters herangewachsen sein, ein Kind der Gemeinde. Die Männer und Frauen, deren Häuser und Geschäfte die Straßen rund um die Kirche und Pfarrei füllten, werden beide Cullens gut gekannt haben. Vielleicht haben sie Carlisle gegrüßt, wenn er, wie die meisten Londoner Kinder, in den überfüllten, engen Straßen ihrer Gemeinde spielte. Möglicherweise haben sie traurig getuschelt über sein einsames Leben, mit nur seinem Vater und ein paar Dienern, die für ihn sorgten. Mit Sicherheit haben sie den Sohn des Witwers gut im Blick behalten. Londoner waren bekannt dafür, die Kinder ihrer eigenen Gemeinden zu beschützen. Es gibt Berichte, wie einfache Männer Kinder davor beschützten, auf der Straße über den Haufen geritten oder von Fremden misshandelt zu werden. Ein Fall aus dem 14. Jahrhundert zeigt Londoner in Höchstform: Eine Menschenmenge stoppte einen Koch und einen Bankangestellten, die grundlos einen Jungen schlugen, der ihnen über den Weg gelaufen war, und erteilten ihrerseits den Schikanierern eine ordentliche Abreibung. Das Gericht wies später die Klage der verprügelten Männer zurück und gab der Aussage der Nachbarschaft Recht, dass die beiden Männer »keinen Grund zur Klage« hätten.[3)] Carlisles Bereitschaft, Edwards und Bellas Tochter Renesmee in *Breaking Dawn – Bis(s) zum Ende der Nacht* gegen die Volturi zu verteidigen, könnte von seinen Erinnerungen an die Gemeinden des alten London inspiriert sein, die Kinder aufs Schärfste beschützten.

Sobald Carlisle sechs oder sieben Jahre alt war, wird er mit seinen Schulaufgaben begonnen haben, entweder unter den wachsamen Augen seines Vaters oder in einer der vielen Londoner Schulen, welche die Kinder der gut situierten und gebildeten Bürger Londons aufnahmen. Vielleicht besuchte er St. Paul's School, die berühmte Institution, die im Kirchhof der großen Kathedrale untergebracht war, und damit ganz in der Nähe der vielen Buchhändler, welche die Schüler und Lehrer mit Büchern versorgten. Oder er könnte am Christ's Hospital zur Schule gegangen sein, wo sowohl arme Jungen als auch die Söhne von Gentlemen unterrichtet wurden. Vielleicht leitete Carlisles

Vater auch seine eigene Gemeindeschule, wie einige Londoner Kirchenmänner es taten, oder er beschloss einfach, seinen Sohn selbst zu unterrichten. In jedem Fall wird Carlisle Latein und Englisch gelernt haben, und möglicherweise auch Griechisch und Französisch. In Anbetracht der puritanischen Neigung von Cullen senior ist es unwahrscheinlich, dass er Carlisle erlaubt hat, vielen der Spiele und Freizeitbeschäftigungen zu frönen, an denen die Londoner Schuljungen Spaß hatten, sei es das Ballspielen oder das Herumziehen in der Stadt, wobei Bänkellieder gesungen wurden, was Kritiker wie Henry Chettle, ein normalerweise toleranter Dramatiker und Liedschreiber des Elisabethanischen Zeitalters, als unmoralisch und obszön bezeichnete.[4)] Mit seinem puritanischen und zwanghaften Vater wird Carlisle wahrscheinlich mehr Bücher als Freunde gehabt haben.

»Ganz kurz vor der Herrschaft Cromwells«

Selbst wenn Carlisles Vater ein unbeschwerterer Typ gewesen wäre, Carlisles Kindheit hätte nicht besonders angenehm sein können. In den frühen 1640er-Jahren, als Carlisle geboren wurde, war ganz Britannien, besonders London, vom Beginn des Englischen Bürgerkriegs erschüttert, der bis 1649 dauerte (in Irland und Schottland dauerten die Kämpfe bis in das nächste Jahrzehnt an). König Karl I. stand die Armee des Parlaments gegenüber, die eine frühe Allianz mit den Schotten einging, deren presbyterianische Anführer das Ansinnen des Königs, Schottland solle das Gebetbuch und die Organisationsstruktur der anglikanischen Kirche übernehmen, heftig ablehnte. England und Schottland befanden sich eigentlich schon seit 1637 deswegen im Krieg – einem Krieg, der bei vielen englischen Untertanen höchst unbeliebt war. Einige zogen die schottische Kirche der stark formalisierten anglikanischen Kirche vor. Andere argwöhnten, dass die Religionspolitik des Königs darauf abzielte, die Kirche von England näher an die katholische Kirche zu bringen, mit der Heinrich VIII. hundert Jahre zuvor gebrochen hatte.

Mitte des 17. Jahrhunderts war der Katholizismus in England offiziell und inoffiziell verdammt. Viele sahen diese Art des Christentums als stark anti-englisch und brachten damit eher Guy »Guido« Fawkes in Verbindung, der im Jahr 1605 einen Komplott geschmiedet hatte, um König und Parlament in die Luft gehen zu lassen. Einige gingen sogar so weit, den Papst mit dem Antichristen gleichzusetzen und klagten katholische Priester an, Hexerei bei ihren Messritualen auszuüben.[5] Nur wenige englische Untertanen fanden sich für die Sache des Königs zusammen und zogen in den Kampf für das, was später als *Bishop's War* (Krieg des Bischofs) bekannt wurde. Viele von jenen, die es taten, desertierten aus der königlichen Armee, woraufhin die schottischen Streitkräfte einige der nördlichen Grafschaften Englands besetzen konnten und der König gezwungen war, ein Parlament einzuberufen, das mehr daran interessiert war, den König herauszufordern als ihm beizustehen. Unterstützt von prinzipientreuen Parlamentariern und religiösen Extremisten, begab sich das Parlament im Jahr 1643 in den Krieg gegen die Streitkräfte des Königs.

Die Schwierigkeiten des Königs nahmen während der Jahre von Carlisles Kindheit nur noch weiter zu. Die Parlamentarier behielten die Kontrolle über London, als der Bürgerkrieg begann, während König Karl und seine Anhänger nach Oxford flohen. Das Parlament machte bei seinen frühen Kämpfen gegen den König mit den Schotten gemeinsame Sache, nicht nur aus politischen Gründen, sondern auch weil viele Parlamentsanhänger mit ihnen eine Vorliebe für die strengeren Formen des Protestantismus teilten, den Puritanismus eingeschlossen. Als das Parlament siegreich aus dem Kampf hervorging, wurde Karl außerhalb von Whitehall Palace exekutiert, während die Londoner zusahen. Während der nächsten beiden Jahrzehnte war ihre Stadt das Zentrum einer radikalen religiösen Reform, die danach strebte, englische Kultur und englisches Verhalten entsprechend puritanischer Maßstäbe zu »purifizieren«, also zu reinigen. Schon vor dem Tod des Königs dominierten die Puritaner die religiöse Szene Londons. Londons Kirchen waren mit Geistlichen besetzt, die das Theater als nutzlose Frivolität und das Feiern des Weihnachtsfestes als antichristlich verdammten. Ein paar dieser Puritaner gingen sogar unter der Herrschaft von Oliver Cromwell in den 1650er-Jahren so weit, heiratswilligen Paaren die Möglichkeit zu verwehren, ihre Eheschließung in der Kirche zu feiern, weil sie der Meinung waren, dass Hochzeiten den zivilen Autoritäten überlassen sein sollten und nicht den Pfarrern.

»Sein Vater war ein intoleranter Mann«

Carlisles Vater scheint gut zu diesen religiösen Extremisten gepasst zu haben. Obwohl Edward Carlisles Vater als Anglikaner beschreibt, passt dieser Ausdruck besser zu jemandem, der König Karl und seinem Erzbischof, William Laud, gehorsam blieb. Pastor Cullen hätte das nicht getan haben und gleichzeitig in London bleiben können, solange das Parlament an der Macht war. Carlisles Vater war kein Royalist, sondern ein Reformer, der danach strebte, die englische Kirche von katholischen Ritualen und die englische Gesellschaft von dekadentem Verhalten zu »reinigen«, wobei er die Hexenjagd als Teil seines göttlichen Auftrags ansah. Wenn er sie noch erlebt hätte, wäre er nach der Exekution des Königs 1649, als die Macht sich in den Händen des Parlamentsanführers Oliver Cromwell konzentrierte, aufgeblüht. Carlisles Vater war, in Edwards Worten, »leidenschaftlich in seiner Verfolgung des Römisch-Katholischen und anderen Religionen«, eine Einstellung, die gut zu Cromwell passte, der selbst stark antikatholisch eingestellt war (*Twilight – Bis(s) zum Morgengrauen*).

Cullen senior konnte seine Londoner Gemeinde nur behalten haben, wenn er an den strengen Glaubenslehren und Verhaltensnormen der puritanischen Parlamentsfraktion und vieler Londoner festhielt. Bald nach Ausbruch des Krieges richtete das Parlament ein »Komitee für anstößige Pfarrer« ein, das Geistliche auf schlechtes Verhalten und »päpstliche« (das heißt katholische) Tendenzen hin überprüfte. In den ersten paar Monaten seiner Existenz gingen bei diesem Komitee etwa 800 Petitionen ein, die sich gegen etablierte Kirchenmänner richteten. Das Komitee richtete einen großen Teil seiner Energie auf die Londoner Pfarrer und Seelsorger, die beinahe buchstäblich unter der Nase der Parlaments operierten, wobei Pfarrer wie William Fairfax von der Gemeinde St. Peter Cornhill ausgesondert wurden, welcher der Einführung von Neuerungen, des öffentlichen Ärgernisses und der Kriminalität für schuldig befunden wurde und 1643 dafür ins Gefängnis kam.[6)] Carlisles Vater kann mit seinen eigenen religiösen Praktiken den Argwohn des Komitees nicht auf sich gezogen haben, um seine Position während des Kriegs und in der Folgezeit nicht zu gefährden.

Im selben Jahr, in dem Fairfax ins Gefängnis kam, weil er nicht den Vorstellungen des Komitees hinsichtlich des Betragens eines Geistlichen entsprach, gründete das Parlament eine weitere religiöse Institution, die Westminster-Versammlung. Das neue Gremium sollte neue Modelle der Kirchenleitung und der Gottesdienstordnung ausarbeiten, die im ganzen Land etabliert werden sollten, sobald die Streitkräfte des Parlaments die Armee des Königs in die Defensive gedrängt hätten. Die Versammlung erreichte allerdings, was die nationale Kirchenreform anging, wenig und konzentrierte sich stattdessen bis ins Detail auf die Beaufsichtigung kirchlicher Mitarbeiter und Behörden. Versammlungsmitglieder beförderten puritanische Pfarrer und unterwanderten die traditionelle Autorität der Bischöfe, aber nur unsystematisch. Solange die Kirchenleitung so beschäftigt mit theologischen Details war, konnten konforme puritanische Geistliche wie Carlisles Vater die Hexenjagd zu einem ziemlich blutrünstigen Hobby ausarten lassen, ohne irgendwelche Beunruhigung auszulösen.

Carlisles früheres Leben war zweifellos durch die Religion seines Vaters und dessen Hexenjagd-Einsätze geprägt. Mutterlos unter den gestrengen Augen von Pastor Cullen aufgewachsen, hätte aus Carlisle leicht ein ebenso fanatischer Hexenjäger werden können, wie sein Vater es war. Allerdings war die Hexenjagd, als Cullen senior die Straßen und Gassen Londons auf der Suche nach gottlosen Kreaturen durchforstete, die es zu zerstören galt, bereits stark im Rückgang begriffen. Es ist wichtig, sich daran zu erinnern, dass solche Auswüchse religiösen Eifers die Ausnahme waren und nicht die Regel, selbst in der stark religiös geprägten Kultur des 17. Jahrhunderts. Zwar trat niemand dafür ein, Hexerei oder dämonische Handlungen zu tolerieren, aber viele Menschen störten sich an der Geisteshaltung von übereifrigen Hexenjägern wie Pastor Cullen, die sich auf die »Realität des Bösen« fixierten. Was war dieses Böse? Wie Eveline Brugger in dem Kapitel dieses Buches über Vampire in der europäischen Folklore ausführt, war »Vampir« im puritanischen England ein unbekannter Begriff. Londoner, die an gottlose Wesen glaubten, werden sich also nur über Hexen Sorgen gemacht haben. Für Cullen senior waren Hexen eine genauso fürchterliche Bedrohung, wie es Drogendealer in modernen Zeiten sind, und sogar eine noch akutere, da Hexerei die Seele bedrohte, während Drogen nur den Körper schädigen.

Einen weiteren Einblick in die Psychologie von Hexenjägern wie Carlisles Vater bietet der Historiker Wolfgang Behringer. Er glaubt, dass Hexenjäger in Europa und Amerika eine ganz ähnliche Mentalität hatten. Diese Männer waren allesamt verhärtet und geprägt von der in den Evangelien prophezeiten Endzeiterwartung, ihre Geisteshaltung war durchdrungen von extremer Strenge und Entbehrung. Behringer führt an, dass »das Charakterprofil der *autoritären Persönlichkeit* nicht nur auf Wähler von Faschisten und Nazis zutrifft, sondern auch auf das jener Juristen, Theologen, Ratsmitglieder und Fürsten, die sich um 1600 an das Geschäft der Hexenjagd machten.«[7] Dieser Persönlichkeitstyp wird vielleicht ein großer Hexenjäger gewesen sein, doch vermutlich kein liebevoller und fürsorglicher Vater. Carlisle wird emotional selbstgenügsam aufgewachsen sein mit dem fanatischen Vater, der seinen Sohn mehr als Werkzeug für seinen eigenen Kreuzzug betrachtete denn als Individuum, das ermuntert werden sollte, seine eigenen Interessen zu erkunden.

»Als Monster nicht nur Mythen und Legenden waren«

Es könnte an diesem Punkt hilfreich sein, zum Fall von Matthew Hopkins zurückzukehren, Englands erfolgreichstem Hexenjäger, auch wenn dieser Titel nur seiner unermüdlichen Werbung in eigener Sache zuzuschreiben ist. Hopkins wurde in den 1620er-Jahren auf dem englischen Land geboren (genau wie über Carlisles Geburt sind auch über seine keine genauen Orts- oder Zeitangaben erhalten). Er war der Sohn eines Vikars, der sich schließlich auf eine Karriere als Hexenjäger verlegte, die zur Exekution von mehr als 250 Menschen im östlichen England aufgrund des Verbrechens der Hexerei führte. Hopkins behielt bei seinen Jagden mit einem Auge die Öffentlichkeit im Blick: Seine Heldentaten wurden in mehreren zeitgenössischen Büchern niedergeschrieben, wovon Hopkins eines selbst verfasste: *The Discovery of Witches* (Die Enttarnung der Hexen). Berichten zufolge starb Hopkins im August 1647 an Tuberkulose, obwohl die Legende es will, dass auch er selbst als Hexer exekutiert wurde.[8] Mit dem frühen Tod von Hopkins erstarb auch die Begeisterung für seine Hexenjagden, und die Hexenverfolgung in England verschwand im Laufe der nächsten Generation.

Die grundlegendste Definition von Hexerei wurde von George Gifford im Jahr 1587 ausgegeben. Er legte fest, eine Hexe sei jemand, der »mit dem Teufel zusammenarbeitend ... Schmerz zufügt oder heilt, geheime Dinge enthüllt oder Dinge voraussagt, die geschehen werden.«[9] Wegen der ihnen unterstellten intellektuellen und moralischen Schwäche, die sie neidisch auf Männer mache, hielt man Frauen für besonders empfänglich für die List des Teufels. Ältere Frauen, arme Frauen, Witwen oder unverheiratete Mütter wurden für besonders angreifbar gehalten. John Stearne, der bei den Hexenjagden mit Hopkins zusammenarbeitete, schrieb zwei Bücher darüber, wie die beiden Hexen enttarnten. Zum Beispiel erklärte sein Buch *Confirmation and Discovery of Witchcraft* (Bestätigung und Enttarnung der Hexerei, 1587), dass die Bibel und bestimmte körperliche Merkmale den Ermittlern sichere Beweise für den dämonischen Einfluss lieferten.

Stearne und Hopkins erhielten ihre Beweise mithilfe von Leibesvisitationen bei Frauen, die der Hexerei angeklagt waren, und durch Geständnisse, die unter Folter gemacht wurden. Bei den sogenannten Hexenmalen, nach denen die Körper der Frauen abgesucht wurden, konnte es sich um so harmlose Dinge wie Leberflecke oder Warzen handeln. In Stearnes Handbuch wird den Ermittlern geraten, in der direkten Umgebung der Hexe nach Tieren wie Katzen, Hunden, Frettchen und Hasen Ausschau zu halten, die an dem Hexenmal saugen würden, um der Hexe bei ihrer dunklen Magie zu helfen. Um den Anstand zu wahren, stellte Hopkins eine Frau ein, Mary Phillips, welche die körperliche Untersuchung auf Hexenmale vornahm. Phillips half den Ermittlern in vielen Fällen.[10] Um ein Geständnis von einer Hexe zu erhalten, benutzten die Jäger Schlafentzug und Foltermethoden, die mit ausgekugelten Armen enden konnte. Die Hexenjäger benutzten auch das »Schwimmen« bzw. Untertauchen, um zu bestimmen, ob die Angeklagte unschuldig oder schuldig war. Beim Untertauchen wurden der Angeklagten die Hände an die Füße gefesselt, dann wurde sie ins Wasser geworfen; wenn sie nicht unterging, war sie schuldig, wenn sie unterging, unschuldig. Hopkins und Stearne behaupteten, dass sie das Untertauchen nur benutzten, wenn die ortsansässige Gemeinde es verlangen würde und auch nur, wenn das Wetter warm genug war, sodass die Angeklagte keinen Schaden davontrüge.[11]

Im Gegensatz zu den eher improvisierten Hexenjagden, die von Pastor Cullen und seinem widerwillig beteiligten Sohn durchgeführt wurden, handelte Hopkins bei seinen Untersuchungen überlegt, hielt sich an die Gesetze gegen die Hexerei und verübte keine Selbstjustiz. Wenn die Jäger ein Geständnis erreicht hatten, übergaben sie die Hexe den Assisen-Gerichten, wo die Richter den Fall verhandelten, die Hexe verurteilten und ihre Exekution veranlassten. Nicht alle Hexenjäger waren so offen und gesetzestreu. Viele englische Männer und Frauen des 17. Jahrhunderts fürchteten die übernatürlichen Mächte, die von Hexen und Hexenmeistern ausgeübt wurden. Man glaubte, dass Hexen fähig seien, bei Menschen und Tieren Krankheiten auszulösen, Missernten zu bewirken und durch ihren Pakt mit dem Teufel sogar Fehlgeburten herbeizuführen. Frauen, die verdächtigt wurden, eine Hexe zu sein, waren deshalb nicht nur eine Bedrohung für das Wohlergehen ihrer Nachbarn, sondern auch für das Seelenheil der Gemeinschaft, in der sie wohnten.

Wenn eine Hexe der eigenen Familie oder Gemeinschaft zusetzte, konnte man nicht immer auf das Justizwesen warten. Einige Hexenjäger wie Hopkins spürten verdächtigte Hexen auf und lieferten sie den Autoritäten aus. Andere fühlten sich berufen, die Angelegenheit selbst in die Hand zu nehmen und die Hexen mithilfe des Mobs zu jagen. Carlisles Vater fällt in diese zweite Kategorie, denn er lehrte seinen Sohn, sich an die Spitze eines Mobs zu stellen und nicht auf Richter und Beweise zu warten. Dies war zu dieser Zeit nicht unbekannt: Im Jahr 1643 wurden zwei verschiedene Frauen von Soldaten des Parlaments gelyncht, die fürchteten, die Frauen hätten ihre teuflischen Kräfte eingesetzt, um die Sache des Königs zu unterstützen.[12)] Angst vor Hexerei führte in einzelnen Gemeinden dazu, das Recht in die eigenen Hände zu nehmen. Zu dieser Art von Panik ist es in der Geschichte des Hexenwahns immer wieder gekommen.

Die Hexenverfolgungen hielten vom späten 15. Jahrhundert bis zum Ende des 17. Jahrhunderts an. Während des europäischen Hexenwahns starben Zehntausende von Menschen, hingerichtet entweder nach offiziellen Gerichtsverfahren oder als Ergebnis der Lynchjustiz eines aufgebrachten Mobs, wie sie von Carlisles Vater mit seinen blindwütigen Hexenjagden durch die Londoner Nacht praktiziert wurde. Kirchenmänner waren besonders besorgt über die Bedrohung, die von Hexerei ausging, da sie sie als dämonische Opposition zum Christentum ansahen und auch als Zeichen für eine widerspenstige oder ungebildete breite Masse. Regierungen verabschiedeten, größtenteils aus denselben Gründen, neue Gesetze, die sich gegen Verbrechen der Hexerei richteten, obwohl deren zu eifrige Anwendung die politische und religiöse Ordnung destabilisierte.[13] Gesetzlich genehmigte Hexenjagden gab es in England ab 1563, als das Oberhaus ein »Gesetz gegen Beschwörungszauber und Hexerei« erließ. Das Hexerei-Gesetz sah Strafen für verschiedene Arten von Hexerei-Verbrechen vor, die von der Inhaftierung über den Pranger bis zum Tod reichten. Trotzdem, das Ausmaß von Beweisen, das von dieser Gesetzgebung des 16. Jahrhunderts verlangt wurde, machte die Verfolgung eines solchen Falles zu einer schwierigen Aufgabe.

Im Jahr 1604 setzte ein neues Gesetz die Anforderungen für einen Schuldspruch herab, ein Beweis für übernatürlich herbeigeführten Schaden war nicht länger nötig, um die Hexe schuldig zu sprechen. Diese gesetzliche Änderung wurde vorgenommen, um den neuen König von England, den Stuart Jakob I., zufriedenzustellen. Als er noch König von Schottland gewesen war, hatte Jakob ein Buch über Hexerei geschrieben, das *Demonology* (Dämonenlehre) hieß. Der König glaubte, dass Hexen ihm und anderen guten Menschen gegenüber voller Böswilligkeit seien. Jakob machte Hexen für ein Komplott ihm gegenüber verantwortlich, als er König von Schottland war, und auch für einen Angriff auf seine dänische Braut, Anne, als sie nach Schottland segelte. Aber selbst die Hexengläubigkeit von König Jakob hatte ihre Grenzen. Als im Jahr 1615 die Falschaussage eines zwölfjährigen Jungen ausreichte, um neun Hexen zu hängen, tadelte der König seine Richter dafür, aufgrund so weniger Beweise geurteilt zu haben. Nicht nur der König, sondern auch andere Denker dieser Zeit begannen öffentlich daran zu zweifeln, dass Hexerei existierte, zumindest in der Art, wie sie vom gemeinen Volk und den fanatischen Hexen-Jägern verstanden wurde.[14] Dieser Sinn für Umsicht verebbte innerhalb der nächsten Jahrzehnte wieder und ging in den 1640er-Jahren vollkommen verloren, als viele Menschen sich im Chaos des Bürgerkriegs an die Erklärung klammerten, dass Hexerei der Grund für die vielen Miseren in ihrem Leben sei.

»Carlisle war eine Enttäuschung; er war nicht schnell bei der Sache, anzuklagen«

Carlisle scheint mehr mit den Zweiflern seines Zeitalters übereinzustimmen als mit jenen Menschen wie seinem Vater, die glaubten, Hexerei sei eine ständige Bedrohung. Als Carlisles Vater seine Fahndungen nach Hexen, Werwölfen und Vampiren organisierte, war die Zeit besonders reif für diese Hysterie. Nicht nur in England, sondern in ganz Europa kämpften die Menschen mit widrigen Umständen und waren bemüht, jemand anderem die Schuld dafür zu geben. Wolfgang Behringer bemerkte in seiner Geschichte der Hexenverfolgungen:

> Die frühen 1640er-Jahre, als weite Teile von West- und Mitteleuropa in Aufruhr waren, verwüstet durch Aufstände, Bürgerkrieg und internationale Konflikte, waren besonders fruchtbare Zeiten für Hexenpanik. Das allgemeine Gefühl der Unsicherheit wurde vermutlich zusätzlich verstärkt durch eine weitere Folge ungünstiger Jahre, durch Missernten verbunden mit von Menschen verursachten Störungen von Handel und Gewerbe. Nicht nur England, sondern auch Frankreich litt unter heftiger Hexenpanik.[15)]

Die Zeiten änderten sich und die Probleme der 1640er-Jahre waren schließlich vergessen. Der Dreißigjährige Krieg in Mitteleuropa wurde letztlich durch den Westfälischen Frieden von 1648 zu einem Ende gebracht. Der Frieden in Britannien selbst wurde 1660 wieder etabliert, als der Sohn von Karl I. aus dem Exil wiederkehrte und als Karl II. den Thron für sich beanspruchte. Dieser »Merry Monarch« (vergnügte König) leitete ein Zeitalter ein, das mehr mit Frivolität und Muße in Verbindung gebracht wird als mit dem Puritanismus. Die Theater wurden wieder geöffnet, und es gab nun Frauen auf der Bühne, etwas, das zu der Zeit, als Carlisle geboren wurde, skandalös und ungesetzlich gewesen wäre.

In dieser neuen Welt der englischen Restauration – Carlisle war erst 23 Jahre alt –, musste er die Hexenjagd von seinem Vater übernehmen. Sehr wahrscheinlich hatte Cullen senior nicht viele Hexen gejagt in den letzten paar Jahren, sowohl wegen seines Alters als auch wegen der inzwischen geänderten allgemeinen Einstellung zur Hexenjagd. Im ganzen Land gab es nur noch wenige, die sich noch für den religiösen Extremismus der letzten Generation oder für die Hexenjagden begeisterten. Wie James Sharpe anmerkte, waren die Hexenjagd-Aktionen von Hopkins genau die Art von Exzessen, welche die englische Gesellschaft in den 1660er-Jahren nun verurteilte, wenn sie auf die nicht so weit zurückliegende Vergangenheit schaute.[16)] Aber Carlisle war vermutlich daran gewöhnt, seinem Vater zu gehorchen, und übernahm dessen Aufgabe.

Ironischerweise fällt bei Edwards Bericht über die Zeit seines Adoptivvaters als Hexenjäger auf, dass Carlisle seine Sache so gut machte, dass er erfolgreich eine mythische Kreatur aufspürte, eine Leistung, die weit über die Erfahrungen seines Vaters hinausreicht. Edward erzählt Bella:

> »Zuerst war Carlisle eine Enttäuschung; er war nicht schnell bei der Sache, anzuklagen oder Dämonen zu sehen, wenn es keine gab. Aber er war ausdauernd und klüger als sein Vater. Er entdeckte tatsächlich einen Zirkel echter Vampire, die in der Kanalisation der Stadt lebten und nur nachts herauskamen, um zu jagen.«
>
> *Twilight – Bis(s) zum Morgengrauen*

Im Gegensatz zu Hopkins und Stearne, die eng mit den örtlichen Autoritäten zusammenarbeiteten (und die für ihre Experten-Dienstleistungen gewaltige Summen in Rechnung stellten, die sich auf ein Viertel des jährlichen Budgets einer Stadt belaufen konnten), jagte Carlisle seine unnatürliche Beute billig und mit weitaus weniger offizieller Unterstützung.

Edwards Beschreibung eines mit Mistgabeln und Fackeln bewaffneten Londoner Mobs klingt ein wenig melodramatisch, besonders angesichts der langen Misserfolgsgeschichte seines Vaters als Hexenjäger. Wie viele Getreue wären den Hexenjägern nach Jahrzehnten der Enttäuschung in die neue Ära gefolgt? Vielleicht bildete sich die Anhängerschaft aus der Bewunderung für Carlisles kluge Idee heraus, die Kanalisation zu durchsuchen, den ältesten Teil der Altstadt, in der ein alter Feind sich verstecken könnte. Seine Intelligenz, seine Schnelligkeit und sein Pflichtbewusstsein bedeuteten zusammengenommen jedoch die Katastrophe für Carlisle, denn so war er weit an der Spitze des Mobs und angreifbar für den alten Vampir, der sein Blut infizierte und ihn von der einzigen Familie abschnitt, die ihm geblieben war. Jetzt war Carlisle selbst zu einer der unnatürlichen Kreaturen geworden, deren Ausrottung sein Vater sein ganzes Berufsleben gewidmet hatte.

Die Seele der Familie

In einen Vampir verwandelt zu werden war, wie Edward Bella erklärt, für den sanften und moralisch denkenden Carlisle ein katastrophaler Schicksalsschlag. Der pflichtbewusste Sohn fand sich gefangen im Griff einer irrationalen und vermutlich dämonischen Macht. Edward beschreibt Bella die anfängliche Reaktion seines Adoptivvaters: »Als er wusste, zu was er geworden war ... rebellierte er dagegen. Er versuchte, sich selbst zu zerstören.« (*Twilight – Bis(s) zum Morgengrauen*) Aber Carlisles Anstrengungen waren vergeblich, selbst als er versuchte, sich zu Tode zu hungern. Es war seine zufällige Entdeckung, dass das Blut von Tieren für Vampire genauso lebenserhaltend ist wie das von Menschen, die Carlisle neuen Lebensmut gab und auch eine neue Philosophie, die sehr im Einklang mit dem Zeitgeist der Zeit stand, in der er verwandelt wurde.

Nachdem die puritanischen Exzesse aus der Mode geraten waren, verbreiteten europäische Intellektuelle eine Weltsicht, die auf den wissenschaftlichen Fortschritten der letzten Generationen gründete. Obwohl Galileo, was allgemein bekannt war, eine Generation zuvor noch von der Kirche verfolgt worden war, als seine astronomischen Beweise die Autorität der Kirche herausforderten, stellten in der zweiten Hälfte des 17. Jahrhunderts Wissenschaftler und Philosophen zunehmend den Status quo infrage. Diese Periode markiert das Frühstadium der Aufklärung, und es ist möglich, dass Carlisle als in London lebender junger Mann mit solch angesehenen Denkern wie John Locke Umgang hatte, der wie wir wissen London besuchte, als er 1658 zur angesehenen Anwaltskammer Gray's Inn zugelassen wurde. Zur selben Zeit, als Carlisle sich abmühte, als Hexenjäger in die Fußstapfen seines Vaters zu treten, rang Locke mit Naturrechts-Konzepten, die ihn schließlich in seinem berühmten *Brief über die Toleranz* von

1667 zu der Argumentation führten, dass Regierungen verschiedene Religionsauffassungen tolerieren müssen, solange die öffentliche Ordnung nicht bedroht sei. Diese Idee lief der Anschauung früherer Generationen zuwider, dass die Gesellschaft einheitliche Bräuche und Glaubensvorstellungen haben müsse: Sie schaffte die Grundlage für einen das Licht meidenden, frei denkenden Vampir, sich seine eigene, einzigartige Identität zu schaffen. Wie Carlisle würde auch Locke später auf den Kontinent reisen, um in dieser aufregenden Umgebung zu studieren (obwohl es keine Belege dafür gibt, dass irgendwelche seiner Tutoren in Montpellier wirklich Vampire waren).[17)]

Carlisles eigene Philosophie gleicht dem Gottesglauben der Aufklärungszeit, er hat eine Herangehensweise an die Spiritualität, bei der Ethik und ewige Wahrheit nichts sind, was eine einzelne Religion exklusiv für sich beanspruchen kann, sondern die durch die Vernunft erkannt werden können. Eine Generation vor Carlisles Geburt argumentierte der britische Historiker und Religionsphilosoph Edward Herbert, dass man Gott durch Buße und ein ethisches Leben nahekommen und verehren könne: eine Philosophie, die von den strengen, hohe Ansprüche stellenden Doktrinen der miteinander streitenden religiösen Sekten der damaligen Zeit weit entfernt war. Im letzten Jahrzehnt des 17. Jahrhunderts publizierte ein weiterer englischer Philosoph, John Toland, das Werk *Christianity Not Mysterious* (Christentum nicht geheimnisvoll), in dem er anführte, dass nur vernünftige religiöse Prinzipien befolgt werden sollten.[18)] Carlisles allgemeine, tolerante Lebensphilosophie passt mehr zu den Vorstellungen von diesen und anderen Deisten als zu den puritanischen Doktrinen seines Vaters. Als er zum Vampir wurde, scheint Carlisle letztlich die Freiheit gefunden zu haben, sich vom scharfen Puritanismus der Tage seines Vaters abzuwenden und eine neue Philosophie, einen neuen Glauben und ein neues Leben zu begrüßen, das nicht weit entfernt von den Ideen war, die von seinen Zeitgenossen vorgebracht wurden. Indem er dies tat, schaffte er die Basis für alle anderen Vampire der Familie Cullen, ihm nachzufolgen.

Wie der Vater, so der Sohn

Carlisle Cullen ist für die *Twilight*-Saga nicht nur wichtig, weil er die Familie Cullen und ihren besonderen Lebensstil begründete. Carlisle ist besonders wichtig, weil er Edwards Vorbild ist. Immer wieder richtet Edward sein Augenmerk darauf, wie sein Adoptivvater seine eigenen Ideale verkörpert. Wenn Edward in *Midnight Sun* mit dem Verlangen kämpft, Bella die Kehle aus dem Leib zu reißen und ihr berauschendes Blut zu trinken, ist es, wie er erklärt, nicht seine eigene Moral, sondern sein Wunsch, seines Vaters würdig zu sein, der ihn vom Angriff abhält:

> In meinen Gedanken verurteilten Carlisles sanfte Augen mich nicht. Ich wusste, dass er mir diese schreckliche Tat vergeben würde. Weil er mich liebte. Weil er dachte, dass ich besser sei, als ich es bin. – Ich würde meinem Vater beweisen, dass er Unrecht hatte. Das Elend dieser Tatsache schmerzte beinahe so sehr wie das Feuer in meiner Kehle. Ich wendete mich ab von ihr, voller Abscheu vor mir selbst – während in mir das Monster rebellierte, das sie nehmen wollte.
>
> *Midnight Sun*

Edwards Wunsch, sich der Liebe und der guten Meinung seines Vaters von ihm würdig zu erweisen, hilft ihm, sein überwältigendes Verlangen zu überwinden, Bella zu töten und ihr Blut zu trinken. So hätte es ohne Carlisle nicht nur keine Chance für Bella und Edward gegeben, dass sie sich je begegnet wären, sondern wir können ohne Zweifel sagen, dass Bella solch ein Treffen nicht überlebt hätte, wenn ein anderer Vampir als Carlisle Edward verwandelt hätte.

Carlisle ist die Seele des Cullen-Clans: Es ist eine Position, die er genau wegen der Erfahrungen erlangte, die das Aufwachsen im London des 17. Jahrhunderts mit sich brachte. Sowohl der religiöse Eifer seines Vaters als auch sein eigener rationeller Intellektualismus trugen dazu bei, Carlisle zu dem Mann – oder Vampir – zu machen, der er ist. Carlisle mag die Extreme des Glaubens und der Mission seines Vaters abgelehnt haben, aber die Spiritualität blieb für ihn wichtig, als er mit seiner Verwandlung kämpfte. Carlisle wuchs in einer pulsierenden Gemeinschaft von Londonern auf, die ihm ein starkes Gefühl für Gemeinschaft vermittelte und einen Wunsch, ihr zu dienen, was letztlich sehr dazu beitrug, dass er eine medizinische Laufbahn einschlug und in der menschlichen Welt Arzt wurde. Letztlich waren der Einfluss von Wissenschaft und Aufklärung die entscheidenden Faktoren bei der Entwicklung eines moralischen Lebens als Vampir, wodurch es Edward und anderen möglich wurde, sich seinem Clan anzuschließen. Spiritualität, Gemeinschaft und Vernunft – all dies waren die Bestandteile von Carlisles Erziehung, die Einflüsse, die er für sich annahm und die er als Kernelemente des Familienethos der Cullens beibehielt.

9
Eine subtile und gefährliche Gabe: Jasper Hale und das Schreckgespenst des Amerikanischen Bürgerkriegs

Andrea Robertson Cremer

> Bilder des Helden und des Universums sind Hilfsmittel, die uns ermöglichen, uns mit der Welt des Mythos zu identifizieren (und sie so zu betreten).
>
> *Richard Slotkin,* Regeneration through Violence (Regeneration durch Gewalt)

> »Jasper ist sehr interessant. Er war in seinem ersten Leben ziemlich charismatisch, fähig, diejenigen, die um ihn waren, so zu beeinflussen, dass sie die Dinge auf seine Art sahen. Jetzt ist er fähig, die Gefühle derjenigen, die um ihn sind, zu manipulieren – ein Zimmer voller wütender Leute ruhig werden zu lassen, zum Beispiel, oder eine lethargische Menge in Erregung zu versetzen. Es ist eine sehr subtile Gabe.«
>
> Edward Cullen, *Twilight – Bis(s) zum Morgengrauen*

Fans der *Twilight*-Reihe stehen vor Bergen von Merchandising-Artikeln, mit denen sie ihren Hunger stillen können. Auf einem von diesen Artikeln, einem Poster, auf dem Jackson Rathbone abgebildet ist, der Schauspieler, der Jasper Hale in den *Twilight*-Filmen darstellt, steht der Werbe-Slogan: »Jasper – weil er so einfühlsam ist.«[1] Jaspers ganz eigener Wahlspruch bezieht sich auf die übernatürliche Fähigkeit, die er erlangte, nachdem er von einem Menschen in einen Vampir verwandelt wurde. Er kann die Gefühle derjenigen in seiner Umgebung kontrollieren und beeinflussen, von Menschen ebenso wie von Vampiren.

Dieses Merkmal macht Jasper zu einer der anziehendsten Figuren der *Twilight*-Reihe. Er taucht in Krisenmomenten auf, er ist die zuverlässige ruhige Kraft angesichts aufziehender Stürme. Äußerst charismatisch und furchtbar empfindsam, bietet Jasper das perfekte Bild elegant-vornehmer Männlichkeit. Doch gleichzeitig macht seine Fähigkeit, die Gefühle derjenigen, die ihn umgeben, erkennen und kontrollieren zu können, Jasper zum unberechenbarsten und gefährlichsten der Cullens. Von seinem ersten Auftauchen an ist Jaspers Platz innerhalb der Familie ambivalent: »Niemand sonst schien richtig zu wissen, was er sagen sollte, und dann war Jasper da – groß und löwenartig. Ein Gefühl der Erleichterung durchströmte mich, und ich fühlte mich trotz der Umgebung plötzlich sehr wohl. Edward starrte Jasper an, hob eine Augenbraue, und ich erinnerte mich daran, was Jasper tun konnte.« (*Twilight – Bis(s) zum Morgengrauen*)

Obwohl Jaspers Absichten freundlich zu sein scheinen, sieht Edward diesen Versuch, Bella Swans Ängste zu unterdrücken, mit Argwohn. Die Familienkultur der Cullens zeichnet sich durch tiefe Liebe und Loyalität der Mitglieder untereinander aus, aber Jasper wird als mögliche Bedrohung dieser Stabilität angesehen, das Ausmaß seiner Festlegung auf den »vegetarischen« Lebensstil gilt immer noch als unzuverlässig. Bella beobachtet: »Jasper fiel es schwerer als dem Rest von ihnen, sich an die Ernährungsweise der Cullens zu halten; dem Geruch von menschlichem Blut zu widerstehen war für ihn viel schwerer als für die anderen – er versuchte es noch nicht so lang.« (*New Moon – Bis(s) zur Mittagsstunde*)

Von allen Cullens kristallisiert Jasper sich als der Vampir heraus, dessen Appetit für Bella die größte Bedrohung darstellt. Bei einem Familientreffen zur Feier ihres 18. Geburtstag schneidet Bella sich beim Öffnen eines Geschenks den Finger an dem Geschenkpapier auf:

> Ein einziger Tropfen Blut sickerte aus dem winzigen Schnitt. Dann geschah alles sehr schnell. »Nein!«, brüllte Edward. Er warf sich auf mich, schleuderte mich über den Tisch. Der fiel, genau wie ich. Kuchen und Geschenke, Blumen und Teller flogen auseinander. Ich landete in einem Durcheinander von zerbrochenem Kristall. Jasper prallte auf Edward, und das Geräusch war wie der Aufprall von Steinbrocken bei einem Steinschlag. Da war ein anderes Geräusch, ein grausiges Knurren, das tief aus Jaspers Brust zu kommen schien. Jasper versuchte, sich an Edward vorbei zu drängen, wobei er

mit seinen Zähnen nur Zentimeter von Edwards Gesicht schnappte.

New Moon – Bis(s) zur Mittagsstunde

Es ist Jaspers Unfähigkeit, seine Blutgier zu unterdrücken, die Edward dazu bringt, Bella zu verlassen, in der Hoffnung, sie damit vor Gefahr zu schützen – eine Entscheidung, die sie in eine schwere Depression und Gedanken der Selbstzerstörung stürzt. Dieser einmalige Vorfall ist der erste Schritt hin zu einer gefährlichen Abwärtsspirale, die beinahe sowohl Bellas als auch Edwards Leben beendet. Es brauchte nur einen einzigen Tropfen Blut, um den einfühlsamen Jasper in eine wilde Bestie zu verwandeln und damit eine Kette von katastrophalen Entscheidungen auszulösen.

Jaspers Rolle in der *Twilight*-Saga spiegelt einen fesselnden Archetypus der US-amerikanischen Kultur wider: den Südstaaten-Gentleman-Soldaten. Während Jaspers persönliche Geschichte in den *Twilight*-Büchern nach und nach enthüllt wird, lernen wir auch einige historische Klischees von amerikanischer Männlichkeit und ihrer Beziehung zur Gewalt kennen. Jasper Hale verkörpert den idealen amerikanischen Mann, bei dem sich leidenschaftliche Unabhängigkeit, starke Sensibilität und brachiale Gewalt die Waage halten. Aber sein Charakter deckt auch die Gefahren der mythologischen Südstaaten-Männlichkeit auf: emotionale Sprunghaftigkeit; eine Neigung zur Gewalt, sogar Lust an ihr; und ein angeborener Egoismus, der die Gefahr der Fahnenflucht birgt.

Indem sie Jaspers Vergangenheit mit der Geschichte des US-amerikanischen Bürgerkriegs verflechtet, lässt Stephenie Meyer uns auf eine anhaltende Debatte über die Rolle von Gewalt und Männlichkeit in der US-amerikanischen Gesellschaft und Geschichte schauen. Bei dieser Debatte geht es nicht nur um den Mann als Individuum, sondern auch um den Charakter der Nation selbst. Da der Bürgerkrieg eines der wichtigsten Schlüsselereignisse für die Definition der modernen amerikanischen Kultur bleibt, deuten Jaspers Kampf mit seiner grausamen Natur und die wiederholten Erinnerungen daran, dass Jasper in der idealisierten Familie Cullen der labilste Charakter ist, allesamt an, dass auch die Vereinigten Staaten als Nation gespalten bleiben.

Die blutbefleckte Vergangenheit wirkt bis in die heutige amerikanische Gesellschaft hinein, und diese Gesellschaft ist voller Sorge, dass die innere Gewalt nur wartet, latent, doch vorhanden, bereit, wieder durchzubrechen und noch einmal Bruder gegen Bruder gegeneinander auszuspielen.

Eine Zeit, Männer zu machen

> Die jungen Männer, die keinen Ehrgeiz und keinen moralischen Mut haben, um für den Erhalt dieses reichen Erbes zu kämpfen, das ihnen hinterlassen wurde – und das für sie mit dem Blut ihrer Ahnen erkauft wurde, sie werden verachtet und als wertlose Feiglinge betrachtet werden, unwürdig, Südstaaten-Mann zu heißen.
>
> *Sergeant R. A. Pierson, 9. Infanterie von Louisiana*

> »Ich hatte nicht ganz die gleiche ... Erziehung wie meine Adoptivgeschwister hier. Mein Ausgangspunkt war etwas vollkommen Anderes.«
>
> Jasper Hale, *Eclipse – Bis(s) zum Abendrot*

Wie alle Vampire wurde Jasper Hale zweimal geboren. Erstens in seiner menschlichen Familie im Süden des 19. Jahrhunderts, zweitens in seiner Vampir-Familie in Texas mitten im Amerikanischen Bürgerkrieg. Das Zeitalter um Jaspers Geburt markierte einen Wendepunkt in der Geschichte der amerikanischen Männlichkeit. Das 19. Jahrhundert war eine Zeit miteinander wetteifernder Ideologien, was Männlichkeit, Familie und Regierung angeht. Eine Generation von Männern, die sich nicht mit ihren revolutionären Vorvätern identifizierten, suchte nach Wegen, ihren eigenen Platz in der Gesellschaft zu definieren. Nicht mehr länger »Söhne der Freiheit«, schufen Männer in den jungen, rasch expandierenden Vereinigten Staaten neue Typen von Männlichkeit, die an widerstreitende wirtschaftliche, politische und soziale Ziele gebunden waren.[2)]

Diese Anstrengung, neue Formen der Männlichkeit zu entwickeln, gingen mit anderen umwälzenden Veränderungen in der amerikanischen Kultur einher, wie der industriellen Revolution, dem Anstieg der Besitzsklaverei und der Revolution im Transportwesen.[3)] Die schnelle Ausbreitung von europäisch-amerikanischen Siedlern in die westlichen Teile des Kontinents verstärkte die Rivalitäten zwischen Nord und Süd, während verschärfte Auseinandersetzungen über Sklaverei und Rassenpolitik soziale Hierarchien verfestigten. Inmitten solch unberechenbarer Veränderungen schufen amerikanische Männer neue Ideale, durch die sie ihre Männlichkeit definierten. Der Historiker Richard Slotkin merkt an: »Kulturelle Befürchtungen und die Konkurrenz regionaler Interessengruppen unterstützten eine sektionale Abweichung in der Interpretation dieser historischen Mission und somit des amerikanischen Charakters.«[4)]

Dieser Konflikt findet seinen Widerhall in Jaspers Geschichte. Als er die gegensätzlichen Praktiken der nördlichen und südlichen Vampire beschreibt, sagt er:

> »Der Norden ist, im Vergleich, sehr zivilisiert. Meistenteils sind wir Nomaden hier, die den Tag genießen, genau wie die Nacht, und wir erlauben Menschen, nichtsahnend mit uns umzugehen – Anonymität ist für uns alle wichtig.
>
> Der Süden ist es eine andere Welt. Die Unsterblichen dort kommen nur bei Nacht hervor. Sie verbringen den Tag mit dem Planen ihrer nächsten Schachzüge oder stellen Vermutungen über die ihrer Feinde an. Denn es ist Krieg gewesen im Süden, beständiger Krieg über Jahrhunderte, und es gab nie eine Stunde der Wahrheit. Die Zirkel dort nehmen von Menschen kaum Notiz, ausgenommen dass Soldaten eine Rinderherde am Wegrand bemerken – Nahrung für unterwegs.«
>
> *Eclipse – Bis(s) zum Abendrot*

Ähnlich zu der Gegensätzlichkeit, die Jasper beschreibt, gestalteten sich die konkurrierenden Modelle von Männlichkeit, die in der Populärkultur des 19. Jahrhunderts aufkamen, das des arbeitsamen Self-made-Mann der Nordstaaten – dessen Interessen sich auf den aufkommenden freien Markt und die Mittelschicht konzentrierten – und das des Gentleman der Südstaaten, der eine romantische Figur aristokratischer Vornehmheit, hoher Kultur und Freizeitbeschäftigungen verkörperte. Der Südstaaten-Mann war nicht nur Herr seiner Selbst, sondern auch Herr über die Frauen, auf die er Anspruch hatte, und Herr über die Sklaven, die er wahrscheinlich besaß.[5] Diese Klischeevorstellungen, sowohl des Nordens als auch des Südens, prägten nicht nur den Mythos idealer Männlichkeit, ihr Erreichen blieb auch allein der Oberschicht vorbehalten. Beide Auslegungen von Männlichkeit schlossen die Mehrheit amerikanischer Männer aus, deren Leben an abhängige Arbeit geknüpft war.

Archetypische Südstaaten-Männlichkeit kam sowohl in den sozialen Praktiken als auch in der Literatur auf – zweifache Kräfte, die bei der Schaffung eines Modells zusammenwirkten, nach dem sich junge Männer auf der Suche nach einer eigenen Identität richten konnten. Der Held dieser neuen Südstaaten-Männlichkeit brauchte »eine angeborene Noblesse des Geistes, ausgedrückt nicht als irgendein unbestimmtes natürliches Gefühl für Moral, sondern als eine echte vornehme Herkunft des Geistes, des Blutes.«[6] Slotkin beschreibt diesen idealisierten männlichen Südstaaten-Archetyp als den des Jägers – eine Bezeichnung, die Jasper haargenau beschreibt.

Er setzt diesen Archetypus in Kontrast zum Nordstaaten-Ideal, dem Edward sehr ähnlich ist, dem Mann, der »der Veränderung widersteht, so wie er der Versuchung zu sündigen widersteht; er schützt die Tugend und die Keuschheit der Frauen, statt die Frau seiner dunklen, wilden Träume zu suchen.«[7] Der Jäger repräsentiert die andere Seite der Medaille dieses sexuell mehr konservativen Helden. Während die gesamte *Twilight*-Saga aufgrund des romantischen Kampfs von Edward und Bella sexuell aufgeladen ist, nicht über die Grenzen ihrer körperlichen Beziehung zu gehen, genießt Jasper eine voll entwickelte Beziehung mit Alice, dem anderen Mitglied der Familie Cullen, dessen außergewöhnliche Fähigkeit – in die Zukunft sehen zu können – Orientierungshilfe für jede ihrer Entscheidungen ist.

Obwohl Jaspers unbedingte Liebe zu Alice eines seiner attraktivsten Merkmale bleibt, stellt genau diese Liebe seine Loyalität der Familie Cullen gegenüber insgesamt infrage. Der Konflikt zwischen individueller Leidenschaft und der Bindung an höhere moralische Normen enthüllt noch eine weitere Schwäche des mythischen männlichen Südstaaten-Archetypus, wie er von Jasper verkörpert wird: die Möglichkeit der Fahnenflucht. Dieses Thema wird gegen Ende dieses Kapitels noch einmal aufgegriffen, aber Jaspers Beziehung zu Alice stellt eine weitere Facette von Jaspers Verkörperung der Südstaaten-Männlichkeit dar. Oberste Priorität hat für ihn, das zu beschützen, was er als sein Eigen beansprucht – sein Zuhause, seine Liebe (Alice) und sein Leben. Männlichkeit gründete sich im 19. Jahrhundert auf der Auffassung von Herrschaft – finanziell, sozial und politisch.[8)] Die größte Bewährungsprobe für diese Herrschaft waren die Jahre von 1861 bis 1865, die Zeit des Amerikanischen Bürgerkriegs.

Der blutige Bürgerkrieg: eine Familiensache

Von Mittag bis zum Dunkelwerden ertrugen wir die langsame Qual mit anzusehen, wie unsere Kameraden um uns getötet, verstümmelt und zerrissen wurden.

Hauptmann Thomas L. Livermore, Infanterie von New Hampshire[9)]

»Jasper gehörte zu einer anderen Familie ... einer ganz anderen Art von Familie.«

Edward Cullen, *Twilight – Bis(s) zum Morgengrauen*

Konkurrierende Formen amerikanischer Kultur auf allen Ebenen – wirtschaftlicher, politischer und sozialer – mündeten in einer Explosion der Gewalt, als die Konföderierten am 12. und 13. April 1861 außerhalb von Charleston/South Carolina auf Fort Summer feuerten. Vier Jahre lang waren die Vereinigten Staaten danach in einen chaotischen Krieg geworfen, der »Bruder gegen Bruder« antreten ließ und der den amerikanischen Boden von der Atlantikküste bis zu den westlichen Territorien mit dem Blut von Tausenden tränkte.

Amerikas brutale Vergangenheit ist auch Jaspers brutale Vergangenheit. Allmähliche Enthüllungen über Jaspers persönliche Geschichte in der Saga spiegeln unser eigenes Unbehagen über die innere Gewalt, welche die moderne amerikanische Gesellschaft formte. Wir erfahren zunächst, dass Jasper ein Experte in der Kriegsführung und im Kampf ist, jedoch nicht, warum. Als später unausweichlich wird, dass Vampire gegen Vampire offen in die Schlacht ziehen, wird schließlich enthüllt, dass Jaspers Erwachsenwerden, sowohl als Mensch als auch als Vampir, mit seiner persönlichen Verstrickung in den Bürgerkrieg verbunden ist:

> »Als ich ein Mensch war, lebte ich in Houston/Texas. Ich war beinahe siebzehn Jahre alt, als ich 1861 in die Konföderierten-Armee eintrat ... Meine Militärkarriere war kurzlebig, aber sehr vielversprechend. Die Menschen ... mochten mich immer, hörten auf das, was ich zu sagen hatte. Mein Vater sagte, es war Charisma. Natürlich weiß ich heute, dass es vermutlich etwas mehr war. Aber, welcher Grund es auch war, ich wurde schnell immer weiter befördert, an älteren, erfahreneren Männern vorbei. Die Konföderierten-Armee war neu und versuchte mehr schlecht als recht, sich zu organisieren, und auch das bot Chancen. Bei dem ersten Kampf von Galveston – na ja, es war eigentlich mehr ein Scharmützel – war ich der jüngste Major in Texas, mein wirkliches Alter noch nicht einmal zugegeben.«
>
> *Eclipse – Bis(s) zum Abendrot*

Aber Jaspers Eignung als Soldat und Offizier – basierend auf zwei wünschenswerten männlichen Eigenschaften, Stärke und Führungsqualität – verdeckt eine dunklere Geschichte, eine, welche die Cullens, und besonders Edward, Bella nur ungern mitteilen.

> Ich fragte mich wieder, was er [Edward] mit Jaspers Expertenwissen gemeint hatte. Ich wusste wirklich nicht viel über Jaspers Geschichte, nur dass er irgendwo aus dem Süden gekommen war, bevor Alice ihn fand. Aus irgendeinem Grund war Edward Fragen über seinen neuesten Bruder immer ausgewichen. Und ich war immer zu eingeschüchtert von dem großen, blonden Vampir gewesen, der wie ein grüblerischer Filmstar aussah, um ihn geradeheraus selbst zu fragen.
>
> *Eclipse – Bis(s) zum Abendrot*

Edwards Verschwiegenheit hat zwei Ursachen: Erstens will er Bella vor der Gewalt beschützen, die der Vampir-Welt innewohnt – er spielt beständig die Rolle des viktorianischen Nordstaaten-Gentleman, der sich beinahe ausschließlich darauf konzentriert, Bellas Unschuld zu beschützen. Zweitens jedoch ahnen wir, dass Edward vielleicht Scham und Furcht empfindet hinsichtlich der Gewalt in Jaspers Vergangenheit. Es werden nicht nur Jaspers Entscheidungen verspottet, sondern wir werden dazu gebracht zu glauben, dass er sein früheres Leben vielleicht nicht völlig hinter sich gelassen hat. Nur wenn es absolut notwendig ist, wird Bella erlaubt, den »wahren« Jasper zu sehen.

> Jaspers Gesicht war nicht zu deuten, als er den Ärmel seines dünnen Sweaters hochschob. Zuerst konnte ich mir keinen Reim auf die Struktur machen, die sich dick über die Haut zog. Gewölbte Halbmonde verliefen kreuz und quer in einem zarten Muster über den Arm, das, weiß auf weiß, wie es war, nur deshalb sichtbar war, weil der helle Schein der Lampe neben ihm leichte Konturen hervortreten ließ, die flache Schatten warfen.
>
> *Eclipse – Bis(s) zum Abendrot*

Jasper selbst scheint von seiner Vergangenheit verfolgt zu werden. Die Welt, auf die er sich bezieht, als er schließlich seine Geschichte erzählt, ist eine Welt voller Schmerz und Reue, es sind die Grübeleien eines kriegsgezeichneten Soldaten, der immer noch leidet unter den Gräueltaten, an denen er beteiligt war, und unter dem Horror, den er miterlebt hat. Der Kriegszustand ist ein Zustand der Ausnahmen von den Regeln, die zu Friedenszeiten gelten, Gewalt und fehlende Menschlichkeit sind weit verbreitet:[10] »›Bevor ich dir meine Geschichte erzähle‹, sagte Jasper, ›musst du verstehen, dass es Orte in unserer Welt gibt, Bella, wo die Lebensspanne der Nie-Alternden in Wochen bemessen ist, und nicht in Jahren.‹« (*Eclipse – Bis(s) zum Abendrot*)

Jasper kann den Mann, der er sein will, vornehm und mitfühlend, nicht mit dem Mann in Einklang bringen, der er war und vielleicht immer noch ist, nämlich gewalttätig und irrational: »Du hast miterlebt, wie ich die Gefühle um mich herum manipulieren kann, Bella, aber ich frage mich, ob du wahrnimmst, wie die Gefühle in einem

Raum auf mich wirken. Ich lebe jeden Tag in einem Klima von Gefühlen. Im ersten Jahrhundert meines Lebens lebte ich in einer Welt von blutrünstigem Rachedurst. Hass war mein ständiger Begleiter.« (*Eclipse – Bis(s) zum Abendrot*)

Diese brutale Vergangenheit ist in Form von Narben auf Jaspers Körpers geschrieben, die Bände sprechen über seine Beteiligung an der Verletzung und Vernichtung anderer Wesen. Diese Realität zeigt sich noch erschütternder, als Bellas Augen nach ihrer Verwandlung in einen Vampir schärfer werden:

> Jetzt, da ich sehen konnte, waren die Narben Jaspers dominierende Eigenschaft. Es war schwer, meine Augen von seinem verwüsteten Hals und Kinn abzuwenden – schwer zu glauben, dass selbst ein Vampir so viele Bisse überleben konnte, die seinen Hals aufgerissen hatten. Instinktiv spannte ich mich an, um mich zu verteidigen. Jeder Vampir, der Jasper sah, würde genauso reagiert haben. Die Narben waren wie eine Leuchtreklame. Gefährlich, schrien sie. Wie viele Vampire hatten versucht, Jasper zu töten? Hunderte? Tausende? Genauso viele, wie bei dem Versuch gestorben waren.
>
> *Breaking Dawn – Bis(s) zum Ende der Nacht*

Jaspers Zurückhaltung bei der Beschreibung seiner Erfahrungen spiegelt eine weitere männliche Eigenschaft des 19. Jahrhunderts wider, nämlich die, die Bürde des Krieges ohne Beschwerde zu tragen – »ehrbare Narben waren notwendige Opfer«.[11)]

Die Möglichkeit, dass Gewalttätigkeit aus der Vergangenheit in die Gegenwart hineinragen kann, wird im Leben der Cullens zur Realität. Bedroht durch den rachsüchtigen Komplott des Vampirs Victoria, verlässt sich die Familie auf Jaspers frühere Kriegserfahrung, um sich zu verteidigen. In diesem ganzen Prozess jedoch zögert die Familie, die Notwendigkeit des Krieges zu akzeptieren: »›Wir werden dich brauchen, damit du uns lehrst, Jasper‹, sagte Carlisle schließlich. ›Wie wir sie zerstören können.‹ Carlisles Kiefer war fest zusammengepresst, aber ich konnte den Schmerz in seinen Augen sehen, als er diese Worte sagte. Niemand hasste Gewalt mehr als Carlisle.« (*Eclipse – Bis(s) zum Abendrot*)

Die meisten Cullens können sich nur mühsam aufraffen, in den Krieg zu ziehen, mit Ausnahme von Emmett – der anderen hypermaskulinen Figur der Familie – und Jasper, der Gefallen daran zu finden scheint, wieder in seine Rolle als Offizier und wichtigster Stratege zu schlüpfen. Dieser Enthusiasmus wirft ein Licht auf die dunklere Seite von Jaspers Männlichkeit. Während er von einer Familie umgeben ist, die Gewalt verabscheut, ist Jasper am ehesten bereit, Risiken einzugehen und moralische Abstriche zu machen, er denkt sogar darüber nach, sich von menschlichem Blut zu ernähren, um einen kleinen Vorteil zu erlangen.

> »Wir wollen so stark wie möglich sein«, erklärte er [Edward], immer noch widerwillig. »Wir werden wahrscheinlich wieder unterwegs jagen, nach Großwild Ausschau halten.«
>
> »Das macht euch stärker?«
>
> Er suchte in meinem Gesicht nach etwas, aber da war nichts zu finden als Neugier.
>
> »Ja«, sagte er schließlich. »Menschenblut macht uns am stärksten, wenn auch nur geringfügig.« Jasper hat daran gedacht, zu betrügen – so sehr ihm die Vorstellung zuwider ist, aber mehr als alles andere ist er praktisch veranlagt – aber er würde es nicht vorschlagen. Er weiß, was Carlisle sagen würde.
>
> *Eclipse – Bis(s) zum Abendrot*

Jasper will auch Bella als Köder für den Feind benutzen:

> »Wenn Bella tatsächlich dort in der Lichtung wäre«, erklärte Jasper ihr, »würde es sie verrückt machen. Sie wären nicht fähig, sich auf irgendetwas anderes als auf sie zu konzentrieren. Es wäre dann ganz leicht, sie zu erledigen.«
>
> Edwards wütender Blick ließ Jasper zurückweichen.
>
> »Natürlich ist es zu gefährlich für sie. War nur so ein Gedanke«, sagte er schnell. Aber er sah mich aus den Augenwinkeln an, und sein Blick war wehmütig.
>
> *Eclipse – Bis(s) zum Abendrot*

Die anderen Cullens versuchen, Distanz zu solch gewaltsamen Tendenzen zu wahren. Sie sind zwar bestrebt, Hilfe von gleichgesinnten Vampiren zu bekommen, aber abgeneigt, das Risiko einzugehen, das die Einbindung der »Familie« bedeuten würde, der Jasper seine Vampir-Existenz verdankt; eine Entscheidung, die wiederum das »zivilisierte« Auftreten der nördlichen Vampire mit der Kriegstreiberei der südlichen Vampire vergleicht: »Edward antwortete mit gedämpfter Stimme. ›Jasper denkt, wir könnten etwas Hilfe gebrauchen. Tanyas Familie ist nicht die einzige Wahl, die wir haben. Carlisle versucht gerade, ein paar alte Freunde ausfindig zu machen, und Jasper besucht Peter und Charlotte. Er denkt darüber nach, mit Maria zu reden ... aber niemand will die Südstaatler wirklich dabeihaben.‹« (*Eclipse – Bis(s) zum Abendrot*)

Hier tritt die Nordstaaten-Kritik an der Südstaaten-Männlichkeit zutage. Einen klischeehaften Vergleich zwischen zivilisierten Nordstaaten-Männern und irrationalen Südstaaten-Rebellen aufbauend, bemerkte General Sherman einst, dass er die Universitätsbibliothek nicht niederbrennen würde, auch wenn der Rest von Columbia/South Carolina von seinen Truppen dem Erdboden gleichgemacht würde. »Weit davon entfernt, Bücher zu zerstören, werde ich sie ihnen schicken. Wenn es ein paar mehr Bücher in diesem Teil der Welt gegeben hätten, es hätte nicht diese Schwierigkeit gegeben.«[12)]

Wo der Norden durch Vernunft charakterisiert bleibt (zumindest in den Augen der Nordstaatler), leidet der Süden an seiner angeblich zügellosen Leidenschaftlichkeit. Die Neigung zu irrationaler Zerstörungswut stößt Carlisle und seine Familie ab, aber die Parallelen zwischen ihrer Erfahrung und der Kriegsführung des 19. Jahrhunderts reichen sogar noch weiter. Die Kämpfe, die in der *Twilight*-Saga beschrieben werden, greifen ein zentrales Thema des Bürgerkriegs auf – den Bruderkampf. Obwohl ihr »vegetarischer« Lebensstil die Cullens von den meisten anderen Vampiren unterscheidet, schrecken sie vor der Vorstellung zurück, andere Vampire zu töten. Der bevorstehende Kampf bedroht nicht nur den Frieden ihrer Welt, sondern er könnte auch Löcher in ihr eng gewobenes Familiennetz reißen.

> »Das ist nicht gut«, sagte Jasper. »Es ist ein zu gleicher Kampf. Wir wären Ihnen zwar an Fähigkeiten überlegen, aber nicht in der Anzahl. Wir würden gewinnen, aber zu

welchem Preis?« Seine angespannten Augen sahen schnell zu Alice hin, dann wieder weg.

Ich wollte laut aufschreien, als ich begriff, was Jasper meinte. Wir würden gewinnen, aber wir würden verlieren. Einige würden nicht überleben. Ich schaute zu den Gesichtern im Raum – Jasper, Alice, Emmett, Rose, Esme, Carlisle ... Edward – die Gesichter meiner Familie.

Eclipse – Bis(s) zum Abendrot

Die Vorbereitungen der Cullens auf den drohenden Kampf gegen Victorias Neugeborenen-Armee und die Debatten darüber spiegeln die Probleme, vor denen auch Unions-Offiziere standen. Was General Sherman als die »furchtbare Tatsache« des Krieges bezeichnete, war, dass der Sieg verheerende Verluste durch alle Ränge hindurch bedeuten würde. Charles Royster bemerkte:

> Der Süden umfasste eine bestimmte Anzahl von Männern – er erwähnte zweimal die Zahl 300 000 – die nicht aufhören würden zu kämpfen. Wenn der Norden die Nation unter der Bundesregierung wiedervereinigen wollte, würden diese Männer getötet werden müssen. Sie zu töten würde unausweichlich auch den Tod von vielen Nordstaatlern bedeuten.[13)]

Die friedliebenden Cullens sehen sich zu einem Krieg gegen ihre eigene Art gezwungen, in dem Verluste innerhalb ihrer kleinen Familie unvermeidlich scheinen. Sie kämpfen nur, um ihre Werte und jene zu verteidigen, die sie lieben: Sie haben keine andere Wahl. Doch in diesem Kampf stehen die Cullens vor einer weiteren Krise: Es scheint möglich, dass ihr eng verwobener Zirkel wegen des »schwächsten Glieds in der Kette« auseinanderbrechen wird.[14)]

Fahnenflucht

»Es ist schon ein Haufen Männer nach Hause gegangen«, schrieb ein Gefreiter aus Mississippi im November 1862 an seine Frau, »und eine Menge Männer sagen, dass sie auch gehen, wenn ihre Familien zu leiden beginnen. Einen Monat später erklärte ein verzweifelter Offizier in Braggs Armee von Tennessee, dass »Desertionen sich in dieser Armee so schnell multiplizieren, dass schon beinahe ein Drittel weg ist.«

James McPherson, Battle Cry of Freedom[15)]

»Wenn du für den Kampf lebst, für das Blut, sind die Beziehungen, die du eingehst, angreifbar und leicht zerbrechlich. Ich ging weg, ohne mich noch einmal umzusehen.«

Jasper Hale, *Eclipse – Bis(s) zum Abendrot*

Die Beziehung von Jasper und Alice scheint über die gesamte Saga hindurch beinahe perfekt. Sie sind einander in so tiefer Liebe zugetan, dass ihre große Nähe eine unterschwellige Bedrohung darstellt, die in der Szene im letzten Buch der Reihe, *Breaking Dawn – Bis(s) zum Ende der Nacht,* kulminiert. Während Jaspers idealisierte Männlichkeit ihn als begehrenswerten Partner zeichnet, beschwört seine Bindung an Alice die Frage herauf, ob es neben dieser Bindung noch irgendwelche anderen Loyalitäten für ihn gibt:

Jasper wieder. Es war seltsam. In der Familie Cullen stand Jasper immer ein bisschen am Rand, nahm teil an den Dingen, war aber nie mittendrin. Meine unausgesprochene Vermutung war, dass er nur für Alice da war. Ich hatte das Gefühl, dass er Alice überallhin folgen würde, aber dass dieser vegetarische Lebensstil nicht seine erste Wahl war. Die Tatsache, dass er sich weniger als die anderen darauf festgelegt hatte, war wahrscheinlich der Grund, warum er mehr Schwierigkeiten damit hatte.

Eclipse – Bis(s) zum Abendrot

Von Beginn der Reihe an erfahren wir, dass Jasper und Alice immer zuerst aufeinander reagieren und später erst an die anderen denken:

> »Wo ist Alice?«, fragte ich Edward ängstlich. Er sah auf den Müsliriegel, den er langsam zwischen seinen Fingerspitzen pulverisierte. »Sie ist bei Jasper.«
>
> »Ist er okay?«
>
> »Er ist für eine Weile weggegangen.«
>
> »Was? Wohin?«
>
> Edward zuckte die Schultern. »Nirgendwohin im Besonderen.«
>
> »Und Alice auch«, sagte ich mit stiller Verzweiflung. Natürlich, wenn Jasper sie brauchte, würde sie gehen.
>
> *New Moon – Bis(s) zur Mittagsstunde*

Im zweiten Band der *Twilight*-Saga, *New Moon – Bis(s) zur Mittagsstunde*, wird Bella von Edward und seiner Familie hauptsächlich wegen Jaspers Unfähigkeit verlassen, seine gewalttätige Natur unter Kontrolle zu halten. Dieser Kontrollverlust erzeugt Ambivalenz bezüglich Jaspers Männlichkeit. Seine Stärke hat einen Preis.

> »Wie geht es Jasper?«
>
> Sie [Alice] seufzte. »Er ist sehr unglücklich über sich selbst. Es ist so viel schwieriger für ihn, er stellt sich selbst sehr infrage, und er hasst es, sich schwach zu fühlen.«
>
> *New Moon – Bis(s) zur Mittagsstunde*

Über einfache Schwäche hinaus deutet Jaspers Kontrollverlust an, dass seine Männlichkeit an einen animalischen Hang zu zügelloser Gewalt gebunden bleibt. Entflammt durch den Anblick und den Duft von Bellas Blut, greift Jasper in dem Versucht, seine Beute zu erreichen, sogar seine eigene Familie an: »Jasper kämpfte gegen Emmetts nicht zu brechenden Griff, wand sich, kam mit seinen entblößten

Zähnen an seinen Bruder heran, seine Augen immer noch jenseits der Vernunft.« (*New Moon – Bis(s) zur Mittagsstunde*)

Diese fehlende Rationalität lädt wieder zu einem Vergleich mit vorhandenen männlichen Klischeebildern ein – ein nüchterner Nordstaaten-Mann, der dem zügellosen und fürchterlich gefährlichen Südstaaten-Mann gegenübersteht. Edward – der »zivilisierte« nördliche Vampir, ist fähig, seine Blutgier unter Kontrolle zu behalten, obwohl Bella für ihn eine größere Versuchung darstellt als alles, was er je erlebt hat. Jasper kann keine ähnliche Verbindung zu Bella geltend machen, oder eine ungewöhnlich starke Wirkung ihres Blutes auf ihn, und doch versetzt ihn ein minimaler Blutstropfen in einen Blutrausch – und lässt eine reißende Gewalttätigkeit explodieren, die erst einmal nur durch seine physische Entfernung vom Ort des Geschehens kuriert werden kann. Später führt dieser Vorfall dazu, dass die ganze Familie aus Forks wegzieht und in der Isolation von Denali/ Alaska Zuflucht sucht, eine Entscheidung, die Bella allein und ihrer Liebe beraubt zurücklässt.

Diese Möglichkeit des Sich-davon-Stehlens taucht im letzten Buch der Reihe, *Breaking Dawn – Bis(s) zum Ende der Nacht*, erneut auf. Angesichts der Krise, welche die drohende Ankunft der tödlichen Volturi darstellt, verschwinden Alice und Jasper: »Carlisle drehte die Seite um, sodass wir alle sie lesen konnten. ›Sucht nicht nach uns. Es ist keine Zeit zu verlieren ... Es tut uns so leid, dass wir euch auf diese Art verlassen mussten, ohne Abschied oder Erklärungen. Es ist die einzige Möglichkeit für uns. Wir lieben euch.‹« (*Breaking Dawn – Bis(s) zum Ende der Nacht*)

Die plötzliche Abwesenheit zweier wichtiger Mitglieder der Familie Cullen schmerzt sowohl die Cullens als auch die Leser der Saga – Desertion hat diese Auswirkung, in der Literatur wie in der historischen Vergangenheit. Flucht beschwört Betrug und Verlust herauf, und sie war während des Bürgerkriegs oft eine raue Wirklichkeit. Kampftraumata, unhaltbare Lebensumstände und simple Angst, all dies trug zum beständigen Strom desertierender Soldaten bei, die General Lee 1865 als eine »Epidemie« beschrieb, als die Kämpfe sich in die Länge zogen, blutiger wurden und die Nahrungsvorräte dahinschwanden.[16)]

Als Alice und Jasper mitten in dieser Krise die Familie verlassen, kommt die Frage auf, ob es zwischen dem Paar und den anderen Cullens jemals wirkliche Bande der Liebe und Loyalität gegeben hat.

> Ich hatte mir die Cullens immer als ein Ganzes, als untrennbare Einheit vorgestellt. Plötzlich erinnerte ich mich, dass es nicht immer so gewesen war. Carlisle hatte Edward erschaffen, Esme, Rosalie und Emmett; Edward hatte mich erschaffen. Wir waren durch Blut und Gift miteinander verbunden. Ich hatte nie gedacht, dass Alice und Jasper anders waren – in die Familie hineinadoptiert. Aber in Wirklichkeit hatte Alice die Cullens adoptiert. Sie war mit ihrer getrennten Vergangenheit aufgetaucht, hatte Jasper mitgebracht und sich in die Familie eingefügt, die schon da war. Sowohl sie als auch Jasper hatten ein anderes Leben außerhalb der Familie Cullen gekannt.
>
> *Breaking Dawn – Bis(s) zum Ende der Nacht*

Noch mehr als die Stärke der familiären Bindungen steht Jaspers persönlicher Charakter infrage. Schließen seine maskulinen Züge Egoismus und Selbsterhaltungstrieb ein? Vor seiner Abreise hatte Jasper mit seinem Platz in der Familie Cullen gehadert. Bellas Verwandlung zum Vampir stellte Jaspers Version davon, wer er ist, gegen Bellas Erfahrung als neuer Vampir. Jasper zufolge sind neugeborene Vampire zügellos:

> »Neugeborene [Vampire] sind gefährlich, doch sie können besiegt werden, wenn man weiß, was man tut. Sie sind etwa ein Jahr lang körperlich unglaublich stark, und wenn man ihnen erlaubt, ihre Kraft zur Anwendung zu bringen, können sie einen älteren Vampir mit Leichtigkeit vernichten. Aber sie sind immer die Sklaven ihrer Instinkte und deshalb berechenbar. Gewöhnlich haben sie keine Fertigkeiten im Kampf, nur Muskeln und Wildheit.«
>
> *Eclipse – Bis(s) zum Abendrot*

Jaspers Beschreibung eines neugeborenen Vampirs entspricht dem Klischee vom unzivilisierten Jäger, das er selbst verkörperte, als er im Süden war. Er sieht voraus, dass Bella als neugeborener Vampir voller Blutgier und Brutalität sein wird, aber statt diese Möglichkeit nüchtern zu erwägen, wird sie zu einer Art von Unterhaltung.

> »Jasper wird die Wette gewinnen«, sagte sie [Rosalie] selbstgefällig.
>
> Emmetts Gelächter hörte sofort auf, und er studierte mich mit abschätzenden Augen.
>
> »Welche Wette?«, wollte ich wissen, innehaltend.
>
> Er seufzte. »Sie wetten, wie viele Male dir ... ein Ausrutscher passiert im ersten Jahr.«
>
> »Oh.« Ich zog eine Grimasse, versuchte, mein plötzliches Entsetzen zu verbergen, als mir klar wurde, was er meinte.
>
> »Sie haben eine Wette laufen, wie viele Menschen ich töten werde?«
>
> »Ja«, gab er widerwillig zu. »Rosalie denkt, dein Temperament wird die Gewinnchancen zugunsten von Jasper wenden.«
>
> Ich fühlte mich ein bisschen schwindelig. »Jasper wettet hoch.«
>
> »Er wird sich einfach besser fühlen, wenn dir die Anpassung schwer fällt. Er ist es leid, das schwächste Glied in der Kette zu sein.«
>
> *Eclipse – Bis(s) zum Abendrot*

Als Bellas erste Tage als Vampir Jaspers Erfahrung zuwiderlaufen, kann er nicht akzeptieren, dass seine Sicht der Vampirwelt vielleicht nicht korrekt war – und sein Verhalten als neugeborener Vampir eher das Ergebnis seiner persönlichen Entscheidungen war als eine unkontrollierbare Eigenart aller neugeborenen Vampire.

> »Ich kann das nicht verstehen, es nicht ertragen.« Ich sah überrascht, wie Jasper zur Hintertür hinaus ging ...
>
> [Edward zu Bella:] »Er fragt sich, ob die Neugeborenen-Tollheit wirklich so schwierig ist, wie wir immer gedacht haben, oder ob jeder, mit der richtigen Konzentration und Einstellung, es so gut hinbekommen kann wie Bella. Selbst jetzt –

vielleicht hat er nur solche Schwierigkeiten, weil er glaubt, es sei natürlich und unausweichlich. Wenn er höhere Ansprüche an sich selbst stellen würde, würde er ihnen vielleicht entsprechen. Durch dich stellt er eine Menge tief verwurzelter Annahmen infrage, Bella.«

Breaking Dawn – Bis(s) zum Ende der Nacht

Von Selbstzweifeln geplagt und fortwährend gegen seine Gewalttätigkeit ankämpfend, scheint Jasper einen Wendepunkt erreicht zu haben, der es nötig macht, die Familie zu verlassen. Er ist einer der wenigen Cullens, die nicht von Gewalt abgestoßen sind. Die Unfähigkeit seiner Gefährten, die Stärke ihrer Feinde einzuschätzen, frustriert ihn: »›Wir kämpfen‹, sagte er [Emmett] ruhig. ›Wir können nicht gewinnen‹, knurrte Jasper.« (*Breaking Dawn – Bis(s) zum Ende der Nacht*)

Unüberwindlichen Gefahren gegenüberstehend, fliehen Jasper und Alice ohne Erklärung. Ihr Verschwinden ist niederschmetternd für die Cullens, die nur annehmen können, dass das junge Paar ihrem eigenen Leben und ihrer Liebe einen höheren Wert beigemessen hat als dem Wohlergehen der Familie. Bis zu den abschließenden Kapiteln von *Breaking Dawn – Bis(s) zum Ende der Nacht* scheint Jasper daher die Rolle des Deserteurs übernommen zu haben – der Mann, der sich selbst über das Allgemeinwohl stellt, der Mann, dessen wahre Männlichkeit letztlich fragwürdig, weil sie selbstsüchtig ist.

Das Beste und Schlimmste, was wir sein konnten

Wie wahr ist es, dass eine Nation, um groß zu sein, etwas anstreben muss, das über ihrer animalischen Natur steht! Wir sind im Begriff des Übergangs vom Tier zum Intellektuellen. Krieg, Bürgerkrieg, mit seinen fürchterlichen Bestrafungen, ist nicht ohne Nutzen. In keiner anderen Schule als der des Krieges kann die Gesellschaft Unterordnung lernen, in keiner anderen kann sie dazu gebracht werden, Anordnungen anzuerkennen.

John William Draper, Thoughts on Civil Policy, 1867[17)]

»In so vielen Jahren von Metzelei und Massaker hatte ich beinahe all meine Menschlichkeit verloren. Ich war unbestreitbar ein Albtraum, ein Monster der grausigsten Sorte. Jedes Mal, wenn ich ein weiteres menschliches Opfer fand, fühlte ich einen schwachen Stachel der Erinnerung an dieses andere Leben.«

Jasper Hale, *Eclipse – Bis(s) zum Abendrot*

Die Geschichte der Familie Cullen, und Jaspers individuelle Reise, enden mit einer hoffnungsvollen Note. Jasper ist nicht der Deserteur, der er hätte sein können, und wir können annehmen, dass er ein zufriedenes Leben mit Alice an seiner Seite führen wird. Trotz des schönen Endes der *Twilight*-Saga weist Jaspers fortwährender Kampf mit seiner zerstörerischen Seite auf einen ähnlichen Konflikt in der amerikanischen Psyche. Wie *Breaking Dawn – Bis(s) zum Ende der Nacht* endete auch der Bürgerkrieg mit einer Art Happy End: Die Nation war wieder vereint, der Süden wurde wieder aufgebaut. Und doch blieben viele explosive Konflikte ungelöst.

Die konkurrierenden Vorstellungen der Männlichkeit von Nord und Süd waren zeitweilig vereinigt; »Die Wunden des Krieges wurden durch eine Kultur von ›Charakter‹ geschlossen ... Soldaten auf beiden Seiten hatten gleich große Opfer gebracht und die Tugenden von Männlichkeit und Ehre verkörpert.«[18] Die Grausamkeit der Vergangenheit kann jedoch nicht ausradiert werden, und regionale Aufspaltungen beschädigen noch immer unsere Gesellschaft. Romantisierende Darstellungen des Krieges machen uns blind für seine schrecklichen Realitäten, genau wie Jaspers manipulative Kräfte es vermögen, die Welt besser scheinen zu lassen, aber zum Preis von sinnentstellender Realität. Als Bella sich damit auseinandersetzt, welchen Platz sie innerhalb der Familie Cullen einnimmt, stellt sie wegen Jaspers Anwesenheit ihre Fähigkeit infrage, ihre eigene Sicherheit richtig einzuschätzen, und sogar ihr freies Urteilsvermögen: »Ich wusste, ich konnte meinen Gefühlen nicht trauen, wenn Jasper da war.« (*Twilight – Bis(s) zum Morgengrauen*)

Der Amerikanische Bürgerkrieg bleibt ein blutiger Leuchtturm im Meer der Vergangenheit. Er beansprucht unsere Aufmerksamkeit, fasziniert uns und stößt uns gleichzeitig ab. Und er zwingt uns, unsere Werte und unser ureigenstes Wesen infrage zu stellen.[19] Charles Royster weist darauf hin, dass während des Bürgerkriegs »Amerikaner sich selbst überraschten durch das Ausmaß von Gewalt, das sie erreichen konnten.«[20] Jasper Whitlock Hale lässt das Schreckgespenst des Bürgerkriegs wieder auferstehen und mit ihm das Potenzial für Gewalttätigkeit innerhalb von Amerikas Grenzen.

Genau wie Jasper von seiner Vergangenheit heimgesucht wurde, schaut der kollektive Nationalcharakter der Amerikaner zurück, erhascht einen Blick auf Rauch, der über zerstörten Städten aufsteigt, und hört die Schreie sterbender Soldaten, immer ängstlich gewahr, dass die Geister der Vergangenheit aus ihren Gräbern auferstehen und unsere Gegenwart gefährden könnten. Zwar gestehen wir diese Ängste ein, doch bezweifeln wir ihre Wahrheit und konzentrieren uns stattdessen auf Soldaten, die idealisierte männliche Archetypen verkörperten. Wir denken aber nicht an die dunklere Seite, die in ihnen verkörpert war: die der Gewalt. Schließlich kann Jasper einen dazu bringen, dass »man sich so warm und gut dabei fühlt, sein Herz auszuschütten, vergiss das nicht.« (*Twilight – Bis(s) zum Morgengrauen*)

10

Wie andere amerikanische Familien, nur nicht verwandt: Die Cullens und die »ideale« Familie in der amerikanischen Geschichte

Kyra Glass von der Osten

»Weißt du, welches Jahrhundert wir haben?«, will Bella Swan wissen, als Edward darauf besteht, dass sie ihn heiratet, bevor er sie in einen Vampir verwandelt, um die Ewigkeit mit ihm zu verbringen (*Eclipse – Bis(s) zum Abendrot*). Für sie ergibt eine frühe Heirat (nebst Keuschheit bis zur Hochzeit) nur in einer früheren Zeit, in einer anderen Welt Sinn. Zum Teil hat sie Recht: Edward, oder eher die *Twilight*-Saga, weiß nicht, welches Jahrhundert es ist, oder noch nicht einmal welches Jahrzehnt, da soziale Veränderungen leicht in nur einem Jahrzehnt passieren können. Das Verhalten der Familie Cullen, ihre Moralvorstellungen und Normen haben sich nicht in Anlehnung an die Normen einer einzigen Zeit und eines Ortes entwickelt, sondern eher in einem Prozess, der das Wesen der Familie im Laufe der Geschichte verändert hat. In mancher Hinsicht sind die Cullens, wie Edward mit seiner Ablehnung von vorehelichem Sex, sehr traditionell; in anderer Hinsicht, wie der offensichtlichen Überzeugung von der Gleichberechtigung der Geschlechter, sind sie es nicht.

Wenn es um Texte geht, wird oft versucht, sie als entweder konservativ oder liberal, feministisch oder antifeministisch zu beschreiben. Diese bequemen Kategorisierungen vereinfachen die Texte nicht nur zu sehr, sie übersehen auch, dass sogar anscheinend konservative Elemente eines Textes soziale Normen infrage stellen können. Stephenie Meyers *Twilight*-Saga widersetzt sich der Einordnung in bequeme Schubladen. Oft entschuldbar für konservativ gehalten wegen ihrer »Erotik der Keuschheit«, werden die *Twilight*-Romane auch manchmal als antifeministisch angesehen. Man wirft ihnen auch vor, die Kleinfamilie auf ein Podest zu stellen.[1] Doch die Saga enthält gleichzeitig einige seltsam subversive Elemente, welche weit über die offensichtliche Gegenwart der Vampire, Werwölfe und des Okkulten hinausgehen. Was diese Romane so interessant macht, ist, dass diese subversiven Aspekte oft mit den konservativsten Elementen des Texts verwoben sind.

Schon früh in der *Twilight*-Reihe ist die Beziehung von Bella und Edward Cullen von einer Reihe von Spannungen bestimmt: der Spannung zwischen Tradition und Moderne, zwischen konservativen und liberalen Definitionen der Familie sowie zwischen Kernfamilie und erweiterter Familie. Diese Spannungen spiegeln sich in den Einflüssen auf Bella, sowohl aus Liebesgeschichten, wie sie in der klassischen Literatur dargestellt werden – Romanen von Jane Austen, Emily Brontës *Sturmhöhe* und Shakespeares *Romeo und Julia* – und der Aversion ihrer Mutter gegen Heirat in jungen Jahren. Sie sind darüber hinaus auch in der Darstellung von Beziehungen und Familienstrukturen innerhalb der Saga präsent. Das Leben der Cullen-Familienmitglieder umfasst mehrere Jahrhunderte und ihre Familienstruktur spiegelt die unterschiedlichen sozialen Normen, die sie zu verschiedenen Zeitpunkten in der Geschichte angetroffen haben. Familien stehen im Zentrum der Handlung der *Twilight*-Romane, Familien, von denen manche Leser glauben, dass sie wegen ihrer Fokussierung auf Keuschheit auf »traditionelle Familienwerte« abonniert sind. Doch eine genauere Betrachtung des Textes offenbart, dass die Familien, die in der Saga erfolgreich funktionieren, oft nicht mit dem »traditionellen« Konzept einer Familie übereinstimmen, weil sie nicht der Kernstruktur eines biologischen Vaters und einer biologischen Mutter und ihren unverheirateten biologischen Kindern entsprechen. Gleichzeitig werden biologische Familien mit »normalen« Mitgliedern in der Saga entweder als zerbrochen dargestellt, oder, noch häufiger, nur flüchtig erwähnt. Dieses Kapitel wird näher auf die Familien in der *Twilight*-Reihe eingehen und sich dabei auf deren zweifache Funktion konzentrieren: Sie sind einerseits Bewahrer einiger traditioneller Werte (wie vorehelicher Keuschheit), gleichzeitig jedoch sind sie Einheiten der Seelenverwandtschaft mit ungewöhnlichen und nichtbiologischen Strukturen, die ihre Mitglieder beschützen und sie mit Liebe und Beistand versorgen.

In seinem Buch *Past, Present, and Personal* (Vergangenheit, Gegenwart und Persönliches) bemerkt der Historiker John Demos, dass es im modernen Amerika »ein diffuses Gefühl der ›Krise‹ gibt bezüglich unseres häuslichen Gefüges im Allgemeinen – ein Gefühl, dass sich die Familie, wie wir sie traditionell gekannt haben, in einem Belagerungszustand befindet und vielleicht gänzlich weichen wird.«[2] Die *Twilight*-Reihe antwortet auf dieses Gefühl von Krise, aber nicht, indem sie zur Kernfamilie in der Art der 1950er-Jahre zurückkehrt und zu der gezielten Häuslichkeit, die einst die charakteristische »Norm« für amerikanische Haushalte war, wenn auch nur kurz.[3] Diese »Norm« ist die Art von Familie, an die bei zeitgenössischen Diskussionen über »Familienwerte« gewöhnlich gedacht wird. Diese »Familienwerte« sind ein Aspekt einer konservativen politischen Bewegung, die bis in die heutige Zeit einflussreich ist. In ihrem Buch *Public Vows* (Öffentliche Schwüre) bezeichnet die Historikerin Nancy Cott diese Bewegung als eine »lautstarke Minderheit, über ihre Anzahl hinaus einflussreich in der Wahlpolitik der 1980er und 1990er«, welche sich mit der »Degradierung des Familienlebens« befasse und »dem Wunsch, das patriarchische Modell der Ehe mit dem Ehemann/Vater als Ernährer und Haupt-Autoritätsfigur«[4] wieder einzusetzen. Die *Twilight*-Saga spiegelt dies wider: Sie stellt moderne amerikanische Familien als instabil dar, aber sie greift nicht auf die konventionelle Kernfamilie als Lösung zurück. Edwards Ansinnen der Keuschheit vor der Ehe scheint Bella altmodisch zu sein, gleichzeitig aber haben sich andere Aspekte der Familie Cullen, wie die Gleichberechtigung zwischen Jasper und Alice, klar mit den Zeiten geändert und spiegeln nicht das Modell einer »traditionellen Familie« wider.[5] In diesem Kapitel werde ich die nicht traditionellen Aspekte der Cullens und ihrer erweiterten Familie analysieren, um zu zeigen, inwiefern die *Twilight*-Saga Familienstrukturen aus einem breiten Spektrum historischer Momente enthält und sich manchmal gänzlich über historische Normen hinwegsetzt.

Das Scheitern der traditionellen Familie bei *Twilight*

Es ist kein Zufall, dass Bellas Umzug nach Forks zu Beginn der Saga mit der Tatsache zusammenhängt, dass ihr Elternhaus zerbrochen ist. Bella zieht nach Forks, weil sie denkt, dass ihre Gegenwart ihre Mutter und deren neuen Ehemann belastet, da die beiden wegen dessen Job viel reisen müssen. Im Roman wird deutlich, dass die neue Ehe der Mutter Bella keine intakte und stabile Familieneinheit bietet, auch hatte Bella keine konventionelle Beziehung zu ihrer Mutter. Bellas Mutter wird als flatterhaft geschildert, und Bella denkt ständig, dass sie sich um ihre Mutter kümmern muss. Dieses Muster wiederholt sich bei Bellas Vater; nachdem sie zu ihm gezogen ist, übernimmt Bella schnell die Verantwortung für das Kochen und macht sich Sorgen, ob ihr Vater für sich selbst sorgen kann, wenn sie nicht rechtzeitig zu Hause ist, um ihm das Abendessen zu machen. Eine der wenigen anderen menschlichen Familien, die wir genauer kennenlernen, ist die ihres Freundes Jacob Black, der in einer ähnlichen Situation ist. Jacobs Mutter ist gestorben, seine Schwestern kommen selten nach Hause, und sein behinderter Vater, Billy, braucht Jacob, der ihn pflegt.

Wo die traditionelle biologische Familie scheitert, floriert die nicht traditionelle, Nicht-Kernfamilie der Cullens, deren Mitglieder nicht biologisch miteinander verwandt sind: Ihre Mitglieder sind fähig, einander zu beschützen und sich umeinander zu kümmern. Die *Twilight*-Saga macht klar, dass die Cullens stärker sind als die meisten Vampire, weil sie Teil einer Familie sind, und Alice sagt zu Bella, dass selbst James' kleiner Dreierzirkel für die meisten Vampire als groß gilt. Nur die Volturi, die in großen Gruppen leben, und, für kurze Zeit, Victorias Zirkel, können die Cullens bedrohen. Doch es sind nur die Cullens, und eine ähnliche Gruppe in Alaska, die Denalis, die sich wie eine Familie benehmen. Laurent und andere Vampire finden dieses Verhalten faszinierend, auch wenn sie selbst keine Familie aufrechterhalten können.[6] Viele Vampire erkennen, welche Stärke die Cullens und die Denalis daraus ziehen, eine Familie zu sein. Die Stärke der Cullens als Familie ist sogar für die Volturi bedrohlich, die in *Breaking Dawn – Bis(s) zum Ende der Nacht* angesichts der Größe und der wahrgenommenen Stärke der Cullens unsicher werden.

Liebe ist das Bindeglied

Die Definition von Familie in der *Twilight*-Saga als ein auf Liebe gründender Zusammenschlusses von Individuen, die sich gegenseitig unterstützen, wird äußerst wichtig, besonders wenn sie vor dem historischen Hintergrund der verschiedenen Zeitperioden beleuchtet wird, aus der ihre Mitglieder kommen. Familienhistoriker, die Familienstrukturen und deren Wandel im Laufe der Zeit untersucht haben, fanden heraus, dass in den meisten historischen Kulturen wirtschaftliche Belange und sozialer Status die wichtigsten Motivationsfaktoren bei Partnerwahl und Familienbildung gewesen sind.[7] Eltern und Gemeinschaften neigten dazu, Paarbildungen zu fördern (oder vorzuschreiben), die auf praktischen Bedürfnissen gründeten (wie zum Beispiel Zugriff auf Land, das eine Familie ihrem Besitz hinzufügen wollte; eine großzügige Aussteuer oder Statusgewinn), statt Gefühlen von romantischer Liebe oder sexuellem Begehren Vorrang zu geben. Während des Mittelalters jedoch begann die Vorstellung, dass romantische Liebe bei der Wahl eines Ehepartners eine Rolle spielen sollte, um sich zu greifen.[8] Die romantische Auffassung von der Ehe begann die Europäer im 16. Jahrhundert zu beeinflussen und hat seitdem stets an Bedeutung zugenommen.[9] Allgemein löste die neue Idee von der Ehe als partnerschaftlicher Beziehung, die auf gegenseitiger Anziehung und romantischer Liebe gründet, die Auffassung von der Ehe als Versorgungsgemeinschaft ab, obwohl, wie an Rosalies Geschichte zu sehen, viele Männer und Frauen auch noch im 20. Jahrhundert diese eher praktischen Überlegungen anstellten.

Eine zweite Veränderung, die sich im Laufe des 19. Jahrhunderts in der Mittel- und Oberschicht zeigte, war, dass Kinder nicht mehr länger einen wirtschaftlichen Beitrag zum Lebensunterhalt der Familien leisten mussten. Industrialisierung bedeutete, dass Kinder aus besser gestellten Familien nicht mehr länger auf einer Familienfarm oder außerhalb des Zuhauses als Lohnarbeiter tätig sein mussten. Familien, die es sich leisten konnten, begannen, ihre Kinder aus der Lohnarbeit herauszunehmen und begrenzten die Kinderarbeit auf den Familienbetrieb. Gegen Mitte des 20. Jahrhunderts stand Bildung und nicht mehr Arbeit im Mittelpunkt kindlichen Lebens. Die Bewegung weg von dem, was Demos die »Familie als Arbeitsgemeinschaft« nennt, verfestigte die Auffassung, dass Liebe und Fürsorge die Basis dessen sind, was eine Familie zusammenhält.[10] Die Cullens, ohne irgendeine biologische Verbindung oder wirtschaftliche Notwendigkeit, die sie aneinander kettet, sind ein exzellentes Beispiel der modernen Vorstellung, dass das, was eine Familie wirklich ausmacht, Liebe ist.

In *New Moon – Bis(s) zum Abendrot* erklärt Alice Bella, dass Vampire üblicherweise nicht in großen Gruppen zusammenleben können;

in den seltenen Fällen, in denen sie es tun, wie die Volturi, gibt es dafür die Art politischer und wirtschaftlicher Gründe, die fast während der ganzen 3 000 Jahre, welche die Volturi auf der Erde sind, Entscheidungen für Eheschließungen innerhalb der Oberschicht bedingten. Ganz klar wird in der *Twilight*-Saga das auf Liebe basierende Familienmodell vorgezogen; sie demonstriert, dass Liebe die stärkere Familie schafft. In dieser Hinsicht schätzt die *Twilight*-Reihe moderne Ehen, die auf Liebe gründen, höher als die Tradition, Partner zu wählen, welche dem zukünftigen Ehepartner und seiner Familie die größten wirtschaftlichen oder sonstigen Vorteile verspricht – eine Motivation, welche die Volturi weiterhin haben. In *Breaking Dawn – Bis(s) zum Ende der Nacht* redet Eleazar über ein Mitglied der Wachen der Volturi, Carmen, die Bindungen zwischen Menschen zerbrechen kann. Eleazar stellt fest, dass »alles, was schwächer ist als die Bindung zwischen Partnern, in Gefahr ist«, versichert aber dann seiner Familie, den Denalis (der anderen Familie, die auf Liebe gründet), dass »dies aber schwächere Bindungen sind als in unserer Familie. Der Verzicht auf menschliches Blut macht uns zivilisierter – lässt uns echte Bindungen der Liebe bilden.« (*Breaking Dawn – Bis(s) zum Ende der Nacht*) Hier präsentiert Eleazar die Logik, dass eine Familie, die auf Bindungen der Liebe gründet, statt auf gemeinsamen Zielen oder wirtschaftliche Interessen, eine stärkere Einheit ist.[11)]

Obwohl die *Twilight*-Reihe die moderne Auffassung des Familienzusammenhalts durch Liebe vertritt, sind die in der Saga positiv dargestellten Familien nicht in dem Sinn traditionell, wie es im politischen Diskurs von konservativen »Familienwerte«-Gruppen während der 1980er- und 1990er-Jahre bis ins 21. Jahrhundert hinein propagiert wurde.[12)] Der Begriff »traditionelle Ehe« meinte aus Sicht der konservativen »Familienwerte«-Bewegung ein verheiratetes heterosexuelles Paar, üblicherweise mit biologischen Kindern, die in einem Kleinfamilien-Haushalt leben, vorzugsweise mit einem Brotverdiener-Vater und einer Mutter, die Kinder und Haushalt versorgt. Aber in vielen entscheidenden Punkten, die ich erörtern werde, sind die in der Saga hervorgehobenen erfolgreichen Familien, die Cullens und das Wolfsrudel der Quileute, stark *nicht* traditionell.

Unfruchtbare Ehefrauen und die Sippe, die wir wählen: nicht-biologische Familien

Vor Renesmees Ankunft haben die Cullens nicht die traditionell legitimierenden biologischen Familienbindungen, oder (höchstwahrscheinlich) noch nicht einmal die Verbindung legaler Adoption. Stattdessen basiert die Mitgliedschaft zu ihrer Familie teilweise auf der Tatsache, dass sie »anders« sind und in ihrer Gesamtheit ein Leben am Rand der Gesellschaft führen. In vieler Hinsicht versetzt dies die Cullens in die gleiche Situation wie die lesbischen und schwulen Familiengruppen, die in Kath Westons Buch *Family We Choose* (Familie, die wir uns aussuchen) erörtert werden, wobei verschiedene Arten von schwulen und lesbischen Familien untersucht werden, die durch Freundschaft, Adoption und romantische Beziehungen aufgebaut worden sind und die sich als Erwachsene zu Familien zusammenschlossen, statt auf Familien begrenzt zu sein, die durch Geburt oder Eheschließung gebildet wurden. Es ist der Status der Mitglieder dieser Familien als »anders« in einer Gesellschaft, sowie die Notwendigkeit, Geheimnisse vor »normalen« Leuten um sie herum zu bewahren (als heterosexuell durchzugehen im Fall von schwulen Haushalten, oder um als Menschen durchzugehen im Fall der Cullens), die ihre Zugehörigkeit zu diesen Familien von »Andersartigen« so wichtig macht. Wie Edward Bella erklärt, als er ihr das Haus zeigt, in dem er mit seinen Eltern und vier Geschwistern lebt: »Es ist der einzige Ort, an dem wir uns nie verstecken müssen.« (*Twilight – Bis(s) zum Morgengrauen*) Wie einige der LGBT-Haushalte[13)], die Weston untersuchte, sind die Cullens eine Wahlfamilie, die ausschließlich aus »Anderen« besteht, die im Großen und Ganzen von der Mitgliedschaft in anderen Arten von Familien ausgeschlossen sind, weil sie nicht menschlich sind und als gefährlich wahrgenommen werden. Wie viele der Familien, die von Weston untersucht wurden, sind die Cullens nicht verwandt miteinander. Mit Ausnahme der Geschwister Leah und Seth Clearwater gibt es keine Familienmitglieder bei den Cullens oder beim Wolfsrudel, die Teil einer biologischen Kernfamilie wären. Während die Erbfolge der väterlichen Linie für das Wolfsrudel sehr wichtig ist, hat Verwandtschaft bei den Cullens absolut keine Bedeutung, bis Renesmee geboren wird.

Zur Familie Cullen zu gehören, nach ihren Regeln zu leben und an ihrem familienzentrierten Leben teilzuhaben, war eine bewusste Entscheidung jedes Familienmitglieds. Es ist wichtig, dass Bella zu Beginn von *Eclipse – Bis(s) zum Abendrot* ihre Entscheidung, ein Vampir werden zu wollen, nicht einzig mit dem Wunsch begründet, in Ewigkeit mit Edward zu leben, sondern auch allgemeiner mit dem Wunsch, sich der Familie Cullen anzuschließen. Es ist ein logischer nächster Schritt für sie in *New Moon – Bis(s) zum Abendrot,* Edward zu umgehen, der will, dass sie ein Mensch bleibt, und sich mit der Frage ihres Schicksals an die gesamte Familie zu wenden. Sie bittet die Familie, darüber abzustimmen, ob sie in einen Vampir verwandelt werden soll. Indem sie das tut, fragt sie jedes einzelne Familienmitglied nicht nur, ob er oder sie denkt, dass sie ein Vampir werden sollte, sondern noch wichtiger, ob er oder sie will, dass Bella Teil der Familie wird. Dies wird klar, als Rosalie mit Nein stimmt und erklärt, dass es nicht deshalb sei, weil sie Bella nicht gern als Schwester hätte, sondern weil sie nicht will, dass ihr das Menschsein genommen wird. Für Bella stellt sich die Vampir-Werdung als ein Anderswerden dar, sie wird damit Teil einer neuen Familie, die auf Andersartigkeit, freier Entscheidung und nicht-biologischen Beziehungen basiert. Obwohl sie zu Beginn von *New Moon – Bis(s) zum Abendrot* noch denkt, dass Alice »nicht wirklich« Edwards Schwester ist, hält Bella gegen Ende von *New Moon – Bis(s) zum Abendrot* und während der ganzen restlichen Saga Alice nicht nur für Edwards Schwester, sondern beide beginnen auch, sich als Schwestern zu betrachten, als genauso »echte« Geschwister, wie es Seth und Leah Clearwater füreinander sind.

Doch historisch wurde eine durch biologische Beziehungen geeinte Familie als einzige Art von Familie angesehen, die »echt« war und die wichtigste Funktion der amerikanischen Familie erfüllte: Zeugung von Nachwuchs. Selbst in Zeiten wie den 1920er-Jahren, als die gesellschaftlichen Normen entspannter waren, zogen viele Reformer eine klare Grenzlinie zwischen »kinderlosen Ehen und der fruchtbaren Familie«.[14)] Nur in extrem seltenen Ausnahmefällen sind Vampire fähig, sich in diesem traditionellen Sinn zu vermehren.

Sicherlich kann das »Machen« eines neuen Vampirs als eine Art von Zeugung angesehen werden, aber traditionelle Zeugung, das Empfangen von Kindern, scheint zunächst unmöglich für Vampire. Selbst der Versuch, ein Ersatzkind zu schaffen, indem Babys oder

Kleinkinder in Vampire verwandelt werden, ist absolut verboten. Demzufolge werden unsterbliche Kinder zum äußersten Tabu. Für viele der Cullen-Frauen und für den einzigen weiblichen Werwolf hat diese Zeugungsunfähigkeit schwere psychologische Auswirkungen. Einer der wichtigsten Gründe dafür, dass Rosalie Bella abzuschrecken versucht, ein Vampir zu werden, und warum sie Bella tatsächlich um ihr Menschsein beneidet, ist Rosalies starker Wunsch, Mutter zu werden. Während Esme relativ zufrieden damit zu sein scheint, Edward, Rosalie, Alice, Jasper und Emmett als »Ersatzkinder« zu bemuttern, will Rosalie ein Kind haben – ihr eigenes Baby. Diese Verzweiflung über die eigene Unfruchtbarkeit hallt bei Leah in *Breaking Dawn – Bis(s) zum Ende der Nacht* wider, die sich als »genetische Sackgasse« empfindet und deshalb mit Rosalie und Bella sympathisiert, die Bellas Leben riskieren, damit Bella ihr Baby zur Welt bringen kann (*Breaking Dawn – Bis(s) zum Ende der Nacht*).

In dem Buch *History of the Wife* (Die Geschichte der Ehefrau) bemerkt Marilyn Yalom, dass »in der ganzen alten Welt die wichtigste Pflicht der Ehefrau war, Nachkommen zu produzieren.«[15] Frauen, die keine Kinder bekommen konnten, galten als Schande und wurden als »unfruchtbar« angesehen. Wenn sie sich als unfähig erwiesen, Kinder zu bekommen, wurden sie oft von ihren Ehemännern verstoßen oder in polygamen Gesellschaften durch eine zweite oder dritte Frau ersetzt. Die historische Assoziierung von Ehe und Fortpflanzung sowie zwischen Weiblichkeit und Mutterschaft ist daher äußerst stark. Rosalie, die während der Weltwirtschaftskrise der 1920er-Jahre verwandelt wurde, wuchs in einer Zeit auf, als die Familien in Amerika kleiner wurden. Aber die Verbindung zwischen Ehe und Kinderkriegen war immer noch unbestritten während ihrer Jugend, und sie akzeptierte ganz klar diese Wertvorstellung. Bella scheint Rosalies Weltsicht nicht ganz zu verstehen. Sie wuchs in einer ganz anderen Kultur auf, in der es eine anerkannte Entscheidungsmöglichkeit war, keine Kinder zu bekommen, und während ihrer Jugend machten Familien ohne Kinder 62 Prozent der amerikanischen Haushalte aus.[16] Es ist also einleuchtend, dass Bella bereit ist, die Idee von einem eigenen Kind aufzugeben, um mit Edward zusammen zu sein, während für Rosalie der Verlust ihrer Fähigkeit, ein Kind zu haben, ein vernichtender Schlag war.

Bellas Einstellung zum Kinderkriegen entspricht ganz dem Geist der Zeit, in der sie lebt. Doch als sie schwanger wird, beginnt die Behandlung dieses Ereignisses im Buch historische Linien zu verwischen, und einige Figuren brechen sogar aus den Rollen aus, die sie zuvor als »traditionell« definiert hatten. Bellas extrem gefährliche Schwangerschaft könnte tatsächlich aus einer Familiengeschichte eines längst vergangenen Jahrhunderts stammen. An modernem Standard gemessen bedrohten Schwangerschaft und Geburt vor dem 20. Jahrhundert (und selbst bis zum Zweiten Weltkrieg) oft das Leben der Mutter. Als Carlisle Mitte des 17. Jahrhunderts verwandelt wurde, starben Frauen noch häufig an den Folgen einer Geburt. Eine große Zahl von Gründen – von Steißlagen bis zu Kindbettfieber – führten während oder kurz nach der Geburt zu inneren Verletzungen, Infektionen und dem Tod von Tausenden von Frauen im London von Carlisles Jugend. Hygienische und medizinische Neuerungen, die während des 19. und 20. Jahrhunderts eingeführt wurden, halfen schließlich, diese Risiken zu vermindern. Ohne die Hilfe heutiger Methoden und medizinischer Behandlungen (oder Vampir-Gift) hätten chirurgische Eingriffe wie der Kaiserschnitt vor dem späten 19. Jahrhundert normalerweise den Tod der Mutter bedeutet und wurden nur unternommen, um das Baby zu retten, wenn man der Meinung war, dass die Mutter nicht mehr zu retten war. Selbst in Edwards Jugend waren Geburten noch eine relativ weit verbreitete Todesursache. Rosalie spielt auf diese Tatsache in *Breaking Dawn – Bis(s) zum Ende der Nacht* an, als sie über den Tod von Müttern, die Kinder von Vampir-Vätern zur Welt brachten, sagt: »Sogar die normalen Geburten gingen damals in der Hälfte der Fälle schlimm aus.« (*Breaking Dawn – Bis(s) zum Ende der Nacht*) Die Befürchtungen in Bezug auf Bellas übernatürliche Schwangerschaft gleichen den Befürchtungen, die Edward gehabt hätte, wenn, wie Bella sich von Zeit zu Zeit vorstellt, sie und Edward 1918 geheiratet und Kinder bekommen hätten.[17)]

Die bedeutende Veränderung in der Beziehung zwischen Bella und Rosalie, nachdem Bella schwanger wird, stimmt mit der Bedeutung überein, welche eine Schwangerschaft in der Beziehung zwischen Frauen in früheren historischen Perioden hatte. Während Edward das Bündnis zwischen Rosalie und Bella als irgendwie unheimlich empfindet, würde Carlisle, geboren im 17. Jahrhundert, es wiedererkannt haben. Heute stellt der Ehemann beziehungsweise Vater des

Kindes meist die wichtigste Stütze einer schwangeren Frau dar, Geburtsvorbereitungskurse für Mittelschichtpaare und die Anwesenheit des »Gebärpartners« im Kreissaal sind zur Normalität geworden. Aber bevor Geburten ins Krankenhaus verlagert wurden (eine Veränderung, die im frühen und mittleren 20. Jahrhundert vonstatten ging), war es gewöhnlich eine weibliche Verwandte, die einer Frau bei der Entbindung half. Dieses gemeinsame Erlebnis konnte für beide beteiligte Frauen sehr wichtig werden. Der Historiker Daniel Blake Smith beobachtete, dass »Frauen oft enge emotionale Bindungen durch die Unterstützung entwickelten, die sie einander während der Entbindung und im Wochenbett gewährten.«[18] Durch Jacobs und Edwards Augen betrachtet scheint Rosalies Hingabe, mit der sie sich während der Schwangerschaft um Bella kümmert, durch eine egoistische Sehnsucht nach Bellas Baby angetrieben, während Bellas Sicherheit ihr gleichgültig zu sein scheint. Doch auch nach der Geburt des Kindes haben Bella und Rosalie weiterhin eine Beziehung, bei der sich die beiden gegenseitig unterstützen. Denn aus historischer Sicht betrachtet machte Rosalie nichts anderes, als ihre normale Rolle als Schwägerin einer schwangeren Frau in früheren Zeiten auszufüllen, als auch eine normale Schwangerschaft sehr gefährlich sein konnte.

Edwards Reaktion auf die Schwangerschaft, die er zunächst vorschlägt abzubrechen, ist kaum die eines heutigen »traditionellen« Familien-Konservativen. Aber sein übereiltes Angebot, sein und Bellas Baby abzutreiben, steht durchaus im Einklang mit den Einstellungen der Kultur, in der er aufwuchs. Leslie Reagan stellte in ihrer Arbeit über die Zeit, in der Abtreibung in Amerika illegal war, fest, dass zu Ende des 19. Jahrhunderts und zu Beginn des 20. Jahrhunderts, als Abtreibungen erst kürzlich illegal geworden waren, Schwangerschaftsabbrüche weiterhin ein »offenes Geheimnis« waren, das von vielen Amerikanern als Methode der Geburtenkontrolle akzeptiert wurde.[19] Carlisle, der auch schon während des 18. und frühen 19. Jahrhunderts lebte, als Abtreibungen bis zu den ersten Kindsbewegungen im Mutterleib legal waren, hätte es noch weniger zu schaffen gemacht, an einer Abtreibung beteiligt zu sein.[20]

Historiker haben die zunehmende Verfügbarkeit von Verhütung und Abtreibung nach Mitte des 19. Jahrhunderts erforscht und dokumentiert, wie Amerikaner zu versuchen begannen, die Zahl ihrer Kinder zu begrenzen oder es insgesamt zu vermeiden, Kinder zu haben. Wie in der heutigen Gesellschaft stieß dieser Trend damals auf den Widerstand einer »Reinheitsbewegung« und der amerikanischen Ärztekammer, die Abtreibung gesetzlich verbieten wollten.[21] Zur Jahrhundertwende, etwa zu der Zeit, als Edward geboren wurde, waren jedoch Verhütungsmittel oder Abtreibungen (die in beinahe jedem Bundesstaat zu dieser Zeit illegal waren), recht gebräuchlich geworden, um die Familiengröße zu begrenzen.[22] Tatsächlich stellte zumindest eine Studie von Patientinnen aus der Arbeiterschicht von Margaret Sangers Geburtenkontrolle-Klinik in den späten 1920er-Jahren fest, dass 20 Prozent aller Schwangerschaften abgebrochen worden waren.[23] Zwar waren es häufiger Freunde als Ehemänner, die in die Abtreibungen ihrer Partnerinnen verwickelt waren, doch viele Ehemänner unterstützten ihre Frauen, eine Abtreibung vornehmen zu lassen, und oftmals aus genau den Gründen, aus denen Edward will, dass Bella abtreiben lässt: aus der vernünftigen Angst vor den mit der Geburt verbundenen Risiken.[24] Während Bella sich Edwards früheres Leben als eine Art Kinderbuchidylle vorstellt, endete Edwards menschliches Leben in Wirklichkeit auf dem Gipfel einer Reihe von radikalen sozialen Veränderungen, die beinahe so wichtig sind wie jene, die im späten 20. Jahrhundert beobachtet wurden. Während der 1920er-Jahre änderten sich die Einstellungen zu Sex und Beziehungen radikal; die Verwendung von Verhütungsmitteln wurde noch gebräuchlicher, und Jugendliche hatten in den frühen Jahren des 20. Jahrhunderts begonnen, sich außerhalb des Zuhauses zu verabreden, ohne elterliche Aufsicht.[25]

Twilight und die Nichtkernfamilie

Genau in ihrer Absage an die Kernfamilie, mit der die *Twilight*-Saga Familien präsentiert, ist sie am auffälligsten untraditionell. Während Historiker einst dachten, dass Amerikaner und Westeuropäer meistenteils in Großfamilien lebten (mehrere Generationen unter einem Dach) und später eine Verschiebung zur Kernfamilie stattfand (mit einer Mutter, einem Vater und Kindern, die ohne weitere Verwandten zusammenlebten), deutet die jüngere Forschung darauf hin, dass dies nie der Fall war; ein Historiker hat diese Idee der früheren weitverzweigten erweiterten Familien sogar als »ordinäre Auffassung« bezeichnet.[26] Die Kernfamilie war die Norm unter Europäern, die in den dreizehn Kolonien siedelten (obwohl es einige Ausnahmen in jeder Gemeinde geben mochte), und dies war während der gesamten amerikanischen Geschichte so.[27] Gleichzeitig jedoch kannten einige eingeborene amerikanischen Kulturen die Kernfamilie nicht als grundlegende Haushaltseinheit, und diese Realität war so bedeutungsvoll, dass das amerikanische Rechtssystem aktiv versuchte, eingeborene Amerikaner zu ermutigen oder sogar zu zwingen, die Kernfamilie zur Norm zu erheben.[28] Diese Feinheiten werden in der *Twilight*-Saga sehr wichtig, die eine Bewegung weg von den strengen Formen der Kernfamilie betont. Für die Cullens, die allesamt Weiße sind, bedeutet die Entscheidung, in einem erweiterten Familienhaushalt zu leben, einen bedeutenden Bruch mit der amerikanischen Tradition, es ist eine völlig untraditionelle Entscheidung. Beim Quileute-Wolfsrudel jedoch kann die Bewegung hin zu einer in hohem Maße erweiterten Familienform als eine potenzielle Rückkehr zur Tradition verstanden werden.

Kinder werden oft als Mittelpunkt der Kernfamilie angesehen. Die Einführung von Bellas und Edwards Tochter, Renesmee, sorgt für eine lange Erzählsequenz, die sich um die Möglichkeit für Bella, Edward und ihre Tochter dreht, eine Kernfamilie zu bilden. Letztlich festigt Renesmee selbst jedoch die Entscheidung der Cullens für eine erweiterte Form der Familie, und damit ihren Ausbruch aus der Norm. An keinem Zeitpunkt war die erweiterte Familie in den meisten amerikanischen Gemeinschaften verbreitet, und die Zeiten, als die Geburt eines Kindes eine Erweiterung der Kernfamilie signalisierte statt ihre Verfestigung, lagen vor der Lebenszeit von jedem der Cullens. Als Bella herausfindet, dass sie schwanger ist, kommt zunächst die Möglichkeit in Betracht, dass Bella und Edward eine eher traditionelle, biologisch begründete Kernfamilie bilden. Doch dieses Bild der »trauten Dreisamkeit« wird schnell zerstört, als Edward seine Entschlossenheit verkündet, die Schwangerschaft zu beenden. Noch im Mutterleib wirkt sich Renesmees Existenz auf verschiedene Familien in der Geschichte auf unerwartete Weise aus. Zuerst scheint sie Familien zu entzweien: Sie teilt nicht nur die Cullens in ein Lager auf, das dafür ist, dass das Kind ausgetragen wird (Rosalie, Emmett und Esme) und eines, die das nicht wollen (in besonderem Maße Carlisle und Edward), ihre Existenz teilt auch das Wolfsrudel in zwei Lager.

Im Ergebnis beansprucht Jacob sein Erbrecht als Alpha und trennt sich vom Hauptrudel, das Renesmee und damit auch Bella töten will. Zur gleichen Zeit führt Renesmees Empfängnis auch zu stärkeren Bindungen zwischen Bella und Mitgliedern ihrer neuen erweiterten Familie, namentlich zu Rosalie, die sich mit ihr gegen Edward stellt.

Während Renesmee das »fehlende Teil« für Edwards und Bellas eigene Kernfamilie zu sein scheint, bedeutet ihre Empfängnis am Ende, dass Edward und Bella niemals einen völlig eigenständigen Haushalt bilden werden. Zwar erscheint dieses Ergebnis für einen Moment möglich – als Edward Renesmees Gefühle spürt, als sie noch ein Fötus ist und sich daraufhin dafür einsetzt, dass sie sicher zur Welt kommt – doch in dem Moment, in dem sie geboren wird, verhindert Renesmee tatsächlich für immer die Möglichkeit einer einzelnen, isolierten Familieneinheit, als Jacob sich auf sie prägt und damit eine erweiterte Familienstruktur sicherstellt. Als Jacob sich auf das Baby Renesmee prägt, sind seine Gefühle kein bisschen romantischer Natur, es werden jegliche Hinweise auf Pädophilie vermieden, sondern es sind Gefühle reiner und absoluter Hingabe. Diese Prägung macht jegliche Möglichkeit eines »normalen« Dreipersonen-Haushalts hinfällig. Edward und Bella diskutieren eine Weile darüber, wegzuziehen, und trotz der Liebe, die die Cullens für Renesmee empfinden, besonders Rosalie, akzeptiert die Familie, dass dies passieren könnte. Aber Jacob erträgt es nicht, Renesmee gehen zu lassen, und so gibt er Bellas Vater, Charlie, einen Tipp, was vor sich geht, um sicherzustellen, dass Bella bleibt. Diese Entscheidung erweitert Renesmees Familie von der Vampir-Welt auf die des Wolfsrudels und auch auf die menschliche Welt.

Das Kind Renesmee vereint Familien und führt sie zusammen. Dies beginnt mit Charlie, der sich schnell mit der Vorstellung anfreundet, Großvater zu sein, und sofort von dem Kind bezaubert ist. Es ist in diesem Augenblick, dass Bella mit Freude erkennt, dass sie vielleicht »meine neue Familie und auch etwas von meiner alten« haben kann (*Breaking Dawn – Bis(s) zum Ende der Nacht*). Bellas Gefühle für Jacob, die sich davon, ihn als Bruder zu wollen, dahin verlagerten, ihn als möglichen Partner anzusehen, und die bei beiden für so viel Schmerz sorgten, gehen jetzt in etwas anderem auf. Jacob ist nun Teil ihrer Familie, so wie Bella immer überzeugt gewesen war, dass er es sein sollte. Doch mit einer neuen Person, auf die er seine Liebe richtet, verursacht dies weder ihm noch ihr weitere Pein. Jacobs Prägung auf Renesmee löst auch den Konflikt innerhalb der Wolfsrudel-Familie und zwischen ihr und den Cullens. Die Wölfe könnten jetzt Renesmee niemals wehtun, tatsächlich müssen sie sie beschützen, weil »kein Wolf niemals absichtlich einen Bruder zerstören würde«, indem er dem Objekt seiner Prägung etwas zuleide tut, denn »ein solches Leid wäre für das ganze Rudel unerträglich« (*Breaking Dawn – Bis(s) zum Ende der Nacht*). Renesmees Geburt schafft eine noch weiter gefasste Familie für die Cullens, indem das Wolfsrudel als Teil ihres Sippen-Netzwerks eingeschlossen wird, ein Bündnis, das noch weiter gefestigt wird durch Charlies Verstrickung mit Sue Clearwater.

Das Ende der Saga legt also nahe, dass die Kernfamilie selbst nicht ausreichend ist: Als die Volturi kommen, um Renesmee und die Cullens zu zerstören, wissen Bella und Edward, dass sie beide allein Renesmee nicht werden beschützen können. Selbst die Cullens als Einheit können sie nicht beschützen; diese Herausforderung erfordert eine gemeinsame Anstrengung der gesamten erweiterten Familie, eingeschlossen die Wölfe, die Denalis und ihre Freunde. Zwar spielen Bellas und Edwards einzigartige Fähigkeiten eine entscheidende Rolle, doch brauchen sie die Unterstützung der gesamten erweiterten Familie, um erfolgreich zu sein. Bella braucht sogar die erweiterte Verwandtschaft der Cullens und das Netz der Gemeinschaft, um ihre eigenen Fähigkeiten zu entdecken und zu entfesseln. Dieses große Netzwerk von Familie und Verbündeten, die sich zusammenschließen, um eine Krise zu überwinden, und die Erneuerung und das Schaffen neuer Bindungen zwischen ihnen deutet auf eine historische Tradition, so alt wie Carlisle oder älter noch: auf eine Periode, in der erweiterte Familien und die Gemeinschafts-Bündnisse, die durch Eheschließungen gebildet wurden, entscheidend waren.

Was ist eine »traditionelle« Familie überhaupt?

Die *Twilight*-Saga enthält viele gezielte historische Bezüge, sie nutzt zum Beispiel ein Geschehnis wie den Amerikanischen Bürgerkrieg als Kulisse für eine bestimmte Szene oder eine bestimmte Figur. Aber die *Twilight*-Reihe verfährt mit der Geschichte der Familie ganz anders, sie vermischt Aspekte des Familienlebens aus verschiedenen Perioden auf eine Art, die oft nicht die Leben von Familien in irgendeiner bestimmten historischen Zeit und einem historischen Ort widerspiegeln. Die Geschichte der Familie muss eher als Prozess denn als einziges Geschehnis betrachtet werden, als eine Komposition, etwas in Arbeit Befindliches, und die Funktionen der Familie veränderten sich im Lauf der Jahrhunderte. Die Definition der »idealen« Familie war in Amerika immer im Fluss und ist es noch. Diese Veränderungen bedeuten nicht notwendigerweise »Fortschritt«, und manchmal wiederholt sich ein Muster. Carlisle war Zeuge eines Großteils der amerikanischen Geschichte, und er muss die zyklische Natur einiger Aspekte beobachtet haben. Der Historiker Bert Adams bezeichnet das viktorianische Zeitalter als die »Periode der größten Vorherrschaft« der Kernfamilie, aber die Anzahl der Haushalte, die in Kernfamilien organisiert waren, erreichte in absoluten Zahlen ihren Höhepunkt in den 1950ern und 1960ern.[29)] Obwohl Bella oft über die Tatsache nachdenkt, dass sie und Edward ganz buchstäblich beinahe aus unterschiedlichen Jahrhunderten stammen, weisen ihre beiden Welten tatsächlich einige wichtige historische Ähnlichkeiten auf. Bedeutende Veränderungen bei Verabredungen und sexuellen Sitten kamen während des frühen 20. Jahrhunderts auf, wurden in den 1920er-Jahren verwirklicht und hatten ihre Entsprechung in Veränderungen in diesen Bereichen, die im späten 20. Jahrhundert stattfanden.[30)] In mancher Hinsicht war die Familie in Edwards Jugend genauso sehr dem Wandel unterworfen, wie sie es heute ist.

Die *Twilight*-Reihe enthält manchmal historische Merkmale traditionellen Familienlebens außerhalb der Normen der jeweiligen Zeitperiode, die beschrieben wird. Die Vorstellung, dass eine Ehe zuallererst auf Liebe gründen sollte, etablierte sich in Amerika und Europa erst allmählich nach dem 18. Jahrhundert. Marilyn Yalom bemerkt dazu: »In der Vergangenheit waren die meisten Ehen eher eine Angelegenheit des Geldbeutels als eine des Herzens.«[31)] Gedanken an eine Liebesheirat hatten zwar immer eine wichtige Rolle gespielt bei der Partnerwerbung des kolonialen Amerika, waren jedoch von wirtschaftlichen und sozialen Faktoren häufig an den Rand gedrängt worden. Im Laufe der Zeit wurden wirtschaftliche und soziale Faktoren jedoch weniger wichtig; diese Veränderungen traten zunächst je nach sozialer Schicht in verschiedenem Ausmaß zutage. Die niedrigeren Klassen akzeptierten in der Regel die Liebe als Hauptmotivation für die Ehe viel früher als die höheren Klassen und die Aristokratie in Europa und Amerika, für die Wohlstand und Status eine größere Rolle spielten.[32] Diese älteren, finanziellen Motive waren sehr klar bei Rosalies unter einem schlechten Stern stehenden Verbindung mit einem reichen Mann aus einer hoch angesehenen Familie, der sich als gewalttätig und grausam herausstellte. Auch hier spielt *Twilight* mit der Geschichte, mit dem, was eigentlich typisch war für die dargestellte Zeit: Als Rosalie sich 1933 verlobte, war die Liebesheirat unter Amerikanern bei Weitem die gebräuchlichste und sozial anerkannteste Form der Ehe. So entsprach der Versuch von Rosalies Familie, sie mit einem hoch angesehenen, reichen Mann zu verheiraten, eigentlich mehr einer früheren Zeit. Er war jedoch sicherlich plausibel angesichts des sozialen Status ihrer Familie, der wirtschaftlichen Lage der Nation und Rosalies außergewöhnlichem Wert auf dem Heiratsmarkt (ihrer überwältigenden Schönheit wegen). Gleichwohl, Edwards Aussage, dass er Bella 1918 geheiratet hätte, weil er sie geliebt hätte, war typischer für die damalige Einstellung.

Diese Kombination von widersprüchlichen, doch historisch akkuraten Situationen schafft eine Art von historischer Pastiche[33] in der gesamten *Twilight*-Reihe. Bellas und Edwards Beziehung kann als Beispiel für diese Art von historischer Collage betrachtet werden, besonders ihre Entscheidung zu heiraten. Dass Edward auf der Heirat besteht und dass er mit dem Sex bis nach der Hochzeit warten will, sieht Bella klar als traditionell an. Sie glaubt, dass sie zu jung sind, um zu heiraten, sagt sich aber, dass solch eine Eheschließung in Edwards Zeit nicht ungewöhnlich gewesen wäre, absolut nicht bemerkenswert.

Tatsächlich jedoch entsprechen Edwards »traditionelle« Werte mehr den Werten, die in der Populärkultur der 1950er-Jahre verfochten wurden. In Edwards Jugend heirateten Mittelschicht-Paare tatsächlich *später* als in den 1950er-Jahren. 1956 betrug das durchschnittliche Heiratsalter in den USA bei Frauen 20,1 Jahre und bei Männern 22,5 Jahre. Aber 1900, um die Zeit, in der Edward geboren wurde, war der typische Bräutigam 26 Jahre alt, obwohl Bräute (deren durchschnittliches Alter 21,9 Jahre betrug) ein wenig jünger waren. 1920 wäre Edward immer noch ein eher junger Bräutigam gewesen, da das Durchschnittsalter bei der Heirat 24,6 Jahre bei Männern betrug.[34] Zu keiner Zeit in der amerikanischen Geschichte wären 17 oder 18 Jahre ein »durchschnittliches« Alter für einen Bräutigam gewesen, und Edward wäre ungewöhnlich jung für seine eigene Generation gewesen. Wäre er »so ein Junge« gewesen, wie er behauptet, der Bella im Alter von 17 Jahren geheiratet hätte, dann hätte er sich genauso gegen den Trend seiner Kultur verhalten, wie Bella es im Jahr 2006 tut. Als Bella ihn fragt: »Weißt du, welches Jahrhundert dies ist?«, führt sie seinen Wunsch, jung zu heiraten, auf die Zeit zurück, aus der er kommt; tatsächlich könnte dieser Wunsch jedoch selbst 1918 mehr mit seiner eigenen Persönlichkeit zu tun gehabt haben.

Die Ergebnisse von Bellas und Edwards Heirat stellen ebenfalls eine Nachahmung historischer Elemente dar. Während die Hochzeit selbst, im Stil von 1918 abgehalten, die Beziehung hin zu einem traditionellen Familienleben zu bringen scheint, das Bella mit Edwards Zeit assoziiert, sind die beiden nicht durch die Beweggründe motiviert, die für die damalige Zeit für eine Eheschließung typisch waren: wirtschaftliche Gründe, Sozialstatus und die Zeugung von Nachwuchs (wovon Edward und Bella zur Zeit der Hochzeit glauben, dass sie unmöglich sei). Ihre Motivation ist stattdessen nur die Liebe. Das Spektakel ihrer Hochzeit (und die Einbeziehung der Denalis, Renées und Charlies) erlaubt der Hochzeit, eine der traditionellen und einzigartigen Rollen von Eheschließungen in früheren historischen Perioden zu erfüllen: dem Gewinnen von angeheirateten Verwandten. Die Historikerin Stephanie Coontz führt an, dass diese Funktion der Eheschließung wichtig war, weil »Eheschließungen die Bedürfnisse der größeren Gruppe erfüllten. Es machte Fremde zu Verwandten und erweiterte kooperative Beziehungen über die unmittelbare Familie hinaus.«[35] Dies galt besonders, »bevor die Idee von der freien Partnerwahl und von der Ehe als Triumph der Liebe zum kulturellen Ideal erhoben wurde.«[36] In der Eheschließung von Bella und Edward vereinen sich zwei der wichtigsten Elemente moderner amerikanischer Ehe – freie Entscheidung und Liebesheirat – wobei der erweiterten Familie ein hoher Wert beigemessen wird, was in der amerikanischen Geschichte nie verbreitet war.

In ähnlicher Weise, während die Hochzeit selbst darauf hinweist, dass Edward traditionell ist, zieht die Realität ihrer Ehe ein durch und durch zeitgenössisches Ergebnis nach sich, wodurch endlich Gleichberechtigung zwischen den beiden erreicht wird. In der gesamten *Twilight*-Saga machte Bella sich Sorgen darum, Edward nicht wirklich ebenbürtig zu sein; sie sehnt sich danach, »Partner zu sein, wie Alice und Jasper es sind« (*Eclipse – Bis(s) zum Abendrot*). Als sie in *Breaking Dawn – Bis(s) zum Ende der Nacht* zum Vampir wird, ist diese Sehnsucht endlich erfüllt. Die Verschiebung in ihrer Beziehung hin zu wirklicher Ebenbürtigkeit, bei der Bella Edward nicht mehr länger braucht, um sie zu beschützen, ist besonders modern. Dies macht Bellas und Edwards Beziehung zu einer faszinierenden Mischung aus historischen Elementen: traditionelle Einstellung zu vorehelichem Sex, zeitgenössische Betonung auf der Ebenbürtigkeit der Partner und dazu die Befürwortung der recht altertümlichen Praxis des Lebens in Haushalten von erweiterten Familien.

Dieses Verwischen von historischen Grenzen oder das Eingliedern von Details aus verschiedenen Epochen zu einer historischen Collage lässt sich in der ganzen Familie Cullen beobachten. Wie Bella beobachtet, ist Jasper ein echter Partner für Alice, obwohl er während der viktorianischen Ära verwandelt wurde. Esme und Carlisle scheinen auch relativ ebenbürtig, aber Carlisles Rolle in der Familie kann ebenso als recht traditionell angesehen werden, weil er der moralische Mittelpunkt und Anführer der Familie ist. Diese Darstellung des Vaters als Patriarch und Bewahrer der Familienwerte stimmt eigentlich mehr mit dem 17. Jahrhundert überein.[37] In vieler Hinsicht führen Carlisles Regeln zur Schaffung einer Umgebung, in der die Familie selbst zur Hüterin traditioneller Werte wird. Edward muss sich in Bellas Gegenwart ständig beherrschen, ihre körperliche Beziehung geht nie über das hinaus, was selbst konservative Kirchen billigen. Wenn er die Kontrolle über sich selbst verlieren würde, könnte er sie beißen; wenn sie Sex hätten, fürchtet er, dass er sie bei nur dem kleinsten Missgeschick schlimm verletzten oder sogar töten könnte. Bellas und Edwards Keuschheit, zusammen mit der ständig nötigen Selbstkontrolle und Zurückhaltung, sind eng mit Carlisles Regeln verbunden.

Während die biologischen Familien sich in der *Twilight*-Saga als mehr oder weniger erfolglos erweisen, schaffen die nicht biologischen Familien von Vampiren und Werwölfen erfolgreiche moralische Instanzen. Sie bieten Anleitung und Regeln, um den Mitgliedern ihrer Familie dabei zu helfen, in ihrer einzigartigen Situation zu funktionieren. Als Bella Edward erlaubt, die Nacht bei ihr zu verbringen, macht es ihr nicht das Geringste aus, damit Charlie zu hintergehen – sie weiß ganz genau, dass er es nicht gutheißen würde, wenn er davon wüsste –, aber Edward würde nie daran denken, sich über Carlisles Moralempfinden hinwegzusetzen. Während biologische Familien also nur einen unbestimmten Einfluss auf ihre Kinder haben, bietet die Familie Cullen ihren Mitgliedern klare und starke moralische Leitlinien. Das Verhalten eines jeden Familienmitglieds wird von Carlisles strengen ethischen Vorstellungen bestimmt, da er auf vollständiger Abstinenz von menschlichem Blut besteht.

Die Akzeptanz der Cullens von Carlisles Moralkodex und die Fähigkeit der Familie Cullen, Bindungen echter Liebe einzugehen, indem sie das tun, sind ein Grund dafür, dass die Familie als absolut zentrales Thema der *Twilight*-Saga angesehen werden kann. Vorstellungen von Familie und Ehe waren in der gesamten amerikanischen Geschichte wichtig, aber die Definitionen der »normalen« Familie, von Partnerwerbung und Ehe haben sich seit dem Anlanden der ersten europäischen Siedler ständig geändert, und sie sind in verschiedenen sozialen Gruppen ganz unterschiedlich. Für Bella ergibt die Ehe nur Sinn, wenn sie sich Edward und sich selbst auf der Verandaschaukel nebeneinander sitzend vorstellt und »wir Kleider aus einer anderen Welt tragen. Einer Welt, in der es niemanden überraschte, wenn ich seinen Ring an meinem Finger trug. Ein einfacherer Ort, wo Liebe auf einfachere Art definiert war. Eins plus eins macht zwei.« (*Eclipse – Bis(s) zum Abendrot*) Was jedoch Familien-Historiker, von Coontz bis hin zu Cott, allesamt herausgefunden haben, ist, dass es diesen einfacheren Ort, an dem »eins plus eins zwei macht«, nie gegeben hat. Die »einfachere Zeit«, aus der Edward kam, stand an der Schwelle der 1920er-Jahre, als die amerikanische Kultur sich mit dem neuen Frauenbild am Ende des 19. Jahrhunderts auseinandersetzte. Die 1920er waren auch von schwerwiegenden Veränderungen gekennzeichnet, was Partnerwerbung und Sexualverhalten, zunehmendes Wissen über Verhütung und Abtreibung und deren Verfügbarkeit sowie die Besorgnis über den bedeutenden Anstieg von Scheidungen seit dem Ende des 19. Jahrhunderts angeht.[38)] Die Familien der *Twilight*-Romane überwinden diese komplexe Geschichte – wenngleich die Quileute es auf andere Weise als die Cullens tun – und bieten allen Normen der amerikanischen Geschichte die Stirn, indem sie Nichtkernfamilien bilden, die größtenteils nicht verwandt sind und bei denen nicht die Zeugung oder das Aufziehen von Kindern im Mittelpunkt steht.

Trotz der Betonung auf Keuschheit und Ehe sollte die *Twilight*-Saga nicht als Text über traditionelle Familienwerte verstanden werden. Die Komplexität der Familiengeschichte weist darauf hin, dass ein Haushalt, der sich aus Mitgliedern zusammensetzt, deren Geburtsdaten vom 17. Jahrhundert bis ins 21. Jahrhundert reichen, niemals die Traditionen all jener historischen Perioden und Kulturen widerspiegeln könnte, aus denen ihre Mitglieder kommen. Selbst das Festhalten an Werten einer bestimmten Zeit resultiert nicht notwendigerweise in Verhalten, das wir heute als »traditionell« auffassen würden, wie Edwards Bereitschaft, Bellas Baby vor den ersten Kindsbewegungen abzutreiben, was tatsächlich den Wertvorstellungen seiner eigenen Jugend entsprach.

Letztlich ist das Familienleben der Cullens ein Pastiche der Geschichte der amerikanischen Familie, das Merkmale einschließt, die zeitgenössisch, kolonial oder einfach nur ungewöhnlich sind, zumindest unter europäisch-stämmigen Amerikanern.

Während die *Twilight*-Reihe andere Aspekte der Geschichte als Abfolge von einzigartigen und besonderen Ereignissen präsentiert, bietet die Darstellung von Familien in der Saga dem Leser Geschichte zum Anfassen. Der Bürgerkrieg gehört der Vergangenheit an, genau wie die Epidemie der Spanische Grippe von 1918 oder die Weltwirtschaftskrise, aber die historische Entwicklung der Familie ist etwas, das immer noch andauert. Unterstellte »Normen« wie das Vorherrschen einer »Kernfamilie« sind keine Erscheinungen, die notwendigerweise jemals einen Höhepunkt erreichen und danach untergehen. Stattdessen durchläuft jeder Aspekt des Familienlebens im Lauf der Zeit Wandlung und Krisen. Obwohl die persönliche Geschichte jedes Mitglieds der Familie Cullen sie beeinflusst, selbst wenn sie sich vorwärts bewegen; die Geschichte ihrer Familie wird nie zu einer Geschichte über einen einzigen Moment in der Vergangenheit. Das Gleiche könnte für die Rolle der Geschichte in unseren eigenen Diskussionen über moderne Familien und Ehen gelten. Sowohl auf die Cullens als auch auf viele heutige Familien übt die Geschichte weiterhin einen beherrschenden Einfluss aus, beeinflusst Familien und Ehen, die in unserer eigenen Generation gebildet wurden. Die Geschichte beeinflusst unsere Vorstellungen von Ehe und Familie, aber sie legt nichts fest. Die *Twilight*-Saga zieht uns in eine zeitlose Liebesgeschichte, die uns nicht nur erlaubt zu fragen, was eine »traditionelle«

Liebesgeschichte und Familie heute für uns bedeuten, sondern auch, was wir uns vorstellen, wenn wir wie Bella zurückdenken an unsere Lieblingsbücher und uns die Traditionen der Vergangenheit vergegenwärtigen.

Dritter Teil
Eine Welt von Vampiren: Die Volturi und mehr

II
Mit Michelangelo als Innenausstatter: Die Volturi als Renaissance-Herrscher

Birgit Wiedl

> Es ist von größter Wichtigkeit in dieser Welt, dass ein Mann sich selbst, das Ausmaß seiner eigenen Stärke und Mittel kennen sollte; und derjenige, der weiß, dass er kein Talent zum Kampf hat, muss lernen, durch die Kunst des Friedens zu herrschen.
>
> *Niccolò Machiavelli*[1)]

Am 14. Juli 1564 erlebte die Stadt Florenz eine prunkvolle Beerdigung, die in der Basilika von San Lorenzo abgehalten wurde, der alten und ehrwürdigen Kirche in der Mitte des Marktplatzes. Die Basilika war auch Grabstätte der berühmtesten Familie der Stadt: der Medici, deren Reichtum im Bankgeschäft begründet war.[2)] Tatsächlich wäre das Spektakel des Herrschers würdig gewesen, und doch war es nicht Cosimo de' Medicis Bestattung, die feierlich begangen wurde, und auch nicht *sein* Sarg, den die Wachen der Medici begleiteten. In Cosimos Gegenwart erwiesen unzählige Menschen einem anderen Mann die letzte Ehre, der Florenz vielleicht fast genauso sehr wie die Medici geformt und dominiert hatte – Michelangelo di Lodovico Buonarroti Simoni, den meisten Menschen nur unter seinem Vornamen bekannt: Michelangelo.

Tatsächlich war Michelangelo schon fast sechs Monate zuvor in Rom verstorben, im Alter von 89 Jahren. Der florentinische Herrscher Cosimo de' Medici hatte seinen Leichnam nach Florenz holen und in der Kirche zur Ruhe betten lassen, welche für die Öffentlichkeit die stärkste Verbindung zu den Medici hatte: San Lorenzo war nicht nur die Hauskirche der Familie und der Ort, an dem ihre Mitglieder bestattet wurden, sondern sie war mehr als ein Jahrhundert zuvor im Auftrag eines anderen Cosimo, genannt der Ältere

(»Il Vecchio«), errichtet worden. Michelangelo selbst hatte die Bibliothek und die Medici-Kapelle innerhalb des ausgedehnten Komplexes von Kirche und Kreuzgängen gestaltet. Cosimo, der bald der erste Großfürst der Toskana werden sollte, rühmte sich, ein großer Förderer der Künste zu sein und führte die Familientradition fort. Giorgio Vasari, Benvenuto Cellini und Agnolo Bronzino sind nur drei der angesehenen Künstler, die er förderte, und Florenz verdankt ihm solch spektakuläre Bauten wie die Uffizien und den Palazzo Pitti mit seinen riesigen Boboli-Gärten.

Mäzenatentum der Künste war zu dieser Zeit aus einer Vielzahl von Gründen ein wichtiges Charakteristikum eines Mitglieds der höchsten sozialen Schicht. Ein wirkliches Interesse an der Kunst, echte Liebe zu ihr, war eines davon. Und doch wäre Cosimo kein echter Medici gewesen – und insgesamt kein Kind seiner Zeit – wenn seine Motive, Michelangelo mit einem so spektakulären und aufwändigen Begräbnis zu ehren, nicht über bloße künstlerische Überlegungen hinausgereicht hätten. Seine Herrschaft (wenn auch stabil zur Zeit von Michelangelos Beerdigung) war bis dahin ein beständiger Kampf, und würde es in beträchtlichem Maße immer sein, dominiert ebenso sehr von Kriegen wie diplomatischen Verwicklungen und gewitztem Handeln. Von der jüngeren Linie der Familie abstammend, hatte er während einer Zeit des Aufruhrs in Florenz die Macht ergriffen. Florenz selbst hatte sehr unter den Nachwirkungen der Ermordung des letzten »älteren« Medici gelitten, während außerhalb der Stadtmauern der Krieg zwischen dem Kaiser des Heiligen Römischen Reichs Karl V. und dem französischen König Franz I. wütete, in dem Cosimo fest an der Seite des Kaisers stand. Diese Unterstützung brachte ihm 1537 den Titel des Herzogs von Florenz ein (einhergehend mit der faktischen Herrschaft), doch es blieb die Notwendigkeit, seine Position zu behaupten und öffentlich zu demonstrieren, dass die jüngere Linie genauso fähig war, wie die ältere es gewesen war, und in gleichem Maße die Loyalität der Florentiner verdiente.

Michelangelo war dafür die perfekte Person (oder vielmehr der perfekte Leichnam), den Cosimo benutzen konnte, um seine (Cosimos) Qualitäten öffentlich sichtbar zu machen: Michelangelo war nicht nur der berühmteste Künstler seiner Zeit, er hatte auch häufig für die Familie gearbeitet und sogar in seiner Jugend in der Bildhauer-Schule in Florenz gelernt, die von Lorenzo dem Prächtigen (»Il Magnifico«)

Medici gegründet worden war. Michelangelo hatte sogar auf Einladung Lorenzos im Palazzo Medici gewohnt.[3] Michelangelo war also Teil des goldenen Zeitalters der Medici. Cosimos Entscheidung, Michelangelo zu ehren, war daher viel mehr als die Zurschaustellung eines unbestreitbar tief gehenden Kunstverständnisses und die Wertschätzung eines großen Künstlers: Es war vor allem eine politische Aussage, eine Geste, die Cosimo in den Augen der Öffentlichkeit in die Tradition der alten florentinischen Herrscher stellte, die noch immer in lebhafter Erinnerung waren – Lorenzo der Prächtige und sein Großvater Cosimo der Ältere, die ersten eigentlichen Medici-Herrscher von Florenz.[4]

Beinahe-Königtum, Kontrolle und durch Patronage erlangte Macht

> Er ist es, der über Frieden und Krieg entscheidet: Er ist König, in allem außer dem Namen nach.
>
> *Papst Pius II. über Cosimo de' Medici*[5]

Nach dem, was die Cullens Bella Swan erzählen, haben die Volturi seit undenklichen Zeiten in der toskanischen Stadt Volterra geherrscht. »Seit dreitausend Jahren, seit der Zeit der Etrusker«, enthüllt Alice Bella während ihrer Reise zur Rettung von Edward, hätten die Volturi heimlich die Stadt Volterra beherrscht, aber zum Wohl der Menschen, in deren Mitte sie unentdeckt wohnten (*New Moon – Bis(s) zur Mittagsstunde*). Alices Behauptung ignoriert die Tatsache, dass die Vereinigung von zerstreuten etruskischen Siedlungen in der Stadt von Velathri, später Volterra genannt, in Wirklichkeit erst mehr als ein halbes Jahrtausend später erfolgte.[6] Doch das unverwechselbare Aussehen und Verhalten der Volturi lässt weder an römische Magistrate noch an mittelalterliche Stadtherren denken (im Fall von Volterra war es ein Bischof, der die Stadt bis zum 12. Jahrhundert regierte), sondern an die mächtigen Männer (und Frauen) der Renaissance. Die Herrscher, denen Aro, Caius und Marcus am meisten ähneln, sind diese Renaissance-Fürsten, in besonderem Maße die Medici von Florenz, die ihre Ziele sowohl mit friedlichen als auch kriegerischen Mittel erreichten und später Machiavelli zu seinem »Handbuch« über das richtige Regieren inspirierten. Tatsächlich hätten die Medici, genau wie die Volturi, selbst Machiavelli wohl noch ein paar Dinge beibringen können.

Wir wissen beinahe gar nichts über den Aufstieg von Aro, Caius und Marcus zur Macht oder über die Mittel, mit denen sie die Stadt Volterra in ihren Griff bekamen und die Macht über sie behielten. Auch mag es seltsam scheinen, eine Vampirfamilie, die stark darauf bedacht war, unsichtbar zu bleiben, mit der Kultur der italienischen Renaissance zu vergleichen, die durch Repräsentation und öffentlichen Prunk Erfolg hatte. Doch trotz alledem gibt es Ähnlichkeiten und Unterschiede in der Art, wie die Volturi und die Medici ihre Macht ausüben – politische Verhaltensmuster, die weit über das Kunst-Mäzenatentum hinausreichen.

Wenn wir eine Vermutung wagen und sagen, dass die Herrschaft der Volturi über Volterra entweder gewaltsam errungen wurde oder so heimlich vonstatten ging, dass niemand es wirklich merkte (abgesehen von anderen Vampiren und vom Unglück verfolgten Touristen), dann unterscheidet sich die Art und Weise, wie sie an die Macht kamen, sehr von den Methoden, die von den Herrscherfamilien der Renaissance angewendet wurden. Es mag überraschend scheinen, aber viele nord- und mittelitalienische Städte waren *communes* (Gemeinden) des Hochmittelalters, selbstverwaltete Stadtstaaten-Republiken, die auf teilweiser Demokratie gründeten.[7] Und doch, diese proto-demokratischen Städte legten den Grundstein für den Aufstieg der später in den Adelsstand erhobenen Familien wie den Medici. Die meisten der Städte, welche die Heimat der großen Familien waren, waren schon als Stadtgemeinden zu beträchtlicher Macht aufgestiegen, und Gebäude wie der Palazzo dei Priori in Volterra, fertiggestellt im Jahr 1246, der die Stadtregierung beherbergte, zeugten vom Selbstbewusstsein und Stolz der Bürger. Die Stadtstaaten in Norditalien gehörten zu den wohlhabendsten im mittelalterlichen Europa, ihre nicht aristokratische Kaufmanns-Elite beherrschte sowohl den Handel als auch die Geldgeschäfte, während vormoderne Gewerbe (das Wollgewerbe von Florenz; die Alaun-, Salz- und Schwefelminen von Volterra oder die Seidenproduktion von Lucca) für eine stabile wirtschaftliche Basis der Städte sorgten. Die zunehmende Bedeutung von Söldnern erlaubte es selbst kleineren, aber reichen Städten, beträchtliche militärische Kräfte ins Feld zu schicken, was bedeutete, dass sich die Politik und Gesellschaft der Renaissance vor dem Hintergrund ständiger Kriegsführung entwickelte.[8)]

Ab dem 14. Jahrhundert erlebten einige dieser Städte einen Niedergang und gerieten sogar unter die Herrschaft erfolgreicherer Nachbargemeinden, aber die mächtigsten Stadtstaaten dehnten ihren Einfluss und ihr Machtgebiet weiterhin aus. Der Aufstieg dieser Städte war oft damit verbunden, dass eine oder mehrere besonders erfolgreiche Familien an die Macht kamen – die Visconti und Sforza im Herzogtum Mailand, die Gonzaga, welche die Gemeinde von Mantua in ein Herzogtum verwandelten, und natürlich die Medici in der Republik Florenz. Die Ursprünge dieser Familien waren unterschiedlich: Einige von ihnen hatten Wurzeln im mittelalterlichen Adelsstand, einige erhoben den Anspruch, von alten und berühmten Vorfahren abzustammen. Keine dieser Familien allerdings führte wie die Volturi den eigenen Stammbaum bis zu den Etruskern zurück. Verglichen mit einem derart eindrucksvollen Geschlecht nehmen sich Familien wie die Sforza aus Mailand, die vom illegitimen Sohn eines *condottiero*, einem Söldnerführer, abstammten, oder die Medici, florentinische Bankiers mit nicht sonderlich weit zurückliegender ländlicher Vergangenheit, beinahe bescheiden aus, und doch sind sie typische Beispiele für Renaissance-Herrscher.

Die vielleicht bekannteste Familie, und sicherlich eine der erfolgreichsten, waren die Medici von Florenz. Sie galten bald als die Renaissance-Herrscher schlechthin und waren, um mit den Worten von Papst Pius II. zu sprechen, »König in allem außer dem Namen nach«.[9)] Im Gegensatz zu den Volturi jedoch, deren Herrschaft dank ihrer Unsichtbarkeit unangefochten blieb, wäre es im Fall der Medici nicht nur sachlich falsch, sie als »Herrscher« des Florenz des Quattrocento (15. Jahrhundert) zu bezeichnen, sondern es widerspräche auch dem Image, das sie sich in der Öffentlichkeit als führende Bürger in einer Stadtstaaten-Republik gaben. Mit und durch die Republik Florenz, ihre Ämter und städtischen Institutionen, nahmen die Medici Einfluss und gelangten zu immer mehr Macht, und es war nicht nur einfach dahergesagt, als Cosimo der Ältere um 1460 an Papst Pius II. schrieb: »Ihr schreibt, als ob ich keine Privatperson wäre, sondern ein Prinz ... dabei wisst Ihr, wie beschränkt die Macht eines einfachen Bürgers ist, in einem Staat, der vom Volk regiert wird.«[10] Trotz der Tatsache, dass Cosimo sein Image als einflussreicher Strippenzieher schätzte, war eine Volturi-gleiche Unsichtbarkeit und Geheimhaltung nie eine Option für irgendeine der großen Renaissance-Familien gewesen, die Städte wie Florenz, Mailand oder sogar Volterra regierten.

Cosimo nutzte den großen Reichtum seiner Familie, um die Strategien zu perfektionieren, die das Rückgrat der florentinischen Politik bildeten: den Aufbau eines großen Klienten-Netzwerks mittels politischer und sozialer Protektion.[11] Seine Nachfahren führten seine Arbeit weiter fort und erweiterten sie, denn Patronage-Beziehungen (ein Band zwischen einem mächtigen Anführer und einem Klienten, der oft weiter unten auf der sozialen Leiter stand) waren als langfristige Beziehungen angelegt, die nicht Individuen, sondern ganze Familien verbanden.[12] Gönnerschaft als politisches und soziales Instrument war keineswegs eine Erfindung mittelalterlicher italienischer Gemeinden – schon im alten Rom hatte man auf Basis von derartigen Netzwerken agiert. Und die Macht der Volturi-Führer gründete seit noch längerer Zeit auf Patronage-Beziehungen, wenn wir dem Bericht von Alice glauben.

Die Medici und andere florentinische Bankiers-Familien forderten die adlige Familie Albizzi heraus, die tatsächlichen Herrscher in Florenz um das Jahr 1400, indem sie versuchten, die Loyalität und die Unterstützung so vieler Bürger wie möglich zu gewinnen. Als eine Familie, die erst vor kurzer Zeit die politische Bühne betreten hatte, griffen die Medici besonders Familien von niedrigerem sozialem Stand oder »neuen« Familien unter die Arme, die oft noch keine Patronage-Beziehung zu einer der Elite-Familien der Stadt eingegangen waren. Sie bedienten sich verschiedener Methoden, um ihren Klienten zu helfen und sich ihrer Loyalität zu vergewissern: Sie erleichterten den Zugang zu öffentlichen Ämtern, schenkten den Töchtern aus ärmeren Familien eine Mitgift, halfen in finanziellen Angelegenheiten, übernahmen die Rolle als Schiedsrichter und Schlichter, schalteten sich vor Gericht in deren Namen ein und gewährten allgemein Zugang zu ihrem Netzwerk an weitverzweigter Verwandtschaft, Freunden und Klienten.[13] Gute Beziehungen zwischen Patron und Klient waren wesentlich für das reibungslose Funktionieren von sozialem Leben, Politik und Regierung, und weder Patron noch Klient konnte es sich leisten, dies außer Acht zu lassen: Der Klient war verpflichtet, seinen Patron zu ehren, indem er seine Loyalität zeigte, wenn der Patron eine Aufgabe für ihn hatte oder seine Unterstützung einforderte, genau wie der Patron den Klienten in seinem Netzwerk finanziell, juristisch und sozial behilflich sein musste.[14)]

Hilfe und Unterstützung zwischen einem Patron und seinen Klienten sollten auf Gegenseitigkeit beruhen, wobei die Loyalität dem Patron gegenüber der wichtigste »Beitrag« des Klienten war, was dem Patron erlaubte, in vielen Bereichen der Gesellschaft Einfluss zu erlangen, zu denen er andernfalls keinen Zugang gehabt hätte.[15)] Obwohl viele dieser Patron-Klienten-Bindungen informell blieben, waren sie »der Leim, der die Renaissance-Gesellschaft wirklich zusammenhielt«, und sie ähnelten sehr stark den Banden, welche die Volturi zusammenhalten und den Beziehungen, die Aro mit so vielen Vampiren wie nur möglich rings um die Welt einzugehen bestrebt ist.[16)] Genau wie Cosimo de' Medici seine Klienten entsprechend ihrem Nutzen für seine Familie auswählte, sucht Aro seine Anhänger sorgsam und klug aus. Jane und ihr Bruder Alec sind gute Beispiele dafür; sie sind die meist geschätzten Mitglieder von Aros Wache und wurden bereits ausgewählt, als sie noch Menschen waren, obwohl wir nie erfahren, was Aro in ihnen sah, bevor er sie verwandelte. Aros Hauptziel hinsichtlich anderer Vampire ist, sie seiner Gefolgschaft einzuverleiben; er bleibt darauf konzentriert, auch wenn seine Kollegen erpicht darauf sind, jene zu zerstören, die in ihren Augen die Existenz aller Vampire gefährden.

Bei der endgültigen Konfrontation mit den Cullens in *Breaking Dawn – Bis(s) zum Ende der Nacht,* wirft Aro einen sorgsam wertenden Blick auf das Werwolf/Gestaltwandler-Rudel, selbst als sie ihn anknurren, und überlegt nur, wie er sie zu seinem Vorteil benutzen könnte: »Er ist fasziniert von der Idee, Wachhunde zu haben«, meint Edward. Zuvor hatte Edward Aro verdächtigt, die Gruppe aufgehalten zu haben, die er zum Kampf gegen Victorias Neugeborenen-Armee gesendet hatte, um so die Macht (und Anzahl) der Cullens zu verringern. In beiden Fällen zeigt Aro, dass er fähig zu politischen Machenschaften ist, von denen sogar Niccolò Machiavelli, der große Meister des politischen Intrigenspiels, stolz gewesen wäre, sie sich zurechnen zu können.

Familienstärke und Loyalität waren jedoch die Essenz der florentinischen Renaissance-Gesellschaft, und vielleicht ihr höchstes Ideal.[17] Die Volturi folgen offenbar ebenfalls der Auffassung des Mittelalters und der Renaissance, dass eine Familie eine Gruppe ist, die durch Bande zusammengehalten wird, die über das verwandtschaftliche Verhältnis einer biologischen Familie hinausgehen. Die Volturi können sich auf die Kräfte der Vampirin Chelsea verlassen, die ihre Fähigkeiten dazu einsetzt, die Bindungen zwischen den Mitgliedern der Sippe zum Vorteil der Volturi, insbesondere Aros, zu stärken, und sie kann sogar andere Vampire dazu zwingen, ihnen bereitwillig zu dienen, doch die Medici und ihre Kollegen mussten viel mehr Mühe investieren, um sich bei ihren Klienten und bei der Stadt, die sie kontrollierten, beliebt zu machen. Es war jedoch nicht nur ein Versuch, sich beim *popolazzo*, dem Mob, einzuschmeicheln, wenn Lorenzo der Prächtige für Festgelage der Arbeiterschicht bezahlte und an ihnen teilnahm, wobei er so sehr auf Du und Du stand mit den Arbeitern, dass er obszöne Karnevalslieder für sie schrieb. Lorenzos Ehefrau, Clarice Orsini, war genauso sehr von politischem wie von persönlichem Interesse motiviert, wenn sie persönlich erschien, um ihre Landarbeiter in Gerichtsverhandlungen zu unterstützen. Lorenzos Mutter, selbst Schutzpatronin von Waisenhäusern und Helferin der Armen, bezeichnete ihren Sohn als »Vater der Armen«.[18]

Sich selbst als Patron und Unterstützer der weniger vom Glück Begünstigten zu zeigen, war für das Selbstverständnis und sogar für die ureigene Identität der Medici und anderer herrschender Familien im Italien der Renaissance von zentraler Bedeutung. Indem sie dies taten, präsentierten sie sich als Garanten von Gerechtigkeit, Frieden und Prosperität.[19] Dies ist ein Bild von sich, das die Volturi ebenfalls schätzen: »Sie haben sich die Position angemaßt, unseren Regeln Geltung zu verschaffen«, sagt Alice zu Bella, und es scheint, dass sie einen zu engen Blickwinkel einnimmt (*New Moon – Bis(s) zur Mittagsstunde*). Sie »räumen Unordnung auf«, garantieren, wenn nicht Frieden, so zumindest Überleben für den Rest der Vampire, und Jasper fasst es zusammen, mit »Respekt, beinahe Dankbarkeit« in seiner Stimme: »Wenn es die Volturi nicht gäbe, der Rest von uns wäre schnell entblößt.« (*Eclipse – Bis(s) zum Abendrot*)

Wie die Volturi waren auch die Medici dazu in der Lage, den Frieden zu bewahren. Zumindest spielten sie diese Rolle in ihren eigenen

Augen und auch in den Augen eines guten Teils der Bevölkerung, die der ständigen Kriege überdrüssig war: Kriege der um Macht ringenden Familien einer Stadt; Kriege gegen andere Stadtstaaten; Krieg gegen den Papst, als Florenz sich auf die Seite des Kaisers des Heiligen Römischen Reichs stellte; und der Aufstand der Ciompi, der Arbeiter der Kleidungsindustrie von 1378. Es war ein Medici, Salvestro di Alamanno, dessen Führerschaft half, die Revolte zum Ende zu bringen, und viele Bürger blieben viele kommende Jahre hindurch dem *popolazzo* gegenüber misstrauisch.[20] Die Medici erhielten die Machtbalance aufrecht, beschwichtigten das gemeine Volk, während sie die anderen mächtigen Familien in Schach hielten, was ihnen das Vertrauen vieler Menschen einbrachte, die an ihre Fähigkeit glaubten, den Frieden zu erhalten.

Die Generationen von Medici, die Salvestro di Alamanno nachfolgten, hielten an dieser Strategie fest. Sie arbeiteten äußerst sorgsam daran, sich den Ruf von Vermittlern aufzubauen, die nicht machthungrig waren, sondern sich durch ihre Weisheit und ihr gutes Urteilsvermögen auszeichneten, während sie die Stadt einten und Florenz zu immer größerer Herrlichkeit verhalfen.[21] Im Gegensatz zu Machiavellis idealem (und zukünftigen) Fürsten *war* das Ideal der frühen Renaissance-Herrscher durchaus, eher geliebt als gefürchtet zu werden, ähnlich wie Aro will, dass Carlisle (wieder) sein Freund wird, auch wenn es beinahe zum ultimativen Kampf gekommen wäre. Wohltätigkeit und Patronage waren so stark miteinander verflochten, bis diese beiden Tugenden fast ununterscheidbar geworden waren, wodurch Familien wie die Medici oder die Volturi sich stolz das Verdienst für das Nachlassen sozialer Spannungen und für die Schaffung einer Ära der Harmonie anrechnen konnten.[22]

Garanten des Friedens zu sein und Bewahrer eines Lebensstils, der den meisten wünschenswert, ja sogar äußerst wichtig erscheint – dies ist genau das Image, das die Volturi von sich verbreiten, und das nicht ohne Grund. »Wir verdanken den Volturi unseren gegenwärtigen Lebensstil«, erklärt Jasper, als er Bella erzählt, wie die Volturi die Bedrohung beendeten, welche der Vampir Benito für die Vampir-Welt darstellte (*Eclipse – Bis(s) zum Abendrot*). Jasper wiederholt, was Edward und Alice zuvor bereits andeuteten, geht aber mehr ins Detail: Die Volturi waren diejenigen, die sich um die Sicherheit der Vampire kümmerten, die danach strebten, jede Bedrohung aus ihrer Welt zu entfernen, sowohl durch andere Vampire als durch die Welt außerhalb. Aro muss Cosimo den Älteren um den Titel beneidet haben, den die Florentiner ihm nach seinem Tod gaben: *Pater Patriae*, Vater des Vaterlandes, der alte römische Ehrenname, der sich auf die großen Verdienste bezieht, die der Träger des Titels seinem Land erwiesen hat (oder in Cosimos Fall seinem Stadtstaat). Der Titel wurde für jeden sichtbar in seinen Grabstein in der Kirche von San Lorenzo eingemeißelt. Es ist schwierig zu sagen, ob Aro stolzer ist über die Tatsache, selbst nie einen Grabstein zu brauchen, oder ob er nicht versucht wäre, es doch mal mit dem Sterben zu versuchen, einfach um solch einen Titel zu erwerben.

Leute, die man lieber nicht gegen sich hat

Ein Paradies, bewohnt von Teufeln.

Agnolo Acciaiuoli[23)]

Man sollte sie nicht verärgern, es sei denn, man will sterben.
Edward Cullen, *New Moon – Bis(s) zur Mittagsstunde*

War das Florenz des 15. Jahrhunderts also ein Paradies? Definitiv nicht. *Uno paradiso habitato da diavoli*, »ein Paradies, bewohnt von Teufeln«, war die Beschreibung Agnolo Acciaiuolis, einem der Anführer eines Aufstands gegen die Medici im Jahre 1466. »Kalt und feiger als Kaninchen« beschrieb er sie Francesco Sforza gegenüber, dem Herzog von Mailand und florentinischen Bündnispartner, den er (vergeblich) davon zu überzeugen versuchte, dass er selbst der wünschenswertere Verhandlungspartner sei.[24)] Aber Acciaiuoli und seine Mitverschwörer, die im August jenes Jahres den Palazzo Medici angriffen, hatten verschiedene Faktoren unterschätzt: die feinen Antennen der Medici für politische Spannungen (die Medici warteten deshalb schon in voller Bewaffnung auf ihre Angreifer); den hohen Wert, den der Mailänder Herzog seinem Bündnis mit den Medici beimaß, und daher einen Loyalitätswechsel ablehnte; und zuletzt, jedoch definitiv nicht minder bedeutsam, das Vertrauen, das viele Bürger, Patrizier und einfaches Volk gleichermaßen, in das Vermögen der Medici setzten (und einzig in die Medici), den Frieden in der Stadt zu erhalten. Eine große Gruppe von Bürgern hatte sich daher vor dem Palazzo der Medici versammelt, um ihre Patrone gegen die Angreifer zu verteidigen. Und doch ließen die Medici – Piero und sein Sohn Lorenzo, der zukünftige Prächtige – nach der fehlgeschlagenen Revolte die geflüchteten Verschwörer weder verfolgen, noch verlangten sie die schwerste Strafe, die Exekution, für den einzigen Verschwörer, der in Florenz geblieben war: Luca Pitti.[25)] Pitti unterwarf sich Pieros Gnade und wurde verschont.[26)]

War dies Feigheit, wie sie Edward den Volturi unterstellt? Er klagt sie an, feige Tyrannen zu sein, als sie den Schauplatz der Auseinandersetzung verlassen, nachdem sie so weit für den Kampf gereist waren und sich mächtig in Szene gesetzt hatten. Aber was die Medici angeht, so war es bei der Bevölkerung von Florenz gut angekommen, dass die Anti-Medici-Fraktion durch Piero und Lorenzo verschont worden war; die rebellierenden Familien hatten schließlich viele Klienten in der Stadt, die von ihnen abhängig waren. Die Medici hatten ihr Ziel bereits erreicht: die Wiederherstellung von Ordnung und Frieden. Mit einem sich abzeichnenden Krieg gegen Venedig und dem Tod von Francesco Sforza in Mailand – dem langjährigen Verbündeten der Medici – war die Entscheidung, keine drastischen Maßnahmen zu ergreifen, welche die stets wackelige Machtbalance der Stadt weiter erschüttert hätten, vielleicht nicht die einzig mögliche, aber sicherlich die weiseste. Es war eine Option, für die auch Aro sich entschieden hätte.

Es war allerdings äußerst unklug, die Medici herauszufordern. Wie andere Renaissance-Herrscher waren sie fähige Soldaten, sowohl was die Taktik betrifft als auch draußen auf dem Feld, und weder ihre Position innerhalb der italienischen und europäischen Politik noch ihre Herrschaft in Florenz blieben unangefochten. Innerhalb von nur 150 Jahren vier Mal aus Florenz ins Exil vertrieben, wussten sie es besser, als sich auf ihren Lorbeeren auszuruhen, selbst nachdem sie 1531 vom Heiligen Römischen Kaiser Karl V. zu Herzögen von Florenz und von Papst Pius V. zu Herzögen der Toskana erhoben worden waren. Sie blieben wachsam, sogar noch, als Mitglieder des Medici-Clans Päpste wurden, die Töchter und Schwestern von Kaisern heirateten oder sie ihre eigenen Töchter mit französischen Königen verheirateten. »Wir saßen auf unseren Thronen und hielten uns für Götter. Wir haben lange Zeit nicht wahrgenommen, dass wir uns veränderten – beinahe versteinerten«, sinnieren die letzten überlebenden Mitglieder des rumänischen Zirkels über ihre Vergangenheit (*Breaking Dawn – Bis(s) zum Ende der Nacht*). Niccolò Machiavelli zufolge hatten sie damit einen fatalen Fehler begangen. Machiavellis Buch *Der Fürst (Il Principe)* setzte neue intellektuelle Standards für die Kunst des Herrschens, und darin bemerkte er, dass ein Herrscher »in friedlichen Zeiten nie müßig verweilen solle«, damit er nicht seinen Thron verliere.[27)]

Die Medici wussten, genau wie die Volturi, wie zuzuschlagen war, und sie zögerten nie, wenn sie ein Handeln für notwendig erachteten. Als er sich 1478 mit einer Verschwörung zum Sturz seiner Vormachtstellung in Florenz konfrontiert sah, übte Lorenzo der Prächtige nicht dieselbe Milde aus, die sein Vater gegen die Aufständischen von 1466 gezeigt hatte, obwohl – oder vielleicht gerade weil – die Verschwörung sich weit über die Stadtmauern hinaus erstreckte. Papst Sixtus IV., der Erzbischof von Pisa, Francesco Salviati, dessen florentinische Bankiers-Familie und ihre Kollegen, die Familie Pazzi, waren die Hauptanstifter der Verschwörung. Sie hatten sich darauf vorbereitet, sowohl innerhalb von Florenz als auch außerhalb zuzuschlagen, hatten ihre Truppen vor der Stadtmauer versammelt. Sie scheiterten, doch nicht, bevor sie Lorenzos jüngeren Bruder getötet hatten, wobei sie das einfache Volk gegen sich aufbrachten, indem sie ihn mitten in der Kirche während der Sonntagsmesse ermordeten.[28)]

Selbst Aro und seine Wache hätten kaum schneller reagiert haben können: Die erste Welle von Vergeltungs-Exekutionen wurde von den Wachen der Medici und der Bevölkerung durchgeführt, während Lorenzo eine ernsthafte Halsverletzung erlitt. Die Verschwörer wurden entweder sofort erstochen oder gehängt, darunter auch Erzbischof Salviati. Die Florentiner durchstreiften die Stadt, ergriffen jeden, der an dem Angriff beteiligt war, und töteten ihn. Sie beruhigten sich erst, als bekannt wurde, dass Lorenzo überlebt hatte. Nachdem er sich erholt hatte, griff Lorenzo zu denselben drastischen Maßnahmen wie die Volturi, wenn sie von einer Bedrohung erfahren: Er verfolgte die verbliebenen Verschwörer unbarmherzig, löschte die gesamte Familie Pazzi in Florenz aus und brachte alle Beteiligten in ganz Italien zur Strecke.

Er verschonte nur zwei, beide klug ausgewählt: Guglielmo Pazzi, der mit Lorenzos Schwester Bianca verheiratet und hernach Lorenzo gegenüber bedingungslos ergeben war, und den knapp siebzehnjährigen Kardinal Raffaele Riario, Neffe von Sixtus IV., der als unschuldig galt. Seine Unbarmherzigkeit sicherte Lorenzos Position in bislang in der florentinischen Politik unerreichtem Ausmaß, und seine drastische Antwort auf die Rebellion fand ein halbes Jahrhundert später, 1537, einen Widerhall, als sein jüngerer Verwandter und Nachfolger, Cosimo, der gerade die florentinische Signoria, die führenden Familien, überlistet hatte, ihn zum Herrscher der Stadt zu ernennen, sich gegen eine Rebellion der Salviati und Strozzi, zweier führender Familien, zur Wehr setzte. Er ließ alle Rebellen köpfen, nachdem er sie in einer entscheidenden Schlacht geschlagen hatte. Kein einziger wurde verschont. In Fällen ernsthafter Gefahr hielten es sowohl die Medici als auch die Volturi für das Beste, buchstäblich alle auszuradieren, die Tafel sauber zu wischen – die Leichen des rumänischen Zirkels, der Pazzi, der Neugeborenen von Benito und der Salviati und der Strozzi legen allesamt Zeugnis davon ab. Aber sowohl Aro als auch Lorenzo besaßen die Gerissenheit, nur einen oder zwei Feinde zu verschonen, wenn sie eine gegnerische Familie auslöschten (oder einen Zirkel), und wie Lorenzo wusste auch Aro genau, bei wem es nützlich sein würde, »Gnade« zu zeigen.

Obwohl diese eher zufällig gewählten Vorfälle für Beispiele defensiver Handlungen gehalten werden können, waren sich die Medici des Eindrucks, den ein erfolgreicher militärischer Schlag machen konnte, wohl bewusst. Im Juni 1472 holte Lorenzo zu einem Schlag gegen eine Stadt aus, die seit ein paar Jahrzehnten unter der faktischen Kontrolle von Florenz gestanden hatte: Volterra. Mehrere Streitfälle über das Recht zur Ausbeutung neu entdeckter Alaun-Ablagerungen – die zusammen mit Salz und Schwefel die Haupteinnahmequelle für Volterras menschliche Bewohner bildeten – hatten die Medici bereits veranlasst, die Stadt fester an die Kandare zu nehmen. 1472 brachte der Ausbruch einer Revolte Lorenzo dazu, die Stadt gewaltsam einzunehmen; gemessen an seinen üblichen Vorgehensweisen war dies ein äußerst undiplomatischer und daher eher untypischer Akt der Gewalt. Die Einnahme Volterras war tatsächlich eher ein taktischer Zug, um seine Position innerhalb seines Regimes und der Stadt zu festigen.[29] Nach dem anfänglichen Schlag zögerte

Lorenzo, eine gänzlich militärische Lösung anzustreben; statt sie hinzurichten, war er darauf aus, die Rebellen durch Patronage und Unterwerfung an sich zu binden.

Neue treue und unterwürfige Verbündete oder tote Feinde – diese Entscheidung wäre auch Aro nicht schwergefallen. Ganz am Ende von *Breaking Dawn – Bis(s) zum Ende der Nacht* versucht er Carlisle zu überzeugen, sich den Volturi anzuschließen; und selbst wenn die Cullens die Methoden der Volturi verabscheuen, machen sie sich ähnliche Methoden zu eigen, um sich vor Victorias Neugeborenen-Armee zu schützen, wodurch sie das Modell der Volturi als die typische »Art der Vampire« akzeptieren. Selbst Garrett, der leidenschaftliche Revolutionär, der die Vorherrschaft der Volturi infrage stellt und sich schließlich dafür entscheidet, mit ihnen zu brechen, bietet keine Alternative an, als die Bedrohung, die Joham (der Vater mehrerer Halbvampir-Kinder, unter ihnen Nahuel) für die Vampir-Welt darstellt, auf dem Höhepunkt von *Breaking Dawn – Bis(s) zum Ende der Nacht* enthüllt wird. Stattdessen scheint Garrett zufrieden damit zu sein, dass die Volturi sich darum kümmern werden, wissend, dass sie die Oberhand behalten und damit den Rest der Vampir-Welt beschützen. Gegen die Interessen der Volturi zu handeln oder sie zu bedrohen, wäre ein tödliches Risiko.

»So mittelalterlich!«: Renaissance-Kunst, Künstler und die Leute, die sie bezahlten

»So mittelalterlich«, hört Bella eine schrille weibliche Stimme ausrufen, als eine Gruppe von Touristen von Heidi, der Sirene mit dem mahagonifarbenen Haar, die in eng anliegenden Kleidern nach Nahrung fischt, in den Palast geführt wird (*New Moon – Bis(s) zur Mittagsstunde*). Ein wahrer Renaissance-Herrscher könnte in der Tat eine gewisse Befriedigung verspürt haben über das unglückliche Schicksal, das jeden dieser so ignoranten und unzivilisierten Besucher erwartete; jene, welche den Eindruck, den die Eingangshalle – oder tatsächlich alle Elemente der Renaissance-Architektur – auf Besucher haben sollte, so gründlich als mittelalterlich fehleinschätzten, hatten ihr Schicksal vielleicht verdient.

Von den frühen Arbeiten Filippo Brunelleschis in Florenz über Donato Bramantes Entwürfe für die frühen Medici und die Herzöge von Mailand, Michelangelos Petersdom in Rom bis zu den manieristischen Gebäuden von Andrea Palladio, welche schon die barocken Ideale vorwegnahmen: Keines dieser Beispiele der Renaissance-Architektur war dazu bestimmt, Merkmale mittelalterlicher Architektur widerzuspiegeln, seien sie romanisch oder gotisch. Renaissance, das französische Wort für »Wiedergeburt«, wurde erstmals 1550 von dem italienischen Künstler Giorgio Vasari, einem von Cosimo de' Medicis wichtigsten Künstlern, zur Beschreibung der Ideale seiner Zeit benutzt: die Wiedergeburt der klassischen Ästhetik, um einen neuen italienischen Kunststil zu erreichen, der ein klarer Bruch mit der »barbarischen« Gotik des Mittelalters war.

Wie seine Vorfahren hatte Cosimo eine Kunsterziehung genossen, und wie sie lernte er schnell, die Künste in Verbindung mit seinen politischen Fähigkeiten zu nutzen, um die Herrschaft seiner Familie über Florenz zu sichern. Das öffentliche Spektakel von Michelangelos Beerdigung war dabei nur einer seiner klug überlegten Schachzüge.[30)] Die frühe Kunsterziehung des Nachwuchses hatte eine lange Tradition bei den Medici, und Cosimo der Ältere, der aus einer früheren Generation der Medici stammte, hatte sich von Anfang an als Kunstkenner etabliert. Als »Meister der Selbstdarstellung« wählte er seine Künstler sorgfältig aus, um in der Öffentlichkeit ein Bild von sich zu schaffen und zu fördern, das ihn, zusammen mit seinen anderen mannigfaltigen Talenten, zum »ersten Mann« von Florenz machte, ohne selbst einen formalen Titel oder ein Amt innezuhaben.[31)] Indem er den jungen Michelozzi anstellte, um den Palazzo Medici zu schaffen, schuf er einen Trend – der herrliche, doch schlichte Palast sollte für die nächsten Jahrzehnte das Vorbild für Herrscherpaläste in ganz Italien werden, und jene, die ihre Residenzen ähnlich bauen ließen wie seine, imitierten mehr als nur seinen Wohnsitz, sondern erkannten Cosimo selbst als Vorbild an.[32)] Zur gleichen Zeit kündete der Palast von der Vormachtstellung der Medici gegenüber anderen Patrizier-Familien, am offensichtlichsten durch seine schiere Größe, aber noch raffinierter durch seinen kreativen Stil, der ausdrückte, dass die Medici ihren Rivalen in jeder erdenklichen Hinsicht weit voraus waren.[33)]

Kunstmäzenatentum war nicht auf Gebrauchsobjekte der Familie begrenzt: Auch religiöse Kunst wurde häufig von Renaissance-Herrschern in Auftrag gegeben. Herrscher wie die Medici mochten es besonders, ihre »Familien-Heiligen« zu fördern, eine Praktik, derer sich selbst die Volturi bedienten. Die Volturi ersetzten unverhohlen den echten Schutzheiligen von Volterra, Bischof Giusto (Justus) aus dem 16. Jahrhundert, der (nach der Legende) die Bevölkerung der Stadt aus barbarischer Belagerung rettete; Schutzherr von Volterra wurde an seiner Stelle der eigene »Heilige« der Volturi, Marcus. Die Wahl des Namens Marcus ist ein wenig merkwürdig, da die katholische Kirche tatsächlich drei Heilige dieses Namens kennt, wovon der bekannteste der Evangelist Markus ist, und doch ist keiner von ihnen der Schutzheilige irgendeines Gebietes innerhalb der Toskana – im Gegenteil, der Evangelist Markus ist Schutzheiliger einer der größten Rivalinnen der toskanischen Städte (unter ihnen Volterra), der Republik Venedig.

Die Medici mussten allerdings zu ausgeklügelteren Mitteln als die Volturi greifen, um »ihre« Heiligen zu unterstützen. Die Familienkirche der Medici, San Lorenzo, diente als Bühne für viele Darbietungen (wie Michelangelos Beerdigung), und Cosimo der Ältere benutzte die Heiligen der Familie, Cosmas und Damian, um die Medici der größeren Öffentlichkeit bekannt zu machen. Nicht nur tauchten in der ganzen Stadt Heilige auf, die bisher unbekannt gewesen waren, sondern die Identifizierung der Heiligen nicht nur mit Märtyrern, sondern (heiligen) Ärzten – *medici* auf italienisch – erlaubte, dass in gelehrten Abhandlungen und in der Populärkultur beides miteinander assoziiert wurde und der Öffentlichkeit somit suggeriert wurde, dass die Krankheiten und Probleme der Stadt am besten den Medici anvertraut werden sollten.[34)] Es würde allerdings völlig an der Sache vorbeigehen, zu versuchen, die mannigfaltigen Gründe für kirchliche Patronage voneinander zu trennen – aufrichtige religiöse Gefühle, Verfolgung politischer Interessen, dynastische Machenschaften und familiäre Verpflichtungen, Erfüllung bürgerlicher Pflichten – denn für Renaissance-Patrone waren dies keine miteinander konkurrierenden Motive, sondern sie bildeten eher eine Einheit, eine Fusion all dieser Gedanken.[35)]

Während der Renaissance wurde es zunehmend ein entscheidender Aspekt der Selbstwahrnehmung und des Selbstbildes der höheren Klassen, Kunstkenner zu sein (und das jeden mittels extensiven Mäzenatentums wissen zu lassen).[36] Dies beinhaltete eine Verstrickung in die Kunst, die weit über die bloße Auftragsvergabe von einzelnen Kunstwerken hinausging. Eine enge Beziehung, wie die von Michelangelo und Lorenzo dem Prächtigen, die sich an der Grenze zur Freundschaft befand, wertete sowohl den Ruf des Künstlers als auch den des Herrschers auf.[37] Die Leben von Künstlern und ihren Mäzenen waren untrennbar miteinander verflochten; berühmte Künstler kultivierten enge Beziehungen mit den (reichen) Höfen der Herrscher genauso sehr, wie renommierte Mitglieder von berühmten Familien die Bekanntschaft mit talentierten Künstlern anstrebten, um sich der »Entdeckung« neuer Talente rühmen zu können. Der Hofkünstler eines Renaissance-Herrschers zu sein bescherte oft mehr als nur finanzielle Vorteile; es bedeutete, in die weitere *familias*, den Klan, der jeweiligen Familie aufgenommen zu werden und konnte so die Zukunft der ganzen Familie des Künstlers sichern. Niccolò Michelozzi, der Sohn von Cosimos Lieblingsarchitekt, der offensichtlich nicht die künstlerischen Talente oder Interessen seines Vaters geerbt hatte, wurde Lorenzos Sekretär und einer seiner engsten Vertrauten. Selbst wenn sie der Familie nicht so nahestanden, waren Künstler oft in Angelegenheiten involviert, die weit über ihren tatsächlichen künstlerischen Aufgabenbereich hinausgingen: Sie waren sogar als Spione und Diplomaten tätig. Michelangelo zum Beispiel wurde von der florentinischen Signoria 1506 als »Botschafter der Republik« nach Rom zu Papst Julius II. gesandt; andere Künstler dienten als Gesandte für eine Vielzahl von Aufgaben, einschließlich des Aushandelns von Friedens- und Eheverträgen.[38]

Kultiviertheit und Mäzenatentum waren nicht auf die bildenden Künste beschränkt. Die Literatur, besonders die Dichtkunst, wurde nicht nur von den Renaissance-Patronen unterstützt und bezahlt, sondern sie war ein Kunstzweig, den sie selbst ausübten. Musik war ein weiteres Feld, auf das Renaissance-Herrscher Wert legten, und musikalische Fähigkeiten wurden von jeder Person erwartet, die hoffte, an einem Renaissance-Hof nach oben zu gelangen: Am Hof der Sforza in Mailand, dem Zentrum der Renaissance-Musik, wurde der junge Leonardo da Vinci besonders gerühmt für seinen gekonnten Umgang mit der Lyra (einer kleinen Harfe).[39] Es war Leonardo, der als vielversprechender junger Künstler gerade seine Studien in Florenz beendet hatte und von Lorenzo dem Prächtigen als Botschafter zum Mailänder Herzog Ludovico gesandt wurde, um den Frieden zu sichern.[40] Das Geschenk, das Lorenzo ihn dem Mailänder Herzog überbringen ließ, war von außergewöhnlicher Qualität und Schönheit und zollte den musikalischen Talenten Ludovicos ein Kompliment: eine silberne Lyra in Form eines Pferdekopfes, von Leonardo selbst handgefertigt.[41]

Man könnte vielleicht einwenden, dass es kaum Parallelen gibt zwischen den beiden in diesem Kapitel besprochenen Klans: hier die prächtigen, die Öffentlichkeit liebenden Medici, die sich selbst mit verschwenderischen, bombastischen Festen feierten und danach strebten, ihren Einfluss sogar über die Toskana hinaus bis nach Rom und Frankreich auszuweiten; und dort die heimlichtuerischen, zurückgezogenen Volturi, welche ihre Stadt, Volterra, unter Zuhilfenahme geheimster Mittel kontrollieren. Anhand der begrenzten Informationen, die wir in der ganzen *Twilight*-Saga über sie erhalten, lässt sich als Hauptziel der Volturi ableiten, die Existenz von Vampiren unter allen Umständen und um jeden Preis geheim zu halten. Da daher die Bevölkerung von Volterra (mit Ausnahme von zufällig ausgewählten Touristen, die besonderes Pech haben) im Ungewissen über die wahre Natur der Stadtherrscher bleiben müssen, noch nicht einmal von ihrer Existenz wissen – der »Heilige Marcus« ist die einzige Ausnahme – welchen Nutzen hätte Kunst-Mäzenatentum für diese Herrscher? Sie könnten, wie die Medici, ihren Untertanen viele schöne Dinge zum Anschauen bieten, Statuen, Bauwerke und peinlich genau angelegte Gärten, an denen sich die Öffentlichkeit erfreuen könnte (obwohl wir davon nichts hören). Aber die heimlichtuerischen Volturi würden für ihre künstlerische Kompetenz von ihrem eigenen Volk, den Vampiren, keine Bewunderung einheimsen, und so würde die Zurschaustellung von Glanz und Glorie letztlich wirkungslos verpuffen.

Doch kehren wir zurück zu Bellas erster Begegnung mit den Volturi. Sie ist im Haus der Cullens, und nach einer Führung durch das Haus erzählt Edward ihr die Geschichte von Carlisle, dem Sohn des Hexenjägers. Als er zu dem Teil von Carlisles Leben kommt, das dieser in Italien verbrachte, ist keine Rede von strengen Regelhütern oder rücksichtslosen Herrschern mit einem schwerwiegenden Hang zur Kontrolle. Das erste, was Bella auffällt, ist ihre friedvolle Erscheinung; die erste Information, die Edward ihr über die Volturi gibt, noch bevor er ihr die einzelnen Namen nennt, ist, dass sie »zivilisiert« und »gebildet« sind. Sie erfährt, dass Carlisle von ihrer »Kultiviertheit« beeindruckt war und dass »Solimena in hohem Maße inspiriert« von den Volturi war (*Twilight – Bis(s) zum Morgengrauen*). Die Information, dass Francesco Solimena (1657–1747), einer der großen italienischen Künstler der Barock-Ära, Meister des Chiaroscuro-Stils und als Künstler von Herrschern und Adeligen in ganz Europa beschäftigt, die Volturi »oft als Götter malte«, scheint die wichtigste Information über sie zu sein – trotz der Tatsache, dass Solimena eine überraschende Wahl zu sein scheint, da er kaum je die Stadt Neapel verließ und die Darstellung von Göttern nicht sein Spezialgebiet war.

Wie dem auch sei: Selbst wenn Edward (wie es seine Gewohnheit ist) sich von seinem Wunsch leiten lässt, Bella zu beschützen, und er es daher vermeidet, zu viel zu enthüllen, um Bella nicht zu erschrecken, ist es bezeichnend, dass er jene besonderen Worte gebraucht, um die Volturi zu charakterisieren: »Kunstmäzene der Nacht«. Dies ist der Ausdruck, an den Bella sich später erinnert, als die Volturi, jetzt bei ihrem »Familiennamen« genannt, wieder zur Sprache kommen, als Bella und Edward sich über Vampir-Selbstmord unterhalten. Die Volturi sind in der Tat Mäzene, obwohl die Öffentlichkeit, die sie dabei im Blick haben und die sie regieren, nicht dieselbe ist wie die, an welche die Medici sich richteten. Die Medici trachteten danach, die Menschen in ihrer eigenen Stadt, in ihrem Herzogtum Toskana und schließlich in ganz Europa, zu beeindrucken und Unterstützung für sich heranzuziehen, während die Volturi sich vor dem Rest von Volterra und der Welt versteckt halten. Doch trotz der sorgsam aufrecht gehaltenen Unwissenheit der Bevölkerung von Volterra wissen jene, die Bescheid wissen sollen – die Vampire – durchaus ganz genau Bescheid, und sie sehen die Volturi so, wie sie gesehen werden wollen. Genau wie die Medici erhalten die Volturi ihren Ruf und ihr Image dort aufrecht, wo es für sie am wichtigsten ist: in ihrem eigenen Netzwerk von Klienten und in der Vampir-Welt insgesamt.

12
»Wie passen die Cullens hinein?«: Vampire in europäischer Folklore, Wissenschaft und Fiktion

Eveline Brugger

> »Der Legende nach vertrieb vor 1500 Jahren ein christlicher Missionar – ein Pater Marcus – in Wirklichkeit Marcus von den Volturi – alle Vampire aus Volterra. Später starb er, so die Legende, in Rumänien den Märtyrer-Tod, als er weiterhin versuchte, die Menschen von der Vampir-Plage zu befreien. Natürlich ist das Unsinn – er hat die Stadt nie verlassen. Aber daher kommt einiges an Aberglauben über Dinge wie Kruzifixe und Knoblauch. Vater Marcus hat sie so erfolgreich eingesetzt. Und es gibt keinen Ärger mit Vampiren in Volterra, also müssen sie funktionieren.«
>
> Alice Cullen, *New Moon – Bis(s) zur Mittagsstunde*

Die *Twilight*-Vampire haben eine weit zurückreichende Vergangenheit, wie dieses Zitat zu beweisen scheint. Alice erklärt Bella hier die Herrschaft der Volturi in Volterra: Vor 1500 Jahren etablierten sich die mysteriösen, mächtigen Volturi als Vampir-Jäger in Volterra, einer italienischen Stadt, über die sie zu diesem Zeitpunkt bereits eineinhalb Jahrtausende geherrscht hatten. Indem sie dies taten, konnten sie nicht nur ihre wahre Natur vor der Bevölkerung verheimlichen, sondern sie schafften es sogar, einen der ihren, Marcus von den Volturi, in den Stand eines Heiligen zu versetzen. Eine eindrucksvolle Leistung, besonders wenn man die Tatsache in Betracht zieht, dass im Jahr 500 noch niemand in Italien oder sonst irgendwo in Westeuropa jemals überhaupt das Wort *Vampir* gehört hatte.

Es ist ein natürlicher Reflex, wohlbekannten Mythen, die es aus unserer Sicht immer schon gab, ein hohes Alter zuzuschreiben. Ein genauerer Blick auf die Entwicklung der europäischen Vampir-Folklore bringt deshalb unausweichlich überraschende Entdeckungen mit sich, weil sich herausstellt, dass die Vampire, wie wir sie aus der heutigen Populärkultur kennen, eigentlich Nachzügler im etablierten Kreis der Geschöpfe der Nacht sind. Der Begriff *Vampir* selbst drang erst in der ersten Hälfte des 18. Jahrhunderts in den Wortschatz westeuropäischer Sprachen ein – was bedeutet, dass die Behauptung des heiligen Marcus, die Vampire aus Volterra vertrieben zu haben, über 1200 Jahre hinweg nur mit leeren Blicken quittiert worden wäre.[1)]

Aber was ist mit Rumänien, wo unser Vampir-Heiliger angeblich zum Märtyrer wurde? In *Breaking Dawn – Bis(s) zum Ende der Nacht* erfahren wir von dem rumänischen Vampirzirkel, der einst die mächtigste Gruppe innerhalb der ganzen Vampir-Welt war, bis die Volturi diese Herrschaft stürzten. Die Mitglieder dieses mächtigen Zirkels machten sich nie die Mühe, ihre wahre Natur zu verbergen und ließen das Volk von Rumänien wissen, dass sie Vampire waren. War also Rumänien die Heimat der europäischen Vampire, bevor sie begannen, ihre blutrote Spur durch die Halsschlagadern des gesamten europäischen Kontinents zu ziehen?

Überraschenderweise ist die Antwort nein. Obwohl Rumänien, oder genauer die historische Provinz Transsilvanien, als Ursprungsland der europäischen Vampir-Mythen berühmt ist, verdankt sie ihren Ruf einem viktorianischen Romanschriftsteller, der nie einen Fuß in dieses Gebiet gesetzt hatte, als er sich anschickte, es so berühmt beziehungsweise berüchtigt zu machen: Bram Stoker, der Autor von *Dracula*. Allein durch diesen 1897 erschienenen Roman wurden fortan Legenden über den fürchterlichen, doch historisch belegten Fürsten der Wallachei Vlad III., besser bekannt als »der Pfähler«, mit den (mehr slawischen als rumänischen) Vampir-Überlieferungen verbunden. Stoker verknüpfte Volkslegenden mit einer wirklichen, doch dazu in keiner Beziehung stehenden historischen Person, um die Figur des Vampir-Grafen Dracula zu schaffen.[2)] Zu der Zeit, als der Roman veröffentlicht wurde, waren die »echten« Vampir-Jagden längst Vergangenheit – wenn auch nicht annähernd so lang, wie Alice es Bella in *New Moon – Bis(s) zur Mittagsstunde* berichtet.

Wie passen also die Volturi und die Cullens in diese verwirrende Mixtur aus Fakten, Folklore und Fiktion? Um diese Frage zu beantworten, werden wir einen näheren Blick auf die Entwicklung von Vampiren werfen müssen, so wie wir sie heute kennen.

Blutdürstige Dämonen und wandelnde Leichen

> Diese Vampire waren Leichname, die in der Nacht aus ihren Gräbern stiegen, um das Blut der Lebenden auszusaugen.
>
> *Voltaire,* »Vampire«[3]

Dies ist die Definition, die der französische Philosoph Voltaire in seinem 1764 veröffentlichten Aufsatz »Vampire« bietet. Voltaire behandelte das Thema mit all dem beißenden Sarkasmus eines Denkers der Aufklärung, aber seine Definition bleibt bis heute gültig. Die moderne Pop-Kultur hat viele verschiedene Arten von Vampiren hervorgebracht, aber die beiden grundlegenden Merkmale »lebende Leiche« und »Bluttrinker« scheinen die Eigenschaften zu sein, die allen gemein sind. Dies war jedoch nicht immer der Fall. Wenn man einen genaueren Blick auf die Vorfahren und Verwandten unserer Vampire in der ganzen Welt wirft, findet man Kreaturen, die eine der beiden Eigenschaften, aber nicht unbedingt auch die andere besitzen. Bella liest in *Twilight – Bis(s) zum Morgengrauen* bei ihrer Vampir-Recherche im Internet über einige dieser Spezies – sie bezeichnet sie als Vampire, aber keine dieser besonderen Arten entspricht wirklich beiden Definitionskriterien.

Legenden über bluttrinkende Kreaturen gibt es weltweit zuhauf. Sie entwickelten sich an irgendeinem Punkt in der Vergangenheit in beinahe jeder Kultur, und einige von ihnen können über Jahrtausende zurückverfolgt werden. Man glaubte nicht von allen dieser Kreaturen, dass sie physische Körper hatten: Einige waren Seelen oder Geister, andere Dämonen, einige sogar Götter; sie konnten in Gestalt einer Person oder eines Tieres auftreten, aber sie waren normalerweise übernatürliche Wesen von Anfang an, keine Menschen, die irgendwie »verwandelt« wurden. Viele von ihnen waren nicht nur Fleischfresser sondern auch Bluttrinker, und einige zogen eine bestimmte Sorte menschlicher Beute vor, beispielsweise Babys oder junge Männer.

Dann gibt es die sogenannten Wiedergänger. Das sind die Leichen von Menschen, die – aus irgendeinem Grund – nicht friedlich in ihren Gräbern ruhen können und zu einer Art von Leben-im-Tod zurückkehren, oftmals, um die Lebenden zu erschrecken oder ihnen sogar zu schaden. Wiedergänger-Mythen sind ebenfalls sehr weit verbreitet, obwohl sie gewöhnlich auf Regionen beschränkt sind, in denen Erd- und nicht Feuerbestattungen die Norm sind. Diese Wiedergänger sind nicht mit Geistern zu verwechseln – Geister sind nur die spirituelle Essenz der Toten, obwohl sie den Lebenden auch gefährlich werden können.[4] Wiedergänger sind Tote, die körperlich aus dem Grab auferstehen und physisch mit Menschen interagieren können, manchmal sogar sexuelle Beziehungen mit ihnen haben.

Furcht vor wiederkehrenden Toten scheint seit prähistorischen Zeiten weit verbreitet zu sein, da es archäologische Beweise für Maßnahmen gibt, die unternommen wurden, um solch ein Geschehen zu verhindern; doch die Legenden von Untoten, die schriftlich festgehalten wurden, reichen nicht so weit zurück wie die Geschichten von Bluttrinkern.[5] Und doch hatte der Wiedergänger-Mythos einen größeren Einfluss auf die Entwicklung des modernen Vampirs als die Legenden von Bluttrinkern; Wiedergänger-Mythen aus verschiedenen Regionen Zentral- und Osteuropas beeinflussten besonders die Ausformung der Vampir-Idee während des 18. Jahrhunderts.

Der rumänische Volksglaube kannte die *moroi* und die *strigoi*, die manchmal Blut tranken und die Entwicklung des klassischen Vampirs sehr stark beeinflussten, obwohl *strigoi* auch lebende Personen sein konnten und oft mit Zauberei in Verbindung gebracht wurde.[6] Übrigens scheint der Begriff *nosferatu*, berühmt geworden durch Bram Stokers *Dracula*, nicht rumänischen Ursprungs zu sein und taucht in keiner europäischen Wiedergänger-Legende auf.[7]

Der slawische Volksglaube, der sich von Region zu Region stark unterschied, kannte viele verschiedene Arten von untoten Wiedergängern und viele Arten, wie eine lebende Person dazu werden konnte: Verfrühter oder gewaltsamer Tod war ein Risiko, genau wie unvorschriftsmäßige Beerdigung. Unheilbringende Zeichen bei der Geburt (wie Zähne im Mund eines Neugeborenen) konnten auch ein Hinweis darauf sein, dass sich diese Person voraussichtlich aus dem Grab erheben würde. Unehelich geborene Kinder und Kinder, die vor der Taufe starben, waren in Gefahr, genau wie Mütter, die im Kindbett starben. Es hieß besonders von südslawischen Wiedergängern, dass sie ihre Gräber nachts verließen, gewöhnlich, aber nicht ausschließlich in physischer Gestalt, und die Lebenden quälten, bevor sie in ihre Gräber zurückkehrten. Sie waren nicht notwendigerweise unsterblich, und das Trinken von Blut war kein bedeutendes Merkmal, obwohl es manchmal erwähnt wurde. Südslawische Volkslegenden erwähnten Wiedergänger, die fähig waren, Kinder mit lebenden Frauen zu zeugen, besonders mit ihren eigenen Witwen. Der Begriff Vampir selbst ist auch slawisch, obwohl es einige Diskussionen über seinen Ursprung gibt.[8)]

Deutsche Mythen von Untoten umfassen die Wiedergänger, die ihre Gräber verließen und manchmal auf einer schlafenden Person saßen, um sie zu ersticken, und die Nachzehrer, ein Begriff, der sowohl »jene, die nach (ihrem Tod) zehren« als auch »jene, die andere hinter sich herziehen« bedeuten kann. Nachzehrer waren ruhelose Leichen einer anderen Art: Der Körper eines Nachzehrers blieb im Grab, machte sich jedoch durch saugende oder schmatzende Geräusche bemerkbar. Obwohl er die Lebenden nicht körperlich angriff, war seine Wirkung trotzdem tödlich, da er die Fähigkeit hatte, Lebewesen die Lebenskraft auszusaugen, bis diese starben. Wenn das Grab eines Nachzehrers geöffnet wurde, stellte sich oft heraus, dass er an seinem Leichenhemd gekaut oder sogar begonnen hatte, an der eigenen Leiche zu nagen, und er schien fetter und gesünder, als er im Leben je ausgesehen hatte.[9)]

Rezepte gegen diese Heimsuchung durch Untote schlossen die Zerstörung des Leichnams (durch Verstümmelung oder Verbrennung, das Durchbohren verschiedener Körperteile mit Holzpflöcken oder Nägeln, um ihn buchstäblich an der Erde festzunageln, damit er nicht wieder aufstehen konnte) sowie das Beschweren des Grabes mit großen Steinen mit ein. Religiöse Maßnahmen waren unter anderem Weihwasser, Exorzismus und – wenn eine unvorschriftsmäßige Bestattung stattgefunden hatte – die Durchführung der korrekten Bestattungsriten. Mehrere Pflanzen standen in dem Ruf, die Untoten abzuwehren, von denen Knoblauch die bekannteste ist. Deutsche Nachzehrer konnten unschädlich gemacht werden, indem Mohnsamen in den Sarg geschüttet wurden. Angeblich war das Wesen dann gezwungen, sie erst zu zählen, jeweils einen Samen pro Nacht, bevor es seine Aufmerksamkeit auf die Lebenden richten konnte.

Es ist schwer zu sagen, wie weit all diese Mythen zurückreichen und wie sehr sie sich im Laufe der Zeit verändert haben, weil sie hauptsächlich durch mündliche Tradition überliefert wurden; es gibt bis ins 17. Jahrhundert wenige schriftliche Darstellungen des Themas. Einige Elemente mögen der Ausbreitung des Christentums vorausgehen, obwohl christliche Vorstellungen über die Seele, das Leben nach dem Tod und Teufelsbesessenheit die Entwicklung der Legenden stark beeinflusste. Ironischerweise gab der europäische Vampir sein »offizielles« Debüt in schriftlichen Quellen ausgerechnet während der Zeit der Aufklärung im 18. Jahrhundert, jener geistigen Strömung, die als Absage an Aberglauben und irrationale Überzeugungen begann.

Vampir-Jäger und Vampir-Wissenschaft im »Jahrhundert des Lichts«

Vampir-Jäger werden mehrmals in der *Twilight*-Saga erwähnt. Und doch, abgesehen von Carlisles Vater (der so fest an »die Realität des Bösen« glaubte, dass er schon Vampire verfolgte, Jahrhunderte bevor sie in England überhaupt erst bekannt wurden) und seiner Mistgabeln schwingenden Truppe, sind es bei *Twilight* normalerweise andere Vampire oder – wie Carlisle – zumindest zukünftige Vampire, die Vampire jagen. Diese Vorstellung wäre ein Schock gewesen für die Männer, die sich daran machten, die gedachte Vampir-Plage zu stoppen, die sich in der ersten Hälfte des 18. Jahrhunderts in den Balkan-Gebieten ausbreitete.

Die »Vampirismus-Epidemie« fand in Gebieten statt, die die österreichischen Habsburger erst kurz zuvor den Türken abgenommen hatten, besonders in Serbien. Krieg, Epidemien und die nicht immer friedliche Mischung verschiedener Kulturen mag zu dem allgemeinen Klima von Angst und Unsicherheit beigetragen haben, das die Ausbreitung der Panik vor Vampiren begünstigte. Österreichische Militärtruppen, welche das Gebiet besetzt hielten, berichteten von örtlichen Gerüchten über Wiedergänger, die ganze Dörfer terrorisierten, und von exhumierten Leichen, die keine Anzeichen von Verwesung zeigten. Deutschsprachige Wissenschaftler, Ärzte und Theologen begannen, das Thema zu erforschen und zu analysieren; die Ergebnisse wurden in Zeitungen, Abhandlungen und Büchern veröffentlicht, wodurch der »Vampir« – sowohl das Wort an sich als auch die Vorstellung davon – der westeuropäischen Öffentlichkeit vorgestellt wurde.

Diese Dokumente sind keine Schauergeschichten, sondern atmen den Geist der Aufklärung, einer Bewegung, die nach logischen Erklärungen für vorgeblich übernatürliche Phänomene suchte. Arbeiten wie Michael Ranfts *Tractat von dem Kauen und Schmatzen der Todten in Gräbern* machten die chemische Zusammensetzung bestimmter Erdreiche für die Tatsache verantwortlich, dass manche Leichen nicht verwesten, obwohl Ranft seinen Glauben zum Ausdruck brachte, dass es einem toten Körper tatsächlich möglich sei, für bestimmte Zeit eine »vegetative Lebenskraft« zu behalten.[10] Statt die Fragestellung zu lösen, war die Haupterrungenschaft solcher Arbeiten, die Flammen der öffentlichen Faszination weiter anzufachen. Kaiser Karl VI. selbst schickte Abgesandte, um die Angelegenheit in den betroffenen Gebieten untersuchen zu lassen, und die Ergebnisse dieser Untersuchungen sorgten dafür, dass noch mehr Bücher über das Thema geschrieben wurden.[11]

Was also ging wirklich in Serbien und den benachbarten Ländern vor sich? Die berühmtesten Fälle von vermeintlichen Vampiren betrafen Männer, die angeblich von ihren Gräbern auferstanden waren, um ihre Verwandten und Nachbarn zu drangsalieren. Vorgeblich erstickten sie Leute im Schlaf, bewirkten innerhalb weniger Tage deren Tod und tranken das Blut des Viehs, was jeden, der später von dem Fleisch aß, in Gefahr brachte, selbst zum Vampir zu werden.

Diesen frühen Vampiren ging der Glanz und Sex-Appeal ihrer Nachfolger in der Literatur gänzlich ab: Wenn die Ermittler die Gräber öffneten, fanden sie Leichen, die kein Anzeichen von Verwesung zeigten, sondern die aufgebläht und blutverschmiert waren. Wenn ihre Haut eingestochen wurde, gab es ächzende Geräusche (höchstwahrscheinlich von den nun entweichenden Gasen, welche die Schwellung verursacht hatten). All dies wurde von der örtlichen Bevölkerung als Beweis für ihre vampirischen Eigenschaften betrachtet, auch wenn die Ermittler an natürliche Ursachen glaubten.[12] Erst 1755 verbot Maria Theresia, die Tochter und Nachfolgerin des Kaisers, das Exhumieren und Entweihen von »untoten« Leichen.[13]

Zu dieser Zeit war ganz Europa bereits vertraut mit Vampiren, und die wissenschaftliche Diskussion – über die Frage, ob Vampire real sein könnten und wie die merkwürdigen Phänomene, die so gut von den Ermittlern dokumentiert worden waren, erklärt werden könnten – war seit den 1730er-Jahren rege geführt waren.[14] Zusätzlich zu wissenschaftlichen und philosophischen Fragen warf die Angelegenheit auch theologische Probleme auf: Augustin Calmet, einer von Frankreichs führenden Theologen, veröffentlichte eine detaillierte Analyse des existierenden Materials über Vampire und erinnerte seine Leser daran, dass nur Gott und seine Heiligen die Macht hatten, die Toten aufzuerwecken.[15] Sogar Papst Benedikt XIV. hielt es 1749 für nötig, den Glauben an Vampire als Aberglauben anzuprangern.[16]

Die Diskussion wurde mehrere Jahrzehnte lang fortgeführt, aber dann erstarb sie recht schnell in der zweiten Hälfte des 18. Jahrhunderts. Der Volksglaube an Vampire überlebte, und einzelne »Exekutionen« von verdächtigen Leichen sind bis ins frühe 20. Jahrhundert hinein dokumentiert, aber insgesamt schwand das Interesse an »echten« Vampiren.[17] Mit Ausnahme von ein paar Nachzüglern wie dem britischen Okkultisten Montague Summers, dessen umfangreiche Forschung zu Vampiren – auf die Bella bei ihrer eigenen Online-Recherche stößt – im ersten Jahrzehnt des 20. Jahrhunderts von seiner Überzeugung angetrieben war, dass Vampire wirklich existierten (und dessen Nachname angeblich von den Schöpfern von *Buffy – Im Bann der Dämonen* für ihre Heldin ausgewählt wurde), gaben die Gelehrten das Thema auf.[18] Gegen Ende des 18. Jahrhunderts begannen sich Autoren der Romantik für das Thema zu interessieren, was bedeutete, dass die ekelerregenden wandelnden Leichen, die Europa bis dahin gekannt hatte, reif für einen gründlichen Imagewechsel waren.

Einen Mythos sexy machen: Von europäischer Vampir-Literatur bis hin zu Pop-Kultur-Vamps

Genau wie die ersten wissenschaftlichen Arbeiten über Vampire von deutschsprachigen Gelehrten verfasst wurden, waren deutsche Autoren auch die ersten, welche die Vampire in die Dichtung einführten. Das allererste deutsche Vampirgedicht, Heinrich August Ossenfelders »Der Vampir«, ist geradezu ein Brückenschlag zwischen den zwei Genres, denn es wurde 1748 von dem Herausgeber eines weitverbreiteten wissenschaftlichen Journals in Auftrag gegeben, um das Thema eines Artikels über die Vampir-Berichte zu reflektieren.[19]

Ossenfelders Vampir ist seinen folkloristischen Wurzeln noch recht nahe, aber dieses früheste Werk der Vampir-Dichtung zeigt bereits den wichtigsten Aspekt des literarischen Wiedergängers: den dunklen Verführer. In Ossenfelders Gedicht ist der Vampir eine Metapher für die gewaltsame Verführung eines unwilligen Mädchens. Ein halbes Jahrhundert später kehrte Johann Wolfgang von Goethe die Geschlechterrollen in seinem Gedicht »Die Braut von Korinth« um, indem ein untotes Mädchen einem jungen Mann, den sie heiraten sollte, einen nächtlichen Besuch abstattet. Beide Gedichte behandeln auch das Thema der Religion, und obwohl ihre Herangehensweisen verschieden sind, rebellieren sowohl Ossenfelders als auch Goethes Wiedergänger durch ihre bloße Existenz schon gegen den christlichen Glauben.[20)]

Und doch war der Vampir in der Literatur nie viel mehr als ein Experiment für deutsche Autoren; es lag in den Händen der englischsprachigen Romantik-Autoren, ihn wirklich zur Geltung kommen zu lassen. Im selben Jahr, in dem Goethes »Braut von Korinth« erschien (1797), tauchten Vampire zum ersten Mal in der englischen Literatur auf: in Robert Southeys epischem Gedicht »Thalaba der Zerstörer«.[21)] Doch den wirklichen Durchbruch hatten Vampire nicht in der Poesie, sondern in der Prosa: 1819 veröffentlichte John Polidori seine Kurzgeschichte »Der Vampyr«, von der man später dachte, sie sei von Polidoris berühmtem Arbeitgeber, Lord Byron, verfasst worden. In Polidoris Geschichte tritt der Vampir Lord Ruthven auf, ein unheimlicher, hochmütiger Aristokrat von bemerkenswerter Intelligenz, großem Charme und körperlicher Schönheit. In Lord Ruthvens Figur ist der dunkle Verführer zur vollen Entwicklung gelangt – er lauert den Unschuldigen auf und gewinnt sie mit der bloßen hypnotischen Macht seiner Präsenz.[22)]

»Der Vampyr« führte zur Entwicklung eines ganzen Genres – eines Genres, das literarische Arbeiten verschiedenster Qualität hervorbrachte, von kitschigen Gruselgeschichten wie *Varney der Vampir* (1845–1847) bis hin zu Sheridan Le Fanus Novelle *Carmilla* (1872), dem fein gezeichneten Portrait eines weiblichen Vampirs mit starken lesbischen Beiklängen.[23)] So verschieden, wie all diese Vampire voneinander sind, haben sie doch kaum etwas mit ihren Vorgängern in der europäischen Folklore gemein. Abgesehen vom Äußeren, das sich ebenfalls von den Wiedergängern vergangener Zeiten unterscheidet, gibt es auch ein viel stärkeres Interesse am Trinken von Blut. Es ist das Blut, das diese Vampire stark und schön erhält, und nach der Mitte des 19. Jahrhunderts wird es auch zur Quelle der Unsterblichkeit (eine Eigenschaft, die kaum je im Volksglauben Erwähnung fand). »Das Blut ist das Leben«, wie Bram Stoker es in *Dracula*, dem berühmtesten aller Vampir-Romane, ausdrückt.

Dracula erschien 1897 und etablierte den literarischen Vampir ein und für alle Mal als Ersatz für die alten Wiedergänger-Mythen. Obwohl einige Merkmale von Stokers Vampir-Graf auf die alten Volkserzählungen zurückgeführt werden können, sind sie so verändert, dass sie kaum noch zu erkennen sind. Es war Dracula, der elegante, mysteriöse Fürst der Dunkelheit, der danach den Weg für die weitere Entwicklung des Vampir-Genres ebnete, das in der modernen Populär-Kultur mit ihrer großen Vielzahl von Bluttrinkern seinen Höhepunkt erreichte. So blieb die viktorianische Obsession mit der faszinierenden Kombination aus Sex, Blut und Tod lebendig – oder sollten wir sagen untot? – bis in die Gegenwart.

In seiner literarischen Reinkarnation hat der europäische Vampir die Welt erobert. Dank der Internationalität der modernen Medien mit ihrem gewaltigen Markt für übersetzte Bücher und synchronisierte Filme zählen Draculas Nachkommen rund um den Globus zu den bekanntesten Monstern; in vielen Fällen ersetzten oder veränderten sie zuvor existierende Mythen von blutsaugenden und/oder untoten Kreaturen. Über die Literatur hinaus waren es hauptsächlich Filme, die diesen internationalen Erfolg brachten; Draculas Leinwand-Inkarnationen, von Bela Lugosi über Christopher Lee bis hin zu Gary Oldman, hielten die Faszination des Grafen in einer Zeit am Leben, in der immer weniger Leser sich in der Lage sehen, die Romanvorlage von Stoker zu verdauen.

Auch auf die Bühne haben die Vampire ihren Weg gefunden. Von den frühen Stücken, die Draculas »typisches« Erscheinungsbild festlegten, lange bevor Bela Lugosi zum ersten Mal den berühmten Umhang anlegte, bis hin zu modernen europäischen Musical-Adaptionen haben Vampire die Theaterbesucher in ihrem Bann gehalten. Vampire erscheinen in beliebten Fernsehserien, sei es als Hauptfiguren wie in *Buffy – Im Bann der Dämonen* oder *True Blood* oder in Form von Gastauftritten in *Akte X* und selbst in solch unerwarteten Serien wie

Baywatch. Zusammen mit dem immer noch boomenden Genre der Vampir-Literatur sind die Blutsauger im Grunde überall.

Mit größerer Zahl kommt größere Vielfalt, und so wundert es kaum, dass jede neue Adaption des Themas mit ihrer ganz eigenen Interpretation der Natur und der Eigenschaften von Vampiren aufwartet. Doch es gibt Eigenschaften, die inzwischen so allgemein bekannt sind, dass in den Adaptionen auf sie eingegangen werden muss, sei es auch nur, um sie als angeblich völlig falsch abzutun. Zum Beispiel verspottet der Vampir Louis aus Anne Rices *Interview mit einem Vampir* die Vorstellung, dass Vampire getötet werden könnten, indem man ihnen einen Holzpfahl durchs Herz treibt, als bäuerlichen Aberglauben (was tatsächlich richtig ist, da der Glaube auf die osteuropäische Vampir-Panik des 18. Jahrhunderts zurückgeführt werden kann). Im Gegensatz dazu ist das Pfählen für die Vampir-Jägerin Buffy das Standardmittel zum Töten von Vampiren.

In der Serie *Buffy – Im Bann der Dämonen* zeigen die Vampire auch eine Aversion gegen Kreuze und Weihwasser, womit sie den alten christlichen Einfluss auf europäische Vampir-Mythen innerhalb eines säkularen amerikanischen Settings aufrechterhalten. Viele andere bekannte Vampire lassen sich von christlichen Symbolen jeglicher Art überhaupt nicht stören, einerlei, ob ihr menschliches Ich einen christlichen Hintergrund hatte oder nicht. Die Sache selbst eignete sich auch für die Parodie: In Roman Polanskis satirischem Film *Tanz der Vampire* (1967) versucht das Schankfräulein, den jüdischen, in einen Vampir verwandelten Kneipenbesitzer mit einem Kreuz abzuwehren, worauf er kichernd antwortet: »Oi, da hast du den falschen Vampir.«

Ein weiteres Merkmal, die Aversion der Vampire gegenüber Sonnenlicht, ist immer noch eines der am weitesten verbreiteten Merkmale moderner Vampir-Fiktion. Dies ist umso interessanter, da sie eine extrem späte Ergänzung zu den Vampir-Überlieferungen darstellt. Zwar wandelten Vampire in europäischen Volkserzählungen nachts umher, weil man glaubte, dass die Nacht ihr natürliches Element sei, aber nirgendwo wird erwähnt, dass man glaubte, Licht würde ihnen schaden, und selbst Bram Stokers *Dracula* erwähnt nur, dass die Kräfte des Vampirs während der Stunden des Tageslichts schwächer sind, nicht aber, dass Tageslicht ihn töten würde.[24)] Die Vorstellung, dass ein Vampir zu Staub zerfällt, wenn er von Sonnenstrahlen getroffen wird, wurde von F. W. Murnaus Stummfilm-Klassiker *Nosferatu* eingeführt, aber sie wurde schnell zum Standard-Merkmal späterer Vampir-Filme ebenso wie in der Literatur. Abgesehen von Licht sind viele Vampire der Populär-Kultur auch durch Feuer angreifbar, eine Schwäche, die in alten Volksmythen ihren Ursprung hat: Das Verbrennen hielt man für den sichersten Weg, einen Wiedergänger zu vernichten, weil es die völlige Zerstörung des lästigen untoten Körpers mit den reinigenden Eigenschaften der Flammen verband.

Abgesehen von der Aversion gegen Sonnenlicht und Feuer sind das Trinken von Blut und ewiges Leben nach wie vor die typischsten Vampir-Merkmale. Außerdem haben Vampire auch an ihrem verführerischen Sex-Appeal festgehalten, was der Hauptgrund für ihren anhaltenden Erfolg sein dürfte. Ihr moralischer Charakter jedoch ist offen für breite Interpretationen – neben dem seelenlosen Monster der Folklore und dem kultivierten Räuber der frühen Vampir-Literatur kann der moderne Vampir auch eine gequälte Kreatur sein, deren menschliches Gewissen gegen die räuberische Natur rebelliert oder die sich unfähig sieht, die eigene ewige, unveränderliche Existenz zu ertragen.[25] In den *Twilight*-Romanen ist Edward Cullens Kampf, seine »monströse« Natur zu überwinden, ein gutes Beispiel für diesen neuen und anhaltenden Trend in der Vampir-Fiktion – der uns schließlich zu der Frage zurückführt, mit der dieses Kapitel angefangen hat.

Also, wie passen die Cullens denn nun hinein?

Es ist immer eine kniffliges Unterfangen, ein ziemlich modernes Konzept in ein historisches Setting einzupassen. Wenn der Autor nicht sehr sattelfest ist, was historische Details angeht, sind Fehler beinahe unvermeidlich, und die *Twilight*-Reihe bildet da beileibe keine Ausnahme. Edwards Erzählung, wie Carlisle in der Mitte des 17. Jahrhunderts zum Vampir wurde, ist ein sehr typisches Beispiel – Carlisle zufolge wurden während der Herrschaft Cromwells in England Vampire gejagt und verbrannt, also mehr als ein halbes Jahrhundert, bevor das Wort *Vampir* auch nur in die englische Sprache eindrang. Und es geht noch weiter, der »alte« Vampir aus der Kanalisation, der Carlisle angreift, spricht Lateinisch, womit zu verstehen gegeben wird, dass er seit dem Altertum existierte, als Latein noch eine lebende Sprache war. Doch im alten Rom wusste man nicht mehr von Vampiren als im England des 17. Jahrhunderts: Die griechisch-römische Mythologie weist ganz andere Arten von Bluttrinkern auf, wie Empusa, die dämonische Tochter der Göttin Hekate, oder Lamia, die Ex-Geliebte des Zeus, die das Blut von Kindern trank, und die *striges*, vogelgleiche Kreaturen der Nacht, die sich von menschlichem Fleisch und Blut ernährten.[26)]

»Vorzeitiger Vampirismus« ist jedoch nicht das einzige Problem, unter dem Edwards Bericht von Carlisles früherem Leben leidet. Die Behauptung, dass »die Zeit damals nicht so genau bezeichnet wurde«, ist schlichtweg albern, besonders da sie angeblich von dem Sohn eines Pastors kommt, einem Mann von Bildung. Zunächst einmal wäre das Datum von Carlisles Taufe im Kirchenbuch festgehalten worden, also wüsste er ganz genau, wann er geboren wurde. Dann war die übliche Bestrafung für Hexerei im England der frühen Neuzeit nicht Verbrennen, sondern Hängen, und sie wurde nicht durch den Mob ausgeführt, sondern von den Gerichten verhängt. Auch wäre es schwierig gewesen, sich im 17. Jahrhundert in der Londoner Kanalisation zu verstecken, weil Londons Kanalisationssystem aus der Mitte des 19. Jahrhunderts stammt. Zuvor gab es nur offene Abflussgräben, kanalisierte Flussarme und Abwassergruben. Und zu guter Letzt: Carlisle hätte kaum eine Möglichkeit gehabt, sich in den 1760er-Jahren in einem Londoner Keller unter »faulenden Kartoffeln« zu verstecken, wenn man bedenkt, dass Kartoffeln zu dieser Zeit noch eine rare exotische Merkwürdigkeit waren – die ersten Kartoffeln waren erst ein paar Jahrzehnte zuvor aus der Neuen Welt nach England gekommen und wurden in botanischen Gärten kultiviert, jedoch noch nicht als Nahrungsmittel.

Doch wenn wir diese historische Erbsenzählerei einmal beiseite lassen, wie passen Carlisle und die Seinen denn nun zur Gesamtidee des Vampirismus, sei es zu den »echten« Vampiren der europäischen Folklore der frühen Neuzeit oder zu den fiktionalen Untoten aus Büchern und Filmen?

Wenn wir uns an Voltaires zuvor erwähnte klassische Definition halten, ist es klar – die *Twilight*-Vampire sind Untote, die sich von Blut ernähren. Sie leben auch ewig, was vermutlich das markanteste Merkmal des literarischen Vampirs ist, und besitzen die übernatürliche

Schönheit und Stärke, die typisch für seine Spezies ist. Die Hauptgefahr für sie ist die traditionellste: Feuer. Und doch ist ihre Gesamterscheinung im Hinblick auf die allgemein akzeptierte Vorstellung von Vampiren eher sonderbar.

Die *Twilight*-Vampire sind nicht nur in der Zeit eingefroren und deshalb, wie die meisten Vampire in der Literatur, unveränderlich, sondern sie sind sogar so etwas wie bewegliche Marmorstatuen, da ihre Körper hart und kalt wie Stein sind. Alle Flüssigkeit in ihren Körpern wurde durch Vampir-Gift ersetzt, eine Substanz, die offensichtlich für die vampirischen Eigenschaften verantwortlich ist, da sie Opfer, die gebissen wurden, infizieren und auf diese Weise ebenfalls in Vampire verwandeln kann. Die Vorstellung, dass der Vampirismus eine Art ansteckende Krankheit ist, geht auf alte Volksmythen zurück und ist in der Literatur ebenfalls weit verbreitet; aber durch das Gift wird ein neues Element eingeführt. Zwar fühlen sich viele Vampire kalt an, aber die Idee, dass sie hart wie Stein sind, hebt die *Twilight*-Vampire von ihren untoten Kollegen ab, ganz zu schweigen davon, dass dies eine Menge praktischer Probleme aufwirft, da die *Twilight*-Vampire regelmäßig Menschen berühren und sogar mit Menschenfrauen Kinder zeugen können. Dieses letzte Detail ist an sich kein so ungewöhnliches Merkmal: Die Vorstellung, dass Wiedergänger Kinder zeugen können, ist ein etablierter Bestandteil des südslawischen Vampir-Mythos, und die Vampir-Fiktion kennt Mensch-Vampir-Mischlinge genauso wie Kinder, deren Elternteile beide Vampire sind.[27)]

Sogar noch außergewöhnlicher ist das Aussehen der *Twilight*-Vampire: Sie sind nicht nur blass wie die meisten Vampire in der Literatur (die im Gegensatz stehen zu den rosigen Leichnamen, die Vampir-Forscher des 18. Jahrhunderts exhumierten), sie verströmen auch einen Duft, der auf Menschen anziehend wirkt, was für Kreaturen, die im Grunde Leichen sind, eine eher merkwürdige Eigenschaft ist. Sie besitzen keine Reißzähne, wie sie typisch sind für den Teil des Genres, der eher der Schundliteratur zuzurechnen ist, aber sie ernähren sich immer noch ausschließlich von Blut. Die Art ihrer Ernährung spiegelt sich in der Farbe ihrer Augen: Ihre Augen sind rot, wenn sie sich von menschlichem Blut ernähren, bernsteinfarben, wenn sie sich von Tieren ernähren und schwarz, wenn sie hungrig sind.

An der Farbkodierung der Augen können auch moralische Qualitäten abgelesen werden: Böse Vampire trinken menschliches Blut, gute Vampire sind »Vegetarier«, was – ironischerweise – bedeutet, dass sie ausschließlich von Tieren leben. Diese Vorstellung ist nicht neu, obwohl das Töten von Tieren nur in der modernen Literatur als moralisch akzeptable Alternative für Vampire gilt (wie Louis in *Interview mit einem Vampir*, der eine Weile von Ratten lebt, weil er keine Menschen töten will). Der Volksglaube kannte ebenfalls Vampire, die Tiere aßen, aber deswegen hatten die Menschen nicht weniger Angst vor ihnen: Zuerst einmal, weil der Tod des Viehs eine große Bedrohung für die ländliche Bevölkerung darstellte, die von ihren Tieren abhängig war, und zweitens, weil man glaubte, dass jeder, der das Fleisch dieser Tiere später aß, sich ebenfalls in einen Vampir verwandeln würde.

Eine weitere signifikante Abweichung vom »Standard«-Vampir ist die Auswirkung des Sonnenlichts auf *Twilight*-Vampire: Es ist nicht nur harmlos für sie, es betont sogar ihre Schönheit, weil sie im Sonnenlicht wie Kristalle funkeln. Dies ist eine Eigenschaft, die einmalig ist – Montague Summers erwähnt nur die bulgarische Legende, dass ein neu auferstandener Vampir sich bemerkbar macht, indem er Funken von sich gibt »wie ein Feuerstein«, was höchstwahrscheinlich keinen Bezug zu den *Twilight*-Vampiren hat, angesichts ihres entflammbaren Wesens.[28)]

Apropos entflammbar: Eine der auffallendsten Unterschiede zwischen der *Twilight*-Reihe und anderen Vampir-Liebesgeschichten ist das Wesen von Edwards und Bellas Beziehung. Seit Lord Ruthvens Auftauchen in der Literatur im Jahr 1819 war es der Vampir, der seine menschliche Beute aussuchte, der das Opfer verfolgte und verführte. Die moderne Vampir-Fiktion hat oft die Intention des Vampirs verändert. Es ist nicht mehr länger (nur) das Blut, auf das der Vampir aus ist, es mag auch sexuelle Anziehung und/oder wirkliches romantisches Interesse sein, aber der oder die untote Verführer/in benutzt immer noch seine oder ihre gefährliche Anziehungskraft, um den Menschen für sich einzunehmen, oft wider besseres Wissen des Opfers. Edward und Bella beginnen ihre Beziehung eher traditionell, indem Bella Edwards dunklem Charme verfällt und Edward anfängt, ihr nachzustellen; aber schnell stellt sich heraus, dass die Rollen sich umgedreht haben: Es ist Bella, das sterbliche Mädchen, die versucht, Edwards Widerstand gegen ihre erotischen Avancen zu brechen. Edward ist der Vampir, aber Bella ist der Vamp, die Frau, die ihr Bestes tut, um die Willensstärke ihres ausgewählten Partners zu besiegen und ihn zu verführen. So hat sich das Kräftespiel zwischen Jäger und Beute grundlegend verändert; die klassische Verbindung zwischen Eros und Thanatos, sexueller Anziehung und Tod, welche die Basis der erotischen Anziehungskraft von Vampiren ist, wurde zerrissen. Dies spiegelt Meyers Äußerung, dass ihre Bücher »vom Leben handeln, nicht vom Tod – von der Liebe, nicht der Lust«, aber es läuft dem ganzen Vampir-Genre zuwider, das seit Ossenfelders Gedicht von 1748 fest auf der Figur des dunklen Verführers gründete.[29)]

Bei all diesen auffallenden Abweichungen von den typischsten Merkmalen des Genres ist es umso bemerkenswerter, dass die *Twilight*-Saga nicht versucht, ihre eigene Vampir-Mythologie zu etablieren, wie andere Autoren – etwa Anne Rice mit ihren Vampir-Chroniken – es getan haben. Bella eignet sich ein Basiswissen über Vampire an, und selbst wenn es einige Hintergrundinformationen gibt, die in der Zeit weit zurückgehen (wie die dreitausendjährige Herrschaft der Volturi über Volterra), werden die zugrunde liegenden mythologischen Fragen nie angesprochen. Es gibt keinen vampirischen »Schöpfungsmythos«, noch nicht einmal in *Breaking Dawn – Bis(s) zum Ende der Nacht,* dem Buch, das mit der Geburt von Renesmee und Bellas eigener Verwandlung in einen Vampir das Universum der *Twilight*-Vampire sehr erweitert. Als Leser erfahren wir nie, warum *Twilight*-Vampire so sind, wie sie sind, und was sie von all den Vampiren, die wir zuvor kannten, unterscheidet.

Was also schließen wir nun aus all dem?

Da es Vampire bekanntermaßen gar nicht gibt, ist die Aussage, dass die *Twilight*-Vampire fiktional sind, keine großartige Schlussfolgerung. Es ist jedoch zulässig zu schlussfolgern, dass die Vampir-Geschichte und -Mythologie, so wie sie in der *Twilight*-Reihe präsentiert werden, beinahe völlig fiktional sind, denn sie widersprechen nicht nur den meisten europäischen Vampir-Mythen, sie entsprechen auch nicht allgemeinen historischen Ereignissen vom Altertum bis in die moderne Zeit. Carlisles anachronistische Jagden auf Latein sprechende Vampire in der Londoner Kanalisation sind ein gutes Beispiel, aber beileibe nicht das einzige. Die Menschen in Rumänien glaubten vor 1500 Jahren nicht an Vampire, hauptsächlich aufgrund der Tatsache, dass die Slawen, die den europäischen Vampir-Mythos begründeten, sich noch nicht im Gebiet des heutigen Rumäniens angesiedelt hatten.[30)]

Die italienischen Legenden von *Stregoni benefici,* die Bella bei ihrer Internet-Recherche entdeckt, existieren nicht – Italien entwickelte sich keinerlei Vampir-Folklore, die über die römischen Legenden von Bluttrinkern hinausging, und abgesehen davon gab es nie einen Volksglauben an »gute Vampire«, da Vampire aufgrund ihrer Natur für unnatürlich und gefährlich gehalten wurden. Schließlich zwar existiert die Stadt Volterra, doch ihr echter Schutzheiliger ist der heilige Justus, dessen Feiertag am 5. Juni begangen wird; der echte Feiertag des heiligen Markus ist der 25. April, und er erinnert an einen der vier Evangelisten und nicht an einen Vampir-Jäger.

Natürlich ist es nicht notwendig, Fantasy-Literatur auf historischen Fakten gründen zu lassen; die meisten klassischen Vampir-Romane machen sich auch nicht die Mühe. Vermutlich interessanter ist die Feststellung, dass die *Twilight*-Vampire auch nicht allzu viel mit ihren fiktionalen Cousins und Cousinen von Carmilla bis Lestat in der gesamten Literatur gemeinsam haben; noch gibt es viel, das sie mit beliebten Film- oder Fernseh-Vampiren verbindet, sei es Christopher Lees *Dracula* oder Spike aus *Buffy – Im Bann der Dämonen.* Daher wird Bellas Frage »Könnten die Cullens Vampire sein?« (*Twilight – Bis(s) zum Morgengrauen*) wahrscheinlich am besten von Alice in *New Moon – Bis(s) zur Mittagsstunde* beantwortet, wenn sie Bella erklärt, dass die Cullens in mehr als einer Hinsicht einzigartig sind.

13
Mit jedem Jahrzehnt jünger werden: Ein Vampir sein im 20. Jahrhundert

Kat Burkhart

»Wie alt bist du?«
»Siebzehn«, antwortete er schnell.
»Und wie lange bist du schon siebzehn?«
»Eine Weile.«
Bella und Edward, *Twilight – Bis(s) zum Morgengrauen*

Während die Familie Cullen im Laufe des 20. Jahrhunderts durch die Welt streifte, vergingen die Jahrzehnte, und einzelne Familienmitglieder hatten die Wahl, welche Rolle sie in jeder neuen Gemeinschaft spielen wollten. Obwohl Esme und Carlisle Cullen beide jung zu sein scheinen und vorgeben, Mitte oder Ende Zwanzig zu sein oder manchmal auch in ihren späten Dreißigern, hätte man sie für Erwachsene gehalten, unabhängig davon, wo die Familie lebte. Edward, Rosalie, Emmett, Alice und Jasper, die »Kinder« der Familie Cullen, wurden jedoch während ihre späten Teenager-Jahre »in der Zeit eingefroren«. Im Ergebnis könnten sie eine Vielzahl von Rollen in verschiedenen Milieus gespielt haben, und ihre Erfahrungen als Teenager werden sich im Laufe des 20. Jahrhunderts ziemlich verändert haben. Das wichtigste Ziel der Familie Cullen ist es, unauffällig zu bleiben, mit der ortsansässigen menschlichen Bevölkerung zu harmonieren und entsprechend den Lebensumständen und dem jeweiligen Jahrzehnt zu handeln. Demzufolge veränderten sich die Rollen zu verschiedenen Zeitpunkten und an verschiedenen Orten für jeden der Cullens. Als Teenager-Vampire haben ihre Erfahrungen – eingeschlossen die familiären Rollen, die sie spielten, sei es als »Geschwister« oder offen verheiratete Pärchen – die Veränderungen im Leben eines amerikanischen Teenagers über das 20. Jahrhundert hinweg reflektiert.

Die meisten Mitglieder der Familie Cullen wurden in den ersten paar Jahrzehnten des 20. Jahrhunderts zu Vampiren. Die Ausnahmen sind Jasper, der während des Amerikanischen Bürgerkriegs verwandelt wurde, und Carlisle, der kurz vor der Machtübernahme Oliver Cromwells im England des 17. Jahrhunderts zum Vampir wurde. Alle Familienmitglieder gelten als Erwachsene, oder beinahe Erwachsene, in ihrem menschlichen Leben, aber im Amerika des 21. Jahrhunderts »spielen« Edward, Rosalie, Emmett, Alice und Jasper nun moderne Teenager ohne berufliche Verpflichtung oder Verantwortung für Kinder. Sie leben nicht immer zusammen, manchmal verreisen sie auch oder besuchen ein College. Weil sie kein Aufsehen erregen dürfen, müssen sie häufig umziehen, bevor ihre Nachbarn bemerken, dass sie nicht altern. »Manchmal leben sie [Rosalie und Emmett] getrennt von uns, als Ehepaar. Aber als je jünger wir uns ausgeben, desto länger können wir an einem bestimmten Ort bleiben«, erklärt Edward Bella (*Twilight – Bis(s) zum Morgengrauen*).

Als diese Teenager noch Menschen waren, unterschied sich ihr Leben sehr von dem modernen Leben, das sie mit Bella teilen. Jasper mag während der 1860er-Jahre zur Schule gegangen sein, aber ein Junge konnte damals genauso gut auch schon gezwungen sein, für den eigenen Lebensunterhalt zu sorgen. In der letzten Hälfte des 19. Jahrhunderts waren nur etwa die Hälfte aller infrage kommenden Schüler in einer Schule angemeldet, da es nicht wie heute eine Schulpflicht für Kinder bis zu einem bestimmten Alter gab.[1] Von älteren Jungen wurde erwartet, dass sie arbeiteten, zum Militär gingen oder vielleicht (wenn sie aus sehr wohlhabenden Familien kamen) die Universität besuchten. Von Teenager-Mädchen aus der Mittelschicht wurde erwartet, dass sie ihren Müttern im Haushalt halfen, bis sie heirateten, aber von Mädchen aus der Arbeiterklasse erwartete man (genau wie von ihren Brüdern), dass sie einen Job annahmen und selbst für ihren Lebensunterhalt sorgten. Viele traten als Hausangestellte in den Dienst von wohlhabenderen Familien. Im späten 19. und frühen 20. Jahrhundert war die Highschool also ein Luxus, den einige Schüler sich nicht leisten konnten, und viele verließen die Schule nach Abschluss der 8. Klasse, da ihre Familien ihren Beitrag zum Haushaltseinkommen brauchten, indem sie entweder einen Job annahmen, auf der Familienfarm mitarbeiteten beziehungsweise (wenn es Mädchen waren) im Haushalt halfen, sich um die jüngeren

Geschwister kümmerten oder als Hausmädchen in den Dienst reicher Leute traten. Der Beginn des 20. Jahrhunderts brachte jedoch immer mehr Schulanmeldungen für alle Kinder. Die Anmeldungsrate von Kindern und Teenagern im Schulalter erreichte insgesamt 51 Prozent im Jahr 1900 und steigerte sich auf 75 Prozent bis 1940.[2] Im Verlauf der Jahrzehnte hätte man von den Cullen-Teenagern, wohin sie auch zogen, also zunehmend erwartet, die Highschool oder vielleicht die Universität zu besuchen.

Da eine immer größere Anzahl von Schülern an der Highschool angemeldet war und mehr und mehr Universitäten begannen, auch weibliche Studenten aufzunehmen, veränderte sich das Leben der Teenager und das Leben der Cullens ebenfalls. Die Erwartungen und Verantwortlichkeiten von Teenagern veränderten sich im Laufe der Zeit bedingt durch eine außerordentlich gestiegene Lebenserwartung, gesteigerte Schulanmeldungen für beide Geschlechter und spätere Eheschließung. Während des Jahrhunderts, in dem die Cullens ihre Familie gründeten, stieg die Lebenserwartung zum Zeitpunkt der Geburt von 46 auf 75 Jahre für Männer und von 48 auf 80 Jahre bei Frauen.[3] Um 1900 hatten die Menschen in den Vereinigten Staaten im Alter von 17 Jahren (in dem Edward verwandelt wurde) schon ein Drittel ihres Lebens hinter sich. Im Laufe des Jahrhunderts änderte sich dies jedoch, und so wären die Cullens den Menschen in ihrer Umgebung zunehmend als Teil des jüngeren Segments der Gesamtbevölkerung erschienen.

Dramatische Veränderungen gab es auch bei der Rolle der Frau und ihrem Bildungsgrad im Laufe des Jahrhunderts. Im späten 18. und frühen 19. Jahrhundert erwarteten wenige Frauen, die Universität besuchen zu können oder eine eigene, unabhängige berufliche Karriere zu verfolgen, obwohl Frauen der Arbeiterschicht normalerweise durch untergeordnete Lohntätigkeiten zum Familieneinkommen und Farmerfrauen enorm zur Wirtschaft ländlicher Gemeinschaften beitrugen. Viele Haushalte hingen also von den finanziellen Beiträgen der Frauen ab, aber das in der US-amerikanischen Populär-Kultur präsentierte Idealbild in dieser Zeit war das der zu Hause bleibenden Mittelschicht-Mutter, die sich der Hausarbeit und Erziehung der Kinder widmete. Rosalie hatte in ihrer menschlichen Existenz dieses Idealbild für sich akzeptiert, obwohl diese mächtige Norm nur für eine Minderheit der wohlhabenderen Familien Realität war. Rosalie und auch Esme streben danach, sich durch diese traditionelle, nährende weibliche Rolle der Ehefrau und Mutter zu definieren, selbst Jahrzehnte später noch, als Bella ihnen begegnet. Beide wollten sehr gern Mutter werden, und sie trauern, weil ihnen diese Möglichkeit weggenommen wurde.

Während des Krieges oder anderer harten Zeiten nahmen Teenager ihr Leben oft selbst in die Hand, indem sie die Schule abbrachen, ihre Familien durch Arbeit unterstützten, sie verließen – womit die Familie einen Esser weniger zu versorgen hatte – oder in die Armee eintraten.[4)] Edward und Jasper, geboren während turbulenter Zeiten, wurden zu der Zeit, als sie verwandelt wurden, von vielen Menschen schon als Erwachsene betrachtet. Beide brannten darauf, Soldaten zu werden und waren bereit, die Pflichten eines Erwachsenen zu übernehmen. Jasper verließ seine Familie, um sich selbstständig zu machen und nie wieder etwas von sich hören zu lassen: »Als ich ein Mensch war, lebte ich in Houston/Texas. Ich war beinahe 17 und trat 1861 der Armee der Konföderierten bei. Ich belog die Anwerber und sagte ihnen, ich sei schon zwanzig. Ich war groß genug, um damit durchzukommen.« (*Eclipse – Bis(s) zum Abendrot*) Mehr als ein Jahr lang hatte Jasper Erfolg in der Armee, stieg schnell im Rang auf und wurde »der jüngste Major in Texas«, aber von dem, was er erzählt, können wir schließen, dass er auch als Mensch schon für außergewöhnlich gehalten wurde.

Was ist ein Teenager?

> Nur ein Teenager-Junge war mit so etwas einverstanden: unser beider Eltern beschwindeln, während man gefährliche Fahrzeuge repariert, und dafür das Geld verwenden, das für meine Universitätsausbildung bestimmt war.
>
> Er schien an dieser Vorstellung absolut nichts Falsches zu finden.
>
> Bella Swan, *New Moon – Bis(s) zur Mittagsstunde*

Heute wird die Teenager-Zeit bzw. die Adoleszenz als Zeit des Übergangs zwischen Abhängigkeit und Unabhängigkeit angesehen. Vor hundert Jahren ging dieser Übergang oft sehr rasch vonstatten und war kaum bemerkbar.[5] Gegen Ende des 20. Jahrhunderts jedoch hatte sich die Teenager-Zeit zu einem Lebensstadium ausgedehnt, das viele Jahre anhielt. Es schloss normalerweise den Besuch der Highschool ein und vielerlei Interessen, denen nachgegangen wurde, darunter Pop-Musik, erste Liebesbeziehungen, neue Technologien, Mode und Identitätsfindung. Viele Teens des 20. Jahrhunderts konzentrierten sich auch auf Sport und Spiel in ihrer Freizeit. Für einige war die Teenager-Zeit auch eine Zeit der Experimente mit Alkohol, Sex und Drogen; diese Art von Experimenten waren auch für frühere Teenager-Generationen typisch, aber die Gesellschaft des späten 20. Jahrhunderts akzeptierte solches Verhalten eher, und deshalb fand es tendenziell offener in vielen gesellschaftlichen Kreisen statt.

Offensichtlich sind die Cullens nicht auf die Nahrungsmittel der Menschen angewiesen (es sei denn, sie müssen), sie machen auch keine Highschool-Sportarten und haben keinerlei Interesse daran, sich mit Menschen zu verabreden (ausgenommen Edward). Sie haben jedoch Freude an schnellen Autos, modischer Kleidung, topaktueller Technologie, Musik und sportlichen Wettkämpfen. Edward demonstriert beim Abschlussball mit Bella, dass er ein exzellenter Tänzer ist, genau wie Alice und Jasper, Rosalie und Emmett es sind. Obwohl die Bildungsinhalte an der Highschool keine großartige Herausforderung für sie darstellen, genießen sie das Teenager-Leben und all den Spaß, der damit verbunden ist.

Was sich die Kids von heute anhören

Edward liebt eine große Vielfalt von Musik. Er ist ein talentierter Pianist und hat eine enorme Musiksammlung in seinem Zimmer; er spricht oft von der Musik und komponiert sogar Stücke für das Klavier. In seinem Auto spielt Edward oft Musik, teilt einige seiner musikalischen Interessen mit Bella und komponiert ein Schlaflied, das er ihr regelmäßig vorsingt oder -summt. Als Bella Edwards Zimmer zum ersten Mal sieht, erblickt sie moderne Medien; es gibt keine Vinylplatten in seiner Sammlung. Edward genießt, wie der Rest der Familie Cullen, die neueste Technologie und weiß ein Sound-System auf dem neuesten Stand der Technik zu schätzen. In *New Moon – Bis(s) zur Mittagsstunde* kaufen Edwards Geschwister sogar eine neue

Stereoanlage für Bellas Truck, sodass auch sie eine moderne Anlage hat.

Verschiedene Jahrzehnte werden oft durch die Musik und die Tänze definiert, die in dieser bestimmten Zeit populär waren. Von Jazz und Ragtime bis hin zu Swing und Rock 'n' Roll: Teenager waren immer die ersten Anhänger der neuen Klänge und der Tänze, welche die neue Musik begleiteten. Der Lindy, der Jitterbug und der Charleston – populäre Tänze in den 1920ern, den 1930ern und den 1940ern – brachten die jeweiligen Erziehungsberechtigten dazu, sich zu fragen, ob diese Tänze moralisch und für ihren Nachwuchs geeignet seien. Musik stand zunehmend zur Verfügung, sie kam aus Radio und Musikboxen, war in Clubs zu hören oder in Plattenläden zu kaufen. Die weitverbreitete Verfügbarkeit von Schallplatten in den 1950ern, erweitert durch Fernsehen und Radio und das Aufkommen von Rock 'n' Roll, bedeutete, dass diese Dekade von gewaltigen Veränderungen im Musikgeschmack bestimmt war und den Spannungen zwischen den Generationen, die damit einhergingen.[6)] Kein Wunder, dass Edward die Musik der Fünfziger genoss: »›Die Musik war gut in den Fünfzigern. Viel besser als in den Sechzigern, oder in den Siebzigern, igitt!‹ Er schauderte. ›Die Achtziger waren erträglich.‹« (*Twilight – Bis(s) zum Morgengrauen*)

Mit einem Radio in jedem Haus und jedem Auto können die Cullens eine große Vielfalt von Musik, Nachrichten und Sportprogrammen verfolgen, ohne je nach draußen zu gehen, und sie genießen wahrscheinlich viele Sport-Übertragungen, besonders Baseball. Jedes Haus, das die Cullens bewohnt haben, hatte wohl mindestens ein Radio, sehr wahrscheinlich sogar viele, sodass jedes Haushaltsmitglied seine eigene Auswahl von Programmen hören konnte. Und sie hören wahrscheinlich mehr als nur Musik; sie sind auch an Nachrichten, Sport und dem Wetterbericht interessiert. Das Radio ist die Verbindung mit der menschlichen Welt außerhalb. Die Familie Cullen kann sich von den anderen isolieren, aber um keinen Verdacht zu erregen, ist es nötig, in Bezug auf aktuelle Ereignisse auf dem Laufenden zu sein.

Dracula und das Autokino

Kinos wurden während der 1920er-Jahre in den ganzen USA populär, und da die Filme oft nachts gezeigt wurden, konnte die Familie Cullen diese Form der Unterhaltung leicht genießen. Als Edward sich in der Gegenwart von Menschen wohlzufühlen begann und beherrscht genug war, sie nicht gleich zu töten, taten sich für ihn neue Möglichkeiten der Unterhaltung auf. In der Zeit nach dem Zweiten Weltkrieg und vor Verbreitung des Fernsehers beschränkte sich der Konsum von Populärkultur auf Radio und Druckerzeugnisse, und um irgendeine Art von »Show« zu sehen (sei es live oder aufgezeichnet), mussten Familien ausgehen, also in die Öffentlichkeit gehen. Der berühmteste Vampir-Film aller Zeiten kam 1931 mit Bela Lugosi als Dracula heraus. Bela Lugosis Darstellung des Grafen Dracula verlieh dem Vampir-Image in der Populärkultur etwas Kultiviertes und Aristokratisches.[7] Die Cullens haben sich den Film *Dracula* vielleicht angesehen, wenn auch nur, um das gegenwärtige Image des Vampirs in der Öffentlichkeit zu verstehen; man kann sich lebhaft die Unterhaltungen vorstellen, die sie danach miteinander über den Film geführt haben.

Clark Gable, geboren 1901, im selben Jahr wie Edward, spielte in vielen Filmen eine Hauptrolle, welche die Cullens in den Jahren zwischen den beiden Kriegen sahen. *Es geschah in einer Nacht, Vom Winde verweht, Der Ruf der Wildnis* und *Meuterei auf der Bounty* waren allesamt große Erfolge und etwas, worüber allgemein gesprochen wurde.[8]

Das Aufkommen des Autokinos erlaubte den Cullens vermutlich, etwas mehr wie typische Teenager zu wirken. Ein Autokino zu besuchen, das natürlich erst nach Anbruch der Dunkelheit Filme zeigt, ist eine großartige Möglichkeit, den direkten Kontakt mit Menschen zu vermeiden, aber trotzdem in gewisser Hinsicht mit ihnen zu interagieren. Recht beliebt waren in den Fünfzigern billig gemachte Science-Fiction-Filme. Man kann sich vorstellen, wie Edward, vielleicht mit Rosalie und Emmett zusammen, oder vielleicht auch allein, sich *Teenage Werewolf* oder *Die Körperfresser* anschaute.[9]

Junge Menschen nehmen neue Technologien und Trends gewöhnlich begeistert an und sind tendenziell sehr lernfähig. Die Cullens nutzen Technologie zu ihrem Vorteil, und sie haben wahrscheinlich einen einzigartigen Durchblick, wie sich verändernde Technologien sich auf gesellschaftliche Strukturen und Werte auswirken. Andere Fortschritte des 20. Jahrhunderts hatten einen bedeutenden Einfluss auf die allgemeine Teenager-Bevölkerung, berühren unsere Vampir-Familie aber kaum. Die Verfügbarkeit der Pille brachte zum Beispiel viele Veränderungen in der amerikanischen Kultur und Familienstruktur mit sich, über die noch immer diskutiert wird, aber diese Entwicklung wird sich kaum auf den Alltag der Cullens ausgewirkt haben. Die Erfindung und der Einsatz von getönten Autoscheiben war für sie wohl weitaus wichtiger als es irgendwelche Erfindungen im chemischen oder nahrungsmitteltechnischen Bereich waren, da sie ihnen gestattete, an sonnigen Tagen mit dem Auto zu fahren ohne zu glitzern.

Fernsehen

Der erste Fernseher wurde bei der Weltmesse in New York City 1939 öffentlich vorgestellt. Man kann sich vorstellen, dass die Familie Cullen, damals nur aus Carlisle, Esme und Edward bestehend, einen der ersten dieser neumodischen Apparate begeistert mit nach Hause genommen haben wird. Da es ihnen nicht möglich war, Tätigkeiten im Freien nachzugehen und sie sich tagsüber noch nicht einmal draußen blicken lassen konnten, wird der Familie Cullen wohl eine große Menge an Informationen während der ersten Hälfte des 20. Jahrhunderts entgangen sein, aber der Einzug des Fernsehens wird diese Situation beträchtlich geändert haben. Radioprogramme (ab den 1920er-Jahren verfügbar) waren sehr hilfreich, aber ihre Reichweite beschränkt. Die Cullens werden die örtlichen Tageszeitungen abonniert haben, um sich an ihr Umfeld anzupassen. Die Ankunft des Fernsehens wird ihre Informationsquellen beträchtlich erweitert haben. Sie konnten nun verfolgen, was in verschiedenen Teilen des Landes vor sich ging, ohne tagsüber das Haus verlassen oder verreisen zu müssen. In den frühen Tagen des Fernsehens versammelten sie sich wahrscheinlich genau wie menschliche Familien rund um den Fernseher, um beliebte Sendungen zu sehen. In den späten 1950er-Jahren haben sie vielleicht tagsüber Fernsehfilme gesehen und auch Abendsendungen wie *Alfred Hitchcock Presents.*[10)]

Das moderne Kabel- und Satellitenfernsehen, das in den 1970er-Jahren mit Hunderten von Fernsehkanälen aufkam, die rund um die Uhr sendeten, wird die Familie Cullen lange auch drinnen unterhalten haben. Sie konnten auch Brett- und Kartenspiele spielen, aber Strategie- und Glücksspiele mit Alice und/oder Edward sind nur mäßig amüsant. Sie könnten auch Videospiele ausprobiert haben, doch mit ihrem perfekten Gedächtnis, Reflexen und ohne Schlafbedürfnis dürften sie davon schnell gelangweilt gewesen sein.

Automobile

Die Verfügbarkeit des Automobils, das sich stetig in Bezug auf Schnelligkeit und Sonderausstattungen während des ganzen Jahrhunderts verbesserte, war wahrscheinlich ein Segen für die Cullens; sie konnten die Welt erkunden, ohne Aufmerksamkeit zu erregen oder in direkten Kontakt mit Menschen zu treten. Genau wie die Cullens ihre Häuser häufig wechselten, um zu vermeiden, dass Menschen auf sie aufmerksam wurden, werden sie auch regelmäßig neue Automodelle gekauft haben, um sich den anderen optisch anzugleichen. Es gibt keine Oldtimer in der Garage der Cullens; sie lieben allesamt zu sehr die Geschwindigkeit, um alte Autos zu behalten. Man kann sich jedoch gut vorstellen, dass sie immer die schnellsten Autos haben, die es gibt. Viele der Autos in der Garage der Cullens sind protzig; sie sind bemüht, sich optisch anzugleichen, indem sie topaktuelle Autos kaufen, aber ihre Autos sind ein Hobby und etwas, worauf sie stolz sind.

Das Automobil existierte während Edwards menschlicher Lebenszeit schon, aber er wird damals, im Gegensatz zu dem Zeitpunkt, als er Bella trifft, vermutlich noch kein eigenes gehabt haben. Als Menschen waren Rosalie und Emmett wahrscheinlich ebenfalls vertraut mit ihnen, aber sie besaßen wohl auch kein eigenes (obwohl ihre Eltern eines besessen haben könnten). Rosalie ist ein Gegenbeispiel für das Klischee, dass nur Jungen Interesse an Autos haben: Sie ist ständig mit dem Auftunen der Cullen-Autos beschäftigt, darunter auch ihr eigener BMW. Ihr Hobby stellt eine kleine Rebellion gegen die Normen für Mädchen in ihrer Jugend dar: 1933 standen die Zeichen nicht gut, dass sie jemals unter einem Auto gelegen, daran herumgewerkelt und es genossen hätte.

Durch das ganze 20. Jahrhundert hindurch waren Teenager begeistert vom Automobil und von der Freiheit, die es repräsentierte. Jacob Black und Bella, beide moderne Teenager, sind sich der Unabhängigkeit, die mit dem Besitz eines Autos einhergeht, sehr bewusst, obwohl keiner von ihnen ein neues Auto fährt, weil ihre Familien es sich nicht leisten können. Jacob bastelt sich in *Twilight – Bis(s) zum Morgengrauen* und *New Moon – Bis(s) zur Mittagsstunde* aus genau diesem Grund sein eigenes Auto zusammen. Bellas erste Priorität, als sie nach Forks zieht, ist es, ein eigenes Auto zu bekommen, sodass ihr Vater sie nicht herumfahren muss.

Zusammen gehen, Teenagerliebe und -heirat

Heirat vor dem 20. Lebensjahr, im 19. Jahrhundert nicht ungewöhnlich (obgleich zu keiner Zeit in der amerikanischen Geschichte ein typisches Heiratsalter), ist zu einem vieldiskutierten Thema in den letzten Jahrzehnten geworden, was sich in Bellas inneren Kämpfen mit dieser Frage spiegelt. Bevor nach dem Ersten Weltkrieg die Universität oder eine andere wissensbasierte Ausbildung zum erwarteten Teil der Erziehung junger Mädchen wurde, heirateten viele mit dem Segen ihrer Eltern und ihrer Gemeinden, bevor sie 20 waren, obwohl solche Bräute noch immer unter dem durchschnittlichen Heiratsalter für Frauen in dieser Zeit lagen. Statistische Erhebungen zeigen, dass während der ersten Hälfte des 20. Jahrhunderts das Durchschnittsalter für Bräute zwischen 20 und 21 Jahren lag, aber Teenager-Bräute waren nicht ungewöhnlich. Rosalie, zum Beispiel, hatte geplant, jung zu heiraten und eine Familie zu haben, ein Ziel, dem ihr Verlobter und seine Freunde ein Ende bereiteten. Bella hat die für das späte 20. Jahrhundert typische Vorstellung, dass die Heirat erst nach dem Abschluss ihrer Ausbildung kommen sollte, was ironischerweise damit endet, dass sie Edward im Alter von 18 Jahren heiratet.

Rosalie legt diesen Generationen-Unterschied für Bella aus und beschreibt Erwartungen, die eigentlich auch in den 1930er-Jahren schon altmodisch waren (und nur für jene aus wohlhabenden Familien realistisch):

> »Ich lebte in einer anderen Welt als du, Bella. Meine menschliche Welt war ein viel einfacherer Ort. Es war 1933. Ich war 18, und ich war schön. Mein Leben war perfekt. [...] Es war eine andere Zeit. Ich war im selben Alter wie du, aber ich war bereit für das alles. Ich sehnte mich nach meinem eigenen kleinen Baby. Ich wollte mein eigenes Haus haben und einen Ehemann, der mich küsste, wenn er von der Arbeit nach Hause kam – genau wie Vera. Nur hatte ich ein ganz anderes Haus im Sinn.«
>
> *Eclipse– Bis(s) zum Abendrot*

1933 galt die Ehe als die wünschenswerteste Option für ein Mädchen, das wie Rosalie aus einer kleinstädtischen Mittelklasse-Familie kam, besonders, wenn sie jemanden heiraten konnte, der im sozialen Rang über ihr stand. Bella hingegen findet es peinlich, eine Teenager-Braut zu sein, sie ist mit der Vorstellung groß geworden, dass eine Teenager-Heirat nichts ist, auf das man stolz sein kann. Edward lässt sie an seiner eigenen Ansicht zur Ehe teilhaben, die auf seinen menschlichen Erinnerungen und Gefühlen basieren, und sie beginnt zu verstehen, wie sehr die Dinge sich im Laufe der Jahrzehnte verändert haben. Edwards Einstellung dazu, mit 18 Jahren »aus Liebe« zu heiraten, kann Bella besser verstehen, sobald sie versucht, es aus seiner Perspektive zu sehen. Verglichen mit anderen Jugendlichen seiner Generation war Edward allerdings wahrscheinlich auch als Mensch schon ein bisschen altmodisch, denn Teenager-Bräutigame waren damals noch ungewöhnlicher als Teenager-Bräute.

Bella war immer diejenige, die sich kümmert – besonders um ihre Mutter –, aber selbst mit ihren fürsorglichen Instinkten hat sie nicht vor, in solch jungen Jahren Ehemann und Kinder zu versorgen. Bella ist schockiert und fassungslos, als sie herausfindet, dass eine von Jacobs älteren Schwestern, kaum älter als sie selbst, verheiratet ist: »Verheiratet. Wow. Ich war fassungslos. Die Zwillinge waren nur ein bisschen mehr als ein Jahr älter als ich.« (*Twilight – Bis(s) zum Morgengrauen*) In *Eclipse – Bis(s) zum Abendrot* beginnt sie ihre eigenen

Gefühle über die Ehe zu revidieren, obwohl sie sich nie selbst als Teenager-Braut sieht:

> »Ich bin nicht so ein Mädchen, Edward. Eine, die gleich nach der Highschool heiratet wie irgendeine Kleinstadt-Hinterwäldlerin, weil sie von ihrem Freund geschwängert wurde! Weißt du, was die Leute denken würden? Weißt du, in welchem Jahrhundert wir leben? Leute heiraten einfach nicht mit 18! Nicht kluge Leute, nicht verantwortungsvolle, reife Leute! So ein Mädchen wollte ich nie sein! Das bin ich nicht.«

Aber Edward glaubt wirklich, dass es vernünftig ist, mit 18 Jahren aus Liebe zu heiraten. »Ich war so ein Junge, der sich – sobald ich erkannt hätte, dass du diejenige warst, die ich suchte – vor dich hingekniet und um deine Hand angehalten hätte.« (*Eclipse – Bis(s) zum Abendrot*) Wenn er das getan hätte, wäre er zwar ein sehr junger Bräutigam gewesen, selbst in seiner eigenen Generation, aber Bella scheint sich dessen nicht bewusst zu sein.

Rosalie und Emmett, ein »frischvermähltes« Paar seit mindestens einem Jahrzehnt, würden in Erklärungsnot geraten, sich auf irgendeine andere Weise zu beschreiben. Aber da sie beide 1915 geboren wurden, scheint ihnen das wahrscheinlich »natürlich«. In den frühen Jahren ihrer Ehe haben Rosalie und Emmett das Haus wahrscheinlich nicht oft verlassen, und so mussten sie sich wenig Sorgen darum machen, ob ihr jugendliches Alter auffiel. Während der 1930er- und 1940er-Jahre wird ein verheiratetes Paar in ihrem Alter ohnehin noch immer kaum Anstoß erregt haben. Edward scheint es ebenfalls als normal zu akzeptieren, er bemerkt dazu trocken: »Ich schätze, wir werden in ein paar Jahren auf ihre Hochzeit gehen müssen, wieder mal.« (*Twilight – Bis(s) zum Morgengrauen*) Manchmal leben Rosalie und Emmett als verheiratetes Paar und gehen auf verlängerte Hochzeitsreise. Aber als die Zeit verging, wurde eine Teenager-Ehe zunehmend auffällig, was erklärt, warum Rosalie und Emmett im späten 20. Jahrhundert beginnen, sich als romantisch verstrickte Adoptivkinder zu präsentieren.

Die Rollen, die jeder Vampir innerhalb der Familie spielt (als Geschwister, adoptiertes Kind oder Ehepartner) verändern sich daher im Laufe der Zeit. Sie spiegeln die veränderten gesellschaftlichen Erwartungen, was die Teenager-Ehe angeht. Die Cullens bedienen jeweils die Rollenklischees, die sie in jeder neuen Gemeinschaft für passend halten. Edward hat beispielsweise die Rolle von Esmes Bruder wie auch die ihres Sohnes gespielt. Und als wir die Familie Cullen kennenlernen, ist die allgemeine Interpretation, dass Jasper und Rosalie Zwillinge sind. Im späten 20. Jahrhundert wäre also offensichtlich eine Teenager-Ehe zwischen Alice und Jasper gesellschaftlich weniger anerkannt, und es ist leichter, sie den Menschen von Forks als verliebte Teenager zu präsentieren, die unter demselben Dach leben. Dasselbe gilt offensichtlich für Rosalie und Emmett, die im Umgang miteinander sehr viel Leidenschaftlichkeit an den Tag legen; beide Paare hätten in vergangenen Jahrzehnten viel mehr Klatsch ausgelöst, während es leichter war, sie einfach als verheiratete Teenager-Paare zu präsentieren.

Eifrige menschliche Soldaten oder sich vor der Einberufung drückende Vampire?

Der Krieg wurde in der viktorianischen Zeit und in der Kultur des frühen 20. Jahrhunderts oft als wahrer Test für die Männlichkeit dargestellt, und dementsprechend war Edward begierig, in den Krieg zu ziehen. Tatsächlich erzählt er Bella später, dass es sein Traum war, Soldat zu werden. Obwohl schon im amerikanischen Bürgerkrieg ein kleiner Prozentsatz von Soldaten eingezogen wurde, wurde der Wehrdienst in großem Umfang erst 1917 eingeführt und wird das Hauptgesprächsthema aller jungen Männer in Edwards Generation gewesen sein. Das selektive Wehrdienst-System, geschaffen, um die Einberufungen im Ersten Weltkrieg zu handhaben, listete 2 810 296 Zuführungen (Einberufene) zwischen September 1917 und November 1918 auf.[11)] Edward hatte gehofft, einer dieser Soldaten zu sein, aber die Spanische Grippe machte diesem Traum ein Ende und öffnete stattdessen die Tür zur Unsterblichkeit. Edward konnte seinen Traum, Soldat zu werden, nie verwirklichen, aber während die Jahrzehnte vergingen, sah er eine Generation nach der anderen in den Krieg ziehen. Obwohl Edward technisch nie das Alter von 18 erreichte, werden Einberufung und Militärdienst ein Diskussionsthema in den Schulen und in den Groß- und Kleinstädten im ganzen Land gewesen sein. Im Laufe des 20. Jahrhunderts muss Edward miterlebt haben, wie junge Männer in den Krieg zogen und wiederkehrten, immer wieder, und er wird sich dabei immer bewusst gewesen sein, dass er sich ihnen nie würde anschließen können. Über 10 Millionen junge Männer wurden für den Zweiten Weltkrieg eingezogen, dann knapp über 1,5 Millionen für den Korea-Krieg.[12)] Edward wird Klassenkameraden gekannt haben, die eingezogen wurden oder sich freiwillig gemeldet haben, um in jedem dieser Kriege zu kämpfen.

Selbst wenn die Cullen-Männer nicht viel Umgang mit Menschen pflegten, es mag Gerede gegeben haben, warum Edward und Emmett nicht eingezogen wurden oder sich gegen den Wehrdienst entschieden. Weil ihr wichtigstes Ziel war, keine Aufmerksamkeit auf sich zu ziehen, wird die Notwendigkeit, eine Einziehung zu vermeiden, ein Problem aufgeworfen haben, besonders während des Korea- und des Vietnam-Krieges. Nachdem Jasper und Alice zur Familie gekommen waren, zogen die Vereinigten Staaten 1,8 Millionen Männer für den Vietnam-Krieg ein.[13)] Das Gerede über die jungen männlichen Cullens wird damals vielleicht begonnen haben, besonders, wenn sie zu der Zeit in kleineren, ländlichen Gemeinden lebten. Während dieser Periode wäre es für die Cullens klug gewesen, wie viele andere, die eine Einberufung vermeiden wollten, in den Norden zu ziehen, nach Kanada oder Alaska. Im Laufe der Jahrzehnte verbrachten die Cullens eine Menge Zeit mit den Denalis. Tatsächlich könnten sie dort gelebt haben, als Alaska den Vereinigten Staaten am 3. Januar 1959 als 49. Bundesstaat beitrat.

Wie definiert sich denn überhaupt Erwachsensein?

Was macht jemanden zum Erwachsenen? Dieses Thema wird seit Jahren, wenn nicht gar seit Jahrhunderten diskutiert. Als Bella und Jacob sich als menschliche Teenager treffen, unterhalten sie sich unbeschwert über ihre Verantwortlichkeiten und Fähigkeiten:

> »Sicher, aber wenn man den Unterschied in der Reife von Jungen und Mädchen bedenkt, muss man das nicht in Hun-

> dejahren zählen? Wie alt wäre ich dann im Vergleich zu dir, etwa 12 Jahre älter?«
>
> *New Moon – Bis(s) zur Mittagsstunde*

> Wir alberten bis Hoquiam so herum, stritten uns weiter über die richtige Formel, das Alter zu bestimmen – ich verlor zwei weitere Jahre, weil ich nicht wusste, wie man einen Reifen wechselt, erhielt aber eines zurück, weil ich zu Hause für die Buchführung zuständig war. Als wir zurückkamen nach La Push, war ich 23 und er 30 – er hatte definitiv mehr Fähigkeiten zu seinen Gunsten in die Waagschale geworfen.
>
> *New Moon – Bis(s) zur Mittagsstunde*

Bellas und Jacobs Vorstellungen darüber, was einen »Erwachsenen« ausmacht, haben sowohl mit der Zeit, in der sie leben, als auch mit dem Ort, an dem sie leben, zu tun: Als Edward 1901 geboren wurde, würde ein junger Mann durchaus die Buchführung für das Familienunternehmen übernommen haben, aber nur wenige würden gewusst haben, wie man einen Autoreifen wechselt.

Als Edward und der Rest der Familie Cullen heranwuchsen, hätte die menschliche Definition des Erwachsenseins auch bedeutet, dass jemand fähig ist, das Familienunternehmen oder die Farm zu übernehmen, eine Familie zu ernähren oder sein Land zu verteidigen, indem er in den Krieg zog. Nichts davon erwähnen Jacob und Bella bei ihrer Debatte über »erwachsene« Fähigkeiten; zumindest sind dies mit Sicherheit nicht die ersten Merkmale, die Teenagern ihrer kulturellen Prägung in den Sinn kommen. Aber Definitionen des Erwachsenseins veränderten sich im Laufe der Zeit. Für Rosalie war das Erwachsensein ursprünglich definiert durch Mutterschaft, Ehe und die Fähigkeit, den eigenen Haushalt zu versorgen. Jasper war fähig, alles und jeden, den er kannte, zurückzulassen und der Armee beizutreten. Carlisle ist die Vaterfigur der Vampir-Familie, obwohl er eigentlich nicht viel älter ist als die anderen. Er wird aufgrund seiner Weisheit und Geduld respektiert und als derjenige akzeptiert, der die Richtung vorgibt. Carlisle weiß, wer er ist und wofür er und seine Familie stehen. In der *Twilight*-Reihe ist Erwachsensein also auf viele Arten definiert: durch das rechtskräftige Alter, durch Fähigkeiten und durch die Bereitschaft, sich selbst für andere zu opfern. Aber die Definition jeder einzelnen Figur, was es bedeutet, »erwachsen« zu sein, spiegelt die speziellen Werte der Epoche wider, in der er oder sie aufwuchs.

Bella: Im falschen Jahrhundert geboren?

> Ich war ein ganz anderer Mensch als meine Mutter. Jemand, der bedächtig und vorsichtig ist. Die Verantwortliche, die Erwachsene. So sah ich mich selbst. Das war die Person, die ich kannte.
>
> Bella Swan, *Eclipse – Bis(s) zum Abendrot*

Bella sieht sich nicht als typischen Teenager, zumindest nicht für ihre eigene Generation. Ihre Mutter beschreibt Bella als alte Seele: »Meine Mom sagt immer, dass ich mit 35 Jahren geboren wurde und jedes Jahr mehr ein Mensch mittleren Alters werde.« (*Twilight – Bis(s) zum Morgengrauen*) Bella geht gut mit Verantwortung um, kocht, macht die Hausarbeit und die Einkäufe für Charlie und sich, und sie ist dafür zuständig, die Rechnungen zu begleichen. Sie verabredet sich nicht mit Jungs und hatte noch nie einen Freund. Es ist eine Horrorvorstellung für sie, zum Abschlussball zu gehen, und sie interessiert sich nicht für Mode und Make-up und auch nicht besonders für Filme oder Musik. Sie fährt einen alten Truck, hat einen alten Computer und kein Handy. Vieles davon ist bedingt durch ihre finanzielle Situation, aber selbst als sie Edward heiratet und Zugang zu Geld hat, nutzt sie das Handy nur gelegentlich. Bella findet, dass sie nicht gut zu normalen Menschen passt und genießt es, sich teilweise der Familie Cullen und teilweise dem Werwolf-Rudel zugehörig zu fühlen.

Ihr Gefühl der gesellschaftlichen Unbeholfenheit ist offensichtlich: »Ich durfte nicht daran denken. Nicht wenn ich mich für die nächsten paar Stunden wie ein Mensch benehmen musste.« (*Eclipse – Bis(s) zum Abendrot*) Vielleicht ironischerweise hat Bella selbst als sie noch ein Mensch ist, Probleme damit, sich wie ein normaler Teenager zu benehmen. So versucht sie, sich von den Cullens abzuschauen, wie man das macht. Alice benimmt sich viel mehr wie ein typischer weiblicher Teenager als Bella und versucht ständig, Bella dazu zu ermuntern, sich normalen Teenager-Aktivitäten anzuschließen.

Die *Twilight*-Saga ist voll von Teenagern, die sich wie Erwachsene benehmen. Das Schicksal der Welt liegt manchmal auf ihren Schultern, und sie stehen sowohl allein als auch gemeinsam die Gräuel und nervlichen Belastungen durch – ohne den Beistand erwachsener Autoritätspersonen. Charlie und Billy sind die besten Beispiele für Erwachsene, die es gut meinen und gute Eltern sind, die aber nicht fähig sind, das zu tun, was nötig ist, damit alle sicher sind. »Ich hätte auch versucht, dich zu beschützen, wenn ich gewusst hätte, wie«, gesteht Charlie Bella in *Breaking Dawn – Bis(s) zum Ende der Nacht.*

Die Jahrzehnte hinter sich lassen, oder auch: andere Länder, andere Sitten ...

> »Du wirst die Zeit bald völlig hinter dir lassen. Warum also sollten die vorübergehenden Bräuche einer hiesigen Kultur die Entscheidung so beeinflussen?«
>
> Edward Cullen, *Eclipse – Bis(s) zum Abendrot*

Edward wurde 1901 in Chicago geboren. Zu der Zeit, als die Familie Cullen Alice und Jasper in den späten Fünfzigern oder frühen Sechzigern traf, hatte Edward schon etwa 50 Jahre »gelebt« und zwei Weltkriege, die Grippe-Epidemie, die ihn an die Schwelle des Todes geführt hatte, und die Weltwirtschaftskrise gesehen. Die Weltwirtschaftskrise mag der Familie Cullen nicht so schlimm erschienen sein, da sie nicht essen, schlafen oder ein Dach über dem Kopf brauchen, aber Edward hat sicherlich ihre Auswirkungen auf die Menschen um sich herum bemerkt. Andere Vampire haben sich vielleicht als Nomaden nicht für menschliche Geschehnisse interessiert, aber die Familie Cullen unternimmt die gemeinschaftliche Anstrengung, sich zu integrieren und wird sich den Menschen der jeweiligen Ära verbunden gefühlt haben.

Da er mehr als sechzig Jahre »am Leben« ist, würde man sich vorstellen können, dass Edward sich während der gesellschaftlichen Protestbewegungen der Sechzigerjahre mehr mit den Großeltern seiner »Gleichaltrigen« identifiziert hätte, wenn er während dieser Periode die Highschool besuchte. Zu dieser Zeit hatte er den Anfang des Automobil-Zeitalters miterlebt, die frühen Tage der Fliegerei und den

Beginn der Weltraumerforschung. Edward, Rosalie, Jasper, Alice und Emmett beobachteten allesamt die gesellschaftlichen Umbrüche, die mit dem New Deal[14)], der Bürgerrechtsbewegung, dem Bau und Fall der Berliner Mauer und der Ermordung eines US-amerikanischen Präsidenten einhergingen. Eine Menge ist passiert während ihrer »Lebenszeiten«, und doch sind sie fähig, sich wie Teenager der Zeit zu geben, nicht wie die weisen alten Seelen, die sie inzwischen geworden sind.

Für die Familie Cullen wurden Übergangsriten zu einem Zeitvertreib. Alice im Besonderen, die keine Erinnerungen an ihr menschliches Leben hat, erinnert sich an all diese Übergangsriten nur als Vampir. Für sie sind Schulbälle, Schulabschlüsse und Hochzeiten allesamt Gelegenheiten, Spaß zu haben. Dies mag einer der Gründe sein, warum sie sie für Bella als Mensch will: Sie hat die Möglichkeit, indirekt durch Bella zu leben. Bella bemerkt:

> Wahrscheinlich hatte Alice das absichtlich gemacht, um mich in den Mittelpunkt der Aufmerksamkeit zu zwingen – ein Ort, von dem sie dachte, dass ich ihn mehr genießen sollte. Sie versuchte immer, mich auf die Art menschlich zu machen, wie sie dachte, dass Menschen sein sollten.
>
> *Eclipse – Bis(s) zum Abendrot*

Alice selbst erlebte keinen der typischen menschlichen Meilensteine als Teenager. Sie hat wegen ihrer Behandlung in der Irrenanstalt keine Erinnerung an ihre menschlichen Jahre: »Hundert Jahre früher, und sie wäre auf dem Scheiterhaufen verbrannt worden für ihre Visionen. In den 1920ern waren es die Irrenanstalt und die Schockbehandlungen.« (*Twilight – Bis(s) zum Morgengrauen*)

Mit Bella als ihrer Verbindung zum modernen Zeitalter scheinen sich die Cullens in größerem Ausmaß dem Highschool-Leben anzuschließen als in den vergangenen Jahren. Die Cullen-Teenager besuchen den Highschool-Abschlussball in Forks genau wie die menschlichen Teenager, obgleich dies die erste Tanzveranstaltung ist, die Edward zusammen mit einer Geliebten erlebt. Bella um sich zu haben, gibt Alice auch eine Rechtfertigung, eine Abschlussparty zu veranstalten und die meisten ihrer Mitschüler einzuladen.

Ein Teil des Spaßes bei der *Twilight*-Saga liegt darin, einem beinahe 110 Jahre alten Vampir – der sich viele Jahrzehnte hindurch als Teenager ausgegeben hat – dabei zuzusehen, wie er tatsächlich ein moderner Teenager *wird,* als er sich in Bella verliebt. In *Twilight – Bis(s) zum Morgengrauen* hält Edward seine Mitschüler für Kinder, und selbst Jacob bezeichnet er als Kind, was Bella verwirrt, denn an der Oberfläche sind Edward und Jacob im Alter nicht so weit voneinander entfernt. In *Midnight Sun* beginnt der Leser Edwards Sicht zu verstehen, als er über sein Leben nachgrübelt und über seine Beziehung zu anderen und die Tatsache, dass er als einziger Cullen Single ist. Er grübelt: »An manchen Tagen war es härter als an anderen, mit drei perfekt zueinander passenden Liebespaaren zu leben. Dieser war einer davon. Vielleicht wären sie alle glücklicher, wenn ich nicht hier herumhängen würde, schlecht gelaunt und streitlustig wie der alte Mann, der ich inzwischen sein sollte.« (*Midnight Sun*) Durch die gesamte Buchreihe hindurch benimmt Edward sich immer mehr wie ein junger verliebter Mann, was er ja auch ist. Am Ende der Saga ist es nicht mehr länger nur das Benehmen: Er ist wieder ein junger Mann. Gemeinsam können er und Bella jetzt Teenager sein. Verliebte Teenager-Vampire.

Der Lehrkörper der Forks High School

Eveline Brugger ist Lehrbeauftragte an der Universität Wien/Österreich und lehrt außerdem am WIFI Wien (Wirtschaftsförderungsinstitut der Wirtschaftskammer) und der University of Oregon. Ihre Forschungsschwerpunkte sind mittelalterliche mitteleuropäische Geschichte und Archivstudien. Dank ihrer Arbeit in staubigen alten Archiven sind ihr Kreaturen vertraut, die sich in dunklen Ecken versteckt halten, obwohl zu ihrem Leidwesen bislang noch keine darunter war, die im Sonnenlicht glitzert.

Kat Burkhart ist Kuratorin des Carnegie-Museums in Crawfordsville/Indiana und gegenwärtig Präsidentin des Verbandes der Museen Indianas. Sie hat sich darauf spezialisiert, Populärkultur in interdisziplinäre Museumsausstellungen und -programme zu integrieren und könnte Alice' Hilfe bei ihrem Wandschrank gut gebrauchen.

Kristin Burnett ist Dozentin an der Geschichtsfakultät der Lakehead University in Thunder Bay/Ontario. Sie erforscht die Gesundheitsarbeit von eingeborenen und nicht eingeborenen Frauen in der Prairie West. Sie findet kalte, harte Marmormänner nicht attraktiv, besonders diejenigen nicht, die durch ihr Fenster gekrochen kommen und sie die ganze Nacht anstarren.

Sara Buttsworth lehrt am Historischen Seminar der Universität von Auckland/Neuseeland. Sie war unlängst Mitherausgeberin und Beitragende von *Restaging War in the Western World: Noncombatant Experiences 1890–Today* (2009) und befasst sich zurzeit mit einem Projekt über die Darstellungen des Nazismus in der Nachkriegs-Populärkultur. Saras Forschung zu Prinzessinnen hat sie dazu gebracht, über korrekte Cocktail-Bekleidung beim Jagen mit bloßen Händen – und Zähnen – nachzusinnen.

Kate Cochran ist Dozentin für Englisch und Leiterin des »English Licensure«-Programms an der University of Southern Mississippi, wo sie Kurse in der Literatur der Südstaaten und Englischerziehung gibt. Ihr jüngstes Interesse an Vampiren der Populärkultur brachte sie dazu, Artikel über die US-amerikanische Fernsehserie *True Blood* und über die *Twilight*-Saga zu schreiben. Es ist absolut möglich, dass sie Sie jetzt gerade von dem Baum aus beobachtet, der draußen vor Ihrem Schlafzimmerfenster steht.

Catherine Coker ist Dozentin der Bibliothekswissenschaften an der Texas A&M University und Koordinatorin der Forschungsdienste am Cushing Memorial Library and Archives. Ihre Forschung konzentriert sich auf die Darstellung von Frauen in Science-Fiction und Fantasy. Manchmal hält man sie für einen Vampir, aber sie hat nie im Sonnenlicht geglitzert (zumindest hat es noch niemand gesehen).

Andrea Robertson Cremer ist Dozentin für Geschichte am Macalester College in St. Paul/Minnesota. Sie verbringt ihre Tage damit, die Vernetzungen von Religion, Sex und Gewalt in der frühen Neuzeit zu untersuchen. Wenn sie sich nicht gerade auf Puritaner, Krieg und Hexen konzentriert, schreibt sie Kinderbücher – allerdings tauchen dieselben Themen auch in ihren Geschichten auf, hmm. Ihr Debütroman *Nightshade* erscheint im Herbst 2010 bei Philomel (Penguin). Sie gibt zu, dass, wenn Jasper nett fragte (was er natürlich tun würde), sie sich von ihm beißen lassen würde.

Elizabeth Baird Hardy, Autorin von *Milton, Spenser, and the Chronicles of Narnia: Literary Sources for the C. S. Lewis Novels* (McFarland, 2007) ist leitende Ausbilderin für Englisch am Mayland Community College, wo sie zum Outstanding Faculty Member 2006 (herausragenden Fakultätsmitglied 2006) gewählt wurde. Mit großem Erfolg setzt sie die *Twilight*-Saga in ihrem Unterricht und in literarischen Diskussionen ein. Hardy lehrt auch über Appalachen-Kultur und ist Geschichtenerzählerin, Darstellerin historischer Persönlichkeiten und arbeitet häufig mit ihrem Ehemann zusammen, dem preisgekrönten Autor und Historiker Michael C. Hardy. Wenn sie und ihre beiden Kinder sich nicht gerade mehrere Lagen Kleidung anziehen, um eine Familie von 1860 darzustellen, leben sie an einem nebligen bewaldeten Berghang in derselben Ecke der Appalachen, die Emmett einst seine Heimat nannte und in der man flüchtige Blicke auf Bären erhaschen kann.

Judith Leggatt ist Dozentin und Vorsitzende des Fachbereiches Englisch an der Lakehead Universität in Thunder Bay/Ontario. Ihre

Veröffentlichungen schließen Arbeiten über Lee Maracle, Thomas King, Gaunerpoetik, Salman Rushdie, Charlotte Brontë und postkoloniale Pädagogik ein. Sie arbeitet zurzeit an einem größeren Projekt über Eingeborenen-Science-Fiction. Sie zieht es vor, wenn Vampire nicht glitzern, und glaubt, dass die *Twilight*-Saga interessanter wäre, wenn sie aus Leahs Sicht erzählt würde.

Janice Liedl ist Dozentin im Fachbereich Geschichte an der Laurentian University in Sudbury/Ontario. Hauptsächlich forscht sie über die englische Geschichte des 16. Jahrhunderts und über die altnordische Präsenz in Nordamerika. Sie ist fähig, ihr Wissen aus erster Hand über diese Themen als historische Forschung auszugeben, solange sie sich von direktem Sonnenlicht fernhält.

Grace Loiacono ist Doktorandin der Bibliotheks- und Informationswissenschaft und schreibt an ihren Memoiren, die zurzeit sechs Bände umfassen. Sie ist auch auf der Suche nach Grundstücken in Alaska, die groß genug sind, um ihren ganzen Zirkel zu beherbergen.

Laura Loiacono macht ihren Abschluss in Englisch und plant, so viele weitere Abschlüsse zu machen, wie sie Zeit dafür finden kann. Wenn die Sonne scheint, findet man sie gewöhnlich im Haus. Bei Stürmen spielt sie gern Baseball.

Kyra Glass von der Osten ist Doktorandin im »Madison's Media and Cultural Studies«-Programm der University of Wisconsin. Ihre Forschung konzentriert sich auf die Darstellung von Familie, Religion und Sexualität in populären Fernseh- und Kinofilmen. Sie zieht es vor, nachts zu lehren, weil man dann die interessantesten Lektionen lernt.

Nancy R. Reagin ist Professorin für Geschichte und Frauen- und Geschlechterstudien an der Pace University/New York. Sie hat mehrere Bücher veröffentlicht sowie eine Reihe von Artikeln über moderne deutsche Geschichte, obwohl sie das Unterrichten noch lieber mag. Ihre jüngste Forschung konzentriert sich auf die Geschichte der literarischen Fan-Gemeinden in Deutschland und in den Vereinigten Staaten. Sie drückte Team Jacob noch weiter die Daumen, als jede vernünftige Person schon aufgegeben hätte, und denkt, dass Klippenspringen olympische Disziplin werden sollte.

Birgit Wiedl ist Lehrbeauftragte an der Universität Salzburg/Österreich. Sie hat sich auf spätmittelalterliche Geschichte und Geschichte der frühen Neuzeit spezialisiert, mit Schwerpunkt auf Wirtschaft und

Stadtgeschichte. Trotz ihrer Besessenheit von Leuten, die schon seit langer Zeit tot sind, ist sie ziemlich sicher, dass sie selbst nicht untot ist, auch wenn die roten Augen, die sie montagmorgens aus dem Spiegel anstarren, ihr häufig Grund geben, das infrage zu stellen.

Anmerkungen

Einleitung

1) Anm. d. R.: Die Zitate aus den *Twilight*-Romanen wurden von der Übersetzerin dieses Bandes übertragen.
2) Umberto Eco, *Travels in Hyper Reality: Essays* (San Diego: Harcourt Brace Jovanovich, 1986), 197.

1. Ein Gentleman der alten Schule?

1) Obwohl die Zeitspanne zwischen 1837 und 1901 als das viktorianische Zeitalter bezeichnet wird, also mit der Regierungszeit von Königin Viktoria I. gleichzusetzen ist, und *Stolz und Vorurteil* bereits 1813 veröffentlicht wurde, werden in diesem Kapitel die Ähnlichkeiten zwischen Austens Werk und den Romanen der Brontë-Schwestern hinsichtlich ihrer männlichen Protagonisten untersucht. Es ist zu erörtern, ob Darcy nicht genauso viele, wenn nicht noch mehr, traditionelle »viktorianische« Eigenschaften zeigt wie die romantischeren Helden Rochester und Heathcliff. Tatsächlich spielt *Sturmhöhe,* obwohl es 1847 veröffentlicht wurde (genau wie *Jane Eyre*), im »späten 17. Jahrhundert bis frühen 18. Jahrhundert«.
2) »Conversation with Stephenie Meyer«, *Twilight: Three-Disc Deluxe Edition,* DVD (Regie: Catherine Howard, Summit Entertainment, 2008).
3) Gavriel Rosenfeld, »Why Do We Ask ›What If?‹ Reflections on the Function of Alternate History«, *History and Theory* 41, no 4 (Dez. 2002): 91, 93.
4) Linda Orr, »The Revenge of Literature: A History of History«, *New Literary History* 18, no. 1 (Herbst 1986): 6.
5) George Garrett, »Dreaming with Adam: Notes on Imaginary History«, *New Literary History* 1, no. 3 (Frühjahr 1970): 417–418. Garretts Version von »imaginierter Geschichte« ähnelt Michail Bachtins »historischer Umkehrung«, die beschreibt, wie die kulturellen Ideale, die in der Gegenwart fehlen, der Vergangenheit zugeschrieben werden, aus *The Dialogic Imagination: Four Essays,* Hg. Michael Holquist (Austin: Univ. of Texas Press, 1981), 147.
6) Anm. d. Übers.: *Anne auf Green Gables* ist ein Kinderbuch der kanadischen Autorin Lucy Maud Montgomery, erschienen 1908, das im englischsprachigen Raum etwa so bekannt ist wie Pippi Langstrumpf in Deutschland.
7) Sean Dennis Cashman, *America in the Age of the Titans: The Progressive Era and World War I* (New York: New York Univ. Press, 1988), 460.
8) Siehe, zum Beispiel, Joseph Carters *1918: Year of Crisis, Year of Change* (Englewood Cliffs, NJ: Prentice-Hall, Inc., 1968), wo angemerkt wird, dass

die Propaganda des Ersten Weltkriegs »keinen Reiz für die grundlegenden (und oft grundlegendsten) Emotionen der Massen ausübte – Neugierde, Beschäftigung mit Gewalt und Sex, Gier und nicht zuletzt Patriotismus« (22). Einige hervorragende Beispiele dieser Propaganda-Poster finden sich in *Persuasive Images: Posters of War and Revolution from the Hoover Institution Archives* von Peter Paret, Beth Irwin Lewis und Paul Paret (Princeton; NJ: Princeton Univ. Press, 1992).

9) Cashman, *America in the Age of the Titans*, 488.

10) Ebenda, 425.

11) Malcolm Cowley, »The Generation That Wasn't Lost«, *College English* 5, no. 5 (Februar 1944): 233.

12) Ebenda, 237.

13) James Eli Adams, *Dandies and Desert Saints: Styles of Victorian Masculinity* (Ithaca, NY: Cornell Univ. Press, 1995), 42.

14) Edwards Äußerung hier bringt Bella dazu, zu überlegen: »Er übertrieb nicht; sie waren groß darin gewesen während des Ersten Weltkriegs altmodische Moral hochzuhalten.« (*Breaking Dawn – Bis(s) zum Ende der Nacht*) Jedoch, in Übereinstimmung mit den Betrachtungen von Garrett über imaginierte Geschichte, weist Bella nicht genau darauf hin, was unter dieser »altmodischen Moral« zu verstehen ist, abgesehen von dem Widerstreben, außerehelich mit jemandem zusammenzuleben oder außerehelichen Sex zu haben. Vielleicht ist das Einzige, was Bella auf das 21. Jahrhundert festlegt, ihr Wunsch nach vorehelichem Sex; in anderer Hinsicht scheint sie aus einem früheren Zeitalter zu stammen, was ihre Häuslichkeit, ihre Stubengelehrsamkeit, ihre Schüchternheit, Freundlichkeit und ihre Neigung zur Selbstaufopferung angeht.

15) Daniela Garafalo, *Manly Leaders in Nineteenth-Century British Literature* (Albany: State Univ. of New York Press, 2008), 21.

16) Nicht zufällig schrieb Lord Byrons Freund und Arzt John Polidori eine der ersten englischsprachigen Erzählungen über Vampire, »The Vampyre« (»Der Vampir«, 1819). Angeblich schrieb Polidori die Geschichte während eines stürmischen Landhaus-Wochenendes im Jahr 1816, als Percy Bysshe Shelley ihn, Byron und Mary Shelley dazu ermunterte, Gruselgeschichten zu verfassen. An diesem Wochenende begann Mary Shelley das, was später *Frankenstein, oder Der Moderne Prometheus,* (1818) wurde.

17) Sandra M. Gilbert und Susan Gubar, *The Madwoman in the Attic: The Woman Writer and the Nineteenth-Century Literary Imagination*, 2nd ed. (New Haven, CT: Yale Univ. Press, 2000), 206.

18) Jane Austen, *Pride and Prejudice (Stolz und Vorurteil)* (Oxford: Oxford Univ. Press, 1998), 7.

19) Ebenda, 8.

20) Ebenda, 9.

21) Ebenda, 19.

22) Ebenda, 44.

23) Ebenda, 168.

24) Charlotte Brontë, *Jane Eyre* (New York: W. W. Norton, 1987), 256.

25) Ebenda, 391.

26) Ebenda, 112.

27) Ebenda, 120.

28) Ebenda, 250.

29) Ebenda, 253, 254, 255, 256.

30) Ebenda, 117.

31) Gilbert und Gubar, *Madwoman in the Attic*, 357.

32) Charlotte Brontë, *Jane* Eyre, 126.

33) Anm. d. Übers.: Lascar war früher die Beschreibung eines Seemanns oder Söldners vom indischen Subkontinent oder aus anderen Ländern östlich des Kaps der Guten Hoffnung, die auf europäischen Schiffen ab dem 16. Jahrhundert bis zum Beginn des 20. Jahrhunderts angeheuert wurden.

34) Emily Brontë, *Wuthering Heights* (*Sturmhöhe*) (Oxford: Clarendon Press, 1976), 62, 72.

35) Ebenda, 118.

36) Ebenda, 102.

37) Ebenda, 197, 204.

38) Ebenda, 181.
Edward sagt über Vampire: »Die anderen – die meisten unserer Art, die ganz zufrieden mit ihrem Schicksal sind – auch sie wundern sich darüber, wie wir leben. Aber weißt du, nur weil mit uns ... auf bestimmte Art verfahren wurde ... heißt das nicht, dass wir nicht entscheiden können, uns darüber zu erheben – um die Grenzen des Schicksals zu überwinden, das niemand von uns gewollt hat. Zu versuchen, so viel essenzielle Menschlichkeit zurückzuerlangen, wie wir nur können.« (*Twilight – Bis(s) zum Morgengrauen*). Es ist wahr, dass der Vegetarismus und das Vorgeben eines normalen Lebens ihr Engagement zeigen, ihre Menschlichkeit zu bewahren; Edward versucht in seiner ganzen Beziehung zu Bella aktiv, seine Menschlichkeit zurückzugewinnen, teilweise indem er sich an kleine Details erinnert wie daran, die Autotür für sie aufzuhalten.

39) Garrett, »Dreaming with Adam«, 15.

40) Susan Elgin, »The Secret Life of Vampires«, *Newsweek*, 4. August 2003, 63.

2. Bella beißen

1) Francis Prucha, *American Indian Treaties: The History of a Political Anomaly* (Berkeley: Univ. of California Press, 1994), 1.

2) Ebenda, 5.

3) Francis Prucha, *The Indians in American Society: From the Revolutionary War to the Present* (Berkeley: Univ. of California Press, 1985), 1–27.

4) Kent Richards, »The Stevens Treaties of 1854–1855«, *Oregon Historical Quarterly* 106, no. 3 (Herbst 2005), http://find.galegroup.com.czproxy.lakeheadu.ca/gtxretrieve.do?contentSet=IAC-Documents&resultListType=RESULT_LIST&qrySerId=Locale%28en%2CUS%2C%29%3AFQE%3D%28NJ%2Cnone%2C29%29%22Oregon+Historical+Quarterly%22%3Aand%3ALQE%3D%28DA%2CNone%2C8%2920050922%24&sgHitCountType=None&inPS=true&sort=DateDescend&searchType=PublicationSearchForm/tabID=T002&prodId=EAIM&searched=R1&currentPosition=1&userGroupName=ocul_lakehead&docId=A137146591&docType=IAC.

5) United States Bureau of Indian Affairs, »The Treaty of Olympia«, www.quileutenation.org/index.efm?page=treaty_of_olympia.html.

6) Ebenda.

7) Anm. d. Übers.: »Meth« ist die Abkürzung für die synthetische Droge Methamphetamin.

8) Alexandra Harmon, »Indian Treaty History: A Subject for Agile Minds«, *Oregon Historical Quarterly* 106, no. 3 (Herbst 2005), http://find.galegroup.com.czproxy.lakeheadu.ca/gtx/retrieve.do?contentSet=IAC-Documents&resultListType=RESULT_LIST&qrySerId=Locale%28en%2CUS%2C%29%3AFQE%3D%28JN%2Cnone%2C29%29%22Oregon+Historical+Quarterly%22%3Aand%3ALQE%3D%28DA%2Cnone%2C8%2920050922%24&sgIlitCountType=None&inPS=true&sort=DateDescent&searchType=PublicationSearchForm&tabID=T002&prodID=AONE&searchId=R2&currentPosition=4&userGroupName=ocul_

lakehead&docId=A137146594&doc
T<pe=IAC.

9) Ebenda.

10) Ebenda.

11) Jay Powell und Vickie Jensen, *Quileute: An Introduction to the Indians of La Push* (Seattle: Univ. of Washington Press, 1976), 29.

12) United States Bureau of Indian Affairs, »The Treaty of Olympia«, www.quileutenation.orf/index.efm?page=treaty_of_olympia.html.

13) Vine Deloria und Clifford Lytle, *American Indians, American Justice* (Austin: Univ. of Texas Press, 1983), 93–109.

14) George A. Pettitt, *The Quileute of La Push 1775–1945* (Berkeley: Univ. of California Press, 1950), 37.

15) Ebenda, 39.

16) Alexandra Harmon, *Indians in the Making: Ethnic Relations and Indian Identities around Puget Sound* (Berkeley: Univ. of California Press, 1998), 218.

17) Ebenda, 218.

18) Ebenda, 243.

19) Ebenda, 216.

20) Powell und Jensen, *Quileute*, 17.

21) Rayna Green, »The Pocahontas Perplex: Images of American Indian Women in American Culture«, *Massachussetts Review 16* (Herbst 1975): 698–714.

22) Chris Morganroth III and the Olympic Peninsula Intertribal Advisory Committee, »Quileute«, in: *Native Peoples of the Olympic Peninsula: Who We Are*, Hg. Jacilee Wray (Norman: Univ. of Oklahoma Press, 2002), 135.

23) Ruth Ludwin et al., »Dating the 1700 Cascadia Earthquake: Great Coastal Earthquakes in Native Stories«, *Seismological Research Letters* 76, no. 2 (März/April 2005): 140–148.

24) Pettitt, *The Quileute of La Push*, 21–23.

25) Iva Hosack Wahlgren, *Memories of a Quillayute and Sol Duc Country Pioneer* (Forks, WA: West End Pioneers Club, 1998), 21–22.

26) Pettitt, *The Quileute of La Push*, 24–25.

27) Powell und Jensen, *Quileute*, 41.

28) Pettitt, *The Quileute of La Push*, 27.

29) NA-NB, Brief von W. L. Powell, 23. November 1885, Dokument 28595; zitiert in Pettitt, *The Quileute of La Push*, 27.

30) Christopher Dunagan, »Land dispute Triggers Cloxing of Coastal Trail«, *Wotanging Ikche – Lakota – Common News*, 15. Oktober 2005.

31) Jessica Kowal, »La Push Journal: In a Bid for a Higher Ground, a Tribe Raises the Stakes«, *New York Times*, 30. Juli 2006.

32) Paige Dickerson, »Tribe, Park Reach Agreement on Land Swap«, *Peninsula Daily News*, 27. Juli 2009.

33) Kim Anderson, *A Recognition of Being: Reconstructing Native Womanhood* (Toronto: Second Story Press, 2000), 100.

34) Ebenda, 101.

35) United States Congress, *An Act to Provide for the Allotment of Lands in Severalty to Indians on the Various Reservations (General Allotment Act oder Dawes Act), Statutes at Large* 24, 388–391, in: *Documents of United States Indian Policy*, 2. Ausgabe, Hg. Francis Paul Prucha (Lincoln: Univ. of Nebraska Press, 1990), 171–174. Der *General Allotment Act* autorisierte den Präsidenten, die Bestandsaufnahme der Reservate sowie Stammes-Kontingentszuteilungen und die Unterteilung des Landes in individuelle Parzellen anzuordnen. Eingeborene, die nach dem Inkrafttreten der Parzellierung geboren wurden, erhielten kein Land. Eingeborenen Amerikanern wurde das Land nicht von der Bundesregierung gegeben, vielmehr übertrugen Indianerbeauftragte der Regierung Land, das bereits dem Stamm gehörte.

Nach den Bestimmungen des Gesetzes verwaltete der Staat das Land weitere 25 Jahre treuhänderisch, bis feststand, dass die infrage stehende Person das Land angemessen bewirtschaften konnte. Land, das nicht an Stammesmitglieder zugeteilt wurde, wurde an weiße Siedler verkauft, was dem Staat ermöglichte, sich große Gebiete von Eingeborenenland anzueignen. Das Gesetz wurde letztlich angeordnet, um Eingeborenenland für weiße Besiedlung freizusetzen und nicht, um eingeborene Amerikaner zu begünstigen.

36) Brian Dippie, *The Vanishing American: White Attitudes and U.S. Indian Policy* (Middletown, CT: Wesleyan Univ. Press, 1982), 163.

37) United States Congress, *House Concurrent Resolution 108, Statutes at Large 67: B132. Documents of United States Indian Policy*, in: *Documents of United States Indian Policy*, 2. Aufl., Hg. Francis Paul Prucha (Lincoln: Univ. Of Nebraska Press, 1900), 233. Dem Historiker Donald Fixico zufolge waren die Aufhebungsverträge eine Politik, mit der eingeborene Amerikaner gezwungen werden sollten, sich in die europäisch-amerikanische Gesellschaft zu integrieren, indem ihnen die vertraglich garantierten staatlichen Leistungen aberkannt wurden. Für weitere Informationen siehe Donald Fixico, *Termination und Relocation: Federal Indian Policy, 1945–1960* (Albuquerque: Univ. of New Mexico Press, 1986).

38) Dieser Satz bezieht sich auf eine Reihe von Rechtsgängen, durch die eingeborene Amerikaner ihres rechtlichen Status und ihrer durch Verträge garantierter Rechte und verschiedener Abkommen mit Landes- und Bundesregierungen beraubt wurden.

39) Carroll-Smith Rosenberg, »Captured Subjects/Savage Others: Violently Engendering the New American«, *Gender & History* 5, no. 2 (Sommer 1993): 177–195.

3. CinderBella

1) Märchenforscher wie Jack Zipes und Robert Darnton führen an, dass die Rollen von Frauen in solchen Geschichten in der Zeit mündlicher Geschichtenüberlieferung vor Perrault wandelbarer waren. Indem die Geschichten schriftlich fixiert und in einer Literaturform veröffentlicht wurden, die eine stark didaktische Funktion hatte (zu einer Zeit, als die Trennung zwischen privater und öffentlicher Sphäre und eine strikte Abgrenzung der Geschlechterrollen für die aufkommende Mittelschicht starrer wurde), trat die Einengung weiblichen Verhaltens viel deutlicher hervor. Doch sogar in den literarischen Traditionen des 17., 18. und 19. Jahrhunderts gibt es noch viele Spielarten in Bezug auf sich verändernde Verhaltensnormen und sozioökonomische, kulturelle und religiöse Hintergründe sowie das Geschlecht der Autoren. Es gab selbstverständlich viel mehr Erzeuger von Märchentexten als die drei in diesem Kapitel erwähnten, aber diese sind die drei am besten bekannten Beispiele in der Entwicklung von mündlicher Überlieferung zum Kinofilm. Siehe zum Beispiel Jack Zipes, »Breaking the Disney Spell«, in: Elizabeth Bell Haas und Laura Sells (Hg.), *From Mouse to Mermaid: The Politics of Film, Gender, and Culture* (Bloomington and Indianapolis: Indiana Univ. Press, 1995), 21–42; Jack Zipes, *Why Fairy Tales Stick: The Evolution and Relevance of a Genre* (New York: Routledge, 2006); sowie Robert Darnton, *The Great Cat Massacre and Other Episodes in French Cultural*

Theory (New York: Basic Books, 1984), 9–74. Es bleibt, wie Zipes in einer Reihe seiner Arbeiten darlegt, großes Subversions-Potenzial im Märchen, selbst angesichts solch monolithischer Traumfabriken wie den Disney-Studios.

2) Zipes, *Why Fairy Tales Stick*, 27.

3) Siehe Cal Jillson, *Pursuing the American Dream: Opportunity and Exclusion over Four Centuries* (Lawrence: Univ. Press of Kansas, 2004). Siehe auch J. Emmett Winn, *The American Dream and Contemporary Hollywood Cinema* (New York: Continuum, 2007).

4) Peggy Orenstein, »What's Wrong with Cinderella?«, *New York Times*, 24. Dezember 2006, www.nytimes.com/2006/12/24/magazine/24 princess.t.html.

5) Ich wünschte, ich könnte die Eigentumsrechte für die Idee »dying young, staying pretty« für mich beanspruchen. Ich hörte sie zum ersten Mal in der Episode »Todessehnsucht« der 2. Staffel von *Buffy – Im Bann der Dämonen*, in der ein früherer Freund von Buffy, Billy Fordham, der an tödlichem Hirntumor leidet, es als Ideal jedes amerikanischen Teenagers bezeichnet, jung zu sterben und schön zu bleiben. Fordhams Witzelei mag seine Ursprünge in einem berühmten Zitat haben, das James Dean, dem Teenager-Idol der 1950er-Jahre, zugeschrieben wird: »Live fast, die young, and leave a beautiful corpse.« Es gibt auch einen Song der Punk-Band Blondie von 1979 mit dem Titel »Die Young, Stay Pretty.«

6) Darnton, *The Great Cat Massacre*, 59.

7) In der Tat bezieht sich Bella selbst auf einige dieser Geschichten: »Es schien, dass die meisten Vampirmythen sich um schöne Frauen als Dämonen und Kinder als Opfer drehten; sie schienen auch wie Konstrukte zu sein, mit denen die hohen Sterblichkeitsraten bei kleinen Kindern erklärt werden konnte und die einen Vorwand für Seitensprünge lieferten.« (*Twilight – Bis(s) zum Morgengrauen*) Was sie nicht erwähnt, ist die Wollust und implizierte Homosexualität vieler männlicher und weiblicher Vampire in literarischen Texten und Drehbüchern, eingeschlossen Bram Stokers *Dracula*, der zuerst 1897 erschien, und Joseph Sheridan Le Fanus *Carmilla*, veröffentlicht 1892, und all ihre Leinwand-Inkarnationen durch das 20. Jahrhundert hindurch. Es ist höchst unwahrscheinlich, dass irgendwelche homosexuellen Vampire im Universum der Cullens existieren. Während der Konsum von Blut zur Raserei führen kann, scheint sich der orgiastische Charakter dabei doch eher auf Fressgier als auf Sex zu beziehen. Für Kommentare zu den Aspekten sexueller Verstöße in *Dracula* siehe zum Beispiel Christopher Craft, »Kiss Me with Those Red Lips: Gender and Inversion in Bram Stoker's *Dracula*«, *Representations* 8 (Herbst 1984): 107–133.

8) Jim Cullen, *The American Dream: A short History of an Idea That Shaped a Nation* (New York: Oxford Univ. Press, 2003), 10, 38.

9) »Amerikanischer Exzeptionalismus« ist ein Begriff, der ursprünglich von Alexis de Tocqueville geprägt wurde, dem berühmten französischen Publizisten, Politiker und Historiker, der so fasziniert war von der im Entstehen begriffenen Demokratie in den Vereinigten Staaten im 19. Jahrhundert. Ursprünglich sollte dies ein Gefühl der Andersartigkeit ausdrücken, durch den eine Nation, die sich aus Immigranten zusammensetzte, das neue Leben vom alten abgrenzte. Ein Faktor, der diese »Verschiedenartigkeit« beförderte, war das Leben der Pioniere und Siedler an der Grenze. Der Ausdruck wurde im 20. Jahrhundert viel gebräuchlicher, insbesondere nach dem Zweiten Weltkrieg, und steht mittlerweile für alle Dinge, die Amerika einzigartig und »tugendhaft« im Vergleich zum Rest der Welt machen. Für einen Überblick über die Geschichte dieser Idee siehe Deborah Madsen, *American Exceptionalism* (Edinburgh: Edinburgh Univ. Press, 1998).

10) Jillson, *Pursuing the American Dream*, 29.

11) Das soll nicht heißen, dass Carlisle nicht voller Liebe und Loyalität ist, aber entscheidend für ihn ist sein gelebtes Bekenntnis zu Gott und Gottes Willen.

12) Anm. d. R.: Paul Revere (1735–1818) war ein engagierter Kämpfer für die Unabhängigkeit der amerikanischen Kolonisten von der englischen Herrschaft. Im Unabhängigkeitskrieg wurde er als Nachrichtenkurier legendär, als er nach einem nächtlichen Ritt von Boston nach Lexington und Concord die Siedler vor den herannahenden britischen Truppen warnte. Dieser Ritt wurde später durch den amerikanischen Nationaldichter Longfellow in einem Gedicht, »Paul Revere's Ride«, mystifiziert.

13) Anm. d. Übers.: Der Begriff »City upon a hill« wurde in der US-amerikanischen Geschichte zum Ausdruck des amerikanischen Exzeptionalismus. Die Trope stammt aus einer Predigt des Puritaners John Winthrop von 1630, der den Kolonisten einschärfte, dass ihre neue Kolonie eine »Stadt auf dem Hügel« sei, die von der ganzen Welt beachtet würde.

14) Jillson, *Pursuing the American Dream*, 58.

15) »Was hat es mit dem Apfel auf sich?« ist eine häufig gestellte Frage auf Meyers Webseite, auf die sie Folgendes antwortet: »Der Apfel auf dem Cover von *Twilight* steht für die ›verbotene Frucht‹. Ich verwendete die Bibelstelle aus dem Buch Genesis (platziert direkt nach dem Inhaltsverzeichnis), weil ich den Ausdruck ›die Frucht der Erkenntnis von Gut und Böse‹ liebe. Ist das nicht genau das, was Bella erlangt? Ein funktionierendes Wissen über das, was gut und was böse ist. Das Schöne beim Apfel ist, dass er so viele symbolische Wurzeln hat. Wir haben den Apfel bei Schneewittchen: ein Biss und sie war in einer Art Beinahe-Tod eingefroren. Dann haben wir Paris und den goldenen Apfel in der griechischen Mythologie – man schaue, wie viel Ärger der auslöste. Äpfel sind ziemlich vielseitige Früchte. Zu guter Letzt liebe ich die wunderschöne Einfachheit des Bildes. Mir sagt es: *Entscheidung.*« Die offizielle Webseite von Stephenie Meyer, www.stepheniemeyer.com/twilight_faq.html.

16) J. Emmett Winn, *The American Dream in Contemporary Hollywood Cinema* (New York: Continuum Books, 2007).

17) Enthaltsamkeits-Unterricht statt Sexualerziehung, dazu Enthaltsamkeits-Gelöbnisse und -bünde in der Highschool waren Teil einer zunehmend einflussreichen Politik der religiösen Rechten in den Vereinigten Staaten, was trotz/wegen dieser Versuche, junge Menschen unwissend und/oder keusch zu halten, »die industrialisierte Welt zu Teenager-Schwangerschaften, Abtreibungen und erhöhten Raten sexuell übertragbarer Krankheiten führt.« Susan Rose, »Going Too Far? Sex, Sin and Social Policy«, *Social Forces* 84, no. 2 (Dezember 2005): 1207.

18) Für eine genaue und faszinierende Untersuchung aller Rotkäppchen-Inkarnationen siehe Jack Zipes (Hg.), *The Trials and Tribulations of Little Red Riding Hood* (New York: Routledge, 1993).

19) In der Erstausgabe von *Die Kinder- und Hausmärchen der Brüder Grimm,* erschienen 1812, wird Rapunzel offensichtlich schwanger und verrät sich gegenüber der Hexe mit der Frage: »Sag' mir, Fee, warum sind meine Kleider so eng und passen nicht mehr?« »Böses Kind«, rief die Zauberin. In der zweiten Auflage, veröffentlicht 1819, verrät sich Rapunzel so: »Sag' mir, Fee, warum bist du so viel schwerer hochzuziehen als der junge Prinz?« Friedrich Panzer (Hg.), *Die Kinder- und Hausmärchen der Brüder Grimm,* zitiert von Maria Tatar in *The Hard Facts of the Grimms' Fairy Tales* (Princeton, NJ: Princeton Univ. Press, 1987), 18.

20) Siehe Cynthia Felando, »Clara Bow Is *It*«, in: *Film Stars: Hollywood and Beyond,* Hg. Andy Willis (Manchester, Engl.: Manchester Univ. Press, 2004), 8–24.

21) Elizabeth Bell, Lynda Haas und Laura Sells, »Introduction: Walt's in the Movies«, in Bell, Haas und Sells, *From Mouse to Mermaid,* 2–3.

22) Ebenda, 7.

23) Naomi Wood, »Domesticating Dreams in Walt Disney's *Cinderella*«, *The Lion and the Unicorn* 20, no. 1 (1996), muse.jhu.edu/journals/lion_and_the_unicorn/v020/20.1wood.html.

24) Anm. d. Übers.: »Bibbidi-Bobbidi-Boo« ist der Titel eines Songs in Disneys *Cinderella*-Film von 1950, gesungen von der guten Fee.

25) Siehe Jillson, *Pursuing the American Dream,* 71, wo er das Buch *Der große Gatsby* (erstmals veröffentlicht 1925) als Beispiel für den Bankrott des Traums verwendet, bei dem nur das Streben nach materiellem Wohlstand vorhanden ist.

26) Für eine Untersuchung der nicht so erfolgreichen Kampagnen, amerikanische Frauen während des Zweiten Weltkriegs zu mobilisieren, siehe D'Ann Campbell, *Women at War with America: Private Lives in a Patriotic Era* (Cambridge, MA: Harvard Univ. Press, 1984). »Rosie the Riveter« wurde zur Ikone der Mobilisierung von Frauen und der Anerkennung weiblicher Fähigkeiten. Zu dieser Zeit jedoch reichte das nicht, um die Repressalien gegen Frauen zu überwinden, die es während des Krieges in traditionell nicht durch Frauen besetzten Branchen und Berufen gab.

27) Aufeinanderfolgende Kapitel in Marina Warners Buch *From the Beast to the Blonde: Fairy Tales and Their Tellers* (London: Chatto and Windus, 1994) erörtern die Geschichte und Macht der Mythen weiblichen Schweigens.

28) Jerry Griswold, *The Meanings of Beauty and the Beast: A Handbook* (Toronto: Broadview Press, 2004), 27, 59.

4. Um Edward Cullen werben

1) Beth L. Bailey, *From Front Porch to Back Seat: Courtship in Twentieth-Century America* (Baltimore: John Hopkins Univ. Press, 1989), 13.

2) Natürlich erklärt das nicht, warum er überhaupt zu einem weiblichen Teenager ins Bett steigt, aber darum ist es Fiktion.

3) Henry Jenkins und John Tulloch, *Science Fiction Audiences: Doctor Who, Star Trek, and Their Fans* (New York: Routledge, 1995), 262.

4) Obwohl es angesichts der Popularität jüngster Werke wie *Stolz und Vorurteil und Zombies* und *Sense und Sensibility and Sea Monsters* wohl nur eine Frage der Zeit ist, bis *Mansfield*

Park und Vampire erhältlich sein wird.

5. Jasper Hale, der älteste lebende Veteran der Konföderierten

1) Es gibt ein kleines mathematisches Problem, was Jaspers Alter betrifft. Er erklärt in *Eclipse – Bis(s) zum Abendrot*, dass er nicht ganz 17 war, als er sein Alter falsch angab, um der Konföderierten-Armee beitreten zu können. Obwohl er sich hätte einschreiben können, bevor der Krieg offiziell im April 1861 begann, sollte Jasper zur Zeit seiner Verwandlung erst 18 gewesen sein, etwa zur Zeit des ersten Kampfes von Galveston am 4. Oktober 1862. Er wäre erst irgendwann nach dem April 1863 19 Jahre alt geworden. Meyer hat sein »überdauerndes« Alter in ihren Anmerkungen und zusätzlichen Texten zu ihren Büchern mit 20 angegeben; siehe »Personal Correspondence 1«, *Twilight Lexicon*, 222.twilightlexicon.com/?p=34, aber dies scheint das vorgetäuschte Alter zu sein, als er sich zum Militär meldete.
2) James R. Robertson, *Soldiers Blue and Gray* (Columbia: Univ. of South Carolina Press, 1988), 25.
3) Sam Houston, *History of Texas, Together with a Biographical History of the Cities of Houston and Galveston: Containing a Concise History of the State, with Portraits and Biographies of Prominent Citizens of the Above Named Cities, and Personal Histories of Many of the Early Settlers and Leading Families* (Chicago: Lewis Pub, 1895), 92.
4) Der Abspaltungsprozess von Texas war insofern ungewöhnlich, als dass er durch ein landesweites Referendum entschieden wurde statt von Abgeordneten. Texas verließ die Union im März 1861.
5) Bell Irvin Wiley, *The Life of Johnny Reb: The Common Soldier of the Confederacy* (Baton Rouge: LSU Press, 1978), 17.
6) Anm. d. Übers.: Ein süßliches Getränk mit Pfefferminzgeschmack.
7) Siehe James E. Williams, »Confederate Military Camps in Texas«, *A Revised List of Texas Confederate Regiments, Battalions, Field Officers, and Local Designation*, http://members.tripod.com/jamesewilliams/texasconfederate.html.
8) Wiley, *The Life of Johnny Reb*, 159.
9) Robertson, *Soldiers in Blue and Gray*, 89.
10) Thomas L. Norwood, Hg., *Letters, 1863–1865*, Lenoir Family Papers, Southern Historical Collection, University of North Carolina, Chapel Hill, NC.
Anm. d. Übers.: General Robert E. Lee war erfolgreichster General des konföderierten Heeres.
11) Edward T. Cotham, Jr., *Battle on the Bay: The Civil War Struggle for Galveston*. (Austin: Univ. of Texas Press, 1998), 35.
12) Tenna Perry, »Major Civil War Battles in Texas«, *Pagewise*, www.essortment.com/all/civilwarbattle_rlev.htm.
13) William C. Davis, *Rebels and Yankees: Commanders of the Civil War* (New York: Gallery Books, 1990), 30.
14) Ebenda, 35.
15) Ebenda.
16) Michael Shaara, *The Killer Angels* (New York: Ballantine, 1992), 191.
17) Ward Hill Lamon, *Recollections of Abraham Lincoln 1847–1865* (Chicago: A.C. McClung and Co., 1895), 200.
18) Erica Weir, »Veterans and Post-Traumatic Stress Disorder«, *Canadian Medical Association Journal* 163, no. 9 (31. Oktober 2000): 1187 Masterfile

Premier, via EBSCOHost, www.nclive.org.

19) Bruce Bower, »Combat Trauma from the Past«, *Science News*, 11. Februar 2006, 84. Masterfile Premier, via EBSCOHost, www.nclive.org. Für mehr Informationen zu PTBS während des Bürgerkriegs siehe John Talbot, »Combat Trauma in the American Civil War«, *History Today* 46, no. 3 (März 1996): 47–54. Masterfile Premier, via EBSCOHost, www.nclive.org.

6. Smoky Mountain Twilight

1) James Still, »Heritage«, in: *The Wolfpen Poems* (Berea, KY: Berea College Press 1986).

2) »Personal Correspondence 1«, Twilight Lexicon, www.twilightlexicon.com/?p=34.

3) Chris Bolgiano, *The Appalachian Forest: A Search for Roots and Renewal* (Mechanicsburg, PA: Stackpole Books, 1998), 11.

4) Tyler H. Blethlen, »The Scotch-Irish Heritage of Southern Appalachia«, in: *Appalachia Inside Out*, vol. 1: *Conflict and Change*, Hg. Robert J. Higgs, Ambrose N. Manning, und Jim Wayne Miller (Knoxville: Univ. of Tennessee Press, 2002), 3. Die Schotten-Iren sollten nicht mit Menschen verwechselt werden, die eine kombinierte schottisch-irische Herkunft haben, da der Begriff sich tatsächlich auf protestantische Schotten bezieht, die einige Zeit in Irland lebten, bevor sie später anderswo einwanderten, in diesem Fall in das Gebiet der Appalachen.

5) Eine große Zahl von historischen Fotografien von Gatlinburg, Sevier County und den Smokies finden sich in Steve Cothams *Images of America: The Great Smoky Mountains National Park* (Charleston, SC: Arcadia Publishing, 2006).

6) Michael Ann Williams, *Great Smoky Mountains Folklife*, Folklife in the South Series (Jackson: Univ. Press of Mississippi, 1995), 8.

7) Rene Ebersole, »Black Bears on the Mend«, *National Wildlife* 43, no. 5 (August/September 2005): 38–45, *Masterfile Premier*, via EBSCOHost, www.nclive.org. Trotz der Tatsache, dass fast immer angenommen wird, dass Emmett von einem Grizzly zerfleischt wurde, muss ihn ein Schwarzbär, der einzige einheimische Bär der Appalachen, angefallen haben. Grizzlys, in großer Anzahl im pazifischen Nordwesten der USA zu finden, sind viel größer und angriffslustiger, also überrascht es nicht, dass Emmett es genießt, sie zu jagen.

8) Greg Culpeper, Telefon-Interview, 13. Juli 2009; Eliot Wigginton et al., *Foxfire 5* (New York: Doubleday, 1979).

9) Jeff Biggers, *The United States of Appalachia: How Southern Mountaineers Brought Independence, Culture, and Enlightenment to America* (Emeryville, CA: Shoemaker Hoard, 2006), xii.

10) Für eine tiefer gehende Betrachtung der Verflechtung von Filmindustrie und Appalachen siehe J. W. Williamsons *Hillbillyland: What the Movies Did to the Mountains and What the Mountains Did to the Movies* (Chapel Hill: Univ. of North Carolina Press, 1995).

11) John Ehle im Vorwort zu *Cabins in the Laurel* von Muriel Early Sheppard (Chapel Hill: Univ. of North Carolina Press, 1935, 1991), x. Ein paar Regionalfotografen erlaubten es den abgelichteten Personen sogar, selbst zu bestimmen, wie sie portraitiert werden wollten. Siehe Ralph Lentz H., W. R. Trivett, *Appalachian Picture-*

man: Photographs of a Bygone Time (Jefferson, NC: McFarland, 2001).

12) Ted Olsen, *Blue Ridge Folklife* (Jackson: Univ. Press of Mississippi 1998), 64.

13) Horace Kephart, *Our Southern Highlanders: A Narrative of Adventure in the Southern Appalachians and a Study of Life among the Mountaineers* (Knoxville: Univ. of Tennessee Press, 1922, 1990).

14) Siehe Durwood Dunn, *Cades Cove: the Life and Death of a Southern Appalachian Community 1818–1937* (Knoxville: Univ. of Tennessee Press, 1988).

15) Audrey J. Horning, »Appalachia's Secret History«, *Archaeology* 53 no. 1 (Jan./Feb. 2000): 44–52, *Masterfile Premiere*, via EBSCOHost, www.nclive.org.

16) Anm. d. Übers.: Das Modell T von Ford, auch Tin Lizzy genannt, dt. etwa »Blechliesel«, war in den ersten Jahrzehnten des 20. Jahrhunderts das meistverkaufte Auto der Welt.

17) »Emmett and the Bear«, StephenieMeyer.com, www.stepheniemeyer.com/pdf/twi_outtakes_emmett.pfd (abgerufen am 20. Juni 2009).

18) Für Einblicke in die Auswirkungen des Krieges auf die Bergbewohner siehe James Inscoe und Gordon McKinney, *The Heart of Confederate Appalachia: Western North Carolina and the Civil War* (Chapel Hill: Univ. of North Carolina Press, 2000).

19) Altina Waller, *Feud: Hatfields, McCoys, and Social Change in Appalachia 1860–1900* (Raleigh: Univ. of North Carolina Press, 1988) behandelt den wirtschaftlichen und sozialen Druck, der die Hatfield-McCoy-Fehde prägte.

20) Williams, *Great Smoky Mountains Folklife*, 121.

21) Für eine exzellente, wenn auch etwas überholte Analyse der Mediencypisierung, die Appalachen-Bewohner wie Kinder darstellte, siehe Horace Newcombs »Appalachia on Television: Region as Symbol in American Popular Culture«, in *Appalachian Images in Popular Culture*, 2. Aufl., Hg. W. K. McNeil (Knoxville: Univ. of Tennessee Press, 1995), 315–329.

22) Loyal Jones mit Billy Edd Wheeler, Hg., *Laughter in Appalachia: A Festival of Southern Mountain Humor* (Little Rock, AR: August House, 1987), 24.

7. Lieber verwandelt als »kuriert«?

1) Robert Whitaker, *Mad in America: Bad Science, Bad Medicine, and the Enduring Mistreatment of the Mentally Ill* (New York: Basic Books, 2002), 3–15.
2) Ebenda, 30–34.
3) Ebenda, 19–40.
4) Ebenda, 36–38.
5) Ebenda, 34–38.
6) Edward Shorter, *A History of Psychiatry: From the Era of the Asylum to the Age of Prozac* (New York: John Wiley & Sons, 1997), 46–52.
7) Ebenda, 57.
8) Whitaker, *Mad in America*, 41–45.
9) Ebenda, 41–45.
10) Ebenda, 56–60.
11) Adriana P. Brinkle in *Women of the Asylum: Voices from Behind the Walls 1840–1945*, Hg. Jeffery L. Geller und Maxine Harris (New York: Bantam, 1994), 112.
12) Jane M. Ussher und Paula Nicolson, Hg., *Gender Issues in Clinical Psychology* (New York: Routledge, 1992), 111.
13) Elaine Showalter, *The Female Malady: Women, Madness, and English Culture, 1830–1980* (New York: Pantheon Books, 1985), 123.
14) Whitaker, *Mad in America*, 101.
15) Showalter, *The Female Malady*, 130.

16) Ebenda, 132–133.
17) Ebenda, 202–204.
18) Ebenda, 158.
19) Ebenda, 146.
20) Elizabeth T. Stone in *Women of the Asylum*, 35.
21) Alice Bingham Russell in *Women of the Asylum*, 193.
22) Ebenda, 194.
23) Ebenda, 197.
24) Jane Hillyer in *Women of the Asylum*, 238.
25) Showalter, *The Female Malady*, 102.
26) Kate Lee in *Women of the Asylum*, 210.
27) Ebenda, 211.
28) Hillyer in *Women of the Asylum*, 238.
29) Whitaker, *Mad in America*, 69.
30) Ebenda, 70.
31) Showalter, *The Female Malady*, 203.
32) Shorter, *A History of Psychiatry*, 196–199.
33) Ebenda, 200–207.
34) Whitaker, *Mad in America*, 75.
35) Ebenda, 17.
36) Ebenda, 76–77.
37) Margaret Isabel Wilson in *Women of the Asylum*, 279.
38) Whitaker, *Mad in America*, 82–83.
39) Ebenda, 84.
40) Showalter, *The Female Malady*, 205.
41) Whitaker, *Mad in America*, 85.
42) Shorter, *A History of Psychiatry*, 212.
43) Whitaker, *Mad in America*, 87.
44) Lenore McCall in *Women of the Asylum*, 291.
45) Showalter, *The Female Malady*, 206.
46) Whitaker, *Mad in America*, 88–91.

8. Carlisle Cullen und die Hexenverfolgungen im puritanischen London

1) Tai Liu, *Puritan London: A Study of Religion and Society in the City Parishes* (Newark: Univ. of Delaware Press, 1986), 23–33.
2) Siehe Stephen Inwood, *A History of London* (New York: Basic Books, 1998), oder Peter Ackroyd, *London: The Biography* (New York: Nan A. Talese, 2000). Für das London der 1640er, siehe A. J. S. Nusbacher, *Londons's Civil War* (Stroud, Eng.: Tempus, 2006).
3) Barbara A. Hanawalt, *Growing Up in Medieval London: The Experience of Childhood in History* (Oxford: Oxford Univ. Press, 1993), 62–66.
4) Rosemary O'Day, *Education and Society, 1500–1800: The Social Foundations of Education in Early Modern Britain* (London: Longman, 1982), 33. Henry, Chettle, *Chettle's Complaint of England's Irreligious Youth Is from Kind-Hart's Dreame* (London: William Wright, 1593).
5) Sean Armstrong, »Superstition and the Idols of the Mind: How the Witch-Hunt Helped Shape the Scientific Revolution in England« (PhD Diss., York Univ., Canada, 2004), 162–164.
6) Alice E. McCampbell, »Incumbents and Patronage in London, 1640–1660«, *Journal of Church and State* 25, no. 2, 303–304.
7) Wolfgang Behringer, *Witches and Witch-Hunts: A Global History* (Cambridge, Eng.: Polity Press, 2004), 120, 163.
8) James Sharpe, »Hopkins, Matthew (d. 1647)«, in: *Oxford Dictionary of National Biography* (Oxford: Oxford Univ. Press, 2004), www.oxforddnb.com/view/article/13751, (Netzzugang 28. Juni 2009).
9) George Gifford, *A Discourse of the Subtill Practises of Devilles by Witches and Sorcerers* (London: Toby Cooke, 1587), Bii.
10) John Stearne, *A Confirmation and Discovery of Witchcraft* (London: William Wilson, 1648).
11) Behringer, *Witches and Witch-Hunts*, 132.

12) Malcolm Gaskill, »Witchcraft and Evidence in Early Modern England«, *Past and Present* 198 (Februar 2008): 39–46.
13) Brian P. Levack, »State-Building and Witch Hunting in Early Modern Europe«, in: Jonathan Barry, Marianne Hester und Gareth Roberts (Hg.), *Witchcraft in Early Modern Europe: Studies in Culture and Belief* (Cambridge, Eng.: Cambridge Univ. Press, 1996), 112.
14) Gaskill, »Witchcraft and Evidence in Early Modern England«, 43.
15) Behringer, *Witches and Witch-Hunts,* 131.
16) Sharpe, »Hopkins, Matthew (d. 1647)«.
17) J. R. Milton, »Locke, John (1632–1704)«, in: *Oxford Dictionary of National Biography* (Oxford: Oxford Univ. Press, 2004), www.oxforddnb.com/view/article/16885.
18) Earle E. Cairns, *Christianity Through the Centuries: A History of the Christian Church,* 3. Aufl. (Grand Rapids, MI: Zondervan, 1996), 377–380.

9. Eine subtile und gefährliche Gabe

1) »Twilight Series«, www.fanprop.com/spots/Twilight-series/images/1815435/title/jasper-hale.
2) »Reuben Allen Pierson an William H. Pierson«, 31. Januar 1862, in: *Brothers in Gray*, Hg. Thomas Cutrer und T. Michael Parrish (Baton Rouge: Louisiana State Univ. Press, 1997), 77.
3) E. Anthony Rotundo, *American Manhood: Transformations in Masculinity from the Revolution to the Modern Era* (New York: Basic Books, 1993), 10–30.
4) James McPherson, »The United States at Midcentury«, in: *Battle Cry of Freedom* (Oxford: Oxford Univ. Press, 1988), 6–46.
5) Richard Slotkin, *Regeneration through Violence* (Norman: Univ. of Oklahoma, 1973), 397.
6) Lorri Glover, »Slaveholding and the Destiny of the Republic's Southern Sons«, in: *Southern Sons* (Baltimore: Johns Hopkins Univ. Press, 2007), 165–179.
7) Slotkin, *Regeneration Through Violence,* 462.
8) Ebenda, 465.
9) Zu Herrschaft und Rassenpolitik als Katalysatoren für neue Formen von Maskulinität und Männerwelt siehe Gail Bederman, *Manliness and Civilization: A Cultural History of Gender and Race in the United States, 1880–1917* (Chicago: Univ. of Chicago Press, 1995).
10) Aus »Days and Events, 1860–1866«, in: *Voices from the Civil War,* Hg. Milton Meltzer (New York: Thomas Crowell, 1989), 65.
11) Giorgio Agamben, *State of Exception* (Chicago: Univ. of Chicago Press, 2005).
12) Dora Costa und Matthew Kahn, *Heroes and Cowards: The Social Face of War* (Princeton, NJ: Princeton Univ. Press, 2008), 160.
13) Carles Royster, *The Destructive War: William Tecumseh Sherman, Stonewall Jackson, and the Americans* (New York: Vintage, 1991), 30.
14) Royster, *The Destructive War,* 338.
15) Da Jasper mit seinem Verlangen kämpft, wieder Menschen zu jagen, wird er häufig als »schwach« oder als »schwächstes Glied« der Familie beschrieben – eine Bezeichnung, gegen die er sich wehrt, da sie seine Fähigkeit infrage stellt, sich zu beherrschen, wie es dem idealen Mann der nördlichen »Zivilisation« entspricht. Gail Bederman bemerkt: »Die Logik der ›Zivilisation‹ stellte einen Zusammenhang her zwischen

potenziell verwirrenden Mischungen von Männlichkeit und Maskulinität, Selbstbeherrschung und nicht zu zügelnder Leidenschaftlichkeit, Kultiviertheit und Wildheit, indem sie all dies wurzeln ließ in der weiter gefassten Geschichte der ›Zivilisation‹, deren Fortschritt innerhalb von tausend Jahren hin zu einer höheren Rasse und perfekten Menschheit führt.« *Manliness and Civilization,* 218.

16) McPherson, *Battle Cry of Freedom,* 613.

17) Ebenda, 820–821. Siehe auch Charles Ramsdell, »Failure and Disintegration«, in: *Behind the Lines in the Southern Confederacy* (Baton Rouge: Louisiana State Univ. Press, 1944, 1972), 83–122.

18) Royster, *The Destructive War,* 381.

19) Costa und Kahn, *Heroes and Cowards,* 161.

20) Zum Vermächtnis der Konföderierten in der amerikanische Kultur siehe Tony Horwitz, *Confederates in the Attic* (New York: Pantheon, 1998). Zum Einfluss des Bürgerkriegs auf die amerikanische Populärkultur siehe Jim Cullen, *The Civil War in Popular Culture* (Washington, DC: Smithsonian Institution, 1995).

21) Royster, *The Destructive War,* xi.

10. Wie andere amerikanische Familien, nur nicht verwandt

1) Lev Grossman, »Stephenie Meyer: A New J. K. Rowling?«, *Time,* 24. April 2008, Online-Ausgabe, 1-2, www.time.com/time/magazine/article/0,9171,1734838,00.html.

2) John Demos, *Past, Present, and Personal* (New York: Oxford Univ. Press, 1986), 25.

3) Stephanie Coontz, *The Way We Never Were: American Families and the Nostalgia Trap* (New York: Basic Books, 2000).

4) Nancy F. Cott, *Public Vows: A History of Marriage and the Nation* (Cambridge, MA: Harvard Univ. Press, 2000), 2529–2532.

5) Ich werde die Mormonen-Familie hier trotz Stephenie Meyers Zugehörigkeit zu dieser Glaubensrichtung aus zwei Gründen nicht erörtern: Erstens würde eine Erörterung von mormonischen Familienformen eine Untersuchung der mormonischen Religion erfordern, wozu ich in dieser Arbeit nicht den Raum habe. Des Weiteren konzentriere ich mich in diesem Kapitel ausschließlich auf textimmanente Elemente. Zwar gibt es im ganzen Text sicherlich einen mormonischen Beiklang, doch es gibt keine ausdrücklich mormonischen Figuren.

6) Sowohl auf Jaspers ursprünglichen Zirkel, der routinemäßig viele seiner eigenen Art vernichtete, als auch auf die Volturi wird manchmal das Wort »Familie« angewendet, aber es ist klar, dass es keinen Zusammenhalt gibt, um jedes Mitglied zu schützen.

7) Bert N. Adams, *The Family: A Sociological Interpretation* (San Diego: Harcourt Brace Jovanovich, 1986), 62.

8) Ebenda, 62.

9) Stephanie Coontz, *Marriage, a History: From Obedience to Intimacy or How Love Conquered Marriage* (New York: Viking, 2005), 134–135.

10) Demos, *Past, Present, and Personal,* 28.

11) An dieser Stelle entfernt sich *Twilight* von der wirklichen Vergangenheit, wie sie von Historikern untersucht wurde. Stephanie Coontz kommt in *Marriage, a History* zu dem Schluss, dass die Bewegung in Richtung einer auf Liebe gründenden Ehe zu einigen der systembedingten Unbeständigkeiten heutiger

Ehen beitrug, während sie vielleicht die allgemeine Qualität einiger einzelner Ehen verbesserte.

12) Ich würde argumentieren, dass diese Gruppen bis heute sehr einflussreich bleiben, wie Nancy Cott in ihrer Arbeit demonstriert hat.

13) Anm. d. Übers.: LGBT steht für lesbian = lesbisch, gay = homosexuell, B = bisexual, T = transgender, transsexuell.

14) Christopher Lasch, »Social Pathologists and the Socialization of Reproduction«, in: *The American Family in Social-Historical Perspective,* Hg. Michael Gordon (New York: St. Martin's Press, 1983), 89.

15) Marilyn Yalom, *A History of the Wife* (New York: HarperCollins e-books, 2002), 112–114.

16) Cott, *Public Vows,* 2405–2408.

17) Tatsächlich erreichte der Muttertod aufgrund der Spanischen Grippe von 1918, wegen der Carlisle Edward verwandelte, einen Höhepunkt. Vor diesem Höhepunkt gab es etwa sechs mütterliche Todesfälle auf 1 000 Lebendgeburten. Melissa Thomasson und Janet Treber, »From Home to Hospital: the Evolution of Childbirth in the United States«, Miami University, Farmer School of Business, 38, www.sba.muohio.edu/thomasma/thomasson_and_treber.pdf.

18) Daniel Blake Smith, »Autonomy and Affection«, in: *The American Family in Social-Historical Perspective,* Hg. Michael Gordon (New York: St. Martin's Press, 1997), 211.

19) Leslie Reagan, *When Abortion Was a Crime: Women, Medicine, and Law in the United States, 1867–1973* (Berkley: Univ. of California Press, 1997), 21. Reagan zufolge sagte 1920 ein Medizin-Berichterstatter, dass »die Vereinigten Staaten Abtreibungen tolerieren, die innerhalb der Grenzen diskreter Verschwiegenheit vorgenommen werden«, 45.

20) Ebenda, 8.

21) Yalom, *History of the Wife,* 5160–5162.

22) Ebenda, 5246–5247.

23) Reagan, *When Abortion Was a Crime,* 23.

24) Ebenda, 34, 38.

25) Yalom, *History of the Wife,* 5344–5347, und Adams, *The Family,* 73–74.

26) Daniel Scott Smith, »Parental Power and Marriage Patterns: An Analysis of Historical Trends in Hingham, Massachusetts«, in: *The American Family in Social-Historical Perspective,* Hg. Michael Gordon (New York: St. Martin's Press, 1983), 265.

27) Dies wird in der Praxis vielleicht geringer, obwohl die psychologische Bedeutung im zeitgenössischen Amerika andauert.

28) Cott, *Public Vows,* 291–294, 320–321.

29) Adams, *The Family,* 69, und Yalom, *History of the Wife,* 6843–6844.

30) Coontz, *The Way We Never Were,* 184.

31) Yalom, *History of the Wife,* 129.

32) Ebenda, 150–153.

33) Anm. d. Übers.: Der Pastiche stellt eine Sonderform der Parodie dar, bei der der satirische, komische oder polemische Akzent fehlt. Die parodistische Nachahmung der Vorlage ist beim Pastiche von der Hochachtung vor dem Original geprägt. Der Pastiche erweist der Vorlage gewissermaßen die Ehre.

34) US-Behörde für Bevölkerungsstatistik: »Estimated Median Age at First Marriage, by Sex: 1890–Present.« Internet-Ausgabe vom 15. September 2004, www.census.gov/population/socdemo/hh-fam/tabMS-2.pdf.

35) Coontz, *Marriage, a History,* 6.

36) Ebenda, 7. Coontz datiert dies auf das späte 18. Jahrhundert, andere sehr früh auf das 16. Jahrhundert, obwohl die meisten übereinstimmen würden, dass ein Übergang hin zu

Liebe und freier Partnerwahl während dieses gesamten Zeitraums stattfand.

37) Yalom, *History of the Wife*, 167–174.

38) Cott, *Public Vows*, 1260–1267. Obwohl die Scheidungsrate viel niedriger war als heute, hatte sie sich zwischen 1870 und 1900 mehr als verdoppelt.

11. Die Volturi als Renaissance-Herrscher

1) Niccolò Machiavelli, *The Life of Castruccio Castracani of Lucca*, aus der Online-Ausgabe, www.fordham.edu/halsall/Basis/machiavelli-prince.html#LIFE%20OF%20CASTRUCCIO.

2) Henk Th. Van Veen, *Cosimo I de' Medici and His Self-Representation in Florentine Art and Culture*, übers. von Andrew McCormick (Cambridge, Eng.: Cambridge University Press, 2006), 177–183; Cristina Acidini Luchinat, »Michelangelo and the Medici«, in: *The Medici, Michelangelo, and the Art of Late Renaissance Florence*, Hg. Cristina Acidini Luchinat, zusammen mit dem Detroit Institute of Arts (New Haven, CT: Yale University Press, 2002), 9.

3) Alan P. Darr, »The Medici and the Legacy of Michelangelo in Late Renaissance Florence: An Introduction«, in: *The Medici, Michelangelo, and the Art of Late Renaissance Florence*, 1; Francis William Kent, *Lorenzo de' Medici & the Art of Magnificence* (Baltimore: John Hopkins University Press, 2004), 8–9.

4) Paola Tinagli, »The identity of the prince: Cosimo de' Medici, Giorgio Vasari and the Ragionamenti«, in: *Fashioning Identities in Renaissance Art*, Hg. Mary Rogers (Aldershot and Burlington, Eng.: Ahgate, 2000), 192.

5) Die berühmte Äußerung von Papst Pius II. über Cosimo den Älteren: »Politische Fragen werden in diesem Haus entschieden. Der Mann, den er wählt, hat ein Amt inne ... Er ist es, der über Frieden und Krieg entscheidet und über Recht und Gesetz herrscht ... Er ist König in allem außer dem Namen nach«, ist hier zitiert nach Niall Ferguson, *The Ascent of Money. A Financial History of the World* (London: Penguin Press, 2008), 44–45.

6) Stephan Steingräber: *Volterra. Etruskisches und mittelalterliches Juwel im Herzen der Toscana* (Mainz: Zabern, 2002).

7) Philip Jones, *The Italian City-State: From Commune to Signoria* (Oxford: Clarendon Press, 1997), 333–334.

8) Allgemein sehen wir die grundlegenden Arbeiten von Peter Burke, *The Renaissance* (Basingstoke, Eng.: Macmillan, 1987), *The European Renaissance: Centres and Peripheries* (Oxford: Blackwell, 1998) und besonders *The Italian Renaissance: Culture and Society in Italy*, 2. überarbeitete Aufl. (1972, Princeton, NJ: Princeton University Press, 1999). Mit besonderem Bezug auf Florenz, siehe Gene Adam Brucker, *Renaissance Florence: Society, Culture, and Religion* (Goldbach: Keip, 1994).

9) Ferguson, *The Ascent of Money*, 44–45 (Hervorhebung nicht im Original).

10) John R. Hale, *Florence and the Medici: The Pattern of Control* (London: Thames and Hudson, 1977).

11) Ronald Weissman, »Taking Patronage Seriously: Mediterranean Values and Renaissance Society«, in: *Patronage, Art, and Society in Renaissance Italy*, Hg. Francis William Kent und Patricia Simons (Oxford/Canberra: Oxford University Press/Clarendon Press, 1987), 25.

12) Noch immer gültig ist die Studie von Dale Kent, *The Rise of the Medici: Factions in Florence 1426–1434* (Oxford: Oxford University Press, 1978).

13) Zur »Verwischung« dieser oft nicht zu unterscheidenden Gruppen siehe die Beiträge in: *Patronage, Art, and Society in Renaissance Italy* von Weissman, »Taking Patronage Seriously«, 35–36, und Guy Fitch Lytle, »Friendship and Patronage in Renaissance Europe«, 46–61.

14) Margery A. Ganz, »Perceived Insults and their Consequences: Acciaiuoli, Neroni, and Medici Relationships in the 1460s«, in: *Society and Individual in Renaissance Florence*, Hg. William J. Connell (Berkeley: University of California Press, 2002), 155.

15) Francis William Kent, »›Un paradiso habitato da diavoli‹: Ties of Loyalty and Patronage in the Society of Mediccean Florence«, in: *Le redici cristiane di Firenze*, Hg. Anna Benvenuti Papi, Francesco Bandini, Elena Giannarelli und Ada Gunnella, Storia saggistica 1 (Florence: Alinea, 1994), 183–210.

16) Weissman, »Taking Patronage Seriously«, 27.

17) Dale Kent, *Cosimo De' Medici and the Florentine Renaissance: The Patron's Oeuvre* (New Haven, CT: Yale Univ. Press, 2000), 11.

18) Francis William Kent, »›Be Rather Loved than Feared‹: Class Relations in Quattrocento Florence«, in: *Society and Individual in Renaissance Florence*, Hg. William J. Connell (Berkely: University of California Press, 2002), 30–37.

19) Lorenz Böninger, »Politics, Trade and Toleration in Renaissance Florence: Lorenzo de' Medici and the Besalú Brothers«, *I Tatti Studies* 9 (2001): 139–169, präsentiert das faszinierende Beispiel von Lorenzo in der Rolle eines Schiedsrichters in »internationalen« Finanzangelegenheiten, mit Einblicken in sein Selbstbild.

20) Kent, »Class Relations«, 15–16; Francis William Kent, »Palaces, Politics and Society in Fifteenth-Century Florence«, *I Tatti Studies* 2 (1987): 54–57.

21) Kent, *Lorenzo de' Medici*, 2.

22) Kent, *Class Relations*, 47.

23) Kent, »Palaces, Politics and Society«, 63.

24) Ganz, »Perceived Insults and Their Consequences«, S. 158.

25) Francis William Kent, *Lorenzo de' Medici and the Art of Magnificence* (Baltimore: Johns Hopkins University Press, 2006); Miles J. Unger, *Magnifico: The Brilliant Life and Violent Times of Lorenzo de Medici* (New York: Simon and Schuster 2008).

26) Hale, Florence and the Medici, 59–60.

27) Niccolò Machiavelli, *Il Principe (Der Fürst)*, Kap. 14. Von den verschiedenen Online-Versionen wurde folgende benutzt: www.dustylibrary.com/philosophy/19-the-prince-nicolo-machiavelli.html.

28) Lauro Martines, *April Blood: Florence and the Plot Against the Medici* (Oxford: Oxford Univ. Press, 2003); Marcello Simonetta, *The Montefeltro Conspiracy: A Renaissance Mystery Decoded* (New York: Doubleday, 2008).

29) Kent, *Lorenzo de' Medici*, 48–51.

30) Darr, »The Medici and the Legacy of Michelangelo«, 3–4; Van Veen, *Cosimo I.*, 177–178. Hier werden auch die Parallelen zwischen den Ehrungen für Brunelleschi 1477 und denen, die ursprünglich für Michelangelo geplant waren, dargelegt.

31) Kent, *Cosimo De' Medici*, 48–51.

32) Es gab eine Kontroverse, ob der Palazzo Medici ursprünglich von Brunelleschi entworfen und nur unter Michelozzo fertiggestellt wurde. Siehe Kent, *Cosimo De' Medici*, 228–

229. Zu Cosimo als Vorbild, siehe Kent, »Palaces, Politics and Society«, 53–56.

33) Kent, *Cosimo De' Medici*, 225.

34) Hale, *Florence and the Medici*, 38; Kent, *Cosimo De' Medici*, 142.

35) Kent, *Cosimo De' Medici*, 131–132.

36) Jill Burke, »Patronage and Identità in Renaissance Florence: The Case of S. Maria a Lecceto«, in: *Fashioning Identities in Renaissance Art*, 51–62.

37) Kent, *Lorenzo de' Medici*, 57.

38) Francio Ames-Lewis, *The Intellectual Life of the Early Renaissance Artist* (New Haven, CT: Yale University Press, 2000), 64–66.

39) Ebenda, 61.

40) Paolo Rossi, *The Birth of Modern Science* (Oxford: Blackwell Publishing, 2001), 33.

41) Ames-Lewis, *The Intellectual Life*, 65–66; Paul A. Merkley und Lora L. M. Merkley, *Music and Patronage in the Sforza Court*, Studi sulla storia della musica in Lombardia, vol. 3 (Turnhout, Belgien: Brepols, 1999), Kap. 10.

12. Vampire in europäischer Folklore, Wissenschaft und Fiktion

1) Der Begriff ist dem Ursprung nach slawisch; die erste bekannte Verwendung in einem deutschen Text stammt aus dem Jahr 1725. Die englischen und französischen Versionen des Wortes sind abgeleitet aus der deutschen Form. Norbert Borrmann, *Vampirismus oder die Sehnsucht nach Unsterblichkeit* (München: Diederichs, 1998), 13.

2) Raymond T. Menally und Radu Florescu, *In Search of Dracula: The History of Dracula and Vampires* (Boston: Houghton Mifflin Company, 1994).

3) Voltaire, »Vampires«, in: *A Philosophical Dictionary from the French of M. de Voltaire*, vol. 6 (London: John und Henry L. Hunt, 1824), 304.

4) Christa A. Tuczay, »›... swem er den tôt getuot, dem sûgents ûz daz warme bluot‹. Wiedergänger, Blutsauger und Dracula in deutschen Texten des Mittelalters«, in: *Poetische Wiedergänger. Deutschsprachige Vampirismus-Diskurse vom Mittelalter bis zur Gegenwart*, Hg. Julia Bertschik und Christa A. Tuczay (Tübingen, Francke Verlag, 2005), 61 ff.

5) Annett Stülzebach, »Vampir- und Wiedergängererscheinungen aus volkskundlicher und archäologischer Sicht«, *Concilium medii aevi* 1 (1998): 105–113.

6) Claude Leconteux, *Die Geschichte der Vampire. Metamorphose eines Mythos*, (Düsseldorf und Zürich: Artemis und Winkler, 2001), 111–113.

7) Patrick Johnson, »Count Dracula and the Folkloric Vampire: Thirteen Comparisons«, in: *Journal of Dracula Studies*, no. 3 (2001), blooferland.com/dre/images/03Johnson.rtf.

8) Elena E. Levkievskaja, »La mythologie slave: problèmes de répartition dialectale (une étude de cas: le vampire)«, *Cahiers slaves* 1 (September 1997), www.recherches-slaves.paris4.sorbonne.fr/Cahier/Levkievskaja.htm.

9) Hanns Bächtold-Stäubli und Eduard Hoffmann-Krayer, Hg., *Handwörterbuch des deutschen Aberglaubens*, Band 6 (Berlin: Walter de Gruyter, 1987), 812–123; Band 9 (Berlin: Walter de Gruyter, 1987), 570–578.

10) Michael Ranft, *Tractat von dem Kauen und Schmatzen der Todten in Gräbern, worin die wahre Beschaffenheit derer Hungarischen Vampyrs und Blut-Sauger gezeigt, auch alle von dieser Materie bißher zum Vorschein gekommene Schrifften recensiret werden* (Leipzig: Teubners Buchladen, 1734), http://commons.wikimedia.org/wiki/Tractat_von_dem_Kauen_und_Schmatzen_der_Todten_in_Gr%C3%A4bern.

11) Hans Meurer, »1732 – Die Wiedergeburt des Vampirs in der Neuzeit«, in: *Draculas Wiederkehr*, Hg. Thomas Le Blanc, Clemens Ruthner und Bettina Twrsnick, Band 35 der *Schriftenreihe und Materialien der Phantastischen Bibliothek Wetzlar* (Wetzlar: Förderkreis Phantastik in Wetzlar, 2003), 192.

12) Peter Mario Kreuter, »Vom ›üblen Geist‹ zum ›Vampier‹: Die Darstellung des Vampirs in den Berichten österreichischer Militärärzte zwischen 1725–1756«, in: *Poetische Wiedergänger: Deutschsprachige Vampirismus-Diskurse vom Mittelalter bis zur Gegenwart*, Hg. Julia Bertschik und Christa A. Tuczay (Tübingen: Francke Verlag, 2005), 113–128.

13) Gábor Klaniczay, »Historische Hintergründe: Der Aufstieg der Vampire im Habsburgerreich des 18. Jahrhunderts«, in: *Poetische Wiedergänger. Deutschsprachige Vampirismus-Diskurse vom Mittelalter bis zur Gegenwart*, Hg. Julia Bertschik und Christa A. Tuczay (Tübingen: Francke Verlag, 2005), 86.

14) Siehe die Quellensammlung bei Klaus Hamberger, *Mortuus non mordet: Dokumente zum Vampirismus 1689–1791* (Wien: Turia und Kant, 1992).

15) Dom Augustin Calmet, »Dissertation sur les vampires, les revenants en corps, les excommuniés, les oupires ou vampires, brucolaques etc.«, Hg. Roland Villeneuve (Grenoble: Editions Jérôme Million, 1998).

16) Klaniczay, »Historische Hintergründe«, 103.

17) Clemens Ruthner, »Sexualität Macht Tod/t. Prolegomena zu einer Literaturgeschichte des Vampirismus«, in: *Kakanien Revisited* (13/4/2002), www.kakanien.ac.at/beitr/fallstudie/CRuthner1.pdf, 6.

18) Montague Summers, *The Vampire: His Kith and Kin* (London: Routledge and Kegan Paul, 1928); Montague Summers, *The Vampire in Europe* (London: Routledge and Kegan Paul, 1929).

19) Heide Crawford, »The Cultural-Historical Origins of the Literary Vampire in Germany«, in: *Journal of Dracula Studies* 7 (2005), http://blooferland.com/dre/images/07Heide.rtf.

20) Ruthner, »Sexualität Macht Tod/t«, 14 ff.

21) Marco Frenschowski, »Vampire in Mythologie und Folklore«, in: *Draculas Wiederkehr*, Hg. Thomas Le Blanc, Clemens Ruthner und Bettina Twrsnick, Band 35 der *Schriftenreihe und Materialien der Phantastischen Bibliothek Wetzlar* (Wetzlar: Förderkreis Phantastik in Wetzlar, 2003), 53.

22) Wayne Bartlett und Flavia Idriceanu, *Legends of Blood: The Vampire in History and Myth* (Phoenix Mill, Eng.: Sutton Publishing, 2005), 30 ff.

23) Bartlett und Idriceanu, *Legends of Blood*, 33; Frenschowski, »Vampire in Mythologie und Folklore«, 54.

24) Johnson, »Count Dracula and the Folkloric Vampire«, Kap. 9.

25) Borrmann, *Vampirismus*, 90–93.

26) Frenschowski, »Vampire in Mythologie und Folklore«, 36–38.

27) Interessanterweise hatten Vampir-Mensch-Mischlinge im serbischen Volksglauben die Fähigkeit, Vampire zu sehen und zu töten. Levkievskaja, »La mythologie slave«.

28) Summers, *The Vampire in Europe*, 317. Die Information, dass Vampire leicht entflammbar sind, stammt von Stephenie Meyers offizieller Website, in der Kategorie FAQ (= frequently asked questions, häufig gestellte Fragen) zu *Breaking Dawn:*

http://stepheniemeyer.com/bd_faq.html.

29) »Will New Bestseller ›Eclipse‹ Harry Potter?« www.abcnews.go.com/WN/story?id=3499052.

30) Rumänien selbst ist kein slawisches Land, da die rumänische Sprache sich vom Lateinischen ableitet; daher sind die bluttrinkenden *strigoi* der rumänischen Folklore auf die *striges* des alten Rom zurückzuführen.

13. Mit jedem Jahrzehnt jünger werden

1) Entnommen aus Kapitel 1 von *120 Years of American Education: a Statistical Portrait*, Hg. Tom Snyder (Washington, DC: National Center for Education Statistics, 1993), http://nees.ed.gov/naal/lit_history.asp.

2) Ebenda.

3) Centers for Disease Control and Prevention – Your Online Source for Credible Health information, www.ede.gov/nehs/data/hus08.pdf#026.

4) Lucy Rollin, *Twentieth-Century Teen Culture by the Decades: A Reference Guide* (Westport, CT: Greenwood Press, 1999), 82.

5) Ebenda, 1.

6) Ebenda, 92, 107.

7) Ebenda, 180–181.

8) Ephraim Katz, *The Film Encyclopedia*, 5. Aufl., überarbeitet von Fred Klein und Ronald Dean Nolen (New York: HarperCollins Publishers, 2005), 879.

9) Ebenda, 520.

10) Rollin, *Twentieth-Century Teen Culture*, 187.

11) Ebenda, 188.
Anm. d. Übers.: Zwischen 1955 und 1960 gehörte *Alfred Hitchcock Presents* in den USA zu den beliebtesten Fernsehsendungen, zwischen 1955 und 1965 wurden 268 halbstündige Folgen ausgestrahlt.

12) Katz, *Film Encyclopedia*, 652–653.

13) Selective Service System Web Site, www.sss.gov/induct.htm.

14) Ebenda.

15) Ebenda.

16) Anm. d. Übers.: Der »New Deal« war ein Bündel von Wirtschafts- und Sozialreformen in den USA, um die Auswirkungen der Weltwirtschaftskrise – Massenarbeitslosigkeit und -armut – zu lindern.

Stichwortverzeichnis

W

Z